ちくま学芸文庫

ヴードゥーの神々

ジャマイカ、ハイチ紀行

ゾラ・ニール・ハーストン
常田景子 訳

筑摩書房

TELL MY HORSE

VOODOO AND LIFE IN HAITI AND JAMAICA

by

ZORA NEALE HURSTON

Published by arrangement with Amistad, an imprint of HarperCollins Publishers,
through Japan UNI Agency, Inc., Tokyo.

【目次】ヴードゥーの神々——ジャマイカ、ハイチ紀行

第三部　ハイチのヴードゥー

補遺

*本書に頻出するクレオール用語

ロア　ヴードゥーの神々あるいは精霊たち。
ホウンフォール　ヴードゥーの神殿。
フーンガン　ヴードゥーの司祭。
マンボ　ヴードゥーの女司祭。
ペリスティル　ヴードゥーの儀式が開かれる集会場。
アソン　フーンガンやマンボが神を呼ぶために鳴らすマラカスのような形の祭具。ビーズで飾られている。
ドラポー　儀式の時に飾ったり、信者の肩にかけたりする旗。ビーズ刺繍を施したものが多い。
カンゾ　ヴードゥーの聖職位階の一つ。
フーンシ　ヴードゥーの聖職位階の一つ。
クレアラン　ラム酒の一種。
ボコール　呪術師。フーンガンが兼任することもある。

*神々の名前や歌詞の中のカタカナ表記にばらつきがあるのは、原文の英語表記も所によって異なるためである。また、現代では不適切とされる表記もあるが、原文に従ったものである。
*本文中の（　）は原書にある原注、〔　〕は訳注。初出箇所に訳注を適宜付したため、注が重複している場合がある。

●序文

イシュメイル・リード

カウンティ・カレンの有名な詩「遺産」の中の一行は、アフリカやネオ・アフリカの宗教に対する多くの「教養ある」アメリカの白人や黒人の態度を描き出している。彼らにとって、それらの宗教は、「風変わりで……異様で……」「野蛮で」「無に等しい」神に対するエキゾチックな信仰なのである。ゾラ・ニール・ハーストンのたゆまぬ知性によって、ネオ・アフリカの宗教とその神は「無に等しい」ものではなくなった。その成果をまとめたのが『ヴードゥーの神々』〔原題 *TELL MY HORSE*〕であり、これはヴードゥー研究書の筆頭に挙げるべき著作である。ヴードゥー研究書には、英語の他にスペイン語、フランス語、ポルトガル語、クレオール語で書かれたものがある。これらの著作の大半は、いまだ英訳されていないので、ヴードゥーに関心を抱いている英語圏の読者にとって、ハーストンの著作は一層価値あるものとなっている。『ヴードゥーの神々』が出版された頃、ヴードゥーは日の目を見ない場所に追いやられていたが、近年また脚光を浴びるようになった。南米、中米、カリブ海諸国から、ヴードゥーを信仰する多くの人々が、アメリカ合衆国に到来したからである。アメリカの白人読者の中には、彼らの目から見て同族の人間ではない学者の研究をうさんくさいと思う人たちがいる。彼らには、同族の学者の解説が必要らしい。ロバート・トンプソン、ロバート・ゴーヴァー、マイケル・ヴェンチュラのような学者や、キップ・ハンラハン、デヴィッド・バーンのようなミュージシャンの努力は、プロテスタントの国であるアメリカ合衆国で、ネオ・アフリカの宗教に向けられてきたヒステリックな反応を幾分緩和するという面で、計り知れないほど貴重なものだった。ヴードゥーに対しては今なお誤解があり、最近その例となったのが、アフリカの聖職者やジョージ・A・ストーリングズ・ジュニア師のようなアメリカ人が、カトリックの儀式にアフリカの宗教儀式を組み入れた結果、カトリック教団上層部から受けた激しい非難である。そのような様式の融合は、カリブ海諸国や中南米やハイチでは古くから確立されており、そうした国々では、住民の九十五パーセントがカトリック教徒で、百パーセントがヴードゥー教徒だと言われているのだが。このような誤解に満ちた背景を考えてこそ、ゾラ・ニール・ハーストンの先駆的著作の真価が分かるというものである。もっとも、こういうタブー視されている題材に取り組む作家が、知性において怠惰な当時の人々には奇妙に見えたことも理解できる。

だが、ハーストンのハイチとジャマイカへの旅の成果である『ヴードゥーの神々』は、ヴードゥーに関する著作以上のものである。ハーストンは、これらの国の植物学、社会学、人類学、地理学、政治学について、知的に、しかも、もったいぶった専門用語を全く使わず、一般読者に読みやすい文体で書いている。これは楽しめる本である。

話を面白く語ることにかけてのハーストンの才能は、計り知れない。アカンポンのマルーンたち（「勇気と知恵で奴隷の足かせをかなぐり捨てた人々」）による猪狩りの話があるかと思えば、ジャマイカで「ダピー」が墓から舞い戻って生者に害を及ぼさないようになだめるために人々が取る風変わりな行動の話がある。本書の素晴らしいインタビューの一つで、資料提供者となった人物は、ハーストンに次のように語っている。「ダピーは人間の一番力の強い部分なんだ。誰でもみんな自分の中に邪悪なものを持っている。生きているうちは、心臓や脳が人間を支配しているから、人はあまり邪悪な業にふけることはない。だが、ダピーが肉体を離れると、もう何も抑えるものがなくなって、ダピーは、どんな人間も夢にも思わないような恐ろしいことをするのさ。ダピーを生きている人間たちの間に留まらせておくのは、いいことじゃない」

紀行文でもある『ヴードゥーの神々』は、ジャマイカ、ハイチの美しさと、アフリカの神々——「良い」神々ラーダたちと、「悪い」神々ペトロたち——が住み続けている聖なる地域を生き生きと描いている。ヴードゥーを敵視する人々は、ペトロ信仰の一宗派であるセクト・ルージュ（赤の宗派）と人身御供を結びつけた噂を広めてヴードゥーを中傷した。ヴードゥーは宗教というより、商業的な理由でアメリカに一緒くたに放り込まれた異なる部族出身のアフリカ人奴隷たちの共通言語だった。この共通言語は、アフリカ人たちを一つに結びつけるだけでなく、アフリカ人が、類似した慣習を持っているアメリカ・インディアンと同盟を結ぶことを容易にするから、恐れられたのだ。ヴードゥーは、北半球における大規模な奴隷の暴動の原動力となった。ハイチからフランス人を追い出した暴動もそうだった。だが、キリスト教が暴君たちによって敵を迫害するために利用されてきたように、ヴードゥーも同様な目的に利用されてきた。

ハイチで実践されているネオ・アフリカの宗教に関するハーストンの記述は、魅力に満ちている。彼女は、主なロアたち（神々）、その要求、その欲望、その力について、くまなく述べている。儀式やダンスに関する記述は詳細で、情報にあふれている。もっとも彼女は、それらのダンスを「野蛮」と表現しているが。だが、『ヴードゥーの神々』の中で最も興味深いのは、生きた人間に神が乗り移る憑依という珍しい現象についての記述だ（不安に取りつかれた何百万ものアメリカ人が、この「憑依」という驚くべき現象を、薬局で大量販売されている有害なストレス緩和剤や、違法に売買されてアメリカを麻薬中毒者の国にしている薬物と同じように利用することができたなら、一体どんなことになるだろう）。

興味深いことに、多くの黒人の精神及び肉体の健康問題——特に自尊心の欠如——の原因を、白人であることを良しとする学校教育やマスコミによる黒人文化の象徴の徹底的破壊に求める精神分析医や医者が増えつつある。おそらく、黒人の抑鬱症のもう一つの理由は、自分たちの昔からの宗教のイメージとのつながりを完全に断ち切られているということだろう。思うに、この大陸にやって来た何百万ものカトリックやプロテスタントや、仏教徒や儒教徒は、自分たちの信仰が社会の裏面に押しやられて精神的な滋養を奪われたり、あるいは、マスコミや映画産業によってネオ・アフリカの宗教がされているように、自分たちの宗教が笑い物にされたら、生きてこられただろうか。ヴードゥーに対する取り扱い方は、NBSのニュースキャスター、トム・ブローコウのショッキングな報道に代表される。彼は、一九八八年にメキシコで起こった麻薬がらみの殺人がヴードゥーによるものだと報道した。後に、このいわゆる麻薬宗教の一派にヒントを与えたのは、『サンタリア魔界怨霊』というハリウッドの「ヴードゥー映画」だったことが判明した。

黒人文学についての現代の神話が急激に増えているが、男だろうと女だろうと、平均的な黒人作家の運命は、同じである。一つは彼らの本が手に入らないということ。それから、書評は、人種差別イデオロギーに影響されているか、人種によって異なる判断基準を設けたものである場合が多いこと。そして、彼らの意見を世に知らしめることが困難だということだ。これらは、彼らの職業上の成功を妨げる問題のほんの数例に過ぎない。黒人が異邦人のように扱われている国の黒人作家というものは「奇妙なもの」だ、というカウンティ・カレンの言葉に同意する人は多いだろう。

だが、ハーストンにとっては、「強欲で嫌らしい犯罪人」であるジャン・ヴィルブラン・ギヨーム・サム大統領にも、同時代の農夫たちに「立派」で「頭がいい」と有名だった彼の息子同様に、人類という家族の中の居場所があるのだ。彼女の小説『彼らの目は神を見ていた』に登場する男たちは、欠点があるにもかかわらず、創造力と才能に富んでいる。『ヴードゥーの神々』で、ハーストンは、未来の花婿を喜ばすべく娘を仕込むジャマイカの風習を説教抜きで描写し、一夫多妻の風習について、さらりと触れている。アメリカ合衆国の女性の状況に関する意見となると、ハーストンは、ベル・フックスやミシェル・ウォレスよりはフィリス・シュラフリーに近くなる。「あらゆる州の男たちの大多数が、女の赤ん坊として生まれてきた者は、それだけで法や特権や報酬や役得を我がものとすべきだということを、おおむね認めている。意見を口に出すということを許されるという点に関しては、男たちは、女は口の中に法律をくわえて生まれてきたんだし、それは悪くないことだと思っている。良識ある市民の大多数は、女たちが欲しがっているものは何なのか知ろうと耳を澄まし、それを手に入れてやろうと頑張る。そして、それはとてもいい考え方であり、正しいものの見方である」皮肉なことに、今日のフェミニストの多くが、こうした考え方を「逆行」と見なすだろう。ゾラ・ニール・ハーストンは、熱狂的人種称揚主義者としての名声も獲得している。彼女は、黒人の民族主義者たち（人種の代表選手たち）に対しては、最も手厳しい意見を差し控え、「口達者」とか「煽動家」などと言うに留めている。

『ヴードゥーの神々』のゾラ・ニール・ハーストンは、懐疑的で、シニカルで、おかしくて、皮肉で、才気にあふれ、革新的である。さまざまな技巧とジャンルの混ざりあったこの本は、一九三八年に初版が出版されたが、確実に一九九〇年代のポストモダン主義の本となるはずである。だが、彼女の最大の功績は、キリスト教よりも仏教よりもイスラム教よりも古い宗教の深遠なる美しさと魅力を開示したことにある。この宗教は、ぞっとするような悪名と信者に対する迫害にもかかわらず、生き延びてきたのである。

聖なる滝ソー・ドーへ登る

ヴードゥーの神々——ジャマイカ、ハイチ紀行

友情の化身たるカール・ヴァン・ヴェクテンに

第一部　ジャマイカ

第一章　雄鶏の巣

イギリス領西インド諸島にあるジャマイカ〔一九六二年にイギリスより独立。以後英連邦の一員〕には、壮麗な山々と急峻な緑の谷があるだけではない。ジャマイカでは、セント・メアリーズなどのような場所で、陸が豊満な胸を海に向かってつき出す瞬間を見ることができる。ジャマイカにはブッシュと呼ばれる茂みがある。つまり、この島には、薬用や食用に使える植物が地球上の他のどこよりもたくさんあるということだ。ジャマイカには、ノーマン・W・マンリーがいる。小ピット〔イギリスの政治家。アウステルリッツの戦いで、ナポレオンに敗れる〕が黄色い肌になったような風貌の聡明な若き弁護士で、ダロウ〔アメリカの弁護士〕やリーボウィッツと同じくらい陪審員を動かすことができる。この島には、農夫の間でポコマニアと呼ばれている熱狂的祭礼がある。それは、「少々狂っている」と訳してもいいように見えるものだ。だが、ブラザー・リーヴァイは、それは「無から出てくる何か」という意味だと言う。それはジャマイカの多くの人々にとって重要なものなので、しばらく、それをかいま見てみるべきだろう。

ジャマイカのカルトの二大リーダーは、シバの女王がソロモンに会いに行って以来、最も女王にふさわしい女性であるマザー・ソールと、ブラザー・リーヴァイだ。ブラザー自身も堂々たる外見の人だ。

ブラザー・リーヴァイが言うには、この祭礼はすべて冗談から始まったものだが、だんだん重要なものになったということだ。最初のうち、ポコマニアは味気ないものだったそうだ。やがて、そこに精霊が宿り、情熱的なものになった。音楽や異教めいた儀式に興味を引かれ、私は祭礼の行なわれるあたりに留まっていた。私は、ろうそくを使った素晴らしい儀式を見た。ブラザー・リーヴァイにこれはどういう儀式か尋ねたら、彼は答えた。

「ヨセフにちなんで、ろうそくを持って歩くんだよ。ヨセフは、キリストが飼葉桶の中で生まれた洞窟から、ろうそくを持って出てきた。マリアと幼子の先に立って歩いたんだ。本当はね、キリストは飼葉桶の中で生まれたんじゃない。マリアとヨセフは、ひどく怯えていたから、そんなことはできなかった。キリストは洞窟で生まれて、半年経つまで外に出てこなかった。三人の賢者は星を見たが、キリストを見つけることはできなかった。だって洞窟の中に隠れていたからね。賢者たちは半年経ってもキリストを見つけることができなかったので、魔法の儀式を執り行なうと、天使が来て、ヨセフに賢者たちがキリストに会いたがっていると告げたんだ。その日は、『クライスト・マスト・デー』と呼ばれた。

『キリストが見つかるはずの日』という意味だよ。こうして、クリスマスができたんだが、たいていの人間は、何も知らないんだ。みんな、キリストがその日に生まれたと思っているのさ」

　私は、ポコマニアの期間にしつらえられた、さまざまな「テーブル」に行ってみた。そこでは、アフリカの魔術とキリスト教がすっかり溶け合い、とても美しい歌によって命を吹き込まれている。私は、「サン・ダイアル」に行った。それは、時計の針が一巡りする間じゅう（二十四時間）行なわれる儀式だ。儀式の場所は、入口の門のところから、編んだヤシの葉と、こんもり茂ったクァッカの枝で飾られている。神殿の中の、祭壇の後ろの壁には、壁紙の代わりに新聞紙が貼ってあった。

　そこでは、儀式は屋外で行なわれていた。白い布でおおわれた長いテーブルがある。このテーブルの下の地面に、精霊を引き寄せるために、灯をともしたろうそくが置いてある。「精霊を呼び寄せる」という保証付きの謎めいた瓶がある。牧師に続いて、木製の剣を捧げ持つ役の少年が現れた。その後から、十字架を持つ役の少年が、吟唱しながら来た。それから籐の杖にとてもよく似た、しなやかな棒を持った少年が来た。儀式の間、彼は、「精霊が憑いていない」人々、つまりじっと座っている人々をこの棒で繰り返し打った。そういう人たちは精霊が憑いている人々の足手まといになると言われていた。その棒を持った少年の後からガヴァネス（女性支配者）と呼ばれる女牧師が来た。彼女は、女たち全員の面倒を見るのだが、それ以外はハイチのマンボと同じような役割を果たす。彼女は牧師を助け、歌を主導し、群集をあおり立てて、全体として集まりを盛り上げる。彼女の後から来るのは、牧師の「鎧持ち」の少年だ。

彼らの儀式は、歌ったり、練り歩いたり、庭の中の聖なる池で洗礼を施すなど、時に応じて盛り上がる。奇跡のような「癒し」（実際、マザー・ソールが、金切り声を上げる中国人の少年の狂気を癒すために、彼の上に座った）が行なわれ、テーブルの周りを踊り回り、激しく息を吐いてリズムを刻む。それが、この儀式全体の最大の特徴だ。地面の上に決められた形に並べられたろうそくの周りを踊り回ることと、呼吸器官をリズム楽器として使うやり方――それがポコマニアだ。だが、私がこれまで書いたことだけがすべてでは決してない。

これらの「癒しの庭」は、ジャマイカの農民の暮らしに深く根づいている。癒しの庭とは沐浴をさせる場所のことで、これらの庭を運営している人々は、彼らの信者たちにとっては医師でもあり牧師でもある。時には、彼あるいは彼女は、患者を普通の病気と診断して、秘伝の植物を絞った風呂に一度あるいは数度入るという処方をすることもある。だが、患者がダピーに「害された」という診断が下される場合の方が多く、精霊を追い払うために患者を沐浴させる。評判のいい癒しの庭には、人の出入りが絶えない。民衆を左右する、これらの名もない支配者たちは、生活の折りふしにつけての規則や決めごとを作っており、それらは厳格に守られている。たとえば、誕生や死についての慣習がある。お産の床と新生児の体は、藍粉でつけた印で死者から守らなければならない。赤ん坊を産室から出す時には、開いた聖書を持った人が先に立ち、ダピーを赤ん坊に近づけないようにしなければならない、等々。

「テーブル」は、普通、儀式の目的が遂げられた時に用意される。神の恩寵を受けたことを感謝している人が、お礼に食卓を用意するのだ。癒しの庭の長と、願をかけた本人以外の人には、それが何のための食卓なのか明かされることはない。地元の産物のほとんどが並べられ、それらとともに生のラム酒が大量に供される。何をおいても一番大切なのは、小さなグラスの水に浸した小さなパン切れで、それは、ものが豊富にあることのシンボルとして供えられる。

そして、ジャマイカには、経済の動向に重大な影響を与える社会的見地と階層意識がある。

ジャマイカは、雄鶏が卵を産む土地だ。ジャマイカでは、二パーセントが白人で、あとの九十八パーセントは、あらゆる混ざり具合の白人と黒人の混血で、そこに雄鶏の巣が入り込むのである。ジャマイカはイギリスの植民地だから、とてもイギリス風だ。植民地というものは、多かれ少なかれ母国の模倣をするものだ。たとえば、アメリカ人は、そんな状態から脱却するための時間が百五十年も経ったというのに、いまだにできるだけイギリスの猿真似をしている。

だから、ジャマイカでは、イギリス人のように話し、イギリス人のように振る舞い、イギリス人のように見えることを誰もが目指している。そして、この最後に述べた「イギリス人のように見えたい」というところから、一番大きな問題が生じてくる。アフリカ文化の上にヨーロッパ文化のコートを着ることは、さほど難しくないが、一代のうちに、アフリカ人の顔をヨーロッパ人の顔にすることは、ほとんど不可能である。だから、少しでも望みのある者は誰も、次の世代、また次の世代へと望みを託す。ジャマイカでは、白人のイギリス人と黒人の間の境界線は、混血の人々と黒人の間の境界線ほどはっきりしていない。子孫に影響が出ないように、混血の人々は、黒人に絶対近寄らない。ジャマイカの黒人大衆から白人の方に向かって、必死になって逃げている。普通の社会環境なら、多数派になびくというのが趨勢である。だが、ここで思い出さなければならないのは、ジャマイカには過去に奴隷制度があり、奴隷の子孫である人々が、主人階級に対する畏怖をぬぐい去るには多くの世代を経なければならないということだ。それに、植民地風の考え方というものがある。その上さらに黒人の模倣の才能を加えれば、ジャマイカが出来上がる。

これらムラート（混血児）の両親は、正式に結婚していることもあるが、そうでない場合のほうが多い。混血児たちは非嫡出子なのだ。だが、どういう次第で色の薄い肌を手に入れたにせよ、ムラートたちは格が上なのだ。そして白色人種に近いことを名誉として尊ぶにあたっては実に入り組んだ体系があり、白色人種とどれだけ血縁が濃いかによって、非嫡出の身分にも、一等級、二等級、三等級、四等級というふうに敬意の等級がつけられる。時には、それがあまりにも行き過ぎるので、『君がため我は歌わん』〔ジョージ・コールマン作のミュージカル〕の中で、フランス大使がこんなふうに自慢するところを思い出すほどだ。「彼女は、偉大なるナポレオンの庶出の甥の庶出の息子の庶出の娘なんです」ナポレオンと言う代わりにイギリス人と言えば、それがジャマイカの状況だ。

ジャマイカの混血の人々は論理的で正しいのかもしれない。西洋社会で黒人がどうなっていくのかという疑問に対する唯一の答えは、黒人は白人に吸収されるべきだということなのかもしれない。フレデリック・ダグラスはそう考えている。ダグラスが正しいとすれば、アメリカの黒人の戦略は完全に間違っている。その戦略とは、白人とあらゆる点で平等な地位を獲得し、しかも双方の人種の独自のアイデンティティを保とうとすることだ。ことによると、私たちは陣営をほどき、夜陰に乗じて白い肌の下に巧妙に隠れるべきなのかもしれない。だとしたら、どんな方法だろうと自分たちの中にもっと白人らしさを取り入れようとすることが、正しい方向への一歩である。私は、何が賢い最善の方法なのか知っているなどと自惚れているのではない。ジャマイカの状況が、アメリカの黒人には奇妙な眺めに映るのだ。まるで、奴隷制時代か南北戦争の直後に戻ったかのようなのだ。その頃、黒人は、白人の主人と実は血縁があるということ以外には、ほとんど自慢の種がなかった。その特権を持つ奴隷は普通、畑仕事をする代わりにお屋敷の召使になった。そして、現在のジャマイカと同じように、「幌のない馬車の中で」生まれた子供は、少しも恥じる必要はなかった。だが、アメリカの歴史の時計の振り子は、反対側に大きく振れてしまった。イギリス国王陛下の植民地ジャマイカにおいてさえ、みんなが満足するような効果が上がるまでには数百年はかかるだろう。それも、人口の大半を占める黒人に子供を作るのをやめるように言い含めることができたとしての話だ。それがこの計画の弱点である。黒人は黒人であり続け、人々にムラートたちの出自を思い出させる。そして、ジャマイカの混血児たちの心の平和を脅かす悲喜劇を生み出す。

他のどの土地でも、人は白人とか黒人に生まれつくのだが、ジャマイカでは、人は黒人に生まれついても、手続きを踏むことによって白人となることができるようになっている。つまり、法的に白人であるというお墨つきをもらうのだ。私が黒人という言葉を使う時は、アメリカで使われる意味で使っている。アメリカでは、ほんの少しでも黒人の血が混じっている人は、どんなに白人のような外見をしていても、自分のことを黒人と言う。聞いた話では、アトランタ大学の学長だった故ジョン・ホープが、一九三五年、亡くなる数カ月前にキングストンを訪れた際、パニックを引き起こしたそうだ。彼はまったく白人のような外見をしており、キングストンのロックフェラー研究所を訪問した時、非常に手厚く迎えられたので、「法律的に白人である」ジャマイカ人たちは、ホープのことを純粋な白人だと思った。ジャマイカで最高級のマートル・バンク・ホテルで、盛大な宴の席が設けられた。すべて順調に進んだが、やがてジョン・ホープが乾杯の返礼をするように頼まれた。彼はその挨拶の言葉を次のように始めた。「我々黒人は——」何人かの人が今にも倒れそうになった。その場にいたムラートたちは自分のことを白人だと思っていたが、ジョン・ホープは、彼らの誰よりも白かった。これほど白い男が自分のことを黒人と呼ぶなら、自分たちはどうなるんだ？　狼狽が、病原菌のように宴の席を襲った。もちろん、その場には本物の白人のイギリス人やアメリカ人もいた。私は、その時彼らがどんなことを思ったか是非知りたいと思う。本当に知りたい。

国勢調査記録には白人と記され、実際には黒人であるということに関するジョークは、奇妙に歪んだものである。イギリス人は、こんなふうに感じているらしい。「それで君らの何人かが幸せになり、植民地がよりよくなるのなら、法律上白人になるのは、おおいに結構だ。君たちは、国勢調査記録上は白人だ」イギリス人は、公の席では、法律上の白人に非常に礼儀正しく親切だが、私生活や社交生活においては、彼らをまったく無視している。そして、より黒い黒人たちは、彼らがどうやって白人になったのか忘れない。だから、それによって本当に得られるものは何なのだろうと私は思ってしまう。ジョージ・バーナード・ショーは最近ジャマイカを旅して、この階級のジャマイカ人をつぶさに見て、彼らのことをジャマイカの「あのピンク色の人々」と呼んだ。

そこでまた雄鶏の巣の話に戻る。ジャマイカ人が黒人の女性とイギリス人かスコットランド人の男の間に生まれると、黒人の母親は、文字どおりの意味でも、比喩的な意味でも、できるだけ目に入らないところに遠ざけられるが、子供が生まれたいきさつが、いかに問題のあるものであっても、白人の父親のことは誰も決して忘れてはならない。「私の父は、ああでこうで、私の父はイギリス人なんですよね」というような話を聞かされる。その人には母親なんかいないような気がしてくるほどだ。黒い肌は、まったく忌むべきものだから、黒人の母親のことは口にもされないし、人目にも触れさせない。それらのイギリスの男たちは子供を作るのに女を必要としなかったのかと思わせられる。彼らは、ジャマイカにやって来て、巣穴を掘って卵を産んで、その卵から「ピンク色の」ジャマイカ人がかえったのだ。

だが、ジャマイカにも新しい時代の到来が見えてきた。ジャマイカの黒人たちは、自分たち自身を尊重するようになりつつある。彼らは、自分たち自身のもの、歌とか、アナンシの物語とか、ことわざとか、ダンスとかを愛するようになりつつある。ジャマイカのことわざは、哲学、アイロニー、ユーモアを非常に豊かに含んでいる。次に挙げるものは、よく使われるものの例だ。

1　川底の石は、太陽の暑さを知らない。（楽な境遇の人間は、貧しい者の苦しみを理解

できない）

2 ホロホロ鳥の背中のまだらを洗い落とすには、七年では足りない。（人間の性格は決して変わらないものだ）

3 鋭い拍車を当てれば、強情な馬も走り出す。（追いつめられると、人は不可能だと思っていたこともできてしまうものだ）

4 病気は馬に乗ってやって来て、歩いて去っていく。（病気になるのは、治るよりたやすい）

5 ナプキンは、テーブル・クロスになりたがる。（社会的地位の向上をめざすこと）

6 牡牛の角が、その頭に重すぎるということはない。（人間は、いつでも自分のことをよいように見るものだ）

7 ニワトリは、決してゴキブリを正しいと思わない。（暴君は、弱者に対する抑圧を常に正当化する）

8 老婆の鍋をなめたいなら、背中をかいてやれ。（お世辞を使えば、成功する）

9 闘いがアフリカの黒人をジャマイカに連れてきた。（アフリカでの部族闘争の結果、黒人はアメリカ大陸に奴隷として売られることになった）

10 犬は好きで走るが、豚は命のために走る。（あなたにとっては何でもないことだが、私にとっては、とても大事なことだ）

11　指は決して「ここを見ろ」と言わない。「あれを見ろ」と言う。（人は、他人の欠点を指摘するが、自分の欠点は決して指摘しないものだ）

12　男の背に負われている籠には、その男が聞くことは聞こえない。

三年前までは、これらのことわざや、黒い肌と結びつくものはすべて、まったく忌むべきものだと思われていた。

ミセス・ノーマン・W・マンリーという本物のイギリス人の女性が、ジャマイカ人の姿をとらえた彫刻作品を作っている。彼女の作品には力強いモチーフがあり、精緻な技術で作り上げられている。彼女は原住民をモデルとして使っているので、「法律上の白人」たちにけなされ続けてきた。彼らは芸術のことなど何も分からず、それがどんなに優れた芸術だろうと、黒人っぽいものは何でも嫌いなのだ。ミセス・マンリーの作品は、ニューヨークやロンドンやパリに置くべきだ。キングストンにあるもののほとんどは無駄になっているが、ジャマイカの思想を代表する『ウエスト・インディアン・レヴュー』が彼女に目を留めた。これは、とても希望の持てる兆しだ。それに、ベイリー姉妹やミークル兄弟やその仲間たちの刺激的な活動や、ジャマイカの魂を隠れ場所から積極的に引っ張り出そうとしているクイル・アンド・インク・クラブの影響もある。雄鶏の巣は、その魔力を失っていく運命にある。

第二章　カレー・ゴート

　ジャマイカのセント・メアリーズ教区は、本当に世界中で一番いいところだ。そして、セント・メアリーズで一番いいところは、ポート・マリアだ。とはいえ、セント・メアリーズ全体がすばらしいところだ。造物主は、ジャマイカのその地区をお作りになるのに、大変な手間をおかけになった。というのも、そこではすべてが完璧なのだ。海はあくまで青く澄みわたり、海岸も、岬も、岩も、草も、世界中の土地が見習うべき模範のようだ。ジャマイカが西インド諸島の中で一番文化的に進んだ島だとしたら、セント・メアリーズはジャマイカの中で一番進んだ教区だ。ここに住む人々は、すきがなく、鋭く、博学で、外来者を親切にもてなしてくれる。

　彼らは、私のために、それまで女のためにしたことのないことをしてくれた。カレー・ゴート・フィード〔山羊カレーの宴〕をしてくれたのだ。それは、細部に至るまで実に男性的な宴だ。実際、食事のあとの「シェイ・シェイ」の歌とダンスでは、女の役も男が受け持つ。

宴は、水曜日の夜、C・I・マグナスの家で開かれた。マグナスが一人住まいをしている家は、彼が所有する広大なバナナ・プランテーションを見渡す丘の上に立っていた。ドクター・レズリーとクロード・ベル、ルパート・ミークルと大柄でハンサムな二人の兄弟たち、それにラリー・コークと他の何人かが、宴のために料理される山羊を全部買ってくれたという話だった。私には、材料を買うために金を出してくれた人の名前を全部知るすべはなかったが、宴はあり余るほど豪華なものだった。

私たちは、クロード・ベルの車でポート・マリアを出発した。クロードと、ドクター・レズリーと私という顔ぶれだった。それから、ラリー・コークが私たちに追い着き、私たちはのんきに車を走らせ、やがてわくわくするようなものに出会った。曲がり角を曲がったところに、門の前にヤシの葉で編んだアーチがあった。同じようなアーチが、同じようにして作られた小屋まで続いていた。小屋はまだ出来上がっていなかった。男たちが、庭に座ってヤシの葉を編んでいた。庭やヤシの小屋や家の中に、とても大勢の人がいた。頭の上に豪華なケーキを乗せた三人の女が、門の前のアーチの下で踊っていた。ケーキは何段も重ねたもので、中の一つはベールで飾られていた。ケーキを頭に乗せた女たちは、アーチの下で踊っては、くるりと回り、回っては踊り、他の人々と一緒に、何か「知らない人を中に入れる」ことの歌を歌った。そうしているうちに、年配の女性が踊り手の一人に触った。すると触られた女は、静かにくるくる回って、庭の中に入り、そして家の中に入った。また別の一人が触られ、回ってから中に入った。そして三人目も続いた。

「これは何をしているの?」私はクロード・ベルに尋ね、彼は、これは田舎の結婚式だと教えてくれた。つまり結婚式の準備をしているのだ。クロード・ベルは、セント・メアリーズの公共土木事業局長なので、彼のことはみんなが知っていた。クロードが行って、私たちを中に入れてもらいたいと言うと、花婿が迎え入れてくれた。私は、どうしてみんな一目で誰が花婿なのか分かるのかと尋ねると、クロードは、花婿は必ずとても陽気で誇らしげに表に立っていて、みんなに挨拶をし、みんなからお祝いを言ってもらっているからだと言った。

私たちは家に入った。ケーキが、一晩中飾っておくために並べられていた。灯をともしたロウソクが一本、一番大きいケーキのそばに置かれ、一晩中燃え続けるのだ。さっきの白いベールで飾られた花嫁のケーキがロウソクの明かりに取り囲まれているのを見ると、この儀式にいっそう重みが加わったように感じた。少なくとも、私はそれを見て、結婚というものを厳粛に受け止めた。恥ずかしがっている小柄な花嫁に引き合わされ、誇らしげな花婿と握手し、翌日の結婚式にまた来ると約束して、私たちはその場を去った。

そして、マグナスのプランテーションへ、カレー・ゴート・フィードへと向かった。私たちがそこに着いたのは、日が沈んだあとだった。もう何人か、私たちより先に来ていた。

マンゴーの茂みの下で燃えている火のまわりで、二人か三人のインド人が料理を作っていた。マグナスは、ジャマイカで最高と言われている有名なＴＴＬラム酒を何十クォートも用意していた。彼らは、ＴＴＬがなくては宴は始まらないと言った。ＴＴＬが出されなければ、ちゃんとしたカレー・ゴート・フィードにならないのだ。熱帯の白い満月がのぼり、その月の光で、ミュージシャンたちが別の茂みの下に寄り集まって、演奏を始めるように言われるのを待っているのが見えた。

とうとう客が三十人ほどになった。その中には、半分中国人の、とても綺麗な娘たちが数人混じっていた。コックたちが料理が出来上がったことを告げ、私たちは中に食べに入った。その頃にはもう、誰もが気の合う話し相手を見つけ、敷地の中をそぞろ歩き、月の光を浴びて高揚した気分になっていた。

カレー・ゴート・フィードには、指揮官がいなければいけないようだった。人気者のラリー・コークがいいという人たちもいたが、もっと人気のあるドクター・レズリーがいいと言う人のほうが多かった。それで、そう決まった。ドクター・レズリーは、テーブルの上座に着き、宴会を取り仕切った。お話の語り比べコンテストがあり、歌があり、抱腹絶倒もののユーモラスな思い出話をしてお互いに相手をやりこめ合ったりした。そんなことをしながら、雄鶏のスープを飲んだ。この宴は非常に男性的なものなので、ひな鶏のスープを出すことは絶対に許されない。雄鶏のスープでなければならないのだ。雄鶏のスープに続いて、雄山羊の肉と米が出た。この宴では、雌の山羊も絶対に使わない。雄の山羊を出すか、何も出さないかのどちらかだ。三番目のごちそうは、バナナ・ダンプリング・ウイズ・ディップ・アンド・フラッシュだった。ゆでたバナナをスルーワ・ソースに浸し、余分なソースをさっと切って食べるのだ。この頃には、宴席は燃えるような活気に満ちていた。どの料理もTTLと一緒に飲み込まれる。ウィットが冴えに冴えていく。とても綺麗なルシール・ウーングが、J・T・ロバートソンと同じスプーンで食べている。レジナルド・ベックフォードは、たえず誰かを紹介しようとしたが、そのたびにみんなが大声を出してやめさせた。というのも、彼は必ず興奮してしまって話があっちこっちへ行ってしまうからだった。とうとうドクター・レズリーがレジナルドに、どうしてきちんと話ができないんだと尋ねた。するとレジナルドは言った。「俺はバナナ・マンだから、どうしても話が曲がっていってしまうのさ」話が一番うまい語り手に与えられる賞は、ルパート・ミークルがもらったが、彼の兄弟であるH・O・S・ミークルが、ルパートと僅差で二位だった。

バンドが外の月の光の中で演奏を始め、私たちはテーブルから駆け出して見にいった。ジャマイカのネイティヴ・バンドは、聞くだけでなく見なければいけない。彼らは、演奏しながら、演奏するのと同じくらいダンスもしているからだ。前にも書いたように、ダンスには女性のパートがあるが、バンドには女の姿は一人もない。ダンスの女役は、特にその踊り方を習った男が務める。どの曲も強烈で聞く者の気持ちをつかまずにはおかない。力強いリズムに合わせて、素朴なダンスが繰り広げられる。バンドは、『テン・ポンド・テン』、『ドンキー・ウォンツ・ウォーター』、『サラーム』、『サリー・ブラウン』など有名なジャマイカの曲を演奏した。どの曲も強烈で荒けずりだが、素晴らしい音楽とダンスだった。カレー・ゴート・フィードは力強い宴だから、女性的な音楽を演奏してはいけないのだ。

私たちは家に帰り、翌日の午後の結婚式に出かける前に何とか少し眠ることができた。結婚式は教会で行なわれ、一台の車が何度も行ったり来たりして、ようやく客を全員運び終えた。花嫁は、最後に乗ってきた。いろんなことが遅れに遅れたが、ともかく二人は結婚し、みんな披露宴のために例の家に戻った。

家に着いて私が思ったことは、ここの田舎の人々は、ロマンスと神秘の雰囲気をかもし出すために、なんという手間をかけるのかということだった。この中年も後半のカップルは、長い間ともに暮らし、子供たちを育て、そして今やっと結婚しようとしているのだ。結婚式は単調で事務的であっても当然だった。この二人が相手に対して神秘とか、うっとりするような魅力とかを感じるはずはなかった。だが、二人も近所の人たちも、そんなことがあるのだというふうに振る舞っていた。家の柵にフリルを縫い着けるようなものだ。人生を美しくしようとする意志が強いのだ。ジャマイカでは、こういうことがしょっちゅう起きる。つまり、多くのカップルが、夫と妻として三十年ほども暮らしてから、結婚するのだ。彼らは、こう説明する。ずっと結婚しようと思っていたんだけど、お金がなくてね。それは、結婚許可証を得るためのお金がなかったという意味ではない。申し分なく盛大な結婚式を挙げるためのお金がなかったという意味なのだ。だから二人は、もしいつかお金ができたら結婚式を挙げようという了解の上で、子供たちを育ててきた。時には、今回のように、カップルが長年連れ添い、子供もすっかり大人になってようやく、お金ができることもある。それまでの間、二人は牧師に式を挙げてもらった夫婦と同じように、ともに暮らし、ともに働く。

家の中は、ケーキとワインと冗談で、すっかり陽気になった。結婚式には進行役がいた。花嫁の顔はベールで隠されていた。実際、ベールはそれまで一度も上げられていなかった。彼女は顔を隠したまま立たされ、進行役が、一番最初にベールを持ち上げる権利をせりにかけた。一番高い値をつけた人が最初に花嫁の顔を拝むのだ。最初に見ることになったのは、六シリングの値をつけた男だった。貧しい男にとっては大層な金額だと思ったが、やがて、こういう時には、ペンスと言う代わりにシリングと言うことになっているのだということに気づいた。ペンスと言ったのでは、あまりに貧しく響くだろう。男は盛んな喝采のうちに六ペンスを払い、花嫁のベールを持ち上げて顔を覗いてからベールを元に戻した。そしてもう一度せりが始まり、進行役が止めるまで続いた。せりはしばらく繰り返され、みんなが、ベールの下に隠されているはずの花嫁の若さと美しさを見たがっている振りをした。

花嫁がベールを上げたあと、私たちは帰った。花婿は、私たちに「感謝の会」に来ることを約束させた。それは結婚式の八日後の日曜日に教会で開かれる儀式だ。みんながもう一度教会に行って、またもや着飾った花嫁を見るのだ。牧師と治安判事が、幸せなカップルに、ともに暮らしていくための講釈を垂れる。だが、この時は花嫁はベールをかぶらず、「感謝の会」用の帽子をかぶって、まばゆいばかりに輝いている。カップルは、結婚の恵みに感謝する。

だが、私たちは感謝の会には行かなかった。クロード・ベルの別荘であることが起きて、私はそっちに気を取られてしまったのだ。

結婚式の翌朝、私がその別荘でくつろいで海を眺めていると、セント・メアリーズの青年が立ち寄った。どうしてそういう話になったか覚えていないが、ともかく愛のことが話題にのぼった。彼は、仕事一筋の女性は肝心なものをあまりにも無駄にしていると考えており、そのことを隠そうとしなかった。アメリカの女は、脳味噌で自分を駄目にしている、と彼は主張した。だが、他の西洋社会の女たちも五十歩百歩だ。アメリカの女たちを見ると、この世で一番美しくて生き生きしていると思うのに、彼女たちが女としての役割をほとんど果たしていないことを思うと、それは大変な悲劇だと感じると言うのだ。私はデッキ・チェアに仰向けに横たわっていたが、この発言を聞いて起き上がった。私は彼に、あなたは知りもしないことを喋っているのよ、と言ってやった。

「いや、知ってるとも」彼は言い返した。「俺は昨日生まれたわけじゃないし、それなりの経験も積んできたよ」

「あなたの言ってることは見当はずれだけど、でも言いたいことを全部言ってごらんなさいよ」

「ああ、かしこぶった西洋の女たちときたら。人生で自分が果たすべき役割をいやがって、うんざりするほど役立たずだ！　俺たち男は、世の中のことを決めていくのに、女どものちっぽけな脳味噌なんかいらないんだ。実際、女に脳味噌があるっていう証拠なんてない。でも、女の中には、思想の質屋みたいなことをするだけの利口さを持ったのがいて、ある程度の楽しみや親切なもてなしを貸し出して、その代わりに男らしい考えや文句を預かっておいて、あとから、まるで自分が考え出したみたいに、それを受け売りするんだ。女でいさえすれば、どんな本物の天才の役にも立てるのに、君らは、それを拒否するんだ」

私は、天才的な女性の名前をいくつか挙げようとしたが、さえぎられた。男は、いきりたっていた。

「君ら自分で自分の目をふさいでいる女たちは、防波堤のそばに住んでいたっていう雌鶏みたいだよ。その雌鶏は、寄せては砕ける大波のとどろきを聞くことはできたが、一度も防波堤の上にのぼって、その音を立てているのは何なのか見ようとはしなかった。雌鶏は耳を傾けてくれる相手みんなに自分の考えを言った。『世界っていうのは、大きな音を立てるものよ』雌鶏はそういう結論に達して、偉大な真理を発見したと思って、一生満足していた。そして死ぬまで一度も、防波堤の上に飛び上がって、世界には音以外のものがあるかどうか見ることはなかった。雌鶏は世界で一番大いなるもののそばで暮らしながら、一度もそれを見なかったんだ」

「じゃあ、あなたは女はみんな馬鹿だと思っているわけね」

「いや、女みんなじゃない。自分が一番頭がいいと思っている女は、おおむねそうだと言うだけさ。西洋の男は馬鹿だから、君らが自分自身と、そばにいる男たちまで破滅させてしまうのを黙って見ているんだ」

もちろん私は彼の言うことには賛成できなかったから、思いきり感じ悪く鼻を鳴らした。鼻を鳴らす時に、いくらか軽蔑もこめてやった。それから私は、西洋の男、特にアメリカの男は、愛について誰にも劣らずよく知っていると言ってやった。

すると今度は、彼が軽蔑をこめて鼻を鳴らした。それから彼は、西洋の男、特にアメリカの男は、人生設計において愛がどんな役割を果たすか、何も分かっていないと言った。私は彼の言葉をさえぎって、バーナー・マクフェダンの名前を挙げた。彼はもう一度鼻を鳴らして、言葉を続けた。確かに何人かは何となく分かっているかもしれないが、その彼らも何をどうすればいいのか分かっていないのだ。彼は、そのことについて激しく息巻いた。彼は、西洋の女たちがそれほどまでに神の意思を愚弄しながら、相手を見つけるとか、結婚するということをすっかりあきらめてしまわないのが不思議だと言った。だが、ジャマイカでは、多くの男たちが、もっとちゃんと分かっており、したがって女たちもちゃんと分かっているのだと。私は、どうしてジャマイカ人だけが、大洋の同じ側にいる他の人々より恵まれているのか知りたいと言った。すると彼は、ジャマイカには何世紀にもわたって東洋の影響が働いていたので、ジャマイカはアメリカ大陸の人々に愛について教える用意ができているのだと答えた。そう言いながら、彼は別荘を出て車寄せに停めてあった自分の車の方にすたすた歩いていった。だが、そんなことを言わせておいて、黙って行かせてしまう私ではない。私は、車に乗り込もうとする彼を捕まえて、連れ戻した。私が嘲笑う代わりに耳を傾ける態度を示すと、私たちはとても長く話し込むことになった。つまり彼が話し、私がうやうやしく拝聴したということだ。

彼は車で帰る前に、若い娘たちに愛のための準備をさせる専門家のことを話した。そのしきたりはジャマイカ全般で広く行なわれているものではないが、ここに挙げておく程度には十分一般的なものだ。私は見せてもらえるよう頼み、彼は、私がそれを間近に調べることができるかもしれない地区で顔がきくので、力になろうと約束してくれた。私はその儀式を行なう療法士の一人の家に二週間泊まり込んで、その期間で学べることを学べるようにしてもらった。ジャマイカのその地区には、愛の指南役が何人もいたが、外部の人間は、何が行なわれているかまったく知らなかった。

この療法を行なう者は必ず女性である。自分も長年、愛の秘儀を実践してきた年配の女たちだ。女としての現役の時代を過ごして未亡人になったり、何か別の理由で現役を退いてから、助言を与える立場で愛の世界に復帰したのだ。

まもなく結婚することになっている娘や、有力な男の愛人になることになっている娘が、準備のためにこの老女のもとに送られる。完璧に無垢であると同時に、完璧に愛に応えられる娘にしてもらいたいというのが願いだ。娘は、専門家のもとで一生の大事のための教育を受けるのだ。

数日の間、老女は娘に触らない。自分の生徒となった娘に、講義で教えられることをひとわたり教える。中でも、愛の交流はベッドではうまく行なわれないということが教えられる。柔らかいベッドは愛に向かない。それは年を取って、その気の起こらなくなった人間が休むためのものだ。娘は、姿勢そのもので誘いかけなければならないと教えられる。旦那様が部屋に入ってきた時、彼女は床の上に寝ていなければいけない。しかも肩と足の裏しか床に着けていてはいけない。男の目に入った時、その姿勢を取っていなければいけない。年寄りの雌牛のように無精にベッドに寝ていたり、市場の露店からわずかばかりの牛肉をかすめ取った泥棒のように布団の下に隠れたりしていてはいけない。寸分たがわぬ正しい姿勢が、何度も示してみせられる。娘は、その姿勢が楽に取れるようになるまで、何度も稽古を繰り返させられる。それに加えて、体の中と外の筋肉を自由に操る方法を詳しく教えられ、娘がこつをすっかり飲み込むまで、何度も何度も稽古が繰り返される。

最後の日が来る。それは結婚の日だ。老女は娘を初めて「バーム・バス」、つまり熱い薬草風呂に入れる。結婚を迎える処女が入る風呂に入れるハーブの調合は、これらの老女たちだけの秘伝だ。この風呂は、幸福な結婚のさまたげになる可能性のある精神的、霊的、肉体的な要素をすべて取り去るためのものだ。この時点では石鹸は絶対に使わない。汗をかいて、毛穴を開き、全身を刺激するための薬草湯だ。娘は湯から出るとすぐに体をくるまれ、長い間汗をかかせられる。それから今度は石鹼の風呂に入れられる。

ここからが、この儀式の奥義である。ジャマイカには、クスクスと呼ばれる草がある。その根の甘い香りは、まさに誘惑の香りだ。老女が何日も前にこの草の根から抽出しておいたオイルが、鉢に入れて手元に置かれている。彼女は、この香しい油で娘の頭のてっぺんから足の先までマッサージし始める。爪先、指、腿、からだのあらゆる部分に特別なマッサージの仕方がある。私には、乳房だけが無視されているように見えた。だが、全身のマッサージが済むと、老女は乳房に戻った。胸は、何か特別のハーブを入れた湯に何度か浸される。それから、クスクスに浸した指の先の先で、本当に軽くマッサージされる。この指先の動きは円を描いて、常に乳首のほうに向かう。乳首まで行くと、元に戻って何度も何度も繰り返される。最後に乳房を手のひらで包み、暖めた鳥の羽で乳首を何度も何度も撫で、刺激に対する反応が現れるまで続ける。乳房は固く突き出てきて、一方、全身の他の部分はリラックスしている。

だが、老女はまだやめない。老女が指先で行なう軽いマッサージを全身に及ぼすと、娘は恍惚状態になる。ガンガの葉を一枚浸したラム酒を一すすりさせると、彼女は正気づく。ガンガとは、聖なるガンジスの川辺からジャマイカにもたらされた「知恵の草」である。娘が正気を取り戻すと、またマッサージが続けられる。娘はまた恍惚となり、また気つけを与えられる。だが娘は日常の意識状態にはない。彼女は薄明のような意識状態にあり、愛の思いの雲の上にふんわりと乗っている。

さて、老女はまた娘に語りかける。これまでの一週間に話したこと、したことを手短にまとめた話だ。

「今は体の調子がおかしいような気がするだろうけど、それはお前が生まれてきた目的が、まだ果たされていないからだよ。お前は、そのことが起きるまでは、幸せにも完全にもなれない。でも、すべての成功の鍵は、お前が握っているんだよ。お前は、この世の生き物の中で一番幸せな務めを担っていて、それをうまくやらなくちゃいけない。女の務めは、愛し、いたわることだ。お前は他のことのために作られてはいない。お前は愛し、いたわるために生まれてきた。自分はそういう者だと思いなさい。違ったふうに思ってはいけないよ。私が教えたとおりにすれば、天国は、お前と、愛といたわりを求めてお前を自分の家に連れていく男とともにあるだろう。男は、そのためにお前を自分の家につれて行くんだ。他の理由なんかない。男はみんな、女にそれだけを求めるんだ。愛と優しさと平和をね。男を失望させてはいけないよ」

年老いた教師は、もう一度、肉体に関する事柄をざっとかいつまんで話した。老女は、恐れてはいけないという点を強調した。もし娘が苦痛を味わうとしたら、それは彼女が、あれほどいたわりをこめて繰り返し教えられたことを身につけることができなかったということだ。恐れることなど何もない。愛は誰も殺したりしない。それどころか、愛は人を美しく幸せにする。老女は、このことを何度も何度も繰り返して言った。

ゆるんだ筋肉を揉み続けながら、老女は幅の広い白い布を取り出し、娘の腰の回りにきつく巻きつけた。おへそよりずっと下の部分だ。老女は娘の体を四回ぐらい巻いてから、安全ピンで留めた。その布はとてもきつく巻かれていて、最初は身動きもままならないのではないかと思った。これが巻かれる間じゅう、娘は未来の夫のところに連れていってくれと叫び続けていた。老女は、娘の言うことなど聞いていないような様子で、娘の体のあちこちを手短にマッサージした。

みんなで娘に結婚の衣装を着せ始めた。老女は、ほとんど囁くような声で娘に、お前はすべての創造の一番大切な部分を担っているんだ、お前はその役割を喜んで引き受けなければいけない、と言い続けた。お前は自分の運命と神の創造に逆らってはいけない。娘はじりじりしながら、ようやく結婚衣装に身を包み、人々や夫の前に出るために、その部屋から連れていかれた。だが、ベールの下で怯え、震えながら行くのではない。神経をぴりぴりさせ、破滅に向かうかのように振る舞う女の姿はない。この若い、とても若い娘は、かぎりない自信に満ちて進んでいった。激しい渇望を抱いて進んでいった！

第三章　猪狩り

　ジャマイカに行った人は、アカンポンのマルーン〔逃亡黒人奴隷の子孫〕を訪ねてみたいと思うようになる。彼らは現在、カーネル〔大佐〕・ロウの支配下にある。カーネル・ロウは、知的で陽気な人だ。だが、前もって注意しておくが、カーネルの斜視で太鼓腹のラバには乗らないことだ。カーネルは、私が最後の急な登りを自分の足で登らなくてすむように、その雌のラバを鉄道の終着駅に待たせておいてくれた。そうしてくださったのは大変親切なことだし、私はその心づかいに感謝しているが、ラバは、どうしたわけかその計画に同意しなかった。そのラバが私を放り出さなかったのは、ひとえに私が放り出される前に自分で落ちてしまったからだ。そして私が落ちたあとで、ラバが私を蹴ったり嚙んだり足で踏みつけたりしなかったのは、ひとえに私が落ちたあと素早く逃げたからだ。ラバは、そのまま真っすぐ私を山の上まで追い上げるつもりだったのだと思うが、カーネル・ロウの息子たちが、ラバの手綱をつかんで、私が離れるまで押さえておいてくれた。

ラバは私が無事に逃れるのを見てひどく腹を立て、何度も後ろ足で立ち上がって鞍も何もかも、端綱以外のものは全部振り捨ててしまった。私が結んでいた粋なオレンジ色のネクタイが気に入らなかったのかもしれない。私の顔が気に入らなかったのだとは思いたくない。何にせよ、そのラバは、私が近づいていくや否や、出っ張った目で私をぎょろぎょろにらんだ。一つ、そのラバのために言えることは、そのラバは私をだましたりはしなかったということだ。ラバは、一度も私を好いているような振りなどしなかった。私が背に乗るのにも、まったく協力してくれなかった。最初から私を乗せたくなくて、それを私にも知らせた。私たちは一皮むけば姉妹かもしれないなどと思っていたのは、私だけだ。ラバは、一キロも行かないうちに、その思い込みをすっかり正してくれたので、私はアカンポンまでの山道を自分の二本の足で登り通さなければならなかった。

私の胸を強く打ったのは、この土地に漂う歴史の重みだった。昔の練兵場が今はクリケット競技場になっているのだが、そこに立つと、今は亡き何代もの人々が私を取り巻いているのを感じた。確かに、ここにあるのは、逃亡黒人奴隷が開拓した西半球で一番古い集落だ。自らの勇気と知恵で奴隷の足かせをかなぐり捨てた人々。マルーンの勇気と豪胆さは、ジャマイカの歴史を紫の光線のように貫いている。だが、そこに立ってセント・キャサリン・マウンテンからブラック・リヴァーの先に広がる海を眺め、草ぶき屋根の小さな家々を間近に見ていると、私は、最初の逃亡奴隷がこの山々に隠れ住んでから今までの間に、アメリカ本土には一大文明と世界一の大国が興ったことを思い出さずにはいられなかった。マルーンは、ピルグリム・ファーザーズがマサチューセッツの何もない岸辺に上陸する前から、ここにいるのだ。今やマサチューセッツは大西洋から太平洋まで広がったが、アカンポンは、もとのまま変わっていない。

私は、しばらく滞在するために、カーネル・ロウの家に腰を落ち着けた。私には、カーネルが私のことをいぶかっているのが分かっていた——私がなぜここに来たか、何を求めているのかということについてである。私は彼に何も話さなかった。カーネルは、ハースコヴィッツ博士が来て、自分の家に一晩泊まった時のことを話した。また別の人が三週間いて、マルーンのダンスについて調べていったことや、そういう人たちが調査のためにどれほど金を使ったかということを話した。私は、自分がここに来た理由を話さずに、一日また一日と過ごした。カーネルは、私のためにみんなにダンスを踊らせようかとも言ってくれた。私はお礼を言ったが、申し出は断った。自分はフォークロア資料収集のベテランだから、客向けの見せ物のダンスなどではだまされない、とは言わなかった。私は、普段どおりの環境の中で、普段どおりの手順で行なわれるダンスや儀式を見るのでなければ、わざわざ見たりはしない。自分の経験から、私は、そういう見せ物化されたものが、本物とは決して同じでないということを学んでいた。私は、何人かのマルーンから大きなダンスの祭りが一月の六日にあり、本物はそれしかないと聞いていた。その前の日に、彼らは木の生い茂った峰に登り、思い思いの仮面と衣装を身につけて戻ってくる。一晩山にこもっていた彼らを、アベングあるいはコンク・シェルが呼び戻す。そして、ダンスと歌と豚肉ジャーク〔焼肉料理〕の祝宴、アフロ・カラマンテの日が来るのだ。

私がその時していたのは、全般的な観察だった。私は、マルーンがどういう人たちなのか本当に知りたかった。彼らは自治社会を持っていたので、私は彼らが教育や交通や公衆衛生や民主主義についてどう思っているか知りたかったのだ。私は彼らの文化や芸術的表現形態が見たかったが、特に何かを見たいと言ったら、生活環境から切り離されたものしか見ることができないことを知っていた。私は彼らの昔ながらの素朴な医術についていろいろ聞いており、それを調べたいと思っていた。私は野菜の毒と、その解毒剤に興味があった。そこで私は、ぶらぶらしながら待った。

アカンポンの他にもマルーンの集落はあったが、イギリスが条約を結んでいたのはアカンポンのみだった。現在、アカンポンの人口は約千人で、カーネル・ロウがマルーンの法と慣習にしたがって町を治めていた。万事が非常に素朴だが、カーネルは人々の生活を近代化したいのだと私に言った。だが、無気力が蔓延しており、人々は、外の世界で何が起きているか、まったく気にもしていない。

たとえば、アカンポンには、かまどというものがない。料理やアイロンがけなどをする時は、火を燃やし、女たちは火のそばにしゃがんで煙を吸いながら作業をするのだ。私はロウに、あなたがかまどを買って、使い方をみんなに見せてあげるべきだと言った。彼は、自分にはかまどを買う金がないと言った。だいたい、ジャマイカでは都市部の裕福な家庭以外では、かまどを使う習慣がない。かまどは贅沢な輸入品なのだ。私はそのことを認め、別の手で行くことにした。かまどを作ろう！　私は、石とセメントで作るかまどを設計し、カーネル・ロウと彼が集めた数人の男たちが、かまど作りを引き受けた。私たちは大きな町に注文を出して、かまどの煙突と鍋の台に使う錫の薄板を買った。私は鍋底の寸法を測って、三つの鍋それぞれに合う穴の大きさを計算した。真ん中の穴は大きな鉄鍋用、それともう二つ、異なる大きさの穴をあける。カーネル・ロウは石灰を少し持っており、息子と孫たちに石をもう少し取りにいかせた。彼の娘婿になる予定の青年が粘土と石灰を混ぜ合わせ、一日のうちに溶鉱炉のようなかまどが出来上がった。料理小屋には床が張ってなかったので、かまどは小屋の一方の側の端から端までの大きさにして、使っていない鍋を置く場所もこしらえた。鍋を置く穴の周りには錫を張って、鍋がモルタルを傷めないようにした。そして、私たちは、かまどを一日乾かした。翌日火をたいてみて、使えることが分かると、私たちはみんな大喜びした。大勢のマルーンたちが奇跡を見にやって来た。火の上では鍋が煮えている。なのに小屋の中には煙はなく、小屋の脇から突き出した煙突から黒い煙がもくもくと上がっていた。

かまど作りの間に、私はカーネルの孫のリトル・トムと知り合いになった。トムは、とても愛すべき、かわいそうな子供だ。とてもがっしりしていて、年の割りにとても力がある。トムは、祖父の家に住んでいた。母はなく、父は自分自身のためにさえ働こうとしない男で、ましてや息子のために働くなどということはなかった。その男はただぐうたらな怠け者というだけでなく、彼のために沢山の金を無駄に費やしたカーネル・ロウに不忠でさえあった。リトル・トムは、かわいがられている他のいとこたちの中で、実に惨めな暮らしをしている。他の子供たちは、トムをぶっても蹴ってもよく、私は一人の子供がトムに火傷をさせても罰を受けないのを見た。食事も一番最後に一番少ししかもらえず、いとこたちから受けた仕打ちに少しでも腹を立てたりしたら、厳しく罰せられる。いとこたちはカーネルのお気に入りの末娘の子供で、彼女は自分の可愛い三人の子供たちが、少しでもトムに嫌な思いをさせられないように目を光らせている。私がほんの少し親切にしてやったら、トムはとても喜んだので、私は本当にトムを養子にしたいと思った。トムはひたすら愛と好意でいっぱいなのに、それを使う場所がないのだ。彼が愛や好意を示そうとすると、とりわけひどく叱られる。あんな小さな子供に、どうしてそんなむごいことをするのかと私が尋ねると、彼らは残酷な人々が必ず使う、あの言いわけを使った。「あの子はとても悪い子なんだ。犯罪を犯しやすい性質なんだ。厳しくしないと、人非人に育ってしまうんだ」そして彼らは、トムのためによかれと、トムをいじめ、叩き、叱りつける。

ほどなく私は、マルーンではない人々が、カーネルの門の前を通って山道を登っていくのに気づいた。私は、その人々がアカンポンに治療を受けに来ていることを知った。カーネルは私にそのことを話すようになり、まもなく私は一番偉いメディスン・マン〔祈禱師〕に会った。カーネル・ロウは私に、その男は嘘つきで、政治的な野心を抱きすぎているが、昔ながらの医術については本当によく知っていると言った。あとで、それが本当だということが分かった。彼は素晴らしい医者だったが、支配者になりたがっていた。ある時、彼はずっと昔イギリスとマルーンたちの間で結ばれた条約を盾に取って、マルーンの支配者になろうとした。この企ては失敗に終わったが、彼は相変わらず、カーネル・ロウに対してあまり誠実でない態度を取り続けている。だが、二人は表向きは、まずまず友好的な関係を保っている。だから、彼は、やって来て私と話をしてくれることになった。

私たちはまず、ジャマイカで広く語られている事柄について話をした。ブラザー・アナンシというクモの姿をした西アフリカの偉大な文化英雄。それはハイチではティ・マリス、アメリカではブレア・ラビット〔ウサギどん〕に姿を変えている。ダピーのこと。彼らがどこにどのように存在するか。見つけるにはどうすればいいか。ダピーはたいていカポックの木かアーモンドの木に住むのだそうだ。それらの木をあまり家の近くに植えてはいけない。なぜならダピーがその木に住み着いて、家に出入りする人々に「熱を投げかける」からだ。ダピーがそばにいる時は、その熱を感じ、頭が膨れるので分かる。ダピーは、そばに来るだけで、人の頭を大きく膨れ上がらせてしまうことができる。でも、スピリット・ウィードという名で知られている蛇草〔蛇毒の解毒剤となるといわれる草の総称〕の一種から取ったお茶を飲んでいる人には、ダピーは手を出すことができない。あらゆる邪悪なものやダピーがいる部屋に入っても、その人はまったく安全だ。

ウーピング・ボーイの話が出た。ウーピング・ボーイというのは、「ペナー」（牛飼い）の幽霊だという者もいる。ウーピング・ボーイが見えたり、その声が聞こえたりするのは八月だけだ。ずっと遠くで、ほうっと声を上げ、鞭をぴしっと鳴らして、牛の幽霊を囲いに入れているのが聞こえる。その鞭がぴしっと鳴ると、本物の牛は怯える。

三本脚の馬は、クリスマスの直前にだけ姿を現す。一人の女が言うことには、その馬は生きていた時は霊柩車を引いていて、午前一時にならないと姿を見せない。一時から四時までの間、その馬の幽霊は街道をうろつき回り、たまたま出会った旅人を襲う。もし三本脚の馬の幽霊に追いかけられたら、柵の下をくぐって逃げなければ逃れるすべはない。柵の上を乗り越えて逃げたら、馬の幽霊は柵を飛び越して追いかけてくる。

だが、男たちは顔を見合わせて笑った。男たちは、三本脚の馬は決して誰にも害を及ぼしたりしないと言った。彼らが言うには、女たちは怖がるが、三本脚の馬は危険なものではないのだそうだ。三本脚の馬は、クリスマスの頃に浮かれに出てくるのだ。田舎の人たちがパレードのために馬の頭や牛の頭の仮面をかぶる時、三本脚の馬はシーツにくるまり、人に紛れて一緒に歩く。だが、よく見れば、仮面をかぶっている人間とは見分けがつく。

三本脚の馬は、「ティ・クーム・タム！ ティ・クーム・タム！」という音を立てて飛び跳ねて歩く。ジャマイカのある地方では、この幽霊は「三本脚のオーレリア」と呼ばれ、人々は夜の七時前から、この馬の幽霊が出るのを待ちながら道で踊り回る。そして夜通し仮面舞踏会をして飲み騒ぐ。二人の歌い手と踊り手が、野外で行なわれるこの儀式の音頭を取る。実に楽しいお祭りだ。

聞いた話を総合して、私は、三本脚の馬というのは性の象徴で、その祭りは西アフリカの思春期を迎えた少年のための儀式の断片だと強く信ずるようになった。女たちはみんなそれを恐れていた。女たちはみんな、それを恐れるように教えられたのだ。だが、男は誰も少しも恐れていなかった。おそらく、飲み騒ぐ男たちの仮面と衣装の下には、何か知る価値のある文化的な秘密があるのだろう。だが、私の性が、他の女たちが知っている以上のことを少しでも知るさまたげとなっているのは確かだった（私はハイチでも「ソシエテ・トロア＝ジャーンブ〔三本脚の会〕」というものの存在を知ったが、その隠された意味の確かなところは、少しも調べ出すことができなかった）。

だが、ローリング・カーフという子牛のお化けが、ジャマイカの妖怪の中で一番有名だ。その大きな目は火の玉で、その動きは稲妻のようで、どこにもじっとしていない。ローリング・カーフは、ジャマイカ中をさまよい歩く。ローリング・カーフは、人間を困らせるためにこの世に送られた災厄なのだ。このお化けは主に田舎に出没し、丘を駆け降りてきて、旅人を恐怖に陥れる。だが、ローリング・カーフの一番の害は、雌犬の健康を害してしまうということだ。ローリング・カーフは犬に害を及ぼす。雌犬がきゃんきゃん吠えるので、飼い主は庭に出てみるが、ずっと遠くで火が消えていくのが見えるだけだ。犬は体の具合が悪くなり、二度と子犬を産むことはない。ローリング・カーフは、月夜の晩ならたいてい田舎道をうろついているのを見ることができる。

一晩、二晩、話をすると、メディスン・マンは自分の仕事のことを話し始め、まもなく私は彼が医術を施すのを見物させてもらった。私は、カウイッチ〔熱帯の豆科のつる草〕の恐ろしさと効用、マダム・フェイト〔死夫人という意味〕という名前で知られている薬草について知った。「これは容赦のない草なんだよ」と彼は言ったが、あとで私は、彼がその草の力を控え目に言ったことを知った。私は彼が、カッサダ豆、スリープ・アンド・ウェイク、ホース・バス、マージョ・ビターなどを使うところを見た。ホース・バスの葉を五枚煎じて、一つまみの塩を入れて飲むと、肝臓がすっかりきれいになる。葉を六枚煎じて飲むと死ぬ。マージョ・ビターは、岩場に育つつる草だ。肘から手首までの長さの分を煎じて飲むと、素晴らしい薬になる。手の先までの長さを煎じて飲むと、強い毒になる。彼は、ジェサミーと呼ばれる木の樹皮をよく煎じて、便秘薬として使った。この薬をワイン・グラス一杯分飲むと、十二分後に便通がつき、患者を消耗させたり腹痛を起こさせたりすることなく、五日間効果が持続する。

私はメディスン・マンと一緒に、「神の木」（バーチ・ゴム）を訪ねた。その木が「神の木」と呼ばれているのは、それが一番初めに作られた木だからだ。それは、善にして邪悪なる最初の木だ。メディスン・マンは、その木の日当りのよい側と盟約を交わしていた。私たちは、一度ならず、その木のもとに行った。ある日、私たちはメディスン・マンの敵が彼に害を及ぼすのを防ぐために、その木のもとに行った。メディスン・マンは、頑丈な釘とハンマーを持っていき、釘を三回打って頭まで木に打ち込んだ。それからハンマーを投げ出して、後ろを振り返らずに素早く歩み去った。あとで彼は、私にハンマーを取りにいかせた。

彼は、この木の毒で誰かの体をひどく腫れ上がらせるためには、その人が汗をかいている時に、この木の切れ端で触るだけでいいということを証明してみせた。気味が悪かった。私たちは、病に伏している少女にも会いにいった。メディスン・マンは、その娘の母親にあまり快く思われていなかった。だがアカンポンでは、村の中のことは村の中で解決するる。特に、彼らは自分たちの昔ながらの治療法を固く守っている。メディスン・マンは、その家に入っていき、病気の娘を見おろして、病はひどく重いが自分には治せると言った。だが、まず母親が、病人が寝ている部屋の窓のすぐ外に生えているパパイヤの木を切り倒さないといけない。母親は嫌だと言った。その木は彼女が持っているたった一本の木で、その果実がないと食べ物に困るのだ。メディスン・マンは、その木を切らなくては駄目だと言った。そもそも、その木は家の近くに生え過ぎている。家に住んでいる人たちの力を吸い取ってしまうのだ。それに、その木は高く伸びている。家よりも高い。ポーポーまたの名パパイヤの木が家より高く伸びるにまかせておくと、その家で誰かが死ぬということを知っておくべきだ。母親は、ふんと嘲った。あの木は、娘の病気とは何の関係もない。もし彼が娘を治すためにはどうすればいいのか分からないなら、そう言って、よそへ行ってしまえばいい。そうすれば自分は誰か他の医者を呼びにやる。もしどうすればいいのか知っているなら、さっさとそれをやって、ポーポーの木のことで時間をつぶすのはやめることだ。

いろいろ手を尽くしたにもかかわらず、娘は日に日に衰弱していった。とうとう娘は母親を枕元に呼んで言った。「母さん、私のためにあの木を切って。お願い」「お前を治すためなら何でもしてあげる。でも、あの木を切る必要なんかないんだよ。あんなのは無知な人間の迷信さ。どうして、あんなに食べ物をくれる木を切らなくちゃならないの?」

それから娘は、一日に何度も木を切ってくれと母親に懇願した。もし自分にその元気があったら、鎌を取ってきて自分で切り倒すのに、と言った。彼女はずっと泣きどおしで、哀願のこもった目で母親の姿を追っていた。

「母さん、今日は昨日より悪くなったよ。母さん、お願いだから木を切ってちょうだい。私は赤ん坊の頃から、ポーポーは不幸を招く木だと教わってきたよ」

「そして、お前は赤ん坊の頃からずっと、あの実を食べてきたんだよ」母親は言い返した。「お前を治すために、作れるお金は全部使っているのに、お前は、私の木を殺せなんて馬鹿なことを言う。駄目だよ！」

「母さん、あの木を切ってくれたら、私は生きていられる。切ってくれなければ、私は死ぬわ」

娘はどんどん弱っていき、とうとう死んでしまった。悲嘆にくれた母親は、鎌を持って外に駆け出し木を切り倒した。娘が埋葬された時、木は、しおれた葉や果実をいっぱいつけて庭に長く横たわっていた。だが、それでもまだ、その女は完全に信じてはいなかった。彼女は、あれはただの偶然だったのかもしれないという思いにつきまとわれていた。私は、カーネルの兄弟のイーソー・ロウの娘を訪ねていく道すがら、その母親の家を通った。その母親が悲しみに沈んで大量のしなびた果実を見おろしていたので、私は彼女に話しかけた。女は私に金を少し恵んでくれと言いはしなかったが、私が金を差し出す糸口を作った。私は彼女が金を必要としているのを知っていたから、大喜びで三シリングあげた。「ありがとう」彼女は、なかば涙にむせびながら言った。「娘は死にました。私――私には分かりません――」彼女は木を見おろした。「私が何とかすれば娘を助けてやれたのかどうか。それが分かったらいいのに。葬式の次の日に、人はどれほどおなかがすくものか知ってますか？　でも、あなたには、そういうことは全然お分かりにならないでしょうね」

ある夜、カーネル・ロウとメディスン・マンと私は、カーネル・ロウが金を十分手に入れたら出来上がる予定の、作りかけのポーチに座り、世間を見おろして、お喋りしていた。向かい側の山腹で、アマガエルがひどく騒がしく鳴き立てていた。カーネル・ロウは、雨の降る前触れだと言った。私は、雨にならないといいのに、と言った。雨が降れば、アカンポンポンじゅうが、始末におえない泥の海になってしまうからだ。私は、カエルに黙ってほしいと言った。カーネル・ロウは、メディスン・マンならカエルを黙らすことができるが、天気には何の効き目もないよ、と言った。

「向こうの山のカエルたちを黙らせられるの?」私は尋ねた。

「ああ、彼は思いどおりにカエルを黙らせられるよ。そうするのを何度も見た」

「本当にできる?」私はメディスン・マンに尋ねた。

「とても簡単なことだよ」

「じゃあ、私のためにやって。そうするところを見たいわ」

メディスン・マンは立ち上がり、向かい側の山の頂きに顔を向け、片手を素早く動かし、ウエストから上だけに深く息を吸い込んだようだった。その姿勢のまま一瞬動かず、それから力を抜いた。向かい側の、人の住まない山の木々に住む何百万ものカエルたちが、電光石火のごとく、ぴたりと鳴きやんだ。メディスン・マンは腰をおろし、ポーポーの木の樹液が男性の性的能力をいかに損なうかという話を続けようとしたが、私は彼をさえぎった。私はしばし、この突然の沈黙に耳を澄まさずにはいられなかった。

「ああ、奴らは、俺がいいと言うまでは、もう鳴かないよ」メディスン・マンは私に請け合った。「俺がうちに帰る途中、イーソーの家の前を通るまでは鳴かない。そこまで行ったら俺は口笛を吹いて、そこまで行ったと知らせる。そしたら、奴らはまた鳴き始めるよ」

私たちは、もうしばらく、ダム・ケイン〔サトイモ科の植物。葉を嚙むと舌が腫れて声が出なくなる〕の毒性や、ビッシー（コラの実）の解毒効果や、馬の毛と竹の粉末で殺す方法などについて話した。だが、メディスン・マンが立ち上がって帰ろうとした時、私は嬉しかった。

「ああ、気を揉むことはないよ」カーネル・ロウが私に言った。「彼は、言ったとおりにできるから」

メディスン・マンは、カーネルの家の今にも倒れそうな門を出て、生まれてからずっと山登りをしているマルーンらしい楽々とした歩みで山を登り始め、闇の中に溶け込んでいった。数分後、道の上の方から口笛が聞こえ、まるでオーケストラの指揮者が指揮棒を振ったかのように、カエルのシンフォニーが突然始まった。そして、それは私が寝入ってしまうまで、確かに続いていた。

私は、豚肉ジャークのことでカーネルを悩まし続けていた。私は、それが食べてみたかった。マルーンの豚肉ジャークは、海の彼方でも有名だった。カーネルは、マルーンは家畜の豚ではジャークを作らないのだと説明した。ジャークにするのは、猪の肉だ。では、どうして猪を殺してジャークを作ってくれないのか、と私は尋ねた。

「ママ〔ここでは成人女性に対する敬称〕！　あんたが思っているより、ずっと難しいことなんだよ。猪は、とても頭のいい生き物なんだ。そんなに簡単には殺せない。それに、猪はコック・ピット地方に住んでいて、そこは、岩場や山に慣れている俺たちでも、やすやすと行けない場所なんだよ」

「それに、猪も昔ほど沢山いなくなったしな。俺たちも沢山殺したし、マングースも猪を殺すからね」メディスン・マンが付け加えた。

「マングースが猪を殺す？　信じられないわ！」私は叫んだ。

「ああ、マングースってのは、ひどい害獣さ」メディスン・マンは言った。「とても有害なもんなんだよ、ママ！　猪が自分の脚で立ってる時なら、マングースを八つ裂きにしてしまうさ、ママ！　でも、猪がお産をしてる時にマングースが来て、生まれたばかりの赤ん坊猪を捕まえて食べるんだよ。だから、今はもう、猪はあんまり沢山いなくなってしまったのさ」

だが、私は何度もその話を持ち出し、頼み込み、くどき落とし、とうとう狩猟隊が編成された。狩猟隊は通常、四人の狩人と犬たちと荷物持ちの少年で成り立つのだが、今回の狩猟隊はもっと大規模な編成になった。ちょうどその時期、男たちの多くは仕事があまりなかったからだ。そして私も行くことになった。アカンポンでは女も猪狩りに行くのだ。私にもう少し分別があったら行ったりしなかっただろうが、人間、何事も経験してみないと分からないものだ。狩猟隊の顔ぶれは、カーネル・ロウ、その兄弟のイーソー、トム・コリー、その二人の娘婿、もう一人の未来の娘婿、そしてコリーの息子が荷物持ちと雑役一手引き受け役を務めていた。

前の日、古いマシェティ〔幅の広い刀〕の刃が剃刀のように鋭く研ぎすまされた。そしてその刃を長い柄に縛りつけて槍にした。こういうことはすべて前の日にしておかなければいけない。なかでも刃を全部鋭くしておくことは絶対にそうだ。狩りに行く日に武器を研ぐと、犬が猪に殺される。

狩りの日、私たちは夜明け前に起き、あらゆる装備、数日分の食料、調理器具、武器等々を持って、密かに墓地への道をたどった。メディスン・マンが墓地で私たちと落ち合うことになっており、彼は約束どおりやって来た。狩人全員の先祖たちに、狩人たちの腕を強くしてくれるよう祈願が捧げられた。アカンポンでは、ある理由から決して墓標を立てないので、親戚の墓の場所を自分で覚えておかなければ、絶対に見つけ出すことはできない。男たちの一人はキューーバに数年行っていたので、父親の墓を見つけることができなかった。このことはあまりよいこととは見なされなかったが、さりとてひどく悪いことと も見なされなかった。あてずっぽうで祈りを捧げたりはしなかった。間違えてダピーを起こしてしまうと、その人に害が及ぶからだ。こうして儀式は終わり、私たちは、アカンポンの誰かに話しかけられる前に出かけなければならなかった。それは、最悪の不運なのだ。実際、もし出かける前に誰かに話しかけられてしまったら、みんな、行くのをやめる心づもりだった。さもないと、何人かが殺されて戻ってこられなくなるだろう。

荷物持ちの少年は、私たちの食料を運んでいたが、それはたいして重くはなかった。というのも、マルーンたちは、すぐれた内燃機関を持つ人間たちだからだ。マルーンの町には太った人はいない。思うに、それは山登りと質素な食事のせいだろう。彼らは瘦せて、タフで、持久力がある。量の少ない食事で何時間もぶっとおしに歩いたり戦ったり働いたりすることができる。狩りの食料は、とうもろこしパン、カッサダ・バイ・ミー（カッサヴァ・パン）、グリーン・プランタン〔バナナの一種〕、首尾よく野豚を捕まえられたら保存処理するための塩とアマトウガラシと、その他のスパイス、それにコーヒーだった。荷物持ちの少年は、鉄のシチュー鍋とコーヒー・ポットも運んでいた。狩人たちは、自分の銃と鎌を携帯していた。私は、カメラやノートの他に、櫛とか歯ブラシとかタオルといった女性ならではの小物を持って、おぼつかない足取りで歩いていた。

私たちは、墓地の裏から出発し、日が昇る頃には、コック・ピット地方に着いた。コック・ピット地方がどんなところか説明するのは難しくない。ジャマイカのこの地方には、地面に漏斗状の大きな穴が開いている領域が何マイルにもわたって広がっている。それらの穴は大きく奇怪で、これまで誰も中を調べてみたことがない。岩はとても信じられないような形で重なっている。アストリー・クラーク氏が、そこを観光の目玉にしようと躍起になっている。だが、これらの不思議な深い穴の中に降りていくことはおろか、ここまでやって来るだけのスタミナのある観光客は、ごくわずかしかいない。それらの穴は、巨大で奇怪だ。

コック・ピットの最初の穴に着く頃には、私は疲れてしまったが、男たちには黙っていた。彼らも間もなく疲れるだろうから、私は泣きごとを言わなくても休むことができるだろうと思ったのだ。だが、彼らは、ずんずん歩き続けた。犬たちは、あちこち走り回ったが、野豚がいた跡はなかった。あたりはどんどん岩だらけ、穴だらけになり、ごつごつ、でこぼこして、崩れそうな丸石だらけで、私は、アカンポンに戻れたらどんなにいいだろうという思いをつのらせた。

正午頃、私たちは小休止を取り、食事をして、また歩き続けた。私はカーネル・ロウに、もう野豚は全部殺されてしまったのかもしれない、私たちは時間を無駄にしているかもしれないと言ってみた。私は、猪が一匹も捕れなくても、狩猟隊を責めたりしないと言った。努力はしたのだし、大いばりで帰ればいい。カーネルは私を見て笑った。「どうして」と彼は言った。「そんなにすぐ猪を見つけようったって駄目だよ。俺たちは、猪がいた跡を見つけるのに四日もかかることだってある。明日、夜になる前に、猪がいた跡を見つけられたら、俺たちは運がいいよ」

まだ日没まで四時間もある！

私たちは、その日は猪がいた痕跡を見つけることはできなかったが、男たちは、コック・ピットの穴の内側に生えている木の中に蜂の巣を見つけた。その発見に、みんな大喜びした。私は、それをどうやって取るのか尋ねた。彼らは何度か穴の内壁をつたって降りて行こうとしたが、斜面があまりにも険しく、木もあまりにも遠くにせり出していて、登るのが難しかった。そこで、コリーが自分のかかとを人につかんでもらって、頭から真っ逆さまに断崖から身を投げ出し、蜜を滴らせている蜂の巣を手にして引き上げられた。私はとても見ていられなかった。私の神経には刺激が強すぎたが、私以外は誰もその離れ業を何とも思っていないようだった。

みんなが蜜を食べている間、私は、大きな熱い岩の上に体を伸ばして休んだ。カーネルが気づいて、男たちに夜営のための小屋を建てろと命じた。いずれにしろ日没が近かったのだ。

男たちは鎌を手にして、小さな掘っ立て小屋を建てるのに十分な枝を切り落とした。一時間足らずで、小屋が使えるようになった。

二日目も猪の痕跡は見つからず、私はどこかでコダックのカメラをなくした。多分自分で捨ててしまったのだろう。乗馬用ブーツのせいで、かかとの皮が擦りむけていたし、体じゅうが痛かった。だが、マルーンたちはヒナギクのように元気一杯で、カラマンテの歌を歌いながら威勢よく歩いていた。彼らのお気に入りは、「俺たちは来たぞ、おお」という意味の歌だった。カラマンテ語では、「ブルー・イェリー、アイ！　ブルー・イェリー・ギャロ、ブルー・イェリー！」となる。

三日目も間もなく暮れようという頃、犬たちが猪の痕跡を見つけた。姿が見えたわけではない。犬たちは匂いを感じて、血に飢えた白イタチのように走り回り始めた。だが、いかにマルーンにとってさえ、その日はもう行動を起こすには時間が遅すぎた。男たちは臭跡の真上に小屋を建て、みんなで野営の準備をした。イーソーが、匂いの上に小屋を建てたのにはわけがあるのだと説明してくれた。彼が言うには、猪というのは魔法をかけられた動物なのだそうだ。猪には決まった行動の習性があり、それを変えない。猪は一つの道筋に隠れ場所をいくつか持っており、一つの隠れ場所から次の隠れ場所へと移動して歩く。自分のなわばりの境界まで来ると、必ず同じ道筋を逆からたどって隠れ場所へと向かう。猪は長い間何も食べなくても平気だが、水は飲まなくてはならない。犬に後をつけられていると、水を捜す暇がない。雨がほとんど降らず、水場が干上がっている時は、猪は岩場を登ってワイルド・パイン（蘭の一種）から水分を取る。だが、この植物を捜すのには時間がかかる。犬につけられていては、捜すことができない。狩人たちは、夜あまりぐっすり眠らないようにして、猪が通ったら気づくようにしていなければいけない。猪はとても抜け目がない。キャンプに近づいて煙の匂いを嗅ぐと、山を登り、上の方を通って、朝までに姿を消してしまう。

その夜、私たちは、あまり眠らなかった。そして、それは私のせいだと思う。一つには私は一人だけ小屋の中に寝ていたし、男たちが猪について恐くなるような話をしたから、少しびくびくしていた。男たちの話では、犬と狩人に悩まされている猪が、もと来た道を戻ってくる時には、通り道を開けておいてやるか、さもなければ猪を殺さなければいけないのだそうだ。猪の皮は丈夫なので、銃弾は急所に真っすぐ当らなければ、はじかれてしまうかもしれない。そうなったら、ナイフと槍で殺すか、さもなければ殺されてしまう。私は、男たちが寝入ってしまって、気がつく前に猪が襲ってくるのではないかと怖くなった。それで私は起きていて、話しかけたり質問したりして、みんなを寝かさなかった。遠くで犬たちが、獲物に向かっていったり退いたりしている吠え声が聞こえた。そして夜は過ぎた。

次の日、狩りは佳境に入った。正午頃、狩猟隊は二手に分かれた。カーネル・ロウと三人の男は、前進して犬たちと合流し、猪が踏み留まっているかどうか調べる。イーソーとコリーとトムは、私と残った。つまり、猪が折り返して戻ってきた場合に、そいつを取り押さえるために待機するのだ。遠くで騒がしい物音がしたが、銃が発砲される音はしなかったし、首尾がはっきり分かるような音は何もしなかった。だが、三時頃には音が近づいてきて、男たちは銃を手に取った。それから、ものすごい戦いの音が長く続き、そして犬の吠え声がやんだ。

「犬が殺されたみたいだ」イーソーが言った。

「五匹全部？」私は聞いた。

「大きい猪なら、それくらい難しいことじゃない」イーソーは言った。「死にもの狂いの猪は、邪魔だてするものは何でも殺す。でも、狩人をやっつけられれば、犬を殺さない。自分の本当の敵は狩人だってことを知ってるんだ。時々、猪は犬に向かって突進し、素早く進路を変え、狩人の虚をついて攻撃してくる。そういう時は、本当に危ない」

ほどなく、深いあえぎが聞こえた。まだ遠かったが、こちらに向かっているようだった。右手に大きな丸石があったので、私は猪が近づいてくるのを見たあとで必要とあらば後ろに隠れられるように、そのそばに寄った。あえぎが近づいてきた。もう、猪が小石を蹴散らしながら駆けてくる足音が聞こえていた。猪は大きな曲がった牙から犬の血を滴らせながら、私たちに向かってきた。私は、猪がそんなに大きくて、そんなに獰猛で、そんなに足の早いものだとは思ってもみなかった。みんな、通り道からどいた。猪があまり早く来たので、イーソーが急所に狙いを定める間もなかった。

猪は、巨岩の周りをぐるぐる走り回った。思った以上の速さで二回り完全な円を描いてから、岩の細い隙間に走り込んだ。猪はそこに陣取って戦う覚悟だった。私たちのいるところからは、その鼻面だけが見えた。男たちはそばに忍び寄り、イーソーが試しに一発撃った。弾丸はうまい具合に猪の鼻に当り、その衝撃で猪は膝をついた。私たちは駆け寄り、男たちがナイフでとどめを刺そうとした。その瞬間、猪は跳び上がり、人々を目がけて駆け出した。私は、例の大きな丸石まで駆け戻って、よじ登った。背後でどんなことが起きているのか、石のてっぺんに登って振り返るまで分からなかった。トムも安全な場所に逃げおおせていた。コリーは間に合わなかった。猪はコリーのふくらはぎの筋肉を切り裂き、コリーは倒れた。だが、イーソーが駆け寄り、ライフルの銃口を猪の頭に押しつけんばかりにして引き金を引いた。猪は、半回転してから倒れた。イーソーは念のためにもう一度撃ち、猪は、もうぴくりとも動かなくなった。

私たちがコリーのためにできるかぎりのことをしていると、他のみんなが来た。銃の音を聞いたのだ。コリーにできるかぎりの手当をしてから、男たちがコリーを支えて、みんなで倒れた猪の回りをぐるりと囲んだ。彼らは、猪の体の上で、とても厳かに握手を交わし、キスをして、危険が過ぎたことを祝った。これらのことはすべて、この上なく重々しく行なわれた。最後にカーネル・ロウが言った。「さて、猪をやっつけたな。運がよかったよ」

それから男たちはみんなで、大きな焚火をするために乾いた木を切り払い始めた。火が盛んに燃え始めると、彼らは、ある決まった種類の藪を切り出し始めた。猪を横向きに火にくべ、その緑の枝でおおう。猪の毛を削ぎ落とせるようにするためだ。片側がきれいになると、反対側の毛も削ぎ落とし、それから全身を雪のように真っ白に洗って、内臓を取り出す。もうみんなすっかり上機嫌だ。小腸や臓物は捨ててしまう。それらは余分なものとされる。持って帰るのが不便だからだ。骨は全部取り出して、薬味をかけ、火であぶって、持って帰れるようにする。肉にも塩、胡椒、スパイスをかけて、火であぶって調理する。とても大きな猪だったので、調理するのに一晩かかった。ひっくり返す時は、男が二人がかりでやらなければならなかった。肉が火の上でおいしそうな匂いを放っている間、男たちは喋ったり、物語を聞かせたり、歌を歌ったりする。一人の男がポール・ボーグルの話をした。一七九七年の戦争の時、イギリスを相手に雄々しく戦ったジャマイカの英雄だ。イギリスは、リーダーであるポール・ボーグルを捕らえるまでは戦争を終えることができず、ついに新しい同盟者であるマルーンに援助を求め、マルーンがボーグルを裏切ってイギリスの手に渡したという話もある。ポール・ボーグルにとっては、洞窟の中でイギリス軍に不意をつかれて捕らえられたのは、寝耳に水の出来事だった。彼は家族全員とともに絞首刑にされ、戦争は終わった。

明け方、私たちは猪の肉をおなかいっぱい食べた。アメリカのバーベキューよりもおいしかった。マルーンが作る猪の焼肉よりおいしいものは、ちょっと思いつかない。食べられるだけ食べると、残りの肉は骨と一緒に包み、私たちはアカンポンへの長い道のりを歩き始めた。豆だらけになった私の足は、何度も何度も、アカンポンには絶対に帰り着けないと私に告げたが、最後には着いた。猪の残っていた分は、狩人の家族や友人に分けられた。マルーンは、猪肉を絶対に売らない。狩りをするのは楽しみのためだからだそうだ。

私たちは、カラマンテの歌を歌いながら村に帰った。

ブルー・イエリー、アイ！
ブルー・イエリー
ブルー・イエリー、ギャロ
ブルー・イエリー！

第四章　通夜の歌

ジャマイカで一番広く行なわれている儀式は、アフリカ由来の「ザ・ナイン・ナイト」〔九夜〕と呼ばれる儀式である。細部は教区や地区によって違うが、主要な部分は、島中どこでも共通している。実のところ、それは古いアフリカの祖先崇拝の儀式を寄せ集めたものだ。死者の魂が生者に悪さをしないようになだめるという西アフリカからの伝統だ。

上流階級の間では、この儀式はアメリカの通夜とあまり変わらないようなものになってしまっている。ただ一つ違うところは、アメリカの弔問客は喪中の家から帰る時、遺族の気を引き立てるような言い方で、さよならを言って帰るということだ。ジャマイカの通夜では、どんなさよならもタブーである。遺族や同居人でさえ、客たちが帰ったあと、お互いに挨拶を交わさずに、それぞれの部屋に戻る。そして窓やドアが一つずつ静かに閉められる。いくつかある部屋の明かりも同じように一つずつ静かに消して、家がだんだん暗くなっていくようにする。すると死者は去っていく。

だが裸足の人々、枝を編んで作った家に住む人々、ロバに乗る人々は、大変な苦労をして、先祖伝来の儀式を逐一伝えられたとおりに実行する。セント・トーマスで私が見た儀式について述べよう。

その男は、家から少し離れた病院で死んだ。彼は貧しく暮らし、貧しく死んだ。一生裸足で歩き回っていたので、死んでしまった今も、この哀れな遺骸を運ぶ霊柩車も車も荷馬車も——ロバさえもなかった。そんなわけで、シーツと二本の竹で担架を作り、男たちが遺体を家まで運ぶことにした。人手は、いつだってロバよりたくさんある。

慣例に従って、男が住んでいた地区の人たちが数人、遺体の運び手たちと並んで歩き、道中、歌いながら遺体に付き添った。その地区の他の人たちは、途上で彼らを迎えた。死にあたっては、地区全体が葬儀に参列しなければならないという堅い掟がある。さしあたって、どんな悪感情も棚上げして、みんなが死者のために歌う。

男が死んだという知らせが妻のところに届いたのは日没近くのことだったので、普通なら日中に済ませてしまうことを夜になってからしなければならなかった。それは、通夜のために、コーヒーを作り、バターで生地を練り、ラム酒とパンを用意することだ。何人かの人は、そのために残らなければならなかった。

私たちが、遺体の運び手と付き添いたちを道の途中で迎えようと出発したのは、彼らが病院を出たずっとあとのことだった。たいまつを二つ三つ持ってきていたが、誰も灯をともす必要を感じなかった。小さなセメントの橋が道のりの半ばだということで話がついていたので、私たちは、そこで止まって待った。多分、実際より長く待ったように感じたのだと思う。というのも、みんな、遺体が到着した時の楽しみを心待ちにしていたからだ。だから私たちは、闇の中で、目にも見えず、音も立てず、形もはっきりしないような存在になって、じっと、命を与えられるのを待っていた。

やっと、遠くで聞こえる囁きが人間味を帯びてきた。いくつもの息づかいに満たされている空間の中で、嘆きの調べが私たちの耳を打った。私たちの誰かがマッチをすり、たいまつが燃え上がった。形のはっきりしない固まりのようだった群集が、一人一人の人間になった。私たちの周りの大地から湧き起こったように思えるハミングが、近づいてくる歌い手たちの歌に答え、死者を迎える歌となった。

遺体は、狩猟に出かけるアフリカの君主かと思えるようなやり方で、ハンモックのような担架で運ばれてきた。二つの群集が一つになった。新たな肩が進んで重荷を引き受け、すべての声が一つの歌にまとまった。それから、ごたごたした動きがあって、それが最終的に、歌いながら進む行列に整っていった。ハーモニーが海と岸辺に降りそそいだ。セント・トーマスの山々が、月のない夜の闇の中にそびえていた。煙るたいまつが、歩く人々の群れに火の粉を降りかけた。裸足の足が、音もなくリズミカルに道を踏み、死んだ男はファラオのように運ばれていった――彼のみすぼらしい服も惨めな貧しさも、栄光に包まれていた。

　何らかの理由で歌う行列に参加できなかった不運な人々は、死んだ男の家で私たちを待っていた。未亡人は、奥の戸口に立って、儀式にのっとった泣き方で泣いていた。彼女は頭にバスタオルを掛けていて、少し離れたところから見ると、もしゃもしゃした白いかつらをかぶっているように見えた。

　しておけることは、もう全部してあった。というのも、ナナと呼ばれる地元の年老いた世話役の女たちが、場を取り仕切っていたからだ。その場には、母系支配の空気が強く漂っていた。女司祭が、暗黙の承認を与えたり、承認の意思表示をして、万事を支配していた。残りの全員に対して、特に権限を及ぼしているように見える一人の女がいた。その女は、ちょっとの間、死んだ男の妻に囁きかけ、それから、どこからともなく布を取り出して、数人の女たちに、死んだ男のためにシャツを作るように命じた。そして他のことに注意を向けた。だが、忙しいさなかにも彼女は、たった一人の女だけがシャツ作りをしているのに気づいた。確かに、一人でシャツを作っている女は、非常に縫いものがうまかったが、そのナナは、縫う手を止めさせ、他の女たちをぐるりとにらみ回した。

「死者のために、一人の女がシャツを作っちゃいけない」彼女は非難をこめて他の女たちをにらんだ。「どうすればいいのさ?」シャツを縫っていた裁縫のうまい女が言った。「誰も手伝ってくれないんだよ」

たった一人の女の手で死者のための服を作るのがよくないということは、みんなが知っていた。そんなことをすると、その女を死者の幽霊の怨念にさらすことになる。女たちは少し怠けていたのだ。それだけだった。だが、ナナが見張っているとなると、女たちは熱心に仕事を始めた。「私がシャツを作れと言ったら、ちゃんと作るんだよ！」彼女は叱りつけた。「私の言うとおりにするんだ」

他のナナたちは、死体を洗っていた。彼女たちが死体をタオルで拭いていると、一番偉いナナが止めさせた。自分がいちいち見張っていないと、あんたらは何ひとつちゃんとやらない、と彼女は不平を言った。ライムとナツメグはどこにあるんだよ、と彼女は詰問した。死者の口と脇の下と脚の間をライムのスライスとナツメグで拭かずに、埋葬の準備ができたなんて言えるの？　もちろん言えない！　女たちは、死んだ男の妻がライムとナツメグを出してくれなかったのだ、と説明した。どうすればいいのさ？　ナナは、どこの家の木からでもいいから摘んでくるようにと、人をやった。使いに出された人は、それらを持たずに帰ってくるなと言われた。遺体は儀式にのっとったやり方で扱われなければならず、それ以外のやり方では駄目なのだ。絶対に！

埋葬は、ジャマイカの庶民がたいていそうするように、庭で行なわれることになっていたが、墓は朝まで掘ってはならないと決まっていた。そこでナナは、男たちに棺桶を作るための材木を集めにいかせた。板を買うために、ありったけの金が使われた。それでも足りない分は、よその裏庭の木をもらったり、あちこちからひっこ抜いてきたりして、棺桶を作れるだけ集めた。

遺体を棺桶の中に収める段になると、すったもんだの議論が持ち上がった。死んだ男はかなり善良な男だったと言う人たちもいて、その人たちは、彼は埋められてしまったら戻ってきはしないと確信していた。幽霊あるいはダピーを墓の中に封じ込めておくためにあれこれする必要などひとつもないと彼らは言った。だが、大多数の人々は、一か八かの賭けには反対だった。ダピーを墓の中に封じ込めておくための予防策は、すべて講じておかなければならない。というわけで、遺体が棺桶に収められるや否や、炒った豆とトウモロコシとコーヒー豆を入れた枕が遺体の頭の下に置かれた。それから、もっと強力な方策が取られた。人々は、短い釘を四本持ってきて、シャツの両袖のできるだけ手に近いところに一本ずつ打って手がしっかり固定されるようにした。ソックスのかかとにも同じように釘が打ち込まれた。こうしてダピーは、「手と足を釘で打たれた」。

死んだ男の兄弟が呼び出され、彼が死者に語りかけた。「俺たちは、お前の手と足を釘で打ったよ。最後の審判の日まで、そこにじっとしてなきゃ駄目だぞ。お前に来てほしい時は、起こしに来るよ」コンペランスと呼ばれる粉を混ぜた塩が少し棺桶の中にまかれ、ようやく棺は閉じられた。

続いて通夜が始まった。リーダーがサンキー(メソジスト派の賛美歌)の口火を切った。

それから、彼は周りを見回して尋ねた。「誰がトレブル〔最高音部のこと〕だ？」誰が賛美歌の音頭を取るのかという意味だった。一人が進んでその役を引き受け、残りの私たちも歌った。それから、しばらく祈りを捧げ、少し物語を語ったり、ものを食べたりなどして、明け方（午前五時）になった。

朝早く、ラム酒の瓶がいくつか墓掘りたちに手渡され、酒を地面に少しまいてから、墓を掘る全員が少し飲み、一心に掘り始めた。そのあとラム酒の瓶は全部栓を抜かれて、最初の一口は死者のために地面に注がれた。まもなく墓が掘り上がり、炒ったトウモロコシと豆が投げ入れられ、棺が儀式にのっとって降ろされ、地中に安らかに眠るように墓土を軽く叩いて固めた。塩と、ひいたコーヒーの粉で墓から家の戸口まで筋を引き、ダピーが戻ってこないようにして、人々は家に帰った。

男が死んでから九晩目の夜まで毎晩、通夜に似た儀式が行なわれた。だが、「九夜」まで家族と昔からの友人以外の者はほとんど出席しないのが通例だった。でも、私には何もかもが目新しかったので、何も見落とすまいと心に決めていた。それで、私は毎晩、人々が飲みながら話してくれるようにと、ホワイト・ラムを持って出かけ、どうして九夜の儀式をするのか、思いきって尋ねてみた。みんなで細かいところを補足し合いながら説明してくれた。

この儀式はすべて、死後も命が残るという堅い信念から生じていた。と言うより、死というものは存在しないという信念だ。活動の方法が、あるあり方から別のあり方に変わったにすぎない。一人の老人が、ジャッカス・ロープで作った煙草を吸いながら、私に説明してくれた。「ある日、あんたは、ある男が歩いているのを見る。あくる日、あんたが、その男の庭に行ってみると、そいつは死んでいる。そいつは歩かないし、二度と口もきかない。じっと黙っていて、前にしていたようなことは、何ひとつしない。でも、そいつを見てみると、生きている人間にそなわっている体の部分は全部あるのが分かる。どうしてそいつは、生きている人間がすることをできないのか？　なぜなら、体の各部分に力を与えていたものが、もうそこにないからだ。それがダピーで、ダピーは人間の一番力の強い部分なんだ。誰でもみんな自分の中に邪悪なものを持っている。生きているうちは、心臓や脳が人間を支配しているから、人はあまり邪悪な業にふけることはない。だが、ダピーが肉体を離れると、もう何も抑えるものがなくなって、ダピーは、どんな人間も夢にも思わないような恐ろしいことをするのさ。ダピーを生きている人間たちの間に留まらせておくのは、いいことじゃない。ダピーはあまりにも強いし、いつでも人に害を与えようとする。だから、わしらは九夜の儀式をして、ダピーを墓の中に押し込めるんだ」

「九夜まで、ダピーはどこにいるの？」私は尋ねた。「それまで全然墓の中にいないの？」

「いや、いるよ。ダピーは遺体と一緒に墓の中に入って、最初の日と二日目は墓の中にいる。だが、三晩目の真夜中になると、墓から起き上がるんだ」

まだ若さの残っている女の目が、ぱっと大きくなった。「えっ、えっ！」彼女は叫んだ。

「本当なの？」

「そうとも。わしは、この目で見たよ」語り手の老人が言った。

「えっ、えっ」女は、身を乗り出しながら言った。「話してちょうだいよ」

「わしが小さい子供だった頃、伯父が死んでな、庭に埋められたんだ。わしは、ダピーが三夜目の明け方に起きてくるという話を聞いておったから、伯父が死んでから三晩目の夜にベッドから抜け出して庭へ行き、墓の見える大きなマンゴーの木に登ったんだ。一番鶏の声が聞こえ、真夜中の風を肌に感じた。そして、わしは見たんだ。墓から濃いもやのようなものが湧き出てきて、巨大な白い玉になり、一瞬空中に浮いていたかと思うと、墓の上に乗っかったんだ。わしは、ほんの子供だったから、恐くなってマンゴーの木から降り、家に駆け戻った。ダピーは、お袋の夢に現れて、お袋に教えた。お袋は、わしに二度とそんなことをするなと言った。人は絶対にダピーを盗み見てはいかん。ダピーを怒らせるからね。ダピーはお袋に、わしが一族の者でなかったら、取り憑いてやったところだと言ったそうだ」

　この話はみんなを興奮させた。みんながダピーについて知っていることを話し始めた。

「子供のダピーは、大人のダピーより強いんだよ」一人が言った。

「いや、違うよ。クーリー〔インドからの移民労働者〕のダピーが、ダピーの中で一番強いんだ」

「いや、違うね。中国人のダピーが一番強いんだよ」

「ともかく」最初に話を始めた男がまとめた。「どんなダピーもみんな、あんたに害をなす力を持っている。ダピーは、あんたに息を吹きかけて、あんたを病気にすることができる。ダピーがあんたに触ったら、あんたは痙攣を起こす」

「でもさ」誰かがダピーを弁護した。「ダピーは、誰かに送り込まれなければ、人の庭に入り込んで、あんたを襲ったりはしないんだ。悪い人間が、ダピーを人に差し向けるのさ」

「ああ、残酷な人間が大勢いるのさ。ラム酒と三ペンスと瓢箪の木の枝を持って墓地へ行く奴もいるんだ。奴らは、ダピーのためにラム酒と金を墓の上にまいて、瓢箪の木の枝で墓を叩くんだ。それから、奴らは墓の上に身を投げ出し、墓の上を転がったり、墓を叩いたりして、ダピーを呼び出して、こう言うんだ。『俺は誰それにいいように利用された。俺はひどい目に合った。誰それに取り憑いてほしい。あいつをやっつけてほしい！　どうか、あいつをやっつけてくれ！』（墓が枝で激しく打たれる。）するとダピーが墓から出てきて、言われたとおりにするんだ。そんなことがなけりゃ、ダピーは墓の中にいたものをさ」

「でも、中には悪いダピーもいるよ。誰にも呼び出されなくても出てくるダピーもいるんだ。縛り付けておかないと出てくるんだよ。太くて強い鎖で抑えつけておかなけりゃならないダピーもいる。俺は、マンチェスターで、そんなふうに鎖を掛けられた墓を見たよ。そのダピーを縛っておくための太くて強い鎖をイギリスに注文しなけりゃならなかったんだ」

「ダピーは強い。だが、どんなに強くても、戸口に煙草の種をまいておけば、家に入ってこられない。ダピーは、種を全部数えるまで家に入ってこられない。そしてダピーは九以上の数を数えられない。十個以上の種をまいておけば、ダピーは絶対中に入ってこられないんだ。ダピーは、ぶきっちょに数えて、九まで来ると泣き声を上げる。『ああっ、分からなくなった!』そして、また一からやり直さなきゃならない。一番遅い雄鶏が鳴くまでそんなことを続けて、その時はもう、ダピーは墓の中に帰らなきゃならない」

誰かが、ダピーは塩さえ持っていれば数も数えられるし、何だってできると主張した。塩ってのは筋が通ってる、とみんなが言った。だから誰もダピーに塩を与えないんだ。塩を持たせたら、ダピーは生きている人間にはどうしようもないほど強くなってしまうからね。別の誰かが、全然そんな理由じゃない、と叫ぶ。その男が言うには、ダピーは塩が好きじゃない。塩は生者の食べ物を「鎮める」。ダピーはもう生者ではないから、塩は必要ない。生者でなくなった時、ダピーは自分の食べ物を鎮める必要がなくなる。別の人が、塩を与えないのは、塩が重いからだと言う。塩はダピーを地上に留めておく。塩を持っていると、ダピーは地上から飛び去ることができない。昔、アフリカ人はみんな飛べた。塩を絶対に食べなかったからだ。奴隷にするために、多くのアフリカ人がジャマイカに連れてこられた。だが、彼らは奴隷になったりしなかった。彼らは飛んで、アフリカに帰った。塩を食べた者たちだけが、ジャマイカに留まり奴隷にならなければならなかった。重すぎて飛べなかったからだ。一人の女が、ダピーは確かに塩が嫌いだと言った。ダピーは、塩がある場所のそばを避ける。そして、まっすぐ墓に駆け戻る。

例のナナが、それは本当だし、その上、ダピーは墓に戻らなければ、非常に危険な立場に置かれるのだと言った。ダピーは、最後の雄鶏が時を告げるまでに絶対に墓に戻らなければならない。だから、それを利用して、人に害をなすために墓を離れたダピーを罰することができる。彼女が言うには、もし道でダピーに会った時にフェルトの帽子をかぶっていたら、帽子を脱いで四回たたみ、その上に座れば、ダピーは害を及ぼすのに十分なほどあなたに近寄ってくることもできず、墓に駆け戻ることもできないのだそうだ。ダピーはあなたが行かせてやるまで、その場に縛り付けられる。だから、雄鶏が鳴き終えるまでダピーを墓に帰らせてやらずに、永遠に家なしのダピーにしてやることができる。「ダピーを引き留めておくために帽子の上に座るってのは、聞いたことがない」一人の老人が言った。「だから、帽子ってのは信じないよ。ダピーを縛り付けるのは、川の石だよ」これには、大きな賛成のどよめきが起こった。「川の石を二つ持ってくるのさ。上に座るために、川床から石を一つ、それから頭の上に乗せるのに、小さな平たい川石を取ってこなきゃならん。そうすればダピーはあんたに近寄ってくることができず、墓に戻ることもできないんだ」

「そうそう。そのとおりだ」部屋じゅうが賛成した。そこで男は続けた。

「ある役立たずの女が死ぬと、すぐにその女のダピーが、その女が住んでいたところの隣に住む家族に、たたりに出てきた。その一家には娘がおり、その娘はとても若かったので、そのうちでは、いつもその娘を水汲みにいかせていた。ある夜、暗くなってから、娘を水汲みにいかせた。まもなく娘は家に駆け戻ってきて、痙攣を起こした。娘は何度も痙攣して、口から泡を吹いた」

「口から泡を吹いたら、ダピーの証拠だよ」

「うん、うん、確かにダピーだ」

「そこで父親が娘に塩をなめさせ、白墨で娘の額に十字を書いた。それから娘の脇の下をニンニクでこすると、娘はよくなって口がきけるようになった。娘が言うには、娘は死んだ女に会い、そのダピーが娘に近寄ってきて彼女の目の前で笑い、娘に向かって熱を放ち、娘に触ったんだそうだ。すると娘は痙攣を起こし、それから正気づくまでのことは何も知らないと言う。父親はこれを聞いて、ひどく腹を立てた。彼は外に駆け出していくと、ダピーを捕らえるために川の石を二つ取ってきた。男は自分の頭の上と尻の下に川石を置いて、微動だにせずに座っていた。ダピーが来て、男を見ると墓に駆け戻ろうとしたが、できなかった。それでダピーは、男に駆け寄っていって襲おうとしたが、それもできなかった。ダピーは前に進んだり、あとずさりしたりした。それがかなり長い間続いたね。するとダピーは哀願し始めた。『ねえ、旦那、私を行かせてください！　墓に戻らせてください。もう二度としませんから！　ねえ、旦那、行かせてくださいよう！』だが、男は言った。『駄目だ、役立たずのダピーめ。朝まで放さないぞ』男はそうするつもりだったが、しばらくすると眠ってしまい、石が頭の上から落ちてしまった。ダピーはそれを見ると、稲妻のように早く墓に駆け戻って、二度と出てこなかった。もう二度と誰もそのダピーを見ることはなかった」

「でも、自分の墓から出たくないと願うダピーもいるんだよ」ナナが言った。「死んでしまった人間を起こすのは、とてもむごいことだよ。休ませてやりなさい。死んだ人間は、いわれもなく帰ってくる必要なんかないんだ。神はダピーに死後の九日間お与えになった。何でもしたいことをして、持っていきたいものを持っていくためにね。そのあとは、休ませてあげなさい」

その時、私は質問したくなった。「ダピーは死んでから三夜目に起きてくるってことと、九夜目までは去っていかないってことを話してもらったわ。でも、その間はずっと、どこにいるの？」私は尋ねた。

「ああ、ダピーは、墓と自分が住んでいた家の間を行ったり来たりしているのさ。ダピーは庭にいて、生きていた時行った場所を全部訪ねて回るんだ。九夜目に、自分が最後に住んでいて、息を引き取った部屋に戻ってきて、何でも持っていきたいものの影を持っていくんだよ。私らは、ダピーがそこにいることを知ってるから、臨終の部屋にダピーが欲しがるものを何もかも用意しておいて、ダピーが幸せに去っていき、戻ってきて私らにたたったりしないようにするのさ。私らは、ダピーが歌が好きだってことを知ってるし、最後に一目、家族や友達に会いたいと思っているのを知っている。近所じゅうの人間がやって来て、ダピーを喜ばせ、ダピーが安らかに眠って二度と戻ってこないようにするんだよ」

話は延々と続いた。瓶の中に捕まえられたダピーの話、恐ろしい武器にするためにピメントの枝の中に閉じ込められたダピーの話、病人のベッドに座り、病人に向かって「熱を放つ」ダピーの話、病人をベッドから放り出すために雇われたダピーの話、家々に石の雨を降らせるダピーの話、人々を操って、自分と一緒に町から町へ歩き回らせるダピーの話。そうやって毎夜毎夜が過ぎ、九夜目になった。

九夜目、ジョー・フォーサイスと私は、いつもの庭に行った。人々は三々五々に集まって話をしていた。ずっと左の方の大きなテーブルに、食べ物が乗せてあった。魚のフライ、米、ラム酒、パン、コーヒー、コーヒー用の砂糖液、鳥肉、何でもあった。かなり大きな防水帆布が、家の片側の壁から高いポールに張り渡してあった。帆布のテントの端の方には、椅子や箱がところどころに置かれ、大勢の人が座れるように、間に板が渡してあった。中央に小さな木のテーブルがあり、テーブルの真上に四つ叉の灯火が吊されていた。リーダーが賛美歌の口火を切る時のために、椅子が用意してあった。何もかも、いつ始めてもいい状態だったが、まだ何も形を取り始めていなかった。私は未亡人に挨拶するために家の中に入った。

長老たちのほとんどは、もう来ていて、死者の部屋にいた。ダピーのためのごちそうが広げてあった。白いラム酒、塩を振ってない白米、やはり塩気なしの白い鳥肉があった。水を満たした木製のたらいが、床の中央に置いてあった。白いクロスを掛けたテーブルの上に、食べ物と一緒に、飲み水を入れたコップが置いてある。食べ物はどれも皿には乗せずに、バナナの葉の上に広げてある。ベッドは清潔で雪のように白かった。

親しい人々が、座って何気なくお喋りをしていた。時々、年老いた女たちの一人がドアの外を見て、男の子に対してあまり慎みがなさすぎると思われる女の子に向かって怒鳴る。だが、たいていは、ただ何かを待っている様子だった。外で喋っている声がざわざわと聞こえ、見れば庭は人でいっぱいだった。

突然一人のナナが、陶器のパイプを唇から離して、一瞬ドアの外をじっと見つめ、それから隣の女を肘で軽く小突いて、見るように促した。その女も同じ方向を見て、また隣の人を小突いて知らせた。注意を引く動作が、沈黙のうちに部屋の中を伝わっていった。すべてが動作で伝えられた。最初のナナが「視線」の指揮を取った。彼女の目は、ドアからベッドへ、ベッドからたらいへ、たらいからテーブルへと移り、全員の目がそれにつれて動いた。ダピーが食べたり飲んだり、行水をしたり、ベッドや食べ物の影をつかんだりするのを見ると、人々は満足したように、かすかにうなずいた。最後にダピーは、夕べを楽しむために腰を降ろした。すると、リーダーが立ち上がって、ダピーに話しかけた。

「お前が来たのは分かってるよ」リーダーは、愛想よく丁重に言った。「俺たちは、お前が来てくれて嬉しく思ってる。俺自身は二倍嬉しい」

他のみんなもうなずいて、口々に賛成した。みんな、あらゆる方法で、ダピーを歓迎していると請け合った。「俺たちは、できるかぎりのことをするよ」

リーダーは、外に出て四つ叉の灯火の下に行き、歌の口火を切った。「トレブル」が歌を盛り上げた。美声とは言えないが、その声は人々の歌声に効果を及ぼしたファルセットを出すことができた。彼は、人間技とは思えないほどドラマティックなファルセットを出すことができた。その声は、ハーモニーへと至る隠れた道を探り出し、他の人々がその道を見出せるようにするようだった。夜の歌が始まった。歌は何時間も続いた。同じ歌のメロディやハーモニーに変化を加えていくだけで、単調なものだった。

ずっと遅くなってから、リーダーが「ソラ!」と叫んだ。それは、誰か得意な歌や好きな歌があれば、歌詞の頭を歌い出して他の人たちがコーラスできるようにしろという呼びかけだった。十人か、それ以上の人々が、即座に歌詞の頭を歌い出した。リーダーは、一人の少女に最初に歌う権利を与えた。彼女は褐色の肌で、明るい色の目をしていた。彼女は身ぶりをまじえて歌い、歌を熱狂のきわみまで盛り上げていった。

部屋の中では、老人たちがアナンシの物語を語ってダピーをもてなしていた。時々、歌も少し歌った。短い歌がぱっとほとばしり、また別の物語が始まるのだった。語られる言葉の音節は、外の歌声を支える太鼓の音のような働きをしていた。すべてが美しく調和していた。なぜなら、アナンシの物語も、部分的に歌になっているところがあるからだ。ジャマイカ独特の言葉は、とてもリズミカルで音楽的なので、物語は、知らず知らずのうちに言葉から吟唱へ、吟唱から歌へと移り変わっていくのだ。ブレア〔ブラザーのなまり〕・アナンシとブレア・グラスキットの話、ブレア・アナンシと口をきくポットの話、ブレア・フロッグ〔蛙〕が自分のお尻が地面についているのが不満で、アナンシが背中を強くする方法を教えてやろうとした話。そして、ブレア・フロッグが威張りん坊で恩知らずだったために、その苦労も水の泡になった話。「だから蛙は、他の動物みたいに尻を突き出すやり方を覚えなかったってわけさ。蛙が今でも無格好な丸い背中をしてるのは、背中をしゃんとする方法を知らないからさ」どっと爆笑が起こる。この話は一番人気があって、一度ならず語られた。

十一時になって、「お茶」が出された。お茶が済んでも、真夜中までには、まだ三十分ある。今は、哀調を帯びた悲しい歌が歌われていた。「妙なる道しるべの光よ」がとても悲しい調子に変えて歌われ、涙を絞った。それから、「グッド・ナイト」が何度も何度も歌われた。とうとうリーダーが終わりの合図をした。そして、死者を送り出すのを手伝うために、厳かに家族と親しい友人たち全員を死者の部屋に招き入れた。

私も来るように合図されたので、行った。小さな部屋の中は人でいっぱいで、厳かな雰囲気だった。死んだ男の兄弟が司会に選ばれた。彼は賛美歌を先導した。「疲れし者に安らぎが」それから彼は祈った。

「神よ、私どもは、親しい者の魂をあなたの御もとに送り出すために集まりました。私どもは、彼があなたとともにあることを知っております。なぜなら彼はあなたの子供であり、サタンの子供ではないからです。ですから彼はサタンとともに地獄にはおらず、あなたとともに天国にいるのです。彼を天国にお受け入れください、神よ。彼をあなたの王国から放り出さないでください。そして彼があなたの御もとに行ったにせよ、サタンのもとに行ったにせよ、彼が家には永遠に戻りませんよう、お助けくださいい。生きている者は、死者に対しては何の権利もありません。アーメン」彼はサンキーを先導し、それからダピーに直接話しかけた。

「俺たちは、お前が来たことを知っているし、お前を暖かく迎えた。俺たちは、お前に白い鳥肉を出した。米も出したし、お前のベッドも空けておいた。水も置いておいたし、何もかもしてやった。もう終わりだ!!! お前の憩いの場所へ行き、俺たちに悪さをするな。お前には二度と会いたくない。お前は出ていって二度と来るんじゃない。絶対戻ってくるな! 覚えておけよ。また来たら、やっつけてやるぞ」

死んだ男と一番血縁の濃い男である彼は、ベッドからシーツをはぎ取ると、床に投げ捨てた。何人もの人が熱心に手を貸し、板をはずしてベッドをすっかり取りこわしてしまった。板切れは床の上に投げ出され、喧しい音を立てた。死んだ男の兄弟が板を一枚取って床の上に積まれたベッドの残骸を叩いたあと、それらは外に運び出された。女たちは、食べ物を盛ったバナナの葉をつかみ、窓から投げ捨てた。水も投げ捨てられた。一人のナナが戸口を見てから、肘でつついて合図した。全員がダピーが去るのを「見た」。かつては一人の男だったダピーは、もはや生きている人間たちと親しい関係は持てないのだ。

即座に外の歌のテンポが変化した。歌は喜びにあふれたものになった。「村の法律家」が、手を挙げて制止した。「まだ終わりじゃない! まだ終わりじゃない!」

「いや、終わりさ。あいつは去った。ベッドは外に出された」

「じゃあ、白墨の印はどうなんだ? 見せてみろ」

楽しみたい一心で、彼らは最後にしなければならないことを見過ごしていたか、忘れていた。その物知り男は白墨を手に取ると、もったいぶった様子で、全部の窓とドアに十字を書いた。さきほど中で行なわれたことで、ダピーは外に追い出された。十字は、ダピーを閉め出しておくためのものだ。それで終わりだった。

楽しい気分が庭を支配していた。男たちは、「ドリーマン」をするための石を捜していた。そのゲームでは、指がつぶされ、喧嘩が始まる。つかのまの恋が、あっちでもこっちでも始まっていた。年配の女たちが女の子たちに目を光らせていたにもかかわらず、数え切れない若者たちが、恋の炎で道を照らして外の暗闇に出かけていった。牛の綱を脇に抱えた二人の男が、その武器を誇示しながら闊歩した。だが、がっしりした凄みのある男が脇に抱えた「悪い杖」には、畏敬の眼差しが注がれた。

それは、知らぬものとてない「エボライト」の杖だった。それらの棒は、ピメントの木で作られる。農夫たちは、その木を「プレメンタ」と発音する。九十センチほどの長さのピメントの枝を切り落とす。それを巧みな技で火であぶって、木材を傷めることなく、木の皮をすっかりはいでしまう。もう少しあぶると、枝は美しく黒く輝いてくる。そうしてできた杖を墓に埋める。クーリーの墓が好まれる。そこへ二、三週間埋めておく。この間に、その墓に埋められた人のダピーが、その杖に乗り移る。杖を掘り出して磨き、両端と、時には中央にも、しんちゅうの針金で傷をつける。針金で傷をつければ、杖に洗礼を施す準備が整い、杖には名前がつけられる。この名前は必ず女性の名前だ。ラバか馬かアフリカの女神にちなんだ名前がつけられる。まもなく近所のみんなの間で、この杖は治安判事と同じくらい有名になる。人々はその杖の名前を人の名前のように声をひそめて囁く。

「庭にアリスが来てる」。そして、ラム酒をどれだけ飲んでいようと、庭でアリスの持ち主と争おうという男は一人もいない。だが、庭では、ラム酒が数人の男たちに、いろんなことを言わせていた。「怒って真っ赤になった男たちが、怒って紫色になった男を殴ってる」ある女が庭の喧嘩を見て言った。

私がそうしたすべての騒ぎの真っ只中に立っていると、ジョーが私の腕に触った。「行こう」と彼は言った。

「いいえ、行きたくない。見て、あそこでドリーマンのゲームをやってる男が指をつぶされたの。喧嘩になると思うわ。見ていたいの」

「すごい喧嘩になるさ。でも、クー・ミン・アーを見に連れていってあげたいんだ。ナイン・ナイトの中で一番いいものだよ。しょっちゅう見られるものじゃない。それもナイン・ナイトなんだけど、その人が死んで一年半経たないと、やらないんだ。アフリカ人とマルーンが一緒にやるんだ。君がそれを見られるように、ずいぶん骨を折ったんだぜ。おいで。今夜は、『家』を二軒建てるんだ」

私たちが、クー・ミン・アーが行なわれる庭に着いた時、クー・ミン・アーはまだ始まっていなかったが、堂々たる「コンゴ」には遅れてしまった。ドラムの演奏も、男らしい儀式も、他と違う独特のものだった。

「ザ・パワー」ことザカライアが進み出て、私を迎え、あとで説明してくれたことには、彼らは、ダピーが去ったあと十八ヵ月経ってから、家を建てるのだそうだ。それより前だと、ダピーが新しい家に落ち着いたかどうか分からないからだそうだ。家というのは実際にはセメントの墓のことだが、この家をそれより前に建ててしまうと、家はダピーがたまたま外に出ている間に閉じてしまうかもしれない。そうなると、ダピーはさまよう霊になってしまう。

私たちの後ろには、凝った作りのヤシの小屋があった。小屋の片側で、マルーンたちが豚のジャークを作っていた。そのそばでは、アフリカ人が、いろいろな匂いのいいハーブを使って、山羊肉の下ごしらえをしていた。ザ・パワーは、急いで私たちから離れ、家に入っていった。儀式用の盛装をした四、五人の人々が、一軒の家から闇の中に出てきた。コンゴの魅力的で単調な調べが静まり、人々は例の立派な小屋のそばに集まり始めた。小屋の中から騒ぎが聞こえていたが、ヤシの幹に吊したたいまつは、まだともされていない。

ザ・パワーが一瞬戸口に姿を現し、たいまつが、ぱっと燃え上がった。私の目にはアフリカのネイボブ〔元の意味は、ムガール帝国の太守。転じて大金持ち〕のように見えた四人の男はドラマーで、彼らと一緒にいる、彼らほど派手ではない四人の男たちは、「ラックリング・マン」と呼ばれる男たちだった。小さなスティックでドラムの底のほうを叩いて、三拍子のリズムを打ち出す男のことだ。チャチャチャ〔リズムの速いダンス曲〕を演奏する「シャッカー」と呼ばれる男も二人いた。

小屋の中に死者のための二軒の「家」があった。二軒の間に、水を満たした大きな瓢箪の入った木製のたらいがあった。それだけだった。私は、そのたらいと瓢箪は何だろうと思ったが、質問する暇がなかった。ドラマーたちが、槌でドラムを叩きながらドラムの皮の留め金の締まり具合を変えて、ドラムを調律していた。

裸足のかかとで微妙な摩擦を加えられたドラムのとどろきが上がり、ラックリング・マンたちも荒々しく叩き始めた。いよいよ始まった。彼らは、「ダピーの家を作っている」のだ。ドラマーたちの手が魔法を編み出し、ドラムは、太古の時代、太古の物事について語り始めた。

数人のダンサーが、少しウォーミング・アップのステップを踏んだ。それから一人の女が、ダンサーたちの間から、隠れ場所から姿を現す雌ライオンのように飛び出してきた。まさに、そんな感じだった。彼女は身振り手振りを交えて歌いながら、ドラマーたちに挑みかかった。部族の男たちに挑む雌ライオンだ。

「アー、ミニー、ワー、オー、アー、ミニー、ワー、オー!」

するとと楽師たちが答える。

「サイカイ、アー、ブラー、アイ」

女は上半身を流れるように動かし、それからまた叫ぶ。

「イエッコ、テッコ、イエッコ、テッコ、ヤーム、パーン、サー、アイ!」

今度は男たち。

「アー、ヤー、イーエイ、アー、ヤー、イーエイ！　アー、セイ、オー！」

女は荒々しい動きで踊り、それからまた叫ぶ。

「イェッコ、テッコ、アー、パー、アーアー、エイ！」

これがそっくりそのまま何度も繰り返され、そのたびに歌い手や踊り手が増えていくのだった。それから大勢のダンサーが、墓の周りを回った。不ぞろいな踊りだったが、それでもバランスが取れていて美しかった。実際、感嘆せずにはいられなかった。大きな動きもあれば、小さな動きもある。大きな動きは、その広がりと言い、色と言い、日没を思わせた。小さな動きは、蛇の背中の、ほとんど気づかないほどかすかなうねりのようだった。珠玉のダンスだった。

一人の男のダンサーが、突然踊りをやめて、ラム酒をくれと言った。他のみんなも彼に加わった。ザカライアはためらい、少し時間稼ぎをしたが、ダンサーたちが、あくまで言い張ったので、ボトルを取り出した。アフリカ人の最長老の男が呼び出された。彼が最初につがれた酒を飲まなければならないという掟なのだ。酒はうやうやしく老人に手渡された。ザカライア自身が次の一杯を飲み、それから最初に歌い踊った女が飲んだ。私は、その女が「ガヴァネス」と呼ばれていることを知った。それからドラマーたち、それからラックリング・マンたち、シャッカーたち、そしてダンサーたちが飲んだ。最後に、ただ立って歌っていた人たちが飲んだ。彼らは本当はこの儀式のメンバーではないので、もし酒が残っていなくても、それをどうこう言うことはなかった。

さて、ダンスが本式に始まった。「ガヴァネス」は、人をあおり立て、陶酔させる精霊のようだった。ラックリング・マンたちは、地獄から来た悪鬼のようになった。シャッカーたちは、筋肉を見事に躍動させて踊った。それはアフリカの踊りだと人々は私に教えてくれた。ドラムとダンサーの動きがぴったり合って、ドラムが人となり、人がドラムとなった。ドラムの鼓動が、人々の肩やおなかで脈打っている。実際、ドラムは彼らの体の内側にあるのだ。もっとラム酒を、もっと火を。

「手には鉢、ナイフは喉に
体にゃロープ、手には鉢」
「手には鉢、昼には光
ワンゴ、ドウ、ドウ、ナイフは喉に」
「手には鉢、ナイフは喉に
ワント・イングワラ、ファム、ディーズ、アー」

ザカライアが踊り出すと、彼自身、素晴らしいダンサーだということが分かった。彼は、その技でグループをリードした。歌も踊りも、最高潮に盛り上がった。全員が、技では及ばないにしても、ザカライアの活気と熱狂を真似た。歌われているのは山羊の歌だった。ガヴァネスが、いけにえの山羊の代わりに歌い、ザカライアが祭司の役で踊った。女たちが痙攣し始めた。彼女たちは体を投げ出すように飛び回り、わなわな震えながら倒れた。地面に倒れていてはいけないという掟なので、男たちが即座に引っ張り起こし、動きのテンポがどんどん速くなっていく。服が無意識に引き裂かれる。二、三人の熱く湿った体が、私にぶつかってきた。見れば、女たちは腰をつかんで引き起こされ、上半身はぐんなりと後ろに倒れて、頭やかかとは地面に引きずられていた。正気づかせるために顔にラム酒を浴びせられている。あまり長い間、正気づかないようだと、たいまつに照らされた輪の外のどこかに連れ出して、意識を回復させる。ドラマー、シャッカー、ラックリング・マンの顔は、獰猛な仮面のようになっていた。恍惚状態に入った体は、ドラムの音の一つ一つに反応して動いた。

ザカライアは、両方の墓を飛び越し、座っているドラマーを飛び越し、空中で回転して背中から倒れ、頭と爪先しか地面につかないように弓なりに反り、恍惚に震えながら、長い間その姿勢を保っていた。それから下半身を投げ出して、痙攣している女を自分の腿ではさんで倒した。誰かが駆け寄って、彼の脚のはさみをほどき、ダンスは続いた。

気がつくと山羊が二つの墓の間に引きずり出され、ザカライアの手にナイフがあった。

またたく間に、彼は山羊の喉から血をグラスに受けた。奇跡を行なう血の滴に向かって進みたくてしかたがないにもかかわらず、人々はあとずさった。ザカライアは、相変わらず動きながら、グラスの血をぐっとあおり、それからドラマーの一人一人に少しずつ飲ませてやった。それから「ザ・パワー」は、グラスを手に踊り、最後に一度跳躍し、叫び声を上げ、グラスをできるだけ遠くに投げた。群集のうちの何人かが、グラスを追いかけていって拾い上げようとしたが、「ザ・パワー」は、警告するように首を振って、ダンスをやめずに歌うように言った。「拾いたい者は拾え。だが面倒なことになるぞ」グラスに駆け寄ろうとしていた者は、即座に足を止めた。思い切って行こうとする者は、一人もいなかった。

ドラムの音に合わせて、華々しい踊りを見せたあと、「ザ・パワー」自身が痙攣状態に陥り、地面に倒れた。誰も彼に触らなかった。それから、私は瓢箪が持ち上がるのを見た。私の目の前で、水を満たした瓢箪が、たらいからヤシの小屋の屋根までゆっくりと浮き上がって、再びゆっくりと降りた。ドラムは果てることなく続いた。歌も果てることなく続いた。

手には鉢……雄鶏たちが、しゃがれ声で鳴く……昼には光……夜は死にそうな気配を帯びる……ワント・イングワラ……精霊はドラムから出ていった……ファム・ディー・アー……太陽が横向きに歩きながら昇ってきた。

第五章　カリブの女たち

アメリカ合衆国の女として過ごしたあと、カリブで女の身分を味わうと、奇妙な感じがする。アメリカ合衆国は、それぞれのやり方を持った小さな国家の集合体であると言われてきた。それは正しい。だが、それらの小国家を全部一つに束ねているものは、女性に対する見方であるというのも、また正しい。あらゆる州の男たちの大多数が、女の赤ん坊として生まれてきた者は、それだけで法や特権や報酬や役得を我がものとすべきだということを、おおむね認めている。意見を口に出すということを許されるという点に関しては、男たちは、女は口の中に法律をくわえて生まれてきたんだし、それは悪くないことだと思っている。良識ある市民の大多数は、女たちが欲しがっているものは何なのか知ろうと耳を澄まし、それを手に入れてやろうと頑張る。そして、それはとてもいい考え方であり、正しいものの見方である。

だが、女性のワールド・チャンピオンたるアメリカの女が、カリブのコバルト色の海までぶらぶら出かけていったら、どうなるか。彼女は大勢の浅黒い男たちに出会い、彼らは熱烈に彼女を口説くが、それ以外には、彼女には何の注意も払わない。もし彼女が筋の通ったことを喋ろうとしたら、男たちは、彼女を実に哀れむように見る。まるで、「残念だな！　どこかの男（俺だっていいんだ）の口にキスするために作られたあの口が、バナナの生産と労働賃金について馬鹿なことを喋って、自分で自分を駄目にしている！」と言わんばかりに。彼らが女に自分の立場をわきまえさせようとするというのではない。違う。彼らは、女には立場なんかないと思っている。もし彼らが、女の立場について少しでも考えるとしたら、彼女を男の世界からどけて、それから、彼の抱擁を受ける特権を与えるか、彼にそういうことのために割く暇がある時、彼の慰めとなる特権を与えようと考えるということだ。さもなければ、神が女性に与えた、宇宙で最も重要な存在としての権利を嘲り、女性の特権を我がものとする。簒奪者め！　当然、女性は男性と同等の教育の恩恵を受けていない。

この性差別は、社会階級や肌の色のランクによって、さらに複雑なものとなっている。もちろん、カリブでは、神と法の定めのもと、すべての女は、すべての男より劣っている。だが、もし女が金持ちで、家柄がよく、ムラートなら、彼女はいくらか分がよくなる。だが、もし女が、たいしたこともない家の出で、貧しくて黒人なら、男性優位のカリブの世界で、彼女は実に不利な立場にある。そんな女は、神様にロバに変えてくださいと祈って、そんな人生は終わらせてしまうほうがいい。神は貧しい黒人の女を重荷を運ぶ動物としてお作りになったと思われており、誰も神意に口を出そうなどとはしない。上流階級の男が、彼女らが重荷を負うのを助けてやって自分の品位を落とそうとすることなど絶対にない。そんなことをして見つかったら、おそらく、その男は自分と同じ階級の人々から追放されるだろう。カリブでは神は二種類のロバをお作りになったと考えられている。一種類は口をきくロバだ。現在、ジャマイカの黒人女性は、バナナ・ボートに荷を積んでいる。石炭が使われていた時代には、黒人女性が船に石炭を運んだ。

カリブでは、いにしえのアフリカの一夫多妻の風習が、広くはびこっている。だが、ヨーロッパから、愛人を囲うという、より洗練されたやり方が入ってきている。男たちには、同時にいくつもの家庭を持つという特権がある！　そして妻たちは私たちとまったく同様に、それが気に入らないが、国の風潮全体が男に味方して、妻を踏みにじる。もし一人の女が夫が整えた手はずの邪魔をして、夫の快楽を統制するのを許したら、他の女たちをどうして止められる？　事は世間一般に及ぶし、そうなれば嘆かわしいことになる！　いや、自分勝手な嫉妬深い妻たちは、懲らしめてやらなければならない。

カリブでは、女たちは女であるというだけでは何の特典もない。女は男やラバと同じ労働をこなすことができるが、誰もそのことを何とも思わない。ジャマイカでは、痩せているが筋肉質の黒人の女性が、岩場のてっぺんに座って、ハンマーで大きな岩を小さく砕いているのをよく見かける。彼女たちは、岩場を裸足で歩くために、すっかり節くれだって歪んだ裸足の黒い足をして、とても悲惨に見える。大きな足の指の爪は、長年、石にぶつかっていたために蹄のように厚くなっている。道の灰色の土ぼこりですっかりおおわれた足は、まるでトカゲのようで、近寄りがたい。もちろん、彼女らの着ているものも、貧弱で、安っぽく、醜い。だが、彼女らは道端の巨大な岩の山の上に座って、日がな一日、岩を割っている。彼女らはよく、日光をさえぎるためにヤシの葉でちょっとした小屋を作る。政府は砕いた岩を道路の建設と補修のために買い取る。一人か二人の子供に手伝わせて頑張って働けば、平均して週に約一ドル半稼げるそうだ。とても厳しいが、ジャマイカの女たちも、他のどこに住む女たちとも同じように、食べていかなければならない。そして、カリブ諸島のどこでも、女たちは頭にロバの負うような荷物を乗せ、山を登ったり降りたりする。

だが、カリブの上流階級の女性は、アメリカ合衆国のどの女性も持っていない保証を手に入れている。彼女の階級の男たちは、同じ階級の相手と結婚するからだ。男たちは誰でも好きな相手と情事を持ったり、家を持ったりする。だが、自分と違う階級の相手と正式に結婚することは稀だ。アメリカでは、男は恋に落ちると、そのまま結婚してしまうことが多い。アメリカの男性の心の中では、恋と結婚が結びついている。だが、カリブでは違う。恋と結婚は、まったく別々でかまわない。アメリカ人にはショッキングに思えることだが、男は自分と違う階級の女性に対しては、何の義務もないのである。男は、その女性の権利を尊重する必要など少しもない。さらに悪いのは、もし実際その男が、身分違いの女性の権利を尊重したりしたら、世間がショックを受けるだろうということだ。上流階級の男は、女に子供を生ませたからといって、身分違いの結婚をして慣習を踏みにじり、階級の壁や肌の色の壁を壊すことは許されない。

ジャマイカのこうした問題に関する一例がここにある。きれいだが、見るからに黒人の娘が、ユナイテッド・フルーツ・カンパニーのタイピストとして雇われ、キングストンに向かうために汽車に乗った。ムラートの青年が、娘が乗ったのと同じ等級の客車に乗って旅していた。青年は、すぐに娘のみずみずしい魅力に引かれ、しつこく言い寄った。それは、彼女がキングストンに落ち着き、母親が一緒に住むためにやってきたあと、何カ月も続いた。娘は、青年の求愛に胸をときめかせた。青年は一度も娘を自分の友達に会わせようとはしなかったが。娘は、あり得ないことを夢見始めた。家柄のいいムラートが、身分違いの自分とちゃんと結婚してくれるつもりなのだと。やがて娘は、自分の大きな望みとそれよりさらに大きな愛を打ち明けた女友達から、青年が彼と同じ階級の女性と婚約したという噂を聞かされるようになった。恋に悩む可愛い田舎娘が青年をとがめると、青年はとてもきっぱりとその噂を否定した。娘は青年を信じ、押したり引いたり、女らしい恋の駆け引きを続け、彼を結婚生活の黄金の輪の中に誘い込もうとした。

そのうち、ある日曜日の夜、青年は、いつものように田舎までドライブしようと誘いに来なかった。彼は、火曜日の夜まで来なかった。そして、その夜も彼女の家まで入ってこなかった。車の中からドライブに行こうと彼女を呼んだ。車に乗るや否や、彼女は言った。「ジョージ、私の友達が、あなたは結婚するんだって言うの。相手の娘さんのお母さんが、月曜日の朝早く、私の友達のお母さんのところへケーキ用の焼き型を借りにきて、あなたが、明日、そこの娘と結婚するって言ったって。本当なの？」「いや、本当じゃないよ、ダーリン。僕は君以外には誰も愛していない。明日誰かと結婚するのに、今夜君をドライブに連れて行ったりすると思う？」彼は、いつもよりスピードを出してキングストンを離れ、うっそうと木の生い茂った丘陵地帯に登っていった。

安全な場所に来ると、青年は娘に車から降りるよう促し、ちょっと揉み合った後、娘を我がものとした。ことが終わると、青年は立ち上がって、恐る恐る言った。「君に嘘をついてた。君が聞いたとおり、僕は明日結婚するんだ。でも、どうしても君が欲しかった。君のことを考えて心が落ち着かないんだ。今夜しなくちゃ駄目だった。だって、僕は明日結婚したら、もう君のところへは行けなくなるからね。さあ、車に乗って。町に戻って、明日のためにしなきゃならないことがいくつかあるから」

そして彼は、彼女の家まで風のように車を走らせ、彼女に手を貸すために車を降りさえせず、急いで彼女を車から押し出した。彼女は、処女を奪われる前、車から降りまいと揉み合った際にハイヒールの片方をなくしていた。暴行した娘の家から少し行った所で、この靴を見つけた青年は、明らかに花嫁に何の証拠も見つけられたくないという思いからだろうが、それを彼女の家の近くの道に捨てた。あとで、娘の友達がその靴を見つけて彼女に渡した。

翌日行なわれた青年の結婚式は、その年の社交界の集まりで指折りの大きなものと言われた。だが、それで終わりではなかった。一、二年後、この同じ男は、自分が無理やり処女を奪った娘が結婚しようとしているという話を聞いた。男は、その相手の男に、自分が彼女と関係を持ったことを話し、とがめるような口調で尋ねた。「君は、セコハンの商品なんか欲しくないだろう？」相手の男は、欲しくないと思った。彼女は、今でもキングストンあたりにいて、酒を飲み過ぎ、自分のことなど、ほとんどどうでもよくなっているという話だ。だが、彼女がどうなったかなど、たいしたことではない。二人の男の名誉は守られた。そして、カリブで肝心なのは、男の名誉なのだ。

ハイチには、女は、自分と結婚していない男を、自分の子供の父親だと告発してはいけないという法律がある。そういうわけで、いく夜かの快楽を求めて出かけた独身の男たちには、あとで女に責任を問われて当惑する心配はない。その上、何人かの教養あるハイチの女性が私に話してくれたところでは、男は女と結婚したければ結婚できるが、ただ「俺が最初じゃなかった」とだけ言って、娘を両親のもとに返すことができるそうだ。そして、離婚することによって名誉を守り、もっと好きな女と結婚できるのだそうだ。捨てられた花嫁の方は、まったく救われない。彼女は夫の言い分に反論することができない。彼女にどんな証拠が持ち出せるだろう？　初夜を過ごさなければ、夫にそんな文句が言えるはずはない。そして初夜を過ごしたあとでは、花嫁が結婚前に処女だったことを証明するのは難しい。中には、男が本当に妻として欲しかったわけではないが、結婚しなければ手に入らなかった女たちが、飽きられてしまって、汚名を着せられ、夫の家から追い出されたということもあったはずだ。ないとは言えない。

A氏の場合を例に取ろう。彼は四十代後半のやもめだった。彼の仕事場の近くの店で働いている三十代前半の独身女性がいた。二人は恋に落ち、彼は彼女にプロポーズした。二人はひっそりと式を挙げ、レオガーヌにハネムーンに出かけた。レオガーヌは、ポルトープランスから二十キロほど離れた小さな町だ。その夜、A氏は彼女が処女ではなかったと非難し、彼女をベッドから追い出したばかりか、その家からも追い出してしまった。彼女は悲嘆にくれながら、ポルトープランスに向かって歩き始めた。お金も一文もなく、何も持っておらず、歩いていくより他に方法がなかったからだ。だが、有徳の夫は、彼女の受ける罰が軽すぎると考えた。彼は自分も外に出ると、乱暴者たちを集め、金を払ってポルトープランスまで彼女の跡をついて行かせ、ドラムや鍋や五ガロン缶を叩かせ、道で人に出会うたびに事情を大声で喋らせた。この激怒した男の名誉は、離婚に成功し、ポルトープランスの有名な外科医の妹と結婚することで、ほぼ元に戻った。純潔ではないと申し立てられた妻は、一、二年、あちこち隠れ住んだあと、死んだ。彼女はいくらか苦しんだかもしれないが、彼は男であり、したがって神聖な存在であり、たとえそのために四十人の女の命が必要でも、彼の名誉は守られなければならないのだ。

第二部

ハイチの政治と人々

第六章　国家の再生

四百年にわたって、ハイチの黒人は平和を渇望してきた。三百年にわたって、この島は富と快楽の楽園と言われてきたが、それは、この島の精霊が歓迎した白人にとって、ということだ。黒人にとって、ハイチは流された血と涙を意味してきた。つまり、ハイチ人の祈りは、聞き届けてもらえなかったということだ。白人の圧制者たちと闘い、彼らを追い出したあとでさえ、圧制は終わらなかった。ハイチの人々は、王国やその他の統治体制のもとに平和を求めた。彼らは、この島の高く冷たく美しい山々の中や、突然目の前に現れる小さな沖積平野に平和を求めた。だが、平和は彼らの手を逃れ、消え去っていった。

一人の予言者が予言したことがあったかもしれない。平和は、どんな点でもハイチ人とまったく異なる別の人々によって別の土地から彼らにもたらされると。その予言者は言ったかもしれない。「お前たちが苦しみから解き放たれ、平和を手に入れるに先立って、これらのしるしが現れるだろう。夜、声が聞こえるだろう。お前たちの首都にある人造の岩から、新たな血の川が流れ出すだろう。それから、ハイチの心臓から叫びが上がる――大いなる叫び、さらに強まっていく叫びが。生き残る者たちがおり、彼らは、それと分かる外見を持ち、伝えるべき言葉を持っている。その日が来る。その日は怒号を生み、その怒号はハイチで永遠に記憶され、国境を越えた国々にも届き、それらを揺るがすだろう。それから、空に煙が浮かぶ。空に黒い煙が浮かび、多くの者を驚かすが、その煙がハイチに平和をもたらすだろう。望みを持つ者よ、これらのしるしを待て。多くのにせ予言者が現れ、お前たちに平和を堅く約束するが、彼らには平和をもたらす方策がない。空に浮かぶ煙を待て」

夜の声

夜明けの縁を囁きが走った。少女は、息をこらしている夜の闇をぱたぱたと打つライフルの音を聞いた。少女は怯えて、父と家族を起こしに行ったが、その必要はなかった。ハイチのすべての人々が目を覚まして銃声に耳を澄ましていた。父は、家族の者たちに、急いで服を着るよう命じ、緊張した様子で娘に尋ねた。「お前の耳は、俺のより若い。あの銃声は、宮殿の方からしたと思うか？　もし宮殿か、宮殿のあたりからしたのなら、監獄の連中が――。行ってドアに鍵がかかっているか見てこい」

娘は、戸口に行ったが、鍵がかかっているか見る代わりに、ドアを開けて外に忍び出た。

カコ〔ゲリラ戦士部隊〕の一団が、マシェティを振り回しながら通った。多くの家の門に、その家に外国人が住んでいることを示す印がついていた。

「いや、ここは外国人の住んでいる通りだ」カコの一人が仲間に言った。「ハイチ人が住んでいる通りに行って、何人か殺してやろう」少女はハイチ人だったから、顔を陰に引っ込めた。ナイフを持った男たちの一団は、人狩りの仕事をしに行ってしまった。

少女は再び歩道に忍び出て、夜の囁きを聞き取ろうと耳を澄ました。外にいると、都市の不吉な脈動が、よりはっきり感じられた。夜の声が高まり、何かを言おうとした。今夜は何か言わなければならない。政治状況があまりにも切迫し、もう一日も、うやむやのまま過ぎるわけにいかなかった。ハイチ中の家という家が耳を澄ましていた。恐怖を抱いて、あるいは希望を抱いて。背後で、父が恐怖にあえぐのが聞こえ、ファニーは父がドアの錠がはずれているのを見つけたことを知った。通りの反対側で、誰かが壁に張りつかんばかりにして、歩道を進んでいくのが見えた。彼女は、それが自分と同じくらいの年の隣家の息子だと気づいた。彼女が声をひそめて彼を呼ぶと、彼は通りを渡ってこいと手招きした。彼は彼女の身を気づかっているようだった。

「外で何をしているのさ、ファニー？」

「銃声が聞こえたのよ、エティエンヌ。あんたはどうして今夜、外に出てるの？　とても危険よ。カコが歩いているのを見たわ」

少年は、闇の中で彼女に忍び寄り、空気の中に満ちている、言葉を持たない何かの代わりに言った。

「しーっ、ファニー。監獄にいる連中が死んだんだ」

「どうして知ってるのよ、エティエンヌ?」

「うちの戸口で声がしたんだ。声だ――誰も声の主を見なかった。でも確かなんだ。監獄の連中は死んだんだよ」

血の川

ポルトープランスの人々と女たちは、明け方、監獄にやって来た。翼を持った舌が、家という家を回って囁いたのだ。「監獄の中にいる連中が死んだ！ 監獄にいる仲間たちが死んだ！」ジャン・ヴィルブラン・ギヨーム・サムが、まだ大統領として宮殿にいるのか、フランス公使館に亡命したのかということを気にしている者もいるにはいた。だが、誰も彼らの言うことに耳を貸さなかった。集まった群集は言った。「監獄の連中が死んだ」中には尋ねるようにこう言う者もいた。「俺たちの仲間が監獄で死んだのか?」

サム大統領を追いつめた政敵を責める人たちもいた。彼らが追いつめたから、サムは良家の男たちばかり二百人近くも捕らえ、サム政権を転覆させる陰謀を企てた疑いのある政治活動家というよりは、指導者たちをおとなしくさせておくための人質として彼らを投獄したのだ。サムとその支持者の陰謀を公然と非難する人たちもいた。サム大統領は、食わせ者のぺてん師だ、と彼らは言った。奴は恥を知らない男だ。礼儀も知らない。これまで宮殿に住んだ者たちが守ってきた掟も何とも思わなかった。奴は、しきたりに敬意を払わない。奴は、欲の皮の張った憎むべき犯罪者だ。奴は五カ月かそこら宮殿にいた。目端（めはし）を利かせ、頭を使えば、国庫の金で「将来の保証を手に入れる」のに十分な時間があった。それなのに、なぜあの怪物は栄達を求める他の男たちの邪魔をするんだ？　サムが主要都市を制圧した時、テオドールは船に乗り、紳士らしく去ったではないか？　ボボ将軍が北から軍を進めて議事堂を包囲したのに、どうしてサムは事態を収めるための慣例を無視したんだ？　明らかに、この男は欲張りで愚かな豚野郎で、礼儀作法というものを知らない。あんな男は、教養ある人々から忠義を受けるに値しない。革命が起こるのも当然だ。監獄にいた男たちは、サムに抵抗した英雄なのだ。これが大多数の人間の意見だった。何人かの人間は、それでもサムは大統領の地位に就いているのだから、暴力によって免職されるべきではなく、サムが抵抗するのは当然だと考えていた。それに、国民は平和を求めていた。人々は「将軍」たちや、果てしない革命や反革命にうんざりしていた。将軍たちの強欲と野望が国を破壊していた。彼らは、大いなる平和への祈りを述べ立てた！　だが、ハイチのどこに平和がある？

人々は銃声を聞いた。大統領は、反対勢力が最初の一発を撃ったら、監獄の政治犯たちを殺せという命令を発していた。そして今、銃声はシャン・ド・マルスから聞こえたということと、大統領と彼が頼りにしているカコ軍団は、弱々しく反撃したあと大統領の旗印を捨てたということで、大方の意見は一致していた。だから今、捕らわれ人たちの家族はここに来たのだ。彼らは何としても監獄の中に入りたかった。くぐもった銃声とともに、悲鳴やうめき声を聞いた人がいた。家族たちは、その不吉な声が身内から出たものか、どうしても知りたかった。誰かが、血まみれの刃を持った血まみれの十五人の男たちが、たった今牢獄から出ていったと言った。だが、政府軍の隊長、シャルル・オスカル・エティエンヌに尋ねようにも、彼を見つけることができなかった。ショコットとポール・エラールは中にいるという噂だったが、彼らに尋ねようにも、誰も中に入れなかった。だが、夜が明けると、監獄の排水溝から血の滴や固まりが流れ出しているのが見つかった。怒り狂った家族や友人たちの手で扉が破られ、彼らは身内の者たちの安全を確かめようと、独房棟に雪崩れ込んだ。

つのる叫び

静まり返った独房の中にあったのは、撃たれた死体、切り裂かれた死体だった。頭蓋骨がマシェティの一撃で砕かれ、内臓が刃で切り裂かれていた。マシェティを持った男たちは、ライフルを持った男たちのあとに続くよう命令を受けていたのだ。なすすべもなく若い命を断たれたポリニスの三人の息子たちの遺体が、哀れみと報復を求めて叫んでいた。人肉の固まりが、怒りの叫びを上げていた。血が悲鳴を上げていた。女たちが悲鳴を上げた。血まみれの独房から大きな叫びが上がり、廃墟にたなびく煙のようにハイチをおおった。そして太陽が、その叫びを聞こうと、水平線の溝から駆けのぼった。

生き残った者たち

人々は、死者の山をかきわけ、一人の男を見つけた。男は悲鳴を上げ、つぶやき、また悲鳴を上げた。彼は気が狂っていた。もう一人の男は話すことができた。「あいつらがこう言うのを聞いた。『十五人の男たち、前へ進め！』」それから男は囁いた。「副官のショコットがこう言うのを聞いた。『地面の近くを撃て。一人一人の頭に一発撃ち込め。政治犯は一人残らず死ななければならん。誰一人生かしておくなというのが、政府の命令だ。奴らはヴィルブラン将軍がどんな人間か知らないんだ』でも俺はまだ生きてる。そうだろ？　七月二十七日の虐殺は過ぎたけれど、俺はまだ生きているぞ」人々はステファン・アレクシスを連れ出した。気の狂った男と、他にもう一人連れ出した。これらの三人が虐殺を免れて生き延びた。「でも、シャルル・オスカル・エティエンヌの死体はどこだ？」ポリニスは尋ねた。「彼が生きているはずはない。さもなければ、この虐殺は起こらなかったはずだ。彼はハイチ軍の隊長で、ここにいた非武装で無防備な人々を監督し保護する役目だったんだ」

「奴は、ギヨーム・サムの友達だよ」誰かがポリニスに答えた。

「でも、名誉に関わる義務は、友情より重い。そして、もし友情があの男をそんな怪物にしてしまったなら、それは実にひどいことだ。オスカル・エティエンヌは死んだんだ。こんなことをするためには、彼の屍を踏み越えなければならなかったはずだ。うちの三人の息子の死体のそばを捜せ。エティエンヌの死体はそこにあるはずだ。うちの息子たちの若い命がこんな惨たらしいやり方で奪われるのを彼が黙って見ていたはずはない。よく捜して、自分の名誉と無防備な囚人たちを守るために死んだ立派な男の亡骸を見つけ出せ。彼を偉大な人々と同じように埋葬しなければ。彼は、ルーヴェルテュール〔ハイチ独立運動の指導者〕のように、ハイチを蛮行と虐殺から守るために死んだんだ」

そしてポリニスは、誰とも分からぬ切り刻まれた死体の中から無防備な囚人たちを守った男の亡骸の切れ端なりとも見つけて、それに敬意を表し、自分の悲しみを洗い流そうと、捜し続けた。なんとも痛ましいことだった。しばらくして、誰かがポリニスに言った。

「でも、オスカル・エティエンヌは死んでいませんよ。奴が五時前に監獄を出ていくのを見た者がいます。虐殺を命じたのは、奴ですよ。奴は、ドミニカ公使館に逃げ込みました。どんなことがあっても、出てこないでしょう」

「それなら、私は彼を引っ張り出しに行かなければならない。うちの息子たちがこんなひ

ど い最期を迎えたからには、そうしてやるのが彼に対して親切というものだ。彼は自分の義務を果たしそこなったことを思い出しながら生きていたくはないだろう。急いで記憶から彼を解き放ってやらなければならない」

　ポリニスは、ドミニカ公使館に駆けつけ、身をすくめているエティエンヌを引きずり出した。エティエンヌは、ポリニス家の父のすさまじい顔を見て恐怖で萎えてしまっていた。彼は「間違いだ」とか「誤解だ」とかつぶやき、ヴィルブラン・サム大統領に罪を押しつけようとした。だが、ポリニスが一言でも聞いたかどうかは疑わしい。ポリニスはエティエンヌを歩道に引きずっていき、三発の銃弾を浴びせて彼を静かにさせた。殺された息子それぞれにつき一発ずつだった。それから、ポリニスは死体をまたぎ越して、堂々と歩み去った。群集はポリニスのあとをついてエティエンヌの家まで行き、まず家を丸裸にし、それから土台まですっかり取り壊してしまった。彼らは怒りに任せて、「異なる政治的意見を持っていたために捕らえられた無防備な男たちを保護すべき立場にあったにもかかわらず、彼らを裏切り、虐殺したエティエンヌの家の残骸がここにある」と言えるようなものは、何も残さなかった。ポリニスは、サム将軍と話ができないか確かめるためにフランス公使館に向かう際、人々がむせび泣きながら死体を洗っている町を通っているうちに胸が悪くなった。むせび泣く人々とポリニスは、気の狂った男とステファン・アレクシスと、もう一人の死ななかった男とともに生き延びた。

その日と怒りの叫び

虐殺があった日、家族たちは一日中死体を洗い、泣き、人間の体の切れ端に身を投げかけ、血まみれの固まりに尋ねていた。「あなたなの？　いとしい人。私が触り、抱いているのは？」そんな絶望的な愛情から、すべての遺体の断片が監獄から誰かの胸へと、愛のこもった葬儀へと運び出されていった。人々は、ヴィルブラン・ギヨーム・サムが、クリストフのような勇気とデッサリーヌのような獰猛さをいくらか発揮して、宮殿からの脱出路を切り開き、フランス公使館に隠れたということを知っていた。だが、今日は死者のための日だ。ヴィルブラン・サムのことを考える日ではなかった。悲しみのための日だった。明日、百六十七人の犠牲者が埋葬される。彼らの遺体が目の前から消えたら、人々はおそらくまた考えることができるようになるだろう。こうして、囁きに満ちた眠れぬ夜がまた一夜過ぎ、葬儀の行列があらゆる方向から教会に向かった。人々は、いかめしく厳かに通り過ぎる葬儀の列に加わった。沿道の家から男たちが励ましの言葉を投げた。女たちは窓辺で泣いた。聖心教会に向かって、遺体が次から次へと運ばれていった。葬儀と葬儀が戸口で出会った。涙をふくハンカチを腰の回りにきつく結びつけた農婦たちが、沿道の戸口という戸口に群がって泣きわめいた。教会に入れなかった人々は、教会から遺体が運び出される時、行列を止めて、遺体に身を投げかけて泣いた。

一人の黒人の農婦がひざまずき、十字架にかけられたように両手を広げて叫んだ。「白人がまたハイチを支配しに戻ってくるそうです。黒人は自分の仲間にこんなにむごいことをします。白人を来させてください！」

死体を地面に埋め、アメリカの介入を期待し、心の中に、そんなぎざぎざした叫びを抱いて、人々はフランス公使館に向かって進んでいった。彼らの行く手を阻むものなどなかった。この日の、この行動のために、国家としての国際上の礼節は棚上げにされた。ハイチの怒れる声は、すすり泣きから怒号に変わっていた。人々はジャン・ヴィルブラン・ギヨーム・サム将軍、虐殺の日の夜明けまでは共和国の大統領だった男を隠れ場所から引きずり出した。人々は、公使館の門の外で、逆上した群集から最後まで死に物狂いで身を守ろうとした彼の手を切り落とした。彼らは、サムを裁判所へ引きずり込み、そこで、ほうきさえ持ったことのない、たおやかな女の手が、彼の首のつけ根にマシェティで猛烈な一撃を加え、それから彼は門越しに人々の方に放り出され、人々は彼を切り刻み、胴体を通りに引きずっていった。

空に浮かぶ煙

アメリカの軍艦から上がった黒い煙が空に浮かんだ時、人々はそんなふうだった。ケイパートン提督が沖合から海軍の双眼鏡でポルトープランスに目を注いだ時、人々はそんなふうだった。ケイパートンの指揮のもとUSSワシントンが港に着いた時、人々は、そんなことをしていた。ケイパートンが上陸した時、目にしたのは、ギヨーム・サムの首がシャン・ド・マルスで旗竿に掲げられ、彼の胴体が群集に引きずり回され、振り回されているさまだった。殺され、切り刻まれた死体は、彼が生きていた間彼を愛していたかもしれない誰か以外には地上の誰にも用のなさそうなものだった。だが、それはハイチの解放者の死体だから、大理石の墓に収めなければならなかった。ルーヴェルテュールは、ハイチの外敵を追い返したが、サムの切り刻まれた血まみれの死体は、国内の敵対者たちを鎮めるはずだ。彼らこそ、ハイチにとって他の誰よりも危険な存在となっていた。USSワシントンの煙突からのぼる煙は、白い望みを運ぶ黒い煙だった。これが、野心家で欲の深い煽動家が、金で雇ったカコの刃を選挙の代わりに使うことのできた最後の年の最後の日の最後の時だった。それは革命の終わりであり、平和の始まりだった。

第七章　次の百年

黒人共和国の名士たちをかいま見てみよう。

ハイチは常に二つに分かれていた。最初は、主人と奴隷のハイチだった。今は、金持ちで教養のあるムラートのハイチと、黒人のハイチだ。シャン・ド・マルスのハイチとボロスのハイチだ。テュルジョー対サリーヌだ。現在の政権下では、二つのハイチは、この国の歴史始まって以来、最も一つに近くなっている。黒人解放という考えが起きる少なくとも一世代前に、ムラートたちは、白人との平等を求める闘いを始めた。一七八九年に、ムラートは農地の少なくとも十パーセントを所有し、五万人の黒人奴隷を抱えていた。したがって、ムラートが自分たちの権利を求めて闘うためにフランスに代表を送った時、彼らが黒人のために同じ権利を求めたら、自分たち自身に損害を与えることになっただろう。だから彼らは、自分たちのためだけに闘った。

一七九一年、ブークマン、ビアッソン、ジャン＝フランソワの指導のもと、黒人たちは自由を求めて激しい闘争を始め、一八〇四年、彼らは解放された。自由を求める彼らの訴えは、激しい闘争の形を取らざるを得なかった。すべての人々の手が彼らを阻んだからだ。確かに、彼らの親戚であるムラートたちは、黒人の解放に何の利益も見出さなかった。だからハイチの解放の流れには、二つの源があったのだ。白人のフランス人がムラートをとがめ、無慈悲な態度を取ったので、ペティヨンと彼の支持者たちは黒人の陣営に加わらざるを得なくなったのだ。

闘いが始まってからというもの、ルーヴェルテュールはフランスの湿っぽい監獄で死に、デッサリーヌは自分が解放しようとした人々に暗殺され、クリストフは自殺に追い込まれ、さらに三人の大統領が暗殺され、十四の革命が起こり、三つの純然たる王国が建国されて廃止され、外国の白人の軍隊による占領が十九年間続いた。占領は終わり、ハイチには安定した通貨と、交通機関の基礎と、近代的な議事堂と、近代的な軍隊の核が残った。

そして、黒人の共和国ハイチは、これからどこへ行くのか？　それは状況によりけりだ。それは何よりも、若く聡明な内務大臣、ディヴィドノーを取り巻くハイチの若いインテリ層の行動にかかっている。これらの青年たちは、新しいハイチの希望を担っている。なぜなら、彼らは昔ながらの政治的駆け引きを捨てたエネルギッシュな思想家だからだ。

昔も今も、ハイチに不幸をもたらす種は、ハイチの政治家だった。この国には、いまだに、国政選挙とは、ペティヨンヴィルやケンスコフに大きな新しい家を建て、パリに旅行に行く権利を人々から与えられることだと考えている有力者が、あまりにも大勢いる。

過去に、ハイチの大統領の座に就いた男たちの中に、ただの一人も有能な人間がいなかったというのではない。有能で高潔な男たちが何人も大統領に選ばれている。だが、彼らの志は、彼らを取り巻いていた利己主義者や国庫金泥棒によってぶち壊しにされた。今のところ、文明の最大の発明である妥協というものの価値はほとんど認められておらず、したがって、そこから生まれた文明の最も有効な政治の道具である多数決の原理の価値も、ほとんど認められていない。もちろん、人口の十パーセント以下しか読み書きができない国民の過半数の意思を知ろうとするのは、よけいに困難なことである。だが、読み書きができるわずかな人々の間でも、驚くほど意見が食い違っている。

もちろん、ハイチは、今も、これまでも、アメリカで言うところの民主主義国家ではなかった。ハイチは、選挙による君主制国家である。ハイチの大統領は、実は宮殿に住む王であり、何年か任期を限られて統治する王なのだ。共和国という用語は、この場合、非常にいい加減に使われているのだ。ハイチには多数決という概念は存在しない。ハイチの多数派を占める人々は、読むことも書くこともできず、自分たちの名のもとに何が行なわれているか、まったく知りもしない。ハイチの階級意識と、上流中の上流の人々には神から授かった権利があるという社会全般の認識が、民主主義という概念を真っ向から否定している。ハイチの上院も下院も、アメリカの上院や下院と同じものではない。ハイチでは、宮殿に住む大統領の承認なしには、誰も議員の職を求めようとはしない。

　自分の立場を良くしようとして、絶えず暴力に訴える利己主義者たち――彼らは常に自分のことを愛国者と呼ぶ――に加えて、ハイチにはもう一種類、身内の敵がいる。別の銘柄の愛国者だ。彼らは、政権を握っていない場合は、政府の歯車を狂わすためにできるかぎりのことをする。自分が政権を握れば、旗を振り、ハイチの過去の栄光をたたえる演説をして任期を過ごす。ルーヴェルテュール、クリストフ、デッサリーヌの骨が、貧しい農民の朝食や昼食や夕食の代わりに鳴らされる。だが、これら三人の偉大な男たちの建国の努力が、今日の愛国者のような種類の「愛国者」によって阻まれたという事実には、決して触れない。この三人が三人とも、まことの愛国心ゆえにみじめな死に方をしたことには、誰も触れない。この三人ほど価値のない男たちが、生き延びて盗み、抑圧し、船でまずジャマイカに向かい、それから、パリへ、パリの並木道へと旅立ったのだ。これらのお喋りな愛国者たち、自分たちの肺から吐き出した風でハイチの歯車を回そうとしてきた男たちは、アメリカの黒人たちのチャンスをつぶしてきた空っぽの空気袋のような口達者どもと血を分けた兄弟だ。アメリカ合衆国の黒人は、三世代にもわたって、弁舌と肺活量が幅をきかせる時代を過ごしてきた。これらの「人種の代表」は、偉大さとは、求められればいつでも演壇に登ってクリスパス・アタックスの骨を鳴らすことができる力だと主張する。彼らは憲法修正十三条と十四条が私たちをいかに偉大な人間にしたかを語る。そして、必

アメリカ公使とステニオ・ヴァンサン大統領（右） Rex Hardry, Jr.

ず次の言葉を引用する。「我々は六十年の間に、地球上のどんな民よりも偉大な進歩を遂げた」これは必ず大喝采を博した。白人の政治家でさえ、これがいかにヒット確実な台詞かを知って、黒人の聴衆の前で演説する時は、必ずこの引用を使った。この言葉は私たちをとてもいい気持ちにさせたので、選挙立候補者は、職場の門戸を開く約束などする必要がなかった。実際、私の聞いたところによると、南北再統合の時代に白人の誰かが、この台詞を考えついたのだそうだ。時に応じて、挙げられる年数だけが変えられてきたのだ。多分、最初にこの文句を使った煽動家は、ふんぞりかえって片手を胸に置き、もう片方の手を燕尾服に突っ込んでハンカチを捜しながら、言ったのだろう。「君たちは、十年間に最大の進歩を遂げた、云々」だが、アメリカは、こういう弁士に我慢のならない黒人の世代を生み出した。彼らは、それより仕事や家やテーブルに乗せる肉のことが聞きたいのだ。彼らは、両親たちが、こんな安っぽい弁士たちの言うことに満足して、座っていい気持ちで聞いていた間に失われてしまったチャンスのことを腹立たしく思っている。私たちのヒーローは、もはや語る人ではなく、行動する人だ。このことは、昨日の「人種の代表」の男女の何人かを困惑させ、傷つけている。「人種のリーダー」は、今ではもう古い。今日のアメリカを代表する男女とは、その人なら私たちのサイドミート〔豚バラ肉のベーコン〕をハムのような味にしてくれると私たちに思わせる人だ。

これと同じ感情がハイチでも湧き起こっている。だが、その動きはアメリカ合衆国のように急速には広がっていない。なぜなら、ハイチでは読み書きのできる人が非常に少ないからだ。だが、そうした動きは存在し、広がりつつある。カミーユ・レーリソン博士の指導のもと、協力し合って学術協会を結成しようとしている聡明な青年たちのグループがある。レーリソンは、マサチューセッツのローウェルという人の曾孫に当り、カナダのマギル大学とハーヴァード大学を卒業し、ポルトープランスの医学校の生物学科長であり、付属病院の職員でもある。ドーサンヴィル博士、ルイ・マルス博士他、才能あふれる数人の男性が毎週一回、レーリソン博士の家の石畳の中庭に集まって、その時ハイチを訪れている外国の科学者の話に耳を傾けたり、自分たち同士で問題を提起して議論したりする。こ

リュルクス・レオン博士と家族　Rex Hardry, Jr.

れらの人々と、彼らの中で最も政治意識の高いディヴィドノーが、ハイチの現実主義者たちだ。公衆衛生局長であるリュルクス・レオン博士も、間違いなく、ハイチの将来をその手に握っているこれらの思想的な人々の一人だ。保健所を覗き、病院を訪ねてみさえすれば、レオン博士がいかに立派な人かが分かる。ハイチで最も優れた医師たちが、彼のもとで働いている。彼は、部下に対する自分の個人的な感情に決して流されたりしない。ポルトープランスの人は皆、レオンの部下の中で最も優れた男が彼の個人的な敵であることを知っているが、それでもレオンはその男をその職に留めている。「あの男は天才だ。ハイチは彼の才能を必要としている」とレオン博士は説明する。「自分の個人的な争いごとを国家の福祉より優先するのは私のやり方ではない。私は、公衆衛生局をアメリカの進駐軍の医師たちによって確立された水準に保とうと努力している。残念ながら、この仕事に使うための金が、あまりにも少ない」そして、問題の男もレオン博士と同じくらい立派な人間だ。彼は自分の仕事にすべてを捧げている。ハイチの国営医療施設のいたるところに、優れた才能と高潔な人格の証がある。

病院の中を通って産院を訪ねると、胸を打たれる。若いサム博士が産院の責任者だ。一九一五年に惨殺され、アメリカ軍のハイチ進駐をもたらす結果となったギヨーム・サム大統領の息子である。サム博士ほど誠実な医師は、どこにもいない。自分が取り上げた赤ん坊を彼がどれほど愛していることか！　これこそ本物の献身である。彼は、とても立派な、知性的な顔をしており、外来診療所にやって来る極貧の農民の妊婦も非常に念入りに診察する！　仕事中のサム博士ほど素晴らしいものは、ハイチ中捜しても他にない。彼ほど目立たないけれど、同じことがセイド博士にも言える。保健所は、立派な人物と才能に満ちあふれていて、このこともまたレオン博士が大人物だということを語っている。けちな魂の持ち主は、狭量すぎて、そういう人々を雇えない。レオン博士は明らかに、部下が立派なために自分がかすんでしまうことを少しも恐れていない。

そしてワシントンのハイチ公使エリー・レスコーも含め、これらの人々のうちに、人はハイチの本当の悲劇を見る。ここに、聡明で、誠実で、有能な男たちがいて、ハイチの救済のためには何がなされるべきか理解しているのに、「あまりにも多くの曲がりくねった道」があり、あまりにも官僚主義がはびこり、あまりにも多くの悪しき政治慣習があり、彼らが少しでも実効を上げるためには、まずそれらを一掃しなければならない。近頃、人々は、もつれにもつれたハイチ政府内の状況を打開する見込みが一番あるのは、若くて精力的なディヴィドノーだと言うようになった。彼は知的であるばかりでなく、気迫に満ちた性格で、勇気にあふれている。彼は、自分の省が管轄する問題をきびきびと迅速に処理している。彼は夢想家ではなく、口達者な弁舌家でもなく、煽動家でもない。内務大臣ディヴィドノーは、まぎれもなく行動の人だ。そして、彼はハイチ中で一番大胆不敵な男だとよく言われる。彼を相手に、はったりや脅しが通用しないということは、はっきりと実証されている。大統領は、それを知っているし、人々は、大統領がそれを知っていることを知っている。彼をはじめとする人々には、事実に目をつぶり、ハイチには栄光に満ちた過去があり、すべてはひたすら美しいと自分に言い聞かせている古いタイプのハイチ人とは対照的な気概がある。彼らは、すべてが美しくはないということを知っている。一八〇四年に起こったこと〔世界初の黒人による共和国として独立〕だけがハイチの栄光だが、今は世紀も違えば、時代も違う。一八〇四年の愛国者は、当時しなければならなかったことをした。今は再び愛国心を必要とする時だ。彼らは、自分たちに自由を手にする資格があると証明するようなことをしなければならないと感じている。自分の得になることばかりして、国の利益になることは何もしないくせに、ハイチが非難されると、真っ先に駆けつけて、がむしゃらに「弁護」するようなタイプの政治家に彼らがうんざりしているという話は、再三再四聞いた。こうした「弁護」は、「弁護人」が浪費を欲しいままにした金と、彼が自分の利益のために、ないがしろにしたり売り払ってしまった国の発展のチャンスに対してハイチが受ける唯一のお返しである。ハイチの誠実で真面目な人々は、ハイチのことを弁解してもらいたくない。彼らは、そうした弁解が必要でなくなるようにしたいのだ。だから彼らは今、将来、国が一層まとまり、発展するための基礎を築いている。

彼らは、国内問題は外国との戦争ほど栄誉をもたらさないが、より一層必要な仕事だと気づいている。彼らは、すべてがうまく行ってはいないことを知っている。国民の教育、交通、経済にもっと注意を向ける必要がある。デッサリーヌの骨など、それに比べればどうでもいいことだ。ハイチの農民は非常に飢えているが、計画を立てれば、その救済は難しいことではないだろう。彼らは、煽動家の舌が語る美化されたハイチを見ることを拒絶する。これらの数少ないインテリたちは、先を見る力のない海賊のような政治家たちとも、読み書きのできない無気力な大衆とも、闘わなければならない。

そこで、ハイチを訪問するアメリカ人にとって最も驚くべき現象が現れる。嘘をつく習慣だ！　この技巧、娯楽、方便、あるいは何と呼ぼうと勝手だが、これが他の何よりもハイチの悲劇的な歴史の原因であると言っても過言ではない。共和国の初期、ある人々は、まず自分たちをだまし、それから他の人たちもだまして、彼らの前にあるわびしい状況に目を向けないようにさせた。誤解してはならないのだが、教養のあるムラートや思考力のある黒人の目から見れば、状況はわびしいものだったのだ。奴隷制からの解放は、昨日の記憶もなければ、明日への疑いもない無責任な黒人の目にのみ、大きな西瓜の一切れと、デッ魚のフライのように見えただけだ。ルーヴェルテュール、クリストフ、ペティヨン、デッサリーヌは、容易ならぬ問題をあるがままに見ていた。それほど困難な責務を負わされた国家は、かつてなかった。第一、ハイチはそれまで国家でさえなかった。ハイチは常に植民地だったのであり、それまで真の政府が存在したことはなかったのだ。だから、独立戦争の勝利者たちは、既存の政府を引き継ぐというわけにはいかなかった。彼らは、植民地の残骸から政府を作ろうとした。しかも、民衆は、政府を実態のある確かなものと考える習慣を持ったことさえなかった。彼らは、非常に頼りない材料から政府を作ろうとした。これらのわずかな知的な黒人とムラートは、政府という言葉自体を、あいまいで、おぼろなものと感じる奴隷たちから、国家を作り上げることに着手したのだ。これらの元奴隷たちは、政府とは、自分たちが炎天下の奴隷労働の休息を取っている間に、ご主人たちや雇い主たちが心配すればいいことだと感じていた。政府は、まだハイチの大衆の関心事とはなっていなかった。

実際にハイチを解放した三人は、ハイチの岸辺から最後のフランス軍を追い払い、とうとう民衆と顔を突き合わせた時、悲痛な思いを抱いたに違いない。彼らは、その民衆のために、あんなにも激しく、あんなにも長い間闘ったのだったが。クリストフ、デッサリーヌ、ペティヨンは、現実主義者だった。彼らが立てた計画のすべてが、そのことを立証している。彼らは、問題をあるがままに処理しようとした。だが、デッサリーヌは殺された。民衆のために、あんなにも勇敢に闘ったクリストフは、その民衆に残虐なやり方で殺されなくて済むように、自ら命を絶った。ペティヨンは、仲間の二人の指導者が倒れるのを見て、かつてサン・ドミニク植民地に膨大な富をもたらしたコーヒー農園や砂糖きび農園の復興をはじめとする発展のための大計画を放棄した。

多分、こんなふうにして、ハイチ人は現実について自らを欺き始め、事実を曲げて解釈するようになったのだろう。確かに現在のハイチでは、どぎつい事実の代わりに、信じてもらいたいことを言う技術が高度に発達している。そして、不愉快な真実を白状しなければならない時は、子供っぽくて空想的な説明が用意されている。たいてい、それらは大馬鹿者でなければ信じないような説明なのだが、知的な人々に向かって真面目な顔で告げられる。この嘘をつく習慣は、草ぶき屋根の家から豪邸まで広まっており、唯一異なる点は、何について嘘をつくかということだ。上流階級は、たいてい、自分たちのプライドにかかわる事柄について嘘をつく。農民は、仕事とか食べ物とか小銭とか、自分の幸せに影響する事柄について嘘をつく。ハイチの農民は、実に温かくて穏やかな人々だ。だが、彼らはしばしば自分のことを、ハイチの民話に出てくる抜け目のないトリックスターのティ・マリスだと思い込む。

ハイチの人々は穏やかで感じがいいけれども、自分ではそれと知らずに非常に残酷な面を持っている。農民たちは、ひな鶏や七面鳥を何羽も一緒に足でくくって束にして、鳥を逆さに肩からぶら下げ、何キロも山を下って市場へ行く。太陽は暑く照り、鳥はすっかり喉が渇いて弱り、不自然で気の毒な状態に置かれて気を失う。私は、庭に来た女たちから鳥を買ったことがあるが、鳥は意識を失っていた。時には、あまりきつく縛られたために、腿の皮がむけていた。彼らはロバを追い立てる時に、尖った棒でロバをつついてロバの尻に穴を開ける。もう何世紀もロバを使ってきたのだから、そろそろ、この哀れな動物は早く走らないのだということを知ってもいい頃だ。私は、この辛抱強い哀れな動物の尻や腿からむけ落ちた皮を随分見たが、それでもロバは相変わらず、追い立てられている。ハイチには、急がせようとして叩かれたあまりに、耳がちぎれてしまったロバが何千頭もいる。鞍で擦れて肩から尻まで皮がむけてしまって、なおも働かされている馬も何度も見た。

私は、ハイチの人々が自分ではそれと知らずに残酷だと言ったが、単に農民が、とは言わなかった。上流階級の人々がひな鶏を売ったりロバを追ったりしないことは分かっているが、彼らこそ、この国を支配し、法律を作っている人々なのだ。もし彼らが、そういうことの残酷さを意識していたら、彼らはそれを禁ずるだろう。私は、ある日、ジュール・

フェーンを訪ねた時、彼が石で鳥を殺そうとしていた数人の男の子たちを追い払ったのを見て、このことを彼に話した。私は彼に、そういうことを気にかけているように見えるハイチ人を初めて見たと言った。

「どうして農民たちが動物に優しくしなければいけないのかね?」彼は穏やかに尋ねた。

「農民たちは、誰からも優しくされたことがないのに」

「どうして、あなた方アメリカ人は、しょっちゅう私たちが動物に残酷だって言うんですかね?」ル・マタンの編集者が私に尋ねた。「あなた方だって残酷ですよ。生きたロブスターをゆでるでしょう」

「ええ」私は答えた。「でも、ロブスターを売る人たちは、ロブスターの足を持って、マサチューセッツからヴァージニアまで引きずっていくことを許されはしないでしょうし、途中で半分皮をはぐことも許されないでしょうよ」

「どっちにしろ同じことですよ」彼は、現実に背を向けて、まくし立てた。

そしてまた、まさにそのドラムの響きの聞こえる中で、上流階級のハイチ人は、ハイチにはヴードゥーなどというものはないと言い、ヴードゥーについて書かれたものはすべて外国人の悪意ある嘘以外の何物でもないと言うだろう。彼らは、そうでないことを知っているし、それが本当ではないということをこちらが知っていることも知っているはずだ。心の奥では、彼らは、ヴードゥー信仰を憎んではいない。自分自身はその道に通じていなくても、毎日身の回りで目にしているし、あたりまえのことだと思っているが、彼らは自分自身と国のプライドのために嘘をつくのだ。彼らは、ハイチのヴードゥー信仰について何も知らない人々が書いた空想的な文章を読んだことがあるのだ。何も知らないから、そこにはヨーロッパに起源を持つ処女崇拝や人身御供など、借用してきた要素から成る型どおりの物語が書かれている。これらはすべてハイチ人を野蛮人として描いており、ハイチ人は自分のことをそんなふうに言われたくはない。だから、彼らは、逃げ、隠れる。彼らは、何も知らないといい、ヴードゥー自体の存在を否定する。だが、農夫に親切にしてやれば、彼がグロ・ネグレ〔偉い黒人〕や警察官の存在にびくついていなければ、隠さずに話してくれる。つまり、その警官が彼の知らない警官だったり、その警官がヴードゥーのことを恥ずかしく思っていることが知れ渡っていたりしなければ、ということだ。だが、ヴードゥーについて、とても気軽に率直に話してくれた同じ農夫に、ごく簡単な仕事を頼んで、前もってお金を払ってやると、金を持って消えてしまう。ハイチの雇用階級は、外国人の友達に、どんな仕事に対しても前払いしないように、金を持たせて人を使いに出さないようにと絶えず忠告する。農夫は、それを盗みとは考えない。うまいこと金儲けをしてやったと誇らしく思うのだ。そんなことをして、将来、金を儲けそこなうかもしれないなどとは決して思わない。そして、このことは特に使用人階級に当てはまるので、ハイチでは、本当によく知っている人以外には、誰にも、どんな金も前もって払わないほうがいい。

　上流階級の自己欺瞞は、別の方向にも向かう。それは、希望的観測を声に出して言うのとてもよく似ている。彼らは、ハイチは幸せで秩序立った国だと言いたいので、そう言うけれども、事実は明らかにまったく違っている。何でも都合の悪いことに関しては、自分の責任を絶対に認めようとしない傾向が目立つ。外部からの影響、たいていはアメリカかサント・ドミンゴからの影響が、ハイチの諸悪に責任があるのだ、と彼らは言う。たとえば、六月と七月に、私は数千人のハイチ人労働者が、キューバから退去させられてハイチに戻ってきたと聞いた。それでなくても仕事は少なく、飢えている人は多いので、私は、さらに増えた労働者たちに仕事を与えるために、どういうことがなされるのか尋ねた。私が得た答えの一つは、「我々に何ができるんだ？　我が国は貧しい国で、アメリカが無理やり進駐したために、いっそう貧乏になったんだ。だから今はもう、労働者に仕事を作ってやる金がないんだ」私は反論した。「でも、あなたも、他の大勢の人たちも私に言ったわよ。アメリカが進駐して、ハイチにたくさんお金が入ってきたのに、それがなくなって残念だって」「ああ、アメリカは、ひょっとして二、三百人分の仕事は作ったかもしれないが、アメリカがハイチからこんなに何もかも奪い取ったことを思えば、それが何だって言うんだ？　ご覧のとおり、ハイチには何も残っていない。その上、アメリカはまだハイチの税関を押さえているから、我々はコーヒーを売って儲けることもできない。アメリカがフランスと折り合いをつけてくれたら、フランスはハイチのコーヒーを買ってくれるだろう。そうすれば、国民みんなが仕事に就けるんだ」

「でも、フランスは、ハイチが実際にフランスに借りている以上の借金を徴収しようとして、アメリカの財務官がそれを許さないんだって話を聞いたばかりよ。あの話は本当じゃないの？」

「我々は何も知りませんよ、マドモアゼル。我々が知っているのは、アメリカの海兵隊が、ハイチが豊かなのを知って、やって来て我々のものを盗んだから、とうとう我々はうんざりして彼らを追い出したってことだけさ」

「あなた方は、ずいぶん長い間腹を立てなかったわけね。だってアメリカ軍は十九年もハイチにいたのよね、確か」私は言った。

「ああ、もっと、いさせてやってもよかったんだが、アメリカ人が、あんまり無礼だから追い出してやったんだ。彼らは、そもそもハイチに来る権利なんかなかったんだよ」

「でも、ハイチでは、何か動乱のようなものがあったし、どこかヨーロッパの国に困った借金があったんじゃなかったの？　何だか、そんなようなことを聞いたような気がするんだけど」

「我々は一度も借金なんかしたことはないよ。銀行に山ほど黄金があったのに、アメリカ人が持っていって返してくれないんだ。彼らは、ハイチが借金をしていたと言って、ハイチのものを盗んだ言い訳にしようとしているんだ。アメリカ人が我が国をこんなに貧しくしてしまったから、今では街に乞食があふれ、国じゅうがひどく貧しくなってしまった。でも、ハイチみたいな弱い国が、あなたの国のような強い国に軍隊を差し向けられて、市民を殺され、金を盗まれて、何ができる?」

「確かに、あなたのおっしゃることは正しいわ。でもね、あなたの国の政府の役人が、ハイチは、あなたが全然ないとおっしゃった海外借款を返すために、四千万ドルを借りたって私に言ったのよ」

「マドモワゼル、うちの母の首にかけて誓うけど、ハイチには借金なんかなかった。アメリカ人が、我々に無理やり金を借りさせて、それを盗んだんだ。それが真相だよ。哀れなハイチはひどく苦しんできたんだ」

これらのことがすべて、この上なく厳粛に語られたのだ。そこには、いささかの自己憐憫も混じっていた。彼は明らかに、国への愛ゆえにひどく苦しんだ自分自身と市民全員を哀れんでいた。もし一言一言が全部嘘であるということを知らなかったら、私はきっと彼を信じていただろう。彼の嘘は、それほど大胆で臆面もなかった。彼の主張は、私が字を読めないか、仮に読めたとしても、ハイチのことを扱った歴史文書は存在しないということを前提としていた。こんなことが、あまりにもしばしば起こるので、私はまもなく、こうした自分の知性に対する侮辱を抵抗もなく受け入れるすべを学んだ。

ハイチが対処しなければならないあらゆる重大な問題を抱えながらも、ステニオ・ヴァンサン大統領自身も、大ぼらを吹くという国民的娯楽にふける暇を見つけている。彼は、自分自身を勝利者に祭り上げ、ハイチの第二の解放者として闊歩し、自分自身をルーヴェルテュール、デッサリーヌ、クリストフと同格に置いている。まず手始めに、勝利者にふさわしい気難しい顔で写真を撮り、獰猛なウサギのように全世界に向かって身構えた。ヴァンサンは、にこりともせずに、自分はハイチの第二の解放者であると宣言した。彼の主張は、ルーズヴェルト大統領が善隣外交政策にのっとってハイチから海兵隊を撤退させたのが、自分の任期中のことだったという事実の上に成り立っている。ヴァンサンは、海兵隊の撤退には、自分がしたことより、全米黒人向上協会や「ザ・ネイション」やその他の組織が、世間で考えられている以上にずっと大きな役割を果たしたことを知っている。実際、ヴァンサンが第二の独立について演説し、自分を第二の解放者と自賛した時、それらの組織については一度も触れなかった。自分が、いかにして、たった一人で海兵隊を追い払ったかというヴァンサンの作り話たるや、見事なものである。彼は、毎年八月二十一日に記念祝典さえ開いている。一九三七年の祝典で、彼は起こりもしなかった出来事を祝うために、ポルトープランスの街をイルミネーションで飾って、八万グールド（約一万六千ドル）を使ったと推定される。

だが、多額の費用をかけたにもかかわらず、何かが欠けていたようだ。たいした人数は集まらず、参列した人々も盛り上がらなかった。一年前、人々がそれほど飢えていなかった一九三六年は、もっと盛り上がった。ハイチの人々は生まれつき祝宴が好きだし、普通の状況なら、どんなお祝いにでも喜んで参加する。ハイチには、ヴァンサン大統領が海兵隊を追い払ったと本当に信じている人間は一人もいなかった。なぜなら、一番貧しい農夫でさえ戦闘などなかったことを知っているし、彼らは過去の経験から、もし戦闘があったなら、いつもどおり海兵隊が勝っただろうということを知っているからだ。だが、ヴァンサン大統領が何かお祝いをしたいと言うなら、いいじゃないか？　結局、空想というものはすべて、美しいものなのだから。

一九三七年の現在、飢えと貧困が、この国に広がっている。着るものが何もなくて裸なので、外にも出られない人々がいる。一九三六年の十一月にはもう、ポルトープランスの刑務所で受刑者が飢え死にしているという怖い噂が囁かれていた。仕事のない農民は、食事代わりに酸っぱいオレンジを食べるが、飢えは満たされない。何を祝うお祝いだろうと別に反対する気はないのだが、電飾よりは、赤い豆と米のほうが彼らにはずっと気に入ったことだろう。作り話のためのお祝いをするなら、なおさらだ。大勢の人々が、このことすべてに怒りを表した。誰も海兵隊に出ていってほしくなんかなかったのに、どうして、海兵隊が去ったことをお祝いするんだ？　繁栄の時代は、海兵隊とともに去った。ヴァンサン大統領が海兵隊を出ていかせたのなら、彼は人民の友ではない。人々が敬意を表したいのは、海兵隊を連れ戻すことができる男だ。国民の多くが、一万六千ドルが実際使われたのかどうか疑っていた。「俺たちに言ってるとおり、その金を全部使ったわけじゃないよ。グロ・ネグレは、何でも理由をつけちゃ、金を自分のふところに入れるんだ」その夜のシャン・ド・マルスは、疑いに満ち満ちていた。

アメリカ海兵隊の撤退に先立って、リトル大佐と進駐軍の士官たちが、カリックス大佐の指揮のもとに三千人からなるハイチ人の戦闘部隊を発足させたという事実はハイチでは広く知られ、公然と認められている。それほどの数の訓練を受けた男たちがいて、アメリカ軍が残していった兵器に加えてハイチ政府が買い入れた兵器があるのだから、サント・ドミンゴからの侵略に対して、必要とあらば、実力で抵抗することができると思われる。だから、最近ヴァンサン大統領が出した声明を読んでびっくりした。ハイチは、サント・ドミンゴの猛攻の前に無防備だというのである。その声明は真実には程遠く、まったくわけが分からなかったが、ハイチの農民の間に広がる飢餓についての報道や暴動の噂を考え合わせれば、納得がいく。国境付近で虐殺が行なわれた時、南部のケイでは、確かに暴動が起きていると報じられていた。その地域全体が、飢餓の果てに起きた暴動で騒然としていると言われていた。ヴァンサン大統領は、ドミニカ人が数千人の農民を殺すのを見過ごすほうが、農民に武器を持たせて自分が殺される危険を冒すよりはいいと考えているのだろうか？　宮殿の地下に貯えてある武器が軍に支給されたら、自分が宮殿を追われる日も遠くないと恐れているのだろうか？　ハイチの実情から考えると、これらの疑問は、さほど現実離れしたものではない。ヴァンサン大統領は、クェンティン・レイノルズ宛の声明で、そのことを自分でも事実上認めている。その声明の中で彼は、ハイチ軍は、ハイチ国内の治安を維持するだけの規模でしかないと言っているのだ。自国の国民のほうが、トルヒーヨよりも危険なのだろうか？　彼は、これら数千人の農民たちがみんな死んでしまったところで、自分は宮殿の大統領でいられると考えているのだろうか？　だが、彼が虐殺された農民の復讐をしようとして、宮殿の地下の武器が一旦彼の管理下から出てしまえば、彼も他の多くの元ハイチ大統領たちと同じように、気がついたら「ジャマイカに向かう船の上」ということになるかもしれないと？

ハイチ社会のもう一人の重要人物は、ハイチ軍の司令官であるカリックス大佐だ。すなわち彼は、ハイチ軍の中でナンバー・ワンの男だということだ。彼は背が高く、すらりとした四十前後の黒人で、私がこれまでに見た男の人の中で一番美しい手と脚をしている。彼は三千人の部下たちから本当に愛され、尊敬されている。彼の部下たちは、よく訓練された知的職業人――医師、技師、弁護士などだ。兵士たちが司令官を愛していることは疑う余地がない。だが、他の人々が大佐の影響力を恐れているのも明らかだ。多分、彼らは、大佐が政治的権力を奪い取ろうという気になるかもしれないと考えているのだろう。というのも、大佐は奇妙な誓約に縛られているからだ。大統領府と対立する動きをしてはならないばかりでなく、どんな形であれ大統領の身に何か起きた場合には、死をもって罰せられる恐れがあるのだ。その上、宮殿の地下の武器は、アルマン大佐の特別な監視のもとに置かれている。大統領は、ムラートのアルマンを軍の司令官にしたかった。だが、ハイチ軍は、アメリカの進駐軍によって訓練され、設立された。そしてリトル大佐が、すべてのハイチ人士官の候補の中から最も有能な男としてカリックスを選び、あくまで彼を推したという話だ。ある人が言うには、アメリカの士官たちがカリックスを選んだのだが、ヴァンサン大統領も、それは賢い選択だと思ったのだそうだ。なぜなら、カリックス大佐は黒人の間では英雄で、しかも彼が北部の出身だからだ。大佐は、カップ・エイシェンのそばの小さな町、フォール・リベルテの出身で、北部は常にハイチの歴史において重要な役割を果たしてきたからだ。これは、黒人とムラートの間の差を縮め、北部の重要性を認めようという試みだった。それがなければ、政府としては、アルマンが指名されないなら、ムラートのアンドレ大佐からラ・フォンタンのほうが良かったのだ。大統領の名誉のために言っておかなければならないが、大統領は、過去にハイチで多くの流血の原因となり、国家の統一の大きな障害の一つであったムラートと黒人の間の対立を解消するために、多くの手段を講じてきた。だが、いまだに先は見えない。ともかく、長くてほっそりした指と、すらりとした脚をしたカリックス大佐は、非常に誠実で、職務に忠実で、立派な仕事ぶりでハイチの治安を守っている。自分が他の役人や野心家たちをぴりぴりさせていることに気づいているとしても、そんな素振りは見せない。彼は私に、自分は軍人で、今の仕事以外の仕事は何も望んでいないと言った。実際、私たちがいつも冗談に言っているのは、私がハイチの大統領になったら、彼を私の軍隊の司令官にして、ハイチ全土に国営農場を作る許可を与えるということだ。それはポルトープランスの街から乞食をなくすために、彼がずっと前からしたいと思っていることだ。そして病院、刑務所、その他の国立施設に十分な食料を供給する。こうしたことをうまく進めるだけの税収がないのだ。彼は、ハイチの町から乞食とけちな泥棒を一掃し、軍全体の仕事ぶりを目立たせようと、気の毒なほど一生懸命になっている。もし彼が自分の職務以外のことに野心を持っているのだとしたら、彼は見事にそれを隠している。そして、完璧な体に締めたサム・ブラウン式の銃のベルトの何と美しく磨かれていること、そして、そのベルトについている黄金のようなバックルの何と素敵なことか！

ハイチには他にも、人々が忘れることのできない人がいる。本人がハイチにいるわけではないが、彼の影が、生きた人間のように歩き回っている。それは、隣国サント・ドミンゴの大統領、トルヒーヨの影だ。トルヒーヨはハイチにはいない。彼はハイチ人ですらないが、そこらじゅうにつながるつてを持っている。ハイチには親戚もいるし、大勢の友人がいるし、賛美者もいる。ハイチ人は、一日中「サント・ドミンゴの男」に注意を向けている。ある人々は恐れから。他の人々は賛美して。ハイチには、希望をこめて彼のことを話す人たちさえいる。彼がサント・ドミンゴに平和と発展をもたらすことができるなら、ハイチにも何か同じようなことをしてくれることができる、と彼らは考える。彼らは、一九三六年のトルヒーヨの輝かしいハイチ訪問と、そのあと、彼がハイチの農民たちに食料を贈ったことを覚えている。トルヒーヨは、実際、ハイチに住む人々とともにいる。その上、自分の国で仕事を見つけられないハイチ人は、即座にサント・ドミンゴに移民しようと考える。最近、国境で紛争が起こる前には、何千人ものハイチ人が、労働条件や居住環境のいいサント・ドミンゴに住んでいた。トルヒーヨは、こういう状況が頭にあって、島のハイチ側を一掃することをほのめかす演説をして脅しをかけたのだと思われる。おそらく彼が言っているのは、自分の国が常にハイチの貧しい経済政策に脚を引っ張られてきたということだろう。サント・ドミンゴは、足踏み状態も同然の隣国ハイチの多数の失業者を吸収しなければならず、サント・ドミンゴ自身の発展の歩みは、速度をそがれる結果となった。だからハイチの貧しい人々は、トルヒーヨを単なる隣国の大統領だとは思っていないのである。

ジョゼフ・ジュリボア・フィスの悪名高い事件について囁かれた噂の一つによれば、ジュリボア・フィスはトルヒーヨの友達だったので、サント・ドミンゴの大統領はジュリボア・フィスが監獄で謎の死を遂げたことを知ると、怒り狂ってハイチの公使を国外退去処分にした。トルヒーヨは、ハイチの国政において非常に高い地位を占める人物が、友人のジュリボア・フィスを殺害したと非難したそうだ。ジュリボア・フィスの人気が国民の間であまりにも高くなり、しかも彼があまりにも公然と政府に対立する立場を取ったので、彼を排除したのだと言ったそうだ。それが一九三六年のことだった。それ以来人々は噂いている。「ジュリボアは監獄で毒を盛られたんだって。ジュリボアは、エリー・エリウスを撃ち殺した罪で捕まったんだけど、何の証拠もなかったんだ。二人とも面倒の種だったから、消されたんだってよ。トルヒーヨは友達が死んだことにものすごく腹を立てていて、復讐するつもりなんだってさ。もうじき、トルヒーヨがジュリボアを殺したハイチ政府を懲らしめるために大軍を率いてくるかもしれないよ。ひょっとしたらね」

ハイチの若くて活力に満ちたインテリたちは、サント・ドミンゴの目覚ましい発展が、ハイチを刺激して自己欺瞞や内部闘争や全般的な後進性の霧から抜け出すきっかけとなるだろうと考えている。彼らは、アメリカ合衆国にあるような、誰でも通える無料の小中学校と共通語の必要を訴えている。現状では、上流階級のハイチ人はフランス語を喋り、農民はクレオール語を喋っている。言葉の壁は国の深刻な問題だというセジューヌ氏の主張は正しい。理解し合えないために不和と不信が生じる。セジューヌ氏は、すみやかに全国民にフランス語を教えるか、そうでないなら、ハイチはクレオールを公用語として採用し、ジュール・フェーンのような学者に命じて、つづりを統一させるべきだと考えている。それに宗教の問題もある。ハイチは名目上はカトリックの国だが、実際には根強く別の宗教を信じている。若者の中には、そのことを弁解しようとしない人たちも出てきた。彼らは、外国から来たカトリックの聖職者たちが、ヴードゥーよりも国に害を与えていると感じている。彼らは、フランス人やベルギー人の聖職者が「肌の色の間の争い」を助長していると言い、それらの聖職者たちを追放できる日を待ち望んでいる。つまり、この若者たちは、それらの聖職者たちがムラートと黒人の不和を助長し、その上、多額の金銭を集めてはローマやフランスに送り、ハイチを貧しくしていると言っているのだ。さらに彼らは、これらの聖職者が強力なライバルを倒すために、政治やその他もろもろの害悪のすべてをヴードゥーのせいにしているとも言っている。

　政治家たちも、自分の失敗を隠すために、これと同じ手を使ってきた。アメリカで誰かがウイスキーのことをそう言ったように、ハイチでは、ヴードゥーは他の何よりも公には敵が多く、裏では友が多い。高い社会的地位に就いたヴードゥー信者で、公然とヴードゥーを擁護する勇気を持つ人はまだ誰もいないが、彼らは、ヴードゥーは、悪くてもせいぜい家畜をいけにえにするくらいの無害な宗教だということをよく知っているし、非公式な場所では、そのことを認める。いけにえになるのは、世界中のほとんどの文明国家で、毎日殺され、食べられているのとまったく同じ動物たちだ。ともかく、ヴードゥーを公然と認めるのは貧しい人々だけだから、ハイチの諸悪をヴードゥーのせいにしておけば安全なのだ。ハイチの若者たちの間では、ナショナリズムの感情が育ちつつある。彼らは、だんだんフランスを賛美しなくなり、自分の国のやり方をどんどん賛美するようになっている。彼らは、ハイチで悪いのはヴードゥーではないと主張している。国に足かせをかけているのは、国の政治と外国から来た聖職者だと。

まあともかく、これがあるがままのハイチであり、新しく出現した考える若いハイチ人の層は、現在のところ、ほとんど活動の場を与えられていないが、どんどん世界と進歩に目を向けるようになっている。そして、常に臨戦態勢の精力的なトルヒーヨが、国境越しに鋼鉄の眼を注いでいる。ハイチよ、どこへ行く?

第八章　黒いジャンヌ・ダルク

ハイチは、フランスの黒い娘だけあって、ジャンヌ・ダルクが存在する。セレスティーナ・シモンは、オルレアンの乙女の向こうを張っている。この二人の少女はいずれも、土から身を起こした。二人とも、不思議な声や精霊のお告げを受けたということ以外には何の権利もなしに軍を率い、信じられないほどの勢力を持つようになった。彼女たちは二人とも、弱い支配者の後ろ盾となり、二人とも栄光から不名誉への道をたどった。バーガンディ公はジャンヌを火刑に処した。ミシェル・シンシナトゥス・ルコントの征服軍は、セレスティーナ・シモンをハイチの宮殿から追い出し、暗く不名誉な老後を運命づけた。だが、たとえセレスティーナ・シモンと彼女の父が権力の座から追い落とされ、公的生活から追放されたとしても、彼らは、人々の心の中で占めていた地位を失ってはいない。ハイチの歴史に登場する他のどんな人物よりも、シモンの名にまつわる伝説は多い。

史実によれば、フランソワ・アントワーヌ・シモン将軍は、一九〇八年にハイチ大統領となったが、ほとんどすべての国民が、彼は大統領になるべきではなかったという点で意見が一致している。この農民上がりの粗野な兵隊が、いるべき権利のない宮殿でいろいろなしくじりをしでかしたという話は、数えきれないほどある。彼は、国事をどう扱うか知らなかったし、外国の外交官に何を言うべきか知らなかったし、豪華な宮殿でどう振る舞えばいいのか知らなかったという話が、何度も繰り返し語られる。だが、ノール・アレクシスが始めた改革を何とか頓挫させようとしてシモン将軍を大統領にした男たちは、そんなことになりかねないということなど一度も考慮してみなかった。ノール・アレクシスの大統領任期は終わろうとしており、彼は老齢に達していた。彼はもう一度立候補するつもりはなかったが、公正な政府とハイチの発展という政策を継続することを約束した男を支持していた。これは、ある種の政治家たちには、金とチャンスの無駄のように思われた。彼らは、アレクシス大統領の厳格な公正主義にうんざりしていて、もう似たような大統領は御免だった。そこで彼らは、画策してシモン将軍を大統領の座に押し上げた。彼らは、シモンがあまりにも無知で粗野で、たいした大統領にはなれないことを知っていた。だが、彼らは、国を統治させるためにシモンを大統領の座に押し上げたわけではなかった。彼は道具として大統領にされたのだ。彼の「顧問団」は、国事をどう扱えばいいか、完璧に知っていた。少なくとも、自分たちがそれらの事柄をどう扱いたいのかということは知っていた。そして、大統領の座に飾りとして完璧な道具を置いておくことで得られる膨大な利益は、その道具の礼儀作法がなっていないぐらいの理由で失うには大きすぎた。「顧問団」が勘定に入れていなかったのは、セレスティーナ・シモンと山羊のシマーロのことだった。

セレスティーナが力のあるマンボだということを、誰も聞いたことがなかったという意味ではない。それは秘密でも何でもなかった。オー・ケイ近辺や南部の人々なら誰でも、フランソワ・アントワーヌ・シモン将軍がロア〔神々〕の熱心な信者だということは知っていたし、娘のセレスティーナが父の信頼する女司祭だということも広く知られていた。誰もそんなことで驚いたりしなかった。というのも、シモンが南部の軍司令官だった時から、彼が最下層から軍の階級の梯子を這い上がってきたということはよく知られていたからだ。それに、ほとんどの人が彼のペットの山羊のシマーロのことを聞いたことがあった。シモンの軍隊の兵士たちは、自分たちの軍の最前列には女司祭セレスティーナと助手のシマーロがいるから、自分たちは絶対に負けないのだと主張していた。セレスティーナとシマーロが力を合わせたから、アンサアヴォーの政府軍は総崩れになったんだ、と彼らは言った。

話によれば、シモン将軍は、ノール・アレクシスによって解任されたので、戦闘を開始したのだそうだ。シモンが解任されたのは、彼が大統領職に野心を抱いていることを隠さなかったからであり、アレクシス大統領は誰が自分の政権の跡を継ぐかについては、自分なりの考えを持っていたからだ。だからアレクシスは、シモンを解任することで彼を押さえつけようと決心した。だが、ノール・アレクシスがよく知っていたとおり、シモンは彼よりも頭がよく彼よりも勇気のない連中に後押しされていた。そしてシモンはアンサアヴォーの戦いに勝ち、宮殿への道を勝ち進んでいった。それはひとえに政府軍が裏切られたからであり、周りの連中がシモンのような男の使い道を心得ていたからだ。だが、シモンの使い道には、シモン自身と、娘のセレスティーナと、山羊のシマーロというおまけが付いてきた。オー・ケイからポルトープランスまでの進軍の間に行なわれたロアの儀式については、さまざまな話が残っている。特に、セレスティーナが戦いの神オグーン・フェレーユに祈りを捧げて、彼女の軍の兵士たちが弾丸にも刃にも倒れないようにした話は有名だ。首都に進軍する軍隊は、赤いハンカチを結び付けたココ・マカクの杖を持っていた。それはオグーンが彼らを守っているという印だった。セレスティーナが戦いに果たした役割や、彼女が男たちの前に立って進み、自ら敵に猛々しく攻撃を加えて兵士たちを鼓舞しているという話が、軍の進攻に先立って首都に届いた。だから、彼女が兵士たちの先頭に立って首都に入った時、民衆は大騒ぎをして、彼女を黒いジャンヌ・ダルクと呼んだ。

父が大統領になると、彼女の名声はますます高まり、シモン大統領はセレスティーナがいいと言うことは何でもするし何でも承認する、ということが分かってからは、世間の彼女に対する追従ぶりは、ほとんど異常なまでになった。彼女は娘として愛されていただけでなく、偉大なフーンガン〔ヴードゥーの司祭〕として敬われてもいたのだ。とはいうものの、ポルトープランスの洗練された人々は、大統領が娘と山羊に抱いている愛情を面白がって、陰で大いに笑った。

だが、笑いはすぐにやんだ。まず第一に、シモンは思っていたほど扱いやすい男ではなかった。彼はお世辞を真面目に受け取り、尊大になった。セレスティーナの言葉とシマーロの行動が彼にとってはいかなる国事よりも重要だという事実は、嫌でも目についた。娘と山羊が、国家的大事となっていたからである。

ハイチの上流階級の嫌悪と恐怖は、驚きとともに強まった。たとえば、宮殿でヴードゥーの礼拝と儀式が行なわれているということが世間に知れると、上流階級の多くが、できるだけ距離を置いて、そんな連中とは何の関わりも持つまいと決心した。だが、シモン大統領の考えは違っていた。彼は大規模な午餐会や国家的な行事を開催し、上流階級の人々は彼の招待を断る度胸がなかった。彼の激しい気性をあまりにもよく知っていたから、とてもそんなことはできなかった。だから彼らは、招待とは名ばかりの命令に応じて出席し、食べ、飲み、踊った。彼らは、シモンの面前では、彼の冗談に大きな声を上げて笑い、楽しそうな態度を装った。彼が背を向けるや否や、彼らは恐ろしそうに顔を見合わせた。そして、不安げな疑いの眼差しで、料理やワインを見た。「私たちはワインを飲んでいるんだろうか、それとも汚らしい血の入ったワインを飲んでいるんだろうか？」彼らは、早口でひそひそと尋ね合った。ポタージュは飲まずにおこうか？　このローストは本当に牛肉だろうか、それとも――？　だが、その時、大統領がこちらを向くので、彼らは不安なまま肉を噛んで飲み込み、どうにか微笑んで、お世辞を言った。客間で国家的行事が馬鹿馬鹿しくも華々しく行なわれている間、地下室ではヴードゥーの儀式が執り行なわれているという噂がしばしば流れた。

しかし、大統領の夏の宮殿である「山の家」こそ、最大の儀式が行なわれる舞台だった。そこではセクト・ルージュの祝祭が行なわれたという噂で、数年後、ある部屋の壁や床に残っていた血の染みがあまりひどくて、ペンキを塗ってもなかなか隠せなかったという。そこで、シモンと、彼と信仰を共にする高官全員が集まり、女司祭セレスティーナとシマーロのもとで儀式を行なった。

数ある話の中で一番ドラマチックなのは、シマーロの傷心の物語だ。噂によると、何年も前にセレスティーナとシマーロは「結婚」したのだそうだ。あるフーンガンが、数々の儀式を行なって、彼らを神秘の絆で堅く結びつけた。彼らはお互い相手がいてこそ力が出せるのだった。彼らが宮殿に昇るまでは、何もかも首尾よく運んでいた。それから、多くの人々からおべっかを使われ、シモンは自分の黒い娘が、地位の高い裕福な男を手に入れることができるかもしれないという望みを抱いた。シモンとセレスティーナの耳に入ってくるのは、お世辞ばかりだった。二人は、人々が自分たちに恐怖と嫌悪を募らせているということを少しも耳にしていなかった。シモンとセレスティーナが見るところ、有利な結婚を妨げるものは何もなかったので、二人はそのための計画を立て始めた。彼らが見るところ、唯一の障害は、すでにシマーロと言い交わしているということだけだった。そこで二人は、離婚に取りかかった。

シモンが南部から一緒に連れてきていた力のあるフーンガンが、この儀式を執り行なったのだそうだ。それと同時に、宮殿の客間では大がかりな宴会が開かれていた。それはセレスティーナが山羊との誓いから解き放たれ、人間の男と結婚できるようになったというお祝いになるはずだった。セレスティーナ自身は、儀式が終わるまで自分の寝室で待たされていた。このことは彼女にとってひどい苦痛で、悲しみをこらえるのが大変だったという話だ。自分は大統領の娘なのだから、輝かしい結婚ができるだろうという思いだけが、悲しみに沈んだ彼女を支えていた。

シモン大統領自身は、早くセレスティーナの「解放」を告げたいと、もどかしい思いをしながら、何度か客間から地下室へ行っては儀式の進行状況を見守った。もちろん、裕福で教養のある男たちが何人か、すぐさま自分の娘の足元にひざまずくだろうと思っていたのだ。そしてシモンが客間を離れるたびに、客たちは不安な気持ちで、素早く視線を交わし、自分たちの下の部屋で行なわれている儀式について囁き交わした。それは、いわゆる公然の秘密だった。

シモンが再び地下に降りようとした時、廊下で出会った従者が、ついに、儀式は終わり、「セレスティーナは自由になりました」と囁いた。大統領は娘のもとに行き、彼女を客間に連れていって、宣言した。「セレスティーナは自由になりました。これで娘は自分が選んだ相手と結婚できます」

この知らせを聞いて、客たちはひどく戸惑った。礼儀正しく嬉しそうな素振りをしたが、シマーロの元夫人を手に入れようと飛び出した男は一人もいなかった。何度か彼女をエスコートした若い議員は、待ち伏せされて撃ち殺された。理由はまったく明らかにされなかった。いずれにしても、彼女は今に至るまで一度も人間の男と結婚したことはない。

シマーロはと言えば、離婚の悲しみが深すぎて、その後長く生きなかったという話だ。もちろん、その日、そのフーンガンに殺されたのだという人もいる。数日後には、シマーロの死の模様については、大司教が死んだかのような勢いで噂が飛びかっていた。シマーロが死んだのは確かで、シモンもセレスティーナも悲しみで茫然としていた。二人は、シマーロが他の動物の死骸のように、ただ穴に放り込まれて埋められるのに耐えられなかったという話だ。シマーロは、神の恩寵を受け、永遠の命を望める人間と同じように埋葬されなければならなかった。そこで、カトリックの司祭がだまされて、シマーロをキリスト教徒として埋葬した。シマーロの死骸は、蓋を閉じられた棺に収められ、仰々しく大聖堂に運ばれた。司祭は、大統領の身内の方がなくなったのだと告げられた。死者のために山ほどの花束が飾られ、お香がたかれ、ミサが挙げられ、さめざめと涙が流された。総じて非常に感動的な葬儀だった。葬儀がすっかり終わってから、司祭は疑いを抱き、この神聖な儀式がすべて山羊のために行なわれたのだということを知った。司祭はかんかんに怒り、スキャンダルがハイチ全土に広まった。これ以後シモンに降りかかった悪運は、シマーロに対する仕打ちのせいだと主張する人もいる。おそらく、この手の込んだ葬儀は償いの行為だったのだろう。おそらく、シモンは儀式の中に自分の悲嘆を封じ込めたのだろう。その時初めて、野心の代償にたじろいだのかもしれない。それから何年も経ったが、ポルトープランスの教養ある人々は、自分たちの宮殿に二年間住んでいた道化のことをいまだに笑っている。だが、この物語にはペーソスもある。

それは、宮殿を手に入れたが、自分の山羊を失ってしまった農夫の物語だ。彼は野心のために最良の友を犠牲にしたが、その野心が彼の足元をすくい、幸せをすっかり奪ってしまった。お世辞を言われてぼうっとなり、山羊と農夫が帝国を支配することはめったにないという事実が目に入らなくなってしまったのだ。

南部からハイチの首都に出てきて三頭政治を執ったセレスティーナ、シモン、シマーロのうち、早くに死んでしまったシマーロが、ことによると一番いい目を見たのかもしれない。シモン大統領は、彼を自分たちのいいように利用しようとしている腐敗した政治家たちのおかげで宮殿にいたのに、自分は娘と山羊の力でそこにいるのだと信じていた。

彼は、社交、外交、政治において、ありとあらゆる失態を演じながら、自分を大人物だと思っていた。そしてその間に、彼の偽りのパラダイスは、厳しい現実の前に消え失せつつあった。シモンは、自分の娘と神々に、バール神に仕えていた司祭たちのような単純な信仰を抱いていたが、彼の期待は裏切られた。

農民上がりの将軍、総司令官、大統領であるシモンは、オグーンの力による勝利を確信してルコントを相手に戦い始めたが、戦いでは、より多くの弾丸をより優れた指揮のもとに発射した側が、神々ものともせずに常に勝つのだと知った時は、落胆したに違いない。だが、彼はセレスティーナとロアの力に対する信仰を一度もなくしたことはなかったという話だ。彼は、セレスティーナがいなければ、自分は南部の司令官にもならなかっただろうと堅く信じていた。

このことについては、シモンと同意見の人が多い。セレスティーナは誰にも負けない勇気を持ち、あらゆる難局にあたって、父に戦うことを勧めたと言われている。この敏速で強硬な行動によって、シモンはのし上がったのだ。もちろん、彼は、セレスティーナにそんなに勇気があるのは、彼女がロアから力をもらっているからだと言っていたという話だ。ロアは、セレスティーナが誓いを破るまでは、決して彼女を見捨てなかった。だが、ともかく、彼女本人が非常に勇敢だったばかりでなく、他の人たちにも同じような勇気を吹き込むことができたということは、歴史が語っている。まず最初に彼女の父と父の部下の兵士たちが、彼女の人柄に共鳴したのだ。

人々は、宮殿でのシモン大統領の道化ぶりを笑いに笑う。セレスティーナのことは笑わない。彼女は現在、年を取り、南部で貧しい暮らしをしているが、分別のあるハイチ人にとって、いまだに不気味な存在なのだ。セレスティーナが彼女付きの専任武官（アンドレ・シェヴァリエ将軍）を持ち、絶対的な権力を振るっていた栄光の日々は過ぎ去った。彼女は気難しい過去の人だ。聞くところによると、彼女は、シモンに勝って彼を権力の座から追い落とした男に、恐ろしい呪いをかけたのだそうだ。だから、宮殿が爆破されてルコントが死んだ時、人々は、セレスティーナにはまだ力があるのだと言った。

山羊を失ったシモンの悲しみについては、数々の話がある。シモンは、戦場でのシマーロの目覚ましい手柄の思い出話をしては、聞く者たちをうんざりさせたものだった。シモンが、シマーロを動物以上のもの、人間以上のもの、ただの友達以上のものと考えているのは明らかだった。そこには何か崇拝のようなものが含まれていた。

シマーロが死んだあとのある日曜日、シモンは、閣僚たちと重要な地位にある数人の人々を宮殿に集めた。彼はいつものように大好きな演説をしたが、うまくできなくて戸惑い、人々を追い返しだ。だが、親しい数人だけが残ることを許されて、あたりをぶらぶら歩き回っていた。大統領は私室に向かおうとして、軍事大臣のセプテムス・マリウスに出会った。大統領は、幽霊を見たかのように、はたと立ち止まり、それから、はらはらと涙を流しながら言った。「マリウス君、君の長いひげを見ると、私の大事なシマーロのことを思い出してしまうんだよ」大統領があまりひどく泣いたので、客たちは自分も泣いたほうがいいと思った。

セレスティーナとシモンが宮殿での権力の座を楽しんだことは、確かなようだ。そして、女戦士セレスティーナが、一時ハイチの人々の心にヒロイックなムードをかき立てたことも確かなようだ。彼女は戦場の匂いを身にまとって現れ、雄々しい男たちに、再びクリストフとデッサリーヌのことを思い出させた。

だが、宮殿での「儀式」の話や、「山の家」でのいけにえの話や、セレスティーナの残酷な行ないの話や、山羊との結婚の話を聞いて、ハイチの人々はすっかり嫌になってしまった。またも反乱が起きた。シモンが暴動を一つ鎮圧すると、また一つ起きるという具合だった。彼は、自分たちが信じた神秘のわざに裏切られるマクベス夫妻のような人生を送っていた。何カ月も苦しんだ後、シモンはもう互角に戦っていく自信を失って引き下がった。そして、ハイチの多くの大統領たちと同じように、ジャマイカに向けて船出した。

兵士となり、そして将軍、そして最高司令官、そして大統領となった農夫は、亡命生活の中で、首都への行軍のこと、他の男たちの望みや企みの中へと踏み込んでいき自分を失っていったことを思い返したに違いない。異国の地で、彼には軍隊も身分もなく、娘も山羊もいなかった。今や武器や友の代わりにあるのは時間だけで、どうやら彼は膨大な時間を持て余し続けたらしい。することといったら、昔を思い出すぐらいだっただろう。そして思い出したのは、オー・ケイの司令官だった時代のこと、自分と女司祭である娘と山羊が幸福な支配者であった時代のこと、野心に目がくらんで宮殿に入り込む前の時代のことだったに違いない。

「まあね」と人々は話をしめくくる。「そうなるのが落ちさ。ロアへの誓いを破った奴が栄えるわけがない。もしシモン大統領がシマーロを殺さなければ――」

アボボ！

第九章　ルコントの死

人々は、ルコント大統領の死をこんなふうに語っている。どの歴史の本にも、シンシナトゥス・ルコントは宮殿爆破事件によって死んだと書いてあるが、人々はそんなふうに言わない。身分が高かろうが低かろうが、誰一人として、ルコントは爆破事件で死んだと私に語った人はいない。宮殿が爆破されたのは、大統領がすでに殺害されていた事実を隠蔽するためだったと、みんなが思っている。

そのいわゆる暗殺については、多くの理由が上げられており、どの話も、それぞれ異なる人物が登場する悲劇である。だが、主要な役者たちはいつも同じだ。彼らは野心家で、ルコント大統領の死によってもたらされる政治的権力と、ハイチでそれに伴うものをわが手にしようと立ち上がったのだった。

たとえば、ルコントの幼い息子の話がある。その子は私生児だったと言われている。ルコントは息子を深く愛していたが、その子の母親と結婚する気にまではならなかったらしい。彼女は上流階級の家の出で、その一族と大統領はひどく敵対し合っていたという話だ。この不和が暗殺の背後にあると主張する人々は、爆破事件が起きた時、その子供が宮殿にいなかったことを指摘する。子供は母親の一族の人々と一緒にいたのだ。いわゆる暗殺の理由としてあげられる他の動機は、すべて政治的なものだ。話の相違点は、ルコントの行動によって政治的野心を挫折させられたのが誰だったかということだけだ。

だからと言って、ルコントが暴君だったと言うのではない。それどころか、彼は数々の改革を始めたし、全般的に進歩的な政策を取った。彼はただ清廉な政治によって他の男たちの野心を妨げたにすぎない。

この話を最初に私にしてくれた人は、ルコントは官邸で殺されたのでさえないと言った。彼の話では、当時母親と一緒にいた息子に会いに来てくれと連絡があったそうだ。ルコントは変装し、宮殿の年老いた御者の馬車に乗った。その御者はエドモンという名前で、ルコントに忠実なのかどうか怪しい男だった。噂では、彼らは、ポル・サルナーヴという門から宮殿を出たそうだ。そしてルコントは、子供の母親の父の家の前で乗物を降りたそうだ。その父というのはルコントの閣僚の一人だった。そしてルコントは二度と出て来なかったのだそうだ。つまり、生きては出て来なかったということだ。ルコントが娘と結婚することを拒んだために家の名誉をはなはだしく傷つけられた一家は、大統領の政敵と密かに協力した。ルコントが家を訪ねた時、政敵の何人かがそこにいた。死体をプレンキドサックに運んでいって埋める手筈は、すでについていた。ルコントは短い激論の末、殺されたという話だ。死体は布に包んで馬車に乗せられ、共犯者の一人の地所に運ばれて埋められた。年老いた御者は報酬をもらい、宮殿が爆破された。私がこの話を他の人にすると、その人は、ルコントは確かに馬車に乗り、サルナーヴ門から宮殿を出たのだと言った。だが、ルコントは信頼していた御者に裏切られたのだという。このエドモンが大統領に、閣僚たちがプレンキドサックのある場所に集まって、今まさに大統領の失脚を謀っていると言って、大統領を誘い出したのだ。ルコント大統領は、その破廉恥な行為を自分の目で見にいかなければいけない、と。大統領は少しばかり変装して馬車に乗り出発した。プレンキドサックで馬車は取り囲まれ、ルコントは殺されて、大統領の座に野心を抱いている有力者の地所に埋められたのだという。

だが、その後も私は、いろいろな人々にルコントについて尋ね、みんなから話を聞いた。そして、大勢の人から大筋では一致する一つの話を聞いた。もちろん細かいところは違っている。だが、次に記す物語は、大勢の人から繰り返し聞かされた話だ。

ルコントの内務大臣だったサンサリックは、大統領に最も忠実で、彼を兄弟のように愛していた。彼はルコントの命を奪おうとする陰謀があるという噂を聞いて、気をつけるように何度も注意した。だが、大統領は、その警告をあまり真面目に受け取ろうとしなかった。ルコントは自分が国民に人気があることを知っており、兵舎を建てたり、その他の改革を計画したりした。だが、謀反人たちは、発覚を免れたと思って大胆になった。彼らはより厚顔に動き始めた。陰謀の噂は高まった。計画が決まったらしいので、内務大臣は本当に心配になって、大統領のもとに駆けつけ、謀反人の名前を挙げた。彼が告発したのは、ターンクレッド・オーギュスト、ヴォルシウス・ネレット警視総監、それにラ・ロッシュ農業大臣だった。彼らがルコント政権を倒し、オーギュストを次期大統領にしようとしていると訴えたのだ。内務大臣は大統領に、一刻も猶予せずにオーギュストとネレットを逮捕するよう促した。だが、ルコントは自分の善政に非常に自信を抱いていたので、この助言に従うことを拒否した。彼は、それを友人である内務大臣の取り越し苦労と片付けた。これが爆破事件があった夜から数日前の情勢だった。

ある男が私に、一九一二年の八月七日に見たことを話してくれた。上流階級の男たちは、ほとんど毎晩シャン・ド・マルスのティボーのカフェに集まって食べたり飲んだり、さいころで遊んだりするのが習慣だった。この八月七日の夜も、さして問題にもならない程度の金を賭けて運試しをして遊ぶのが好きな人たちが、いつものとおり集まっていた。なぜなら、その男が言うには、「太鼓が鳴れば、フーンシが来る」、つまり何かを好きな人間は、せっせとそれをするということだ。

だが、この晩にかぎっては、さいころ賭博は始まらなかった。ティボーが、社会的、政治的地位の高い大勢の男たちにコーヒーを出し、誰かがさいころを持ってきてくれと言った。ティボーの顔が非常に険しくなった。「皆様、今夜は、さいころは、なしです。店を閉めて、早く寝たいので、どうぞもうお帰り下さい。お休みなさい、皆様」

この常ならぬ挨拶に、当然のことながら男たちは驚いた。彼らは、しぶしぶ三々五々に店を出て、よそへ行った。私に話をしてくれた男が言うには、彼と三人の連れはシャン・ド・マルスから宮殿の方を眺め、大統領が一人で宮殿のバルコニーに立っているのを見た。「コント・コントがいるよ」誰かが、人々がつけた愛称でルコントのことを言った。大統領は、宮殿の明かりに照らされて、くっきりと輪郭を見せて立ち、深いもの思いにふけっているようだった。灰色の馬に乗って宮殿の向かい側からそれをじっと見ていたのが、タ－ンクレッド・オーギュストだった。

さいころ遊びと夕べの社交的集まりを邪魔された青年たちは、まもなく、もの思いに沈んだ大統領を残してシャン・ド・マルスを去り、別の楽しみを捜しに出かけた。

宮殿の中では、こんなことが起きていたという話だ。その夜、何時か分からないが、警視総監が数人の男を伴って宮殿にやってきた。彼は非常に重大な問題について大統領に会う必要があるとルコントに伝えさせ、そのような時ならぬ時刻に会見を取りつけた。警視総監が極秘を要する問題だと言うので、それを聞いたルコントは、一同を電信室に連れていった。ネレット警視総監は、大統領が機密事項の報告を受けたい時、いつもそこへ行くということを知っていた。この部屋は防音装置がついているばかりでなく、さらに機密を保持するために、宮殿の建物の外にあった。

鍵のかかった部屋の中で、ネレットは大統領政権に対する陰謀が発覚したという話をつらつらと述べ始めた。彼は、陰謀の証拠が何もないばかりでなく、意味さえなさないような混乱した話をだらだらと始めた。ルコントは警視総監に、その脈絡のない報告はどういう意味かと尋ね、部屋の中を行ったり来たりした。こんなわけの分からない話を聞くために起こされたのはなぜなのか、自分で理解しようとしていたのに違いない。ルコントは、これには何か裏があると分かっていた。数分の沈黙があり、ルコントは、わけが分からず困りきって部屋の中を行ったり来たりした。ネレットと彼の部下たちは部屋の片側に固まり、大統領は行ったり来たり歩き回っていた。ルコントがネレットから一番離れた所まで行ったある時、陰謀の首謀者であるネレットは、部下たちに囁いた。「何を待っているんだ?」怯えた部下たちは、相変わらず部屋の片側に固まっており、ネレットの怒りは増した。「ああ、諸君、サ・ナプタン?〔何をぐずぐずしてる?〕」武装した殺し屋たちは、行動に駆り立てられ、大統領が次に自分たちに背を向けた時、ナイフを抜き出し、ここへ来た目的を果たした。彼らは、死に物狂いで、自分たちにはできないのではないかと思っていたことをした。彼らはルコントを惨殺したのだ。

さんざん切りつけられたあと、死体はサルナーヴ門から、暗殺者の一人の家に運ばれた。

仕事は終わった。ルコントは死に、忠実な門衛に大統領は安全にベッドの中にいないのではないかと疑われることもなく、死体は宮殿から運び出された。陰謀の主だった加担者に使いが出され、彼らは急いでその家にやって来て、ことの真偽を確かめた。死体は注意深く調べられた。間違いなかった。故ハイチ大統領は、自分たちのクーデターの成功をラム酒で祝う男たちの足元にいた。それから、きたる「選挙」のための計画が、もう一度確認された。それがまとまると、死体を始末し、暗殺の証拠を隠蔽するための最終的な段取りが、細々した点まで最後にもう一度確認された。死体は、その家にそのまま置かれ、その家の主人の手に委ねられた。その男は謀反人たちに忠実で、死体を計画どおり始末すると約束した。要人たちは、「選挙」の問題に取りかかればよかった。男は、彼らが新政府の人事をするに当たって、自分のことを覚えていてくれるのが分かっていた。彼らは、死体が決して人目に触れないと安心していることができた。何よりも、死体は、ルコントが生きていた時に彼のことを好きだった人間の目に触れることはない。というわけで、謀反人のうちの何人かは国事を処理するために急いで去り、他の者たちはルコントの死体とともにその家に残って、待った。死体は、ロバに乗せて運んでいく男が見つかるまで、そこに置いてあった。最初、死体は、布に包んでロバの背に負わされた。だが、それではあまりにも怪しく、人々の注意を引いてしまいそうだった。それで、ロバを連れてきた農夫が、死体をマシェティで切り刻んで、サック・パーユ（大きな藁袋を二つつないだようなもの。

ロバに荷を負わせるための一種の背負いかご）に入れてロバに負わせた。農夫は、死体をプレンキドサックの、とある地所に捨てるよう命じられた。この農夫は金をもらい、秘密を守ると誓わせられて、放免された。だが、間もなく彼は、自分がこの犯罪に加担したことを自慢し始めた。彼は自分のマシェティを見せて、誇らしげに話して聞かせた。「これがルコントの死体を切り刻んだマシェティさ」ルコントに続く政権の時代に、その男にストリキニーネを注射して殺せという命令が出されたという話だ。だが、命令が実行される前に、その大統領自身が毒を盛られて死んだ。

ルコントの死体が捨てられるまで置いておかれた家の主人である謀反の共謀者は、取るに足りない無名の男だったのに、次期政権が権力の座に就くや否や、政府の官職を与えられた。彼の祖母までが年金をもらった。実際、その男は、今も政府の官職に就いているという話だ。彼は、殺人の陰謀に加担した他の誰よりも、いい目を見た。この事件の張本人と言われている大統領になりたかった男は、政権の座に就いて間もなく、自分も毒を盛られて暗殺された。ヴォルシウス・ネレットは、サムとエティエンヌによって一九一五年に刑務所で惨殺された百六十七人の一人となった。ナイフで実際にルコントを殺した八人の男は、でっち上げられた容疑で逮捕され、船で湾の外まで連れていかれて殺され、死体は船から投げ捨てられた。死体を切り刻んで運び去った男は、精神に障害をきたした。彼は今も街をうろつき回り、一人で笑い、マシェティを見せて、ほくそ笑んでいる。だが、誰も彼の言うことなど聞かない。

家で待っていた共謀者たちのもとに、死体を捨てたという知らせが来ると、陰謀の首謀者は、ルコントの殺害を隠蔽するための最後の仕上げを実行する男を急いで捜しに出かけた。彼は、フェーンという若い電気技師（有名な作家のジュール・フェーンとは何の関係もない）を訪ね、彼をベッドから引きずり出した。フェーンは、それまでに起こったことを何も聞かされなかった。彼はすぐに宮殿を爆破するか、死ぬか、二つに一つだと言われた。宮殿には大量の武器が貯蔵されていたことを思い出してもらいたい。フェーンは、この膨大な量の貯蔵兵器を爆発させる仕掛けを急いで作らされた。この青年は、殺されるに違いないという恐怖に駆られて、その仕事をしたのだと言われている。

こうして、一九一二年の八月八日の朝方、ポルトープランスの街は爆発に揺らいだ。その爆発で宮殿は完全に破壊された。近くにあった他の建物も被害を受けた。ベレールや、十キロほど離れたペティヨンヴィルでさえ、人々はベッドから放り出された。宮殿の護衛隊の約三百人の兵士が、爆発で吹き飛ばされ、頭や脚や腕をなくし、火薬で目を焼かれ、死体や死体の一部がめちゃくちゃに折り重なった。

ポルトープランスの人々は、そんなふうに叩き起こされ、外に飛び出した。誰もが地震だと思ったのだ。外に出ると、宮殿だと分かったので、走っていって、残骸から這い出してきた怪我人を見て驚きと恐怖の叫びを上げた。サンサリックは残骸の中に駆け込んで、友人のルコントを捜したが、ルコントはそこにはおらず、もしいたとしても返事はできなかっただろう。誰も内務大臣を止めることができなかった。彼は、自分を押し留める手を振り払った。彼は、ルコントを助けられるかもしれないという望みをかけて、煙の立つ廃墟の中をルコントを呼びながら走り回った。彼は、ルコントに敵のことをあんなに警告したのにと、大声で叫び続けた。ルコントを助けるすべがないということを悟り、友に少しでも似た姿を見つけることもできず、彼は一人苦い涙を流した。彼は、アブサロムが家に運ばれてきた時、門で出迎えた老ダビデのようだった。サンサリックとルコントの友情は、美しいものだったと言われている。二人はまるでダモンとピティアス、ダビデとヨナタンのようだった。ルコントの周囲にいた者の中で、サンサリックだけが、自分の政治生命に関心がなかった。彼は、男として、友として、当然のことをするために廃墟に駆け込んだ。誰がどんなふうにこの話をしようと、みんな必ずサンサリックの高貴さを強調する。そして、これは本当に、詩に歌われて当然の話だ。

朝になると、人々は、確かにそれがルコント大統領だとは誰も断言できなかったが、死体を拾い上げて葬儀を行なった。その形の崩れた死体が故大統領のものではないとも誰も言い切れなかったのだ。それで人々は国葬を行なって、その死体を埋葬した。

そういったことが全部済むや否や、ターンクレッド・オーギュストは友人たちの助けを借りて、ハイチ大統領に選ばれた。もしかすると彼は、神が自分を権力の座に就けてくれたのだと思ったかもしれない。先頃まではルコントが宮殿に住み、人気もあり、ソロモンのようにいろいろな建物の建設に着手していた。ルコントは、この先何年も宮殿に住み続けそうに思われた。人々は、そうなることを望んでいた。人々はルコントを選び、平和に心を向け始めていた。

だが、神は明らかに、ハイチの人民と同じ考えではなかった。なぜならば、見よ、神はハイチ人が選んだ大統領を拒否し、宮殿から吹き飛ばした。人々の見る目のなさは正され、ターンクレッド・オーギュストが支配者となった。爆破現場の眺めは、オーギュストの心を深く揺さぶったに違いない。彼が独り言を言うようになったという噂が本当であるならの話だが。それに、オーギュストは、廃墟の前を通るのが嫌で、避けて通っていたのだが、ある日、結婚式に参列したところ、その馬車が、彼が気がつくより早く廃墟の前を通ったのだそうだ。悲劇の現場の眺めは、彼の同情心をあまりにも深く揺さぶったに違いない。なぜなら、彼は大きな声でぶつぶつつぶやき始め、もう少しで馬車から降りそうになったからだ。いずれにしろ、宮殿の食事は彼には贅沢すぎ、政権の座に就いてから一年後に、彼は消化不良を起こして死んだ。反対派による毒殺だった。だから神は、オーギュストに対する考えも、お変えになったに違いない。そして、オーギュストが埋葬されている間に、それも彼の遺体が大聖堂から出もしないうちに、葬儀の参列者たちは、ポルトープランスの街のさまざまな方角から銃声が轟くのを聞いた。ターンクレッド・オーギュストの後継者が「選出」されたのだ。

これが、ポルトープランスの人々が語るルコント大統領、立派な兵舎を建てた男の死の物語だ。

アボボ！

第三部　ハイチのヴードゥー

第十章　ヴードゥーの神々

　ドクター・オリーが言うには、はじめに神と神の女がともに寝所に行き、創造に取りかかった。それがすべての始まりであり、ヴードゥーはそれと同じくらい古い。ヴードゥーは、アフリカの言葉で、万物についての古い古い神秘思想のことだ。ヴードゥーは、創造と生命の宗教である。それは、太陽や水や他の自然の力を崇拝するものなのだが、その象徴性は、他の宗教の場合と同様理解されておらず、その結果、あまりにも文字どおりに受け取られている。

　たとえば、ヴードゥーで人差指を上げる挨拶は、まさしく男根崇拝的で、創造主の男性としての特質を意味している。握手の仕上げに片手で反対の手の親指を包むのは、女性の陰部が男根を包むのを表し、神格の女性的な面を示している。「真理とは何か?」ドクター・オリーは私に尋ね、私が答えられないのを知っていて、彼はヴードゥーの儀式を通して自分で答えてくれた。その儀式では、豪華に着飾ったマンボと呼ばれる女司祭に、儀礼にのっとって、その質問が投げかけられる。マンボは、うすぎぬをはね上げて、自分の性器を見せる。この儀式は、それこそが無限にして究極の真理であるということを意味している。生命の神秘的な源を超える神秘はない。この儀式は、このあと別の段階に移行する。それは女王蜂の婚礼の飛翔にも似たダンスだ。マンボは、踊りながら六枚のうすぎぬを一枚ずつ脱いで、最後には裸になり、陶酔の境地に達し、地面に倒れる。儀式に参列した男たちにとって、彼女の創造の器官にキスすることは、最高の名誉と考えられている。なぜなら、神の中の神であるダンバラーが、彼らに真理と向き合うことを許したからだ。

ハイチの教養ある男性でヴードゥーの秘義を研究した人でも、ヴードゥーのしきたりに、それほど深い意味があると考えていない人たちもいる。彼らは、ヴードゥーはアフリカの神々を祭る異教と見なす。そして、ここで言っておくが、ハイチの神々、ミステール、あるいはロア〔神々〕は、いい加減な研究者たちがこれまで言ってきたように、キリスト教の聖者たちを黒く塗り直したものではない。いくつもの文献にそう書いてあるが、それはヴードゥーの信者たちが、聖者の版画を買うのをよく見かけるからだ。だが、それは、彼らが目に見えない神々の代わりになる絵姿を欲しがるからであり、ハイチの芸術家たちがロアを描いたり、そのイメージを示したりしたことがないからだ。だが誰より無学な農夫でさえ、聖者の絵はロアに似たものにすぎないということを知っている。その証拠に、ほとんどのフーンガン〔ヴードゥーの司祭〕は、フーンシ〔上位の聖職者〕になるために自分

ヴードゥーの祭壇——礼拝の道具やお供え　　Rex Hardry, Jr.

の弟子となっている人々に、筆記するためのノートを持参させ、弟子たちは、このノートの中に、フーンガンの抱くロアのイメージを書き写さなければならない。私は、これらの絵が描かれたノートを何冊か見たが、カトリックの聖者には似ても似つかぬものばかりだった。その属性もまた、まったく異なっている。

では、ロアとは何者か？　私は、ハイチのミステールすべての名前を挙げられるなどと言うつもりはない。すべてのロアの名前を知っている人など、一人もいない。なぜなら、ハイチの主な地方ごとに、それぞれバリエーションがあるからだ。さまざまな場所の神や女神、さまざまな力を持つ神や女神がいるが、八十キロほども離れてしまえば、もう誰も知らない。神々の「一家」の長たる神々は国じゅうで知られているが、同じ地方でさえ、無数の異なる小さな神がいる。無学な人々が未知の自然現象に出会って、それをどう説明していいか分からず、地元の新しい小神が生み出されるというのは容易に想像できる。小さな神は必ず、状況から判断して、そこに属すると考えられる神々の「一家」の一員に加えられる。こうして、オグーンの神々、エルズーリーの神々、シンビーの神々、レグバの神々、等々の長いリストが出来上がる。だが、神々に二つの種類があることについては、ハイチ全土で意見の一致を見ている。ラーダ、あるいは、アラーダの神々と、ペトロの神々だ。ラーダの神々は、「良い」神々で、ダホメイに起源を持つと言われている。ペトロの神々は、邪悪な行ないをする神々で、コンゴからもたらされたと言われている。別の説によれば、二組の神々はギニアとコンゴから来たが、ダホメイの地名がラーダの神々の名前の中に含み込まれているのだという。おそらく、アフリカのいくつかの地域の神々や精霊が、ハイチで一人の神を長として混ざり合ったのだろう。ダンバラーあるいはダンバラ・ウェイドー・フレダ・トカン・ダホメイというのが、ラーダの神々の長のフル・ネームだ。バロン・サムディ（土曜日の神）、バロン・シミテール（墓地の神）、バロン・クロア（十字架の神）という三つの名前を持つ一つの精霊が、ペトロ・ロアの長である。まず、ラーダと呼ばれる神々に会ってみよう。

ダンバラ、ダンバラー・ウェイドー

ダンバラー・ウェイドーは、最高位のミステールで、その印は蛇である。ダンバラー・ウェイドーの代わりに買われる絵は聖パトリックの絵姿だが、ダンバラー・ウェイドーとアイルランドの聖人の間には何の類似点もない。聖パトリックの絵が使われるのは、聖パトリックの絵に、他の聖人の絵には出てこない蛇が描かれているからだ。ハイチ全土であまねく、ダンバラーはモーゼと同一視されている。モーゼのシンボルも蛇だからだ。このモーゼ崇拝で思い出すのは、黒人がいる所には必ず、モーゼの超自然的な力の話が語り伝えられているという説明しがたい事実だ。それらの話は聖書にも見当らず、モーゼの生涯を記したどんな文書にも出てこない。モーゼの杖は賢い蛇で、それゆえモーゼには偉大な力があったのだと言われている。アメリカ合衆国南部とイギリス領西インド諸島とハイチのいたる所に、モーゼの魔力を敬う物語が存在する。黒人たちはアメリカ大陸に連れてこられた後にキリスト教に触れたのだから、これほど大きく隔たった地域で、これらの物語が自然に発生したということは、まずあり得ない。むしろ、モーゼを偉大な魔法使いとする言い伝えが、アフリカやアジアじゅうに広まっていたという可能性の方が大きい。おそらく、モーゼ五書に記されている彼の行ないのいくつかは、ある男をめぐる逸話を寄せ集めて出来上がった人物に対する民間信仰だろう。ある思い出が十分強烈なものだと、他の思い出がその周りに集まり、それらがまた、いくつかの思い出を、焦点となる思い出の周りに引き寄せるということは、よく認められている。おそらく、それらがすべて、プラトンの完全なるものという概念のように一つの事柄の分散した部分だからなのだろう。いずれにしろ、モーゼの杖と蛇について言えば、アフリカでは多くの祈禱師が、そんなふうに蛇に催眠術をかけて、蛇をぴんと堅く、命のないもののようにして、蛇を杖のように持ち歩くことができ、また思いのままに生き返らせることができるのだそうだ。だからこそ、アロンの杖、すなわちモーゼの杖は、ちょうどよい瞬間にアロンの手の中に滑り込んだのだ、と人々は主張する。ファラオの魔術師たちの杖も、そういう杖だった。だが、モーゼは、自分の「杖」が王の臣下の魔術師たちが使う種類の蛇を食べることを知っていたので、魔術師たちが「杖」を蛇に戻した時、どういうことが起こるか知っていた。

このダンバラーまたはダンバラの蛇の印のせいで、いい加減な研究者たちは、ハイチでは蛇が崇拝されていると信じるようになった。これは正しくない。実際には、ハイチにはそのような蛇崇拝はない。蛇に敬意が払われるのは、ダンバラーの召使だと考えられているからだ。私が見たダンバラーの祭壇でも必ず、水場のそばに鉄の蛇の像があるか、祭壇の特別な場所に生きた緑蛇が飼われていた。そして、私が蛇は神かと尋ねるたびに、人々は、蛇は神ではなく、ダンバラーの「ボンヌ」〔女召使〕だから守られ尊敬されているのだと言った。

ダンバラーは、神々の中で最も位が高く、最も力が強いが、ユーピテル〔ローマ神話〕やオーディン〔北欧神話〕やゼウス大神〔ギリシャ神話〕などのように神々の父とは決して呼ばれない。神々の父とは呼ばれないが、いかなる神であろうとダンバラーに出会った時は、おじぎをして、こう歌う。「オーへー、オーへー！　我らのパパが通る！」ダンバラーは、力強く善いもののすべての父である。要するに、他の神々は、ダンバラーの力に及ばないということだ。ダンバラーは決して悪事をなさない。もしあなたが儀式を取り行なって他の神に願いごとをしたら、その神はダンバラーのもとに行き、それを行なう許しと力を受けなければならない。パパ・ダンバラーは、偉大な力の源である。

ダンバラーの周りには、美しい礼拝の品が集められている。ダンバラーには、花と一番いい香水と一つがいの白い鶏を捧げなければならない。ダンバラーの「マンジェ・セク」

(乾いた食べ物)は、トウモロコシ粉と卵で、それらは祭壇の上の白い皿に置かなければならない。ダンバラーには、ケーキ、フレンチ・メロン、スイカ、パイナップル、米、バナナ、ブドウ、オレンジ、リンゴなどが供えられる。祭壇には必ず、蓋のついた磁器の壺とデザートと甘い酒とオリーブ・オイルを置かなければいけない。小さな礼拝堂の中には、必ずダンバラーの絵姿と小さな十字架と花束と酒を一本と、ダンバラーの日にランプをともし続けるための油がなければならない。ダンバラーは、規則正しく忠実に捧げ物をする者に幸運を授ける。「偉い身分になることもできるし、大臣とか大統領になることもできるんだよ。パパ・ダンバラーに信心してお供えをすれば。本当だとも!」ダンバラーの日は毎週水曜日の午後で、捧げ物にするのは、一つがいの白い鶏、白い雄鶏と雌鶏だ。普通のフーンガンは、ダンバラーに白い雄鶏と雌鶏を捧げるのはダンバラーが家庭の平和の守護神だからだと言う。ドクター・オリーが言うには、これもまた造物主が両性具有であることを認めるものであり、蛇によって表される深い知恵と力を持つダンバラーは、アフリカ人にとって、造物主に近いものであり、仮に自ら行動して世界を作ったのではないにしても、世界の源と考えられていることは確かだ。ダンバラーの色は白である。妻たる女神は、アイーダ・ウェイドーである。ダンバラーの印は、杖か十字架を昇る蛇だ。ダンバラーは、礼拝の順序では四番目に当り、その前には、(1)パパ・レグバ、門(チャンス)を開く神、(2)ロコ・アティソン、仕事と知識のミステール、(3)マー・ラー・サー、敷居の守り神がいる。それらの神のいずれも、ダンバラーほど重要な神ではない。だが、この順序は、儀式に参列している誰かに乗り移ることによってダンバラーが現れる時、ものごとの準備が整っているようにするために、そのように決められているのだ。どの神が乗り移ったかによって、乗り移られた人は、それぞれ、はっきり違う振る舞い方をする。フーンガン（ヴードゥーの司祭）やマンボ（女司祭）は、その人にどの神が乗り移ったか、即座に言うことができる。他の神々が、ダンバラーに先んじて礼拝されるという言い方は、間違った印象を与えるかもしれない。実際には、それらの神々はダンバラーの眷族であり、彼を取り巻き、彼の命令により素早く従うために、彼の前を行ったり後を行ったりするのだ。ヴードゥーの寺院、あるいは儀式を行なうためのペリスティル、すなわちダンバラーの社には、レグバ、オグーン、ロコのための場所も、神々の使者であるゲデの十字架も、エルズーリー、マドモアゼル・ブリジット、ブラーヴ・ゲデのための場所もなければならない。ダンバラーは、すべての中心にある祭壇の上の蛇の中にいる。ダンバラーの社は、昇る太陽に向かって建っていなければならず、西に向かって鍵のかかる扉がなければならない。

ダンバラーに捧げる歌

第一歌

私の王はダンバラー・ウェイドー、偉大なお方、ホー、ホー、ホー、わが王よ！
ダンバラー・ウェイドー、あなたは偉大なお方

第二歌

アー、ダンバラー、ボンジュール、ボンジュール、ボンジュール、ダンバラー・ウェイドー！
アプレ・マンデー、ダンバラー、ウー・マー・ウー・ヤー、オー、オー、オー、ウイ・メイ・ラー、ダンバラー
ウイドー、モアン、アー、メイ、ヴィナン、ラウー、ヨー

ヴードゥー信仰においては、ダンバラーに対して、うやうやしいよそよそしさがある。ダンバラーには、もっと小さな、もっと普通の神様にまつわるような無数の奇談はない。私が人々に、どうしてダンバラーにもっといろいろなことをお願いしないのかと尋ねたら、彼らはこう答えた。他の神々に礼拝するのは、間接的にダンバラーに礼拝することになるのだと。なぜなら、他の神々はダンバラーが力を与えなければ何もできないのだから。そ

こには畏敬の念がある。人々は、より小さな神々に働きかけ、その神々が今度は偉大な神に働きかけるのだ。他の神々は、近所同士の争いや嫉妬や不和に耳を傾け、どちらかの味方をしなければならない。栄達を願う時はダンバラーのもとに行き、美しいものを捧げなければならない。ダンバラーに甘い酒を与え、彼の知恵の糧として白い鳩を捧げよ。

エルズーリー・フレイダ

ハイチの誰ひとりとして、エルズーリー・フレイダが何者かということを本当に話してくれた人はいない。だが、人々は私に、彼女がどんなふうで、何をするかということを話してくれた。聞いた話すべてから判断すると、彼女が異教の愛の女神であることは明らかだ。ギリシャやローマでは、愛の女神は夫を持ち、子供を産むが、エルズーリーには子供がなく、彼女の夫はハイチのすべての男たちである。すなわち、彼女が自分のために選んだすべての男ということだ。だが、今までのところ、ハイチでは、彼女を明確に定義した人は一人もいない。完璧な女である彼女には、愛と服従を捧げなければならない。彼女の愛はとても強くて、恋人を束縛し、恋がたきを許さない。彼女はダンバラーに匹敵する力を持つ女神だ。だが、身分の高きも低きも彼女に礼拝を捧げ、彼女を夢み、彼女を得がたい聖杯と見なす。毎週木曜日と土曜日には、何百万ものロウソクが、彼女のためにともされる。雪のように白く清らかで、香水を振りかけた何千ものベッドが、彼女のために用意

エルズーリーの部屋の扉

される。デザート、甘い飲み物、香水、酒が彼女に供えられ、あらゆる年齢、あらゆる階級の何十万もの男たちが、この精霊に身を捧げるために異教の神殿にやって来る。その日、生身の女は誰も、エルズーリーのものである男に馴れ馴れしく手をかけることを許されない。男たちは、配偶者からでさえ、どんな軽いやり方であろうと、抱擁されたり、愛撫されたりすることを自らに禁ずる。女たちは、掃除したり、礼拝の準備をする時を除いて、エルズーリーに礼拝するための部屋に入ることを許されない。なぜなら、エルズーリー・フレイダは、とても嫉妬深い女神だからだ。何百人もの妻たちが、エルズーリーに夫を完全に取り上げられてしまった。

エルズーリーは、聖母マリアと同一視されてきたが、これは真実とは程遠い。ここでもまた、カトリックの聖者の絵が利用されていることが、十分話を聞かない研究者を混乱させている。エルズーリーは、受け身な天国の女王でもなければ、なんぴとの母でもない。彼女は愛の床の理想像である。彼女はあまりにも完璧なので、彼女と比べると他の女はみんな歪んで見える。聖母マリアもキリスト教の他の聖女たちも、禁欲によって地位を高められ、誉め称えられてきた。エルズーリーは、生身の男に申し分なく我が身を与えるという理由で崇拝されている。女神に選ばれるということは、男たちにとって生き甲斐となる法悦である。ハイチ全土で最も人気のあるヴードゥーの歌は、レグバへの祈願の歌を除けば、エルズーリーへのラヴ・ソングである。

エルズーリーは、みずみずしくて外見の美しい若い女だと言われている。彼女はムラートなので、黒人がエルズーリーを演じる時は、タルカム・パウダーを顔にはたく。エルズーリーは、堅くて大きな乳房の他、女として完璧な特徴をすべて備えていると言われている。彼女は裕福な若い女性で、指には石のはまった金の指輪をしている。首には金鎖をかけ、美しくて高価な衣装をまとい、体から、うっとりするような香りを放っている。男たちにとって、彼女は華々しく、上品で、情け深い。彼女は、自分に帰依する男たちを出世させ、彼らが幸福に暮らすように面倒を見る。彼女は、毎週木曜日と土曜日に輝かしい法悦の中で男たちを訪れ、彼らを自分のものとする。

女たちに対しては、エルズーリーは容赦がない。家にエルズーリーのための祭壇がなければ、娘は夫を手に入れることができないと言われている。嫉妬深い彼女は、恋する娘の計画や希望が挫折するたびに喜びを感じる。女たちは、同性愛的な傾向があるか、年老いた未亡人であるか、すでに結婚する望みを失っている場合以外は、エルズーリーに帰依することはない。女たちとその望みに対して、エルズーリーは、意地悪く残酷であると言っていい。自分のために若くハンサムな男たちを選び取って結婚を禁ずるだけでなく、しばしば既婚者の男性を選んで、女たちの幸福に割り込むのである。男が自分はエルズーリーのお召しを受けたと判断すると、家の中には、恋がたきの女神のために支度をしてやる時以外には妻が入れない部屋ができる。しみ一つないようにしておかなければならないが、自分が横になることは許されないベッドができる。もし、そんな冒瀆的行為をすると、最悪の結果を招くと言われている。そんなことをするだけの勇気のある女がいたとしても、怒り狂うエルズーリーの復讐からは、とても逃れられない。だが、女神に帰依した男たちは、まず確実に、女たちがそんなことをするのを許しておかない。

男はどうして自分がお召しを受けたことを知るのか？　それはたいてい苦しい夢から始まる。最初、男の夢は、あいまいなものだ。正体不明の不思議な存在が男のもとに訪れる。男は最初、自分が何を求められているのか分からない。男は、一瞬、豪華な布地に触れるが、つかもうとすると、それはさっと逃れてしまう。不思議な香りが男の顔をかすめるが、それがどこから来るのかも分からなければ、何の匂いだか思い出すこともできない。夢の訪れは、どんどん頻繁になり、よりはっきりしたものとなり、時にはエルズーリーが自分の正体をはっきりと現すこともある。だが、たいていの場合、事態は、もっとつかみどころがない。男は病気になったり、他の不幸が彼に降りかかったりする。とうとう彼の友人たちが、フーンガンを訪ねて相談するよう促す。するとすぐに夢の訪問者の正体が愛の女神だと分かり、その若者は、悪運に見舞われたのは、女神が彼に拒絶されて怒っているからだと告げられる。エルズーリーは、はねつけられると、他の女たちと同じように振る舞うのだ。男は、洗礼を受けるよう勧められ、気分を害したロアのために礼拝が始められる。女神はなだめられ、若者の不運は終わりを告げる。

だが、ことが必ずそんなに単純に運ぶとは限らない。時には選ばれた男が生身の女を愛していて、苦しい諦めを強いられることもある。そうした求めに対して、できるかぎり長い間、雄々しく闘った男たちの物語がいくつも残っている。彼らは不運や病気のために意志がくじけてしまうまで闘った後、無情な女神に屈服した。最後まで降参しなかった男たちには死が待っていたし、生身の恋人にも恐ろしい不運が降りかかった。だが、ハイチの多くの男たちは、呼ばれるのを待たない。彼らは、進んでその宗派に加わる。それはある特定の期間は必ず守らなければならない純潔の誓いのようなもので、もし未婚の男が入信すれば、一生結婚することはできない。すでに結婚している男の場合は、妻との生活は非常に困難になるから、別居して離婚することになる。だからエルズーリー・フレイダの信者になるには、二とおりの道がある。「レクラメ」、すなわち彼女に呼ばれて入信するか、もう一つの道は、自分の意志で進んで入信するかである。この単に多情なエルズーリーの他に、もう一人のエルズーリーがいる。あるいは、同じ神格の別の顔なのかもしれない。その女神は恐ろしいエルズーリー・ジェ・ルージュ（赤い目のエルズーリー）だが、彼女はラーダの神には属していない。彼女は、恐ろしいペトロの神々の一味である。このエルズーリーは、年かさの女で、見上げるのも恐ろしい女だと言われている。彼女の名前は、ボコール（呪術師）やセクト・ルージュの悪魔崇拝と関連して語られてきた。

エルズーリー信仰への「洗礼」あるいは通過儀礼は、おそらくヴードゥーの儀式の中で最も単純なものだ。言うまでもなく、あらゆる神と女神は食事を与えられる必要があるから、入信希望者が最初にしなければならないことは、エルズーリーに「食事を与える」ことだ。特別なパン、マデイラ・ワイン、米粉、卵、リキュール、一つがいの白鳩、一つがいの鶏が用意される。蓋のついた白い壺もなくてはならない。これらの食べ物が儀式のために必要で、その儀式の間に入信希望者の頭が「洗われる」。

この頭を洗う儀式は、彼らの儀式のほとんどに不可欠なものだ。この入信の儀式の場合、入信希望者は、ナット（バナナの葉の柄で作ったマット）か、香りのいい木の枝で作った長椅子を用意しなければならない。彼は長い白の夜着を着なければならない。フーンガンは、男を木の枝の長椅子に寝かせ、アヴェ・マリアを三回唱え、信仰箇条を三回、告白の祈りを三回唱える。それからフーンガンは、長椅子に小麦粉と甘いシロップを少しまき散らす。それから葉のついた枝を何本か持って、それを入信希望者の頭を洗うために用意されていた白い壺の中の水に浸す。フーンガンが入信希望者の頭にこれで水を振りかけている間、フーンシとカンゾたちが歌う。

「エルズーリー・トカン・フレイダ・ダホメイ、大切な善い女神
エルズーリー・フレイダ・トカン・メトレス・マプ・ムテール
我らが女主人よ」

フーンシと信者たちは、入信希望者の清めが行なわれている間じゅう、ドラムの助けなしに歌い続ける。ドラムは、エルズーリーへの儀式が終わってから鳴らされるのであって、礼拝の間には決して鳴らさない。参列者が歌っている間、フーンガンは、長椅子に横たわっている入信希望者の髪を非常に注意深く分けていく。分け目を入れた髪に香水をかけてから、頭の上で卵を割り、マデイラ・ワインを少しと、調理した米をその上に乗せて、それから、乗せたもの全部をくるむのに十分な大きさの白いハンカチで、頭をくるむ。その間じゅう歌は続いている。それから一羽の鶏を入信希望者の頭上で殺し、血を少し、すでに頭上にある他の象徴と混ぜる。ここで、入信希望者は立つよう命じられる。これは入信儀礼の最後の動作だ。時には、精霊が、新しい信者の頭の中に即座に入り込むこともある。エルズーリーの霊が彼に乗り移り、時には長々と喋り、助言や勧告を与えたりする。この間に米が調理されている。一人の人間に十分な量の米だ。そして新しい信者はそれを少し食べる。彼が食べなかった分は、彼の家の戸口の前に埋められる。

さて、ここで入信希望者は、銀の指輪を取り出す。銀は知恵を含む金属と考えられているからだ。そしてその指輪をフーンガンに手渡す。フーンガンは、それを受け取って祝福を与え、結婚式でするように男の指にはめる。ここで、儀式が始まってから初めて、フーンガンは酒を地に注ぐ。五本のワインが、東西南北の四地点で精霊に向かって奉られ、最後に死者のために三つの場所に注がれる。これはハイチの他のすべての儀式でも行なわれることだが、こうすることによって、死者の渇きが癒されなければならないのだ。入信希望者の財政状態によって、この時捧げられるワインの量と種類は変わってくる。関係者一同、この儀式が華々しいものになることを望んでおり、入信希望者は、手に入るかぎりの金を好きなだけ使ってかまわない。エルズーリー・フレイダを祭る宗派への入信儀礼のために、膨大な額の金が使われてきた。それは男の人生にとって、そういう瞬間なのだ！ハイチの他のどんな場合の音楽よりも、この時の歌には、神経が注がれ、才能がつぎ込まれる。ハイチの偉大な音楽家、ルドヴィック・ラモットは、これらのフォーク・ソングを手掛けてきた。事例から判断すると、エルズーリーへの礼拝は、ハイチで最も理想主義的な儀式である。それは美しい儀式だ。ハイチの上流階級の人々が大勢、白ずくめの身なりでいるところを思い浮かべてほしい。彼らの歌声は、男の永遠の探求、純潔な生活、完璧な女のために儀式を捧げる法悦で柔らかくなり、使えるかぎりの金と想像力を使って、すべてが美しい田園詩のような舞台の中で繰り広げられる。「エルズーリー、ネン・ネン、オー！」は、ハイチで一番人気のあるフォーク・ソングだ。

1

「エルズーリー・ネネン・オー！　ヘイ！　エルズーリー・ネネム・オー、ヘイ！

モワン・サンティ・マ・ペ・モンテ、ス・モワン・ミン・ヤガザ」

2

「ジェネラル・ジャン――バプティスト〔洗礼者ヨハネ〕、オー、ティ・パレン
ウー・タントル・ラン・カイエ・ラー、ウィ、パレン
トゥット・メダム・ヨー・ア・ジェノー、シャペレット・ユー
ラン・メーン・ヨー、ヨー・ペ・ロール・ミス・ヨー
ティ・ムーン・ヨー・ア・ジェノー、シャペレット・ユー
エルズーリー・ネネム・オー、ヘイ、グラン・エルズーリー・フレイダ
ダグ、トカン、ミロリズ、ナン・ナン・ネネン・オー、ヘイ
モヴァン・サンティ・マ・ペ・モンテ・ス・モワン・ミン・ヤガザ」

3

（歌うように語る）
「オー、アジブロ、キ・ディ・キ・ディ・ス・ボー・ヨー
バ・フーン・ブロコ・イタ・オナ・ヨー、ダンバラー・ウェイドー
トカン、シリニス、オ・アグウェ、ウェイドー、パプ・オグーン、オー

ダンバラ、オー、レグバ・イポリト、オー
アー、ブロザケーヌ、アザカ、ネケ、ナゴ、ナゴ・ピケ・コクール・ヨー
オー、ロコ、コー・ロコ、ベル・ロコ・ウェイドー、ロコ・ギニア
タ・マニボー、ドキュ、ドカ、ダグウェ・モワンミン
ネゲ、カンデリカ・カリカサグ、アタ、クインヌ・デ
オー、モーグ、クレミジー、クレメイユ、パパ・マレ・ヨー」

4

「エルズーリー、ネネム、オー、ヘイ・グラン・エルズーリー
フレイダ・ダグ、トカン・ミロワズ、ママン、ネネンム・オー、ヘイ！
ムーン・サンティ・マ・ペ・ムーティ、ス・モワン・ミム・ヤガザ、ヘイ！」

ハイチの上流階級でエルズーリー・フレイダに「お供え」をする人々は、他のどのロアに帰依する人より多い。彼らは、入信の儀式を受けたあとは永遠に、シャツの下で首に金鎖をかけ、内側にE・Fとイニシャルを刻んだ指輪を指にはめる。私はこれらの指輪をいくつか調べてみた。私は、この二つのものを組み合わせた男の人を知っている。彼は金鎖で作った指輪をしていた。そして、誰と誰が、どんなふうに女神エルズーリーのお召しを

受けたとか、誰それが、どんなふうにその宗派に加わったかというような話が、ごまんとある。私は、目に見えない完璧な女が訪れるために、飾られ、調度を整えられた寝室の一つに立った。政府の小役人が、切り花やケーキや香水やレースでおおわれたベッドの真ん中に立っているのを見、その夜、彼が、岩の上に花のように美しい爪先で立つ女神エルズーリーと一体になった時、彼のありふれた体が反射光で輝き、彼の俗っぽい姿が変貌するのを想像した。

パパ・レグバ・アティボン

レグバ・アティボンは、門の神である。彼は、ホウンフォール〔ブードゥーの寺院とその境内〕の門、すなわち儀式の入口を支配する。彼はまた、バロン・カルフール、すなわち十字路の神でもある。あらゆるものへの道が彼の手中にある。したがって、彼は、ハイチ全土で、儀式の最初に持ってこられる神である。どのロアに捧げる、どんな目的のための儀式だろうと、それに先立ってまずレグバに祈りを捧げなければならない。農夫たちが言うには、レグバは年老いた男で、サック・パーユ〔藁で編んだ大きな袋〕を持って歩き回る。だから、フーンガンは、儀式に使うすべてのものをマクーと呼ばれるサック・パーユの中に入れておかなければならない。また、彼には兄弟がいて、その兄弟は、半分に割った瓢箪で作ったクウィーと呼ばれる鉢から食べ物を食べるのだそうだ。

洗礼者ヨハネの絵が、パパ・レグバの代わりに使われる。レグバにお供えする雄鶏は、ジンガでなければならない。ジンガというのは、白黒まだらの雄鶏のことだ。レグバの食べ物は、すべて焼いたものでなければならない。彼は、焼いたトウモロコシ、ピーナツ、バナナ、サツマイモ、鶏を食べ、それにパイプで煙草を少し吸い、それにアルコールの入っていない飲み物を少し飲む。これらのものをすべてマクーの中に入れて、パパ・レグバの名において洗礼を施した太い木の枝に縛り付けなければならない。
あらゆるハイチの神々の中で、レグバはおそらく外国人に最もよく知られているだろう。なぜなら、誰でもハイチにしばらくいれば、パパ・レグバに門を開けてくれと頼む歌声とドラムを必ず耳にするからだ。

「パパ・レグバ、私のために門を開けてください
パパ・レグバ、私のために門を開けてください
アティボン・レグバ、私のために門を開けて通してください
通してください、神よ、通してください、ありがたい神よ」

この祈りの歌には、いくつかのバリエーションがある。実際、どこかでこの儀式の歌を聞くたびに、歌は違っていたが、門の神に、自分と神を通してくれるように祈る歌である

ドラムとドラマー　Rex Hardry, Jr.

ことには変わりはなかった。他の神は、レグバが許さないかぎり、門を通って人々の願いを聞くことができない。だから彼に熱烈に祈るのだ。よく歌われるもう一つの祈禱歌は次のようなものだ。

「レグバ・クリヤン、クリヤン・ザンダー、ザンダー、アティボン・レグバ、
ザンダー・イモール
レグバ・クリヤン、クリヤン・ザンド・ザンダー・アティボン・レグバ
ザンダー・イモール」

レグバの祭壇は、ホウンフォールのそばの木で、枝がホウンフォールに接していることが望ましい。レグバへの供え物は枝の上に置かれ、彼が宿っているのは、その木の根元である。レグバは、野や森や屋外全般の精霊である。レグバに鶏を捧げるやり方には、他の神に捧げる場合と大きな違いがある。他の神に捧げる場合は、鶏の頭をのけぞらせて喉を切るのだが、レグバに捧げる場合は、ひねり殺さなければならない。

パパ・レグバには、特別な日はない。あらゆる日がレグバのための日だ。なぜなら、レグバはあらゆる儀式の先導を務めなければならないからだ。ロコ・アティスーへの礼拝が、レグバの礼拝に続く。実際、この神はレグバの儀式の中で誉め称えられる。これは絶対に

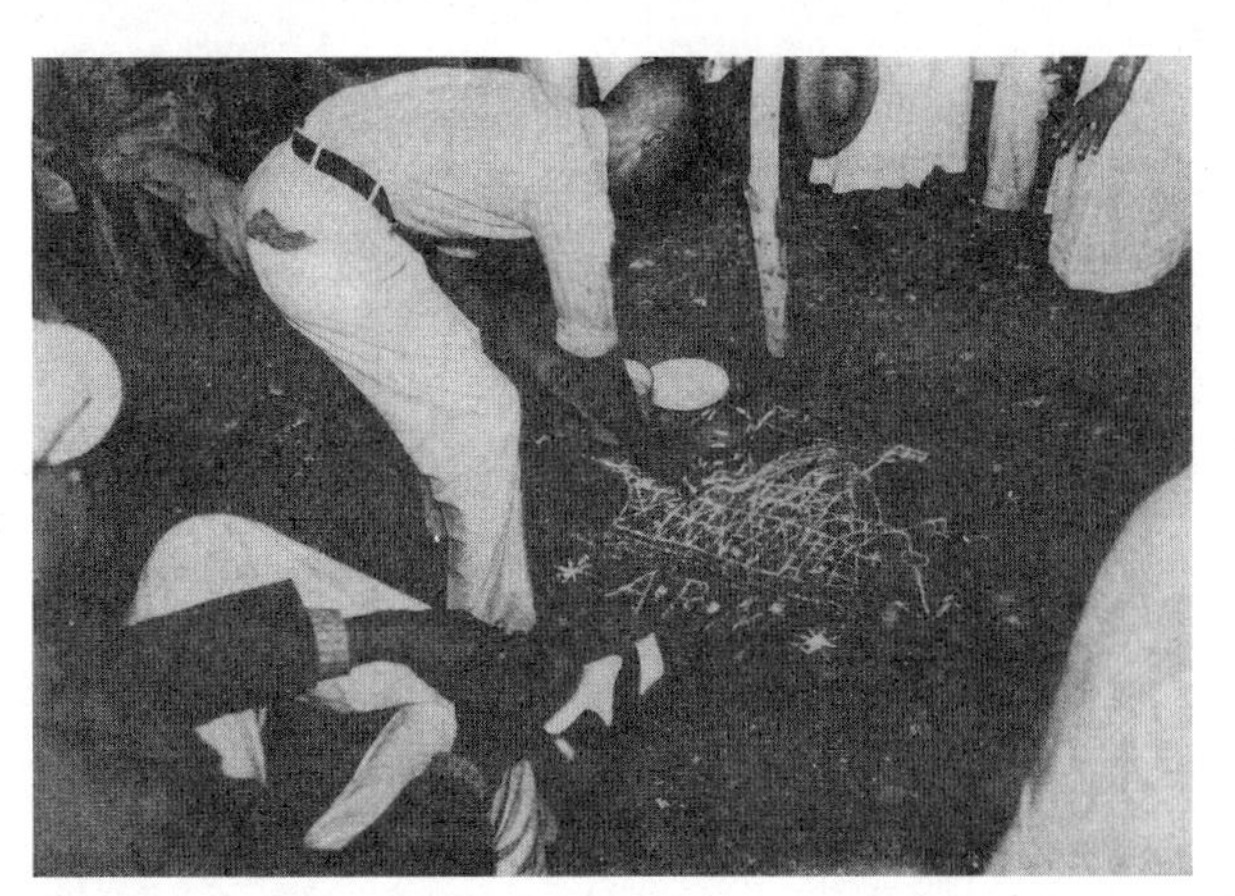

アグウェタロヨ（水の神）を表す印　Rex Hardry, Jr.

必要なことだ。これをやらないと、ロコが気を悪くして、頼みごとをしたい神がやって来ない。

ロコ・アティスーは、フーンガンに知識と知恵を与え、何をするべきか教える。フーンガンのところに患者がやって来ると、ロコが、病気を治すために、どの薬と、どの薬を使うべきか教える。ホウンフォールの中だろうと他の場所だろうと、フーンガンがアソンを持って、パパ・ロコを呼ぶと、患者の病気が自然のものなら、パパ・ロコが病名を教えてくれる。もし病気が自然に起きたものでないなら、ロコはフーンガンに助言を与える。

ロコは薬と知恵の神だが、同時にラム酒が大好きである。ロコには灰色の雄鶏を捧げる。ロコに礼拝する日は水曜日だ。聖ヨセフの絵姿が、ロコ・アティスーの代わりに使われる。

ロコ・アティスーの歌

ヴァ、ロコ、ロコ・ヴァラディ、ヴァ、ロコ、ロコ・ヴァラディ
ヴァ、ロコ、ロコ・ヴァラディ、ヴァ、ロコ、ロコ・ヴァラディ
マン、ジャン・ヴァルー・ロコ、ロコ・ヴァラディ

ハイチ全土で重要視されているこの他の神々については、儀式の中に現れた際に短く解説する。本書は、ヴードゥーについても、その神々についても、くまなく記述するものだなどと自負するつもりはない。ある地域のみのヴードゥーの儀式と神々について完全に記そうとするだけでも、数巻の本になってしまうだろう。ハイチのヴードゥーは、神々と儀式について、ローマ・カトリック教会以上に細かく入り組んだ体系を築き上げている。

マラッサスとドッソーあるいはドッサは、二つつなげた小さな皿で表される双子の神だが、彼らだけでも一冊の本を書くだけの値打ちがある。オグーンの神々や、シンビーの神々や、水の支配者であるアグウェタロヨのグループに属する神々についても、エルズーリーの神々や、ダンバラーの神々、ロコの神々についても、同じことが言える。私は、全

体的な印象を伝えようとしているにすぎない。ドーセンヴィル博士のような聡明な人が、ハイチの神秘思想について、フレイザーの『金枝篇』に匹敵するようなものを書こうと思わなかったのは、社会科学にとって不幸なことだ。アソンの歴史は、それ自体で非常に興味深いものだ。科学者でない普通の人でも、ビーズと蛇の脊椎骨、時には人骨も使って覆われたこの瓢箪が、どのようにして現在のように、なくてはならない崇拝の対象となったのか知りたいと思うだろう。アソンは神々の声としてお告げを垂れ、間違いなく神聖視されている。なぜそのようになったのか？　誰が始めたのか？　そして、どこで？

第十一章　ゴナーヴ島

　ゴナーヴ島が、ハイチの海にあまり長くぐずぐずしていたために島になってしまった鯨だということは、誰でも知っている。ゴナーヴは、眠っている女を背中に乗せている。午後遅い時間に、ポルトープランスから海を眺めれば、仰向けに寝て、両手を体の真ん中で交差させて、穏やかに眠っている女を見ることができる。何でも、ハイチの人々がダンバラに平和と繁栄を求めて祈ったのだそうだ。ダンバラは、眷族を連れて旅に出ていた。二人の妻、アイーダとシラも一緒だった。祈りが天空を旅しているダンバラに届くと、ダンバラは、妻のシラに言づてを託して、愛するハイチの人々のもとに行かせた。ダンバラは、アグウェタロヨに、妻に船を与えて安全にポルトープランスに送り届け、妻が人々に平和のための方策を与えることができるようにするよう命じた。パパ・アグウェは、シラを運ぶために大きな鯨を遣わし、鯨にダンバラの妻を安全に素早く気持ちよく運ぶよう言い含めた。鯨は、水の神に命じられたことをすべて実行した。マダム・シラを背中に乗せて、とても早く穏やかに運んだものだから、彼女は眠ってしまい、目的地に着いた時も気がつかなかった。鯨はあえて彼女を起こして、ハイチに着きましたと言おうとは思わなかった。それで鯨は毎日外洋まで泳ぎ出て、友達を訪ねる。だが、日が沈むと、マダム・シラが目を覚ましたら上陸できるように、湾に戻ってくる。眠っている彼女の手には、平和の方策が握られている。目を覚ましたら、彼女はそれを人々に与えるだろう。

パコの丘にあるジョルジュ・ド・レピナスの家から私はゴナーヴ島が毎日、日が昇るとともに湾の外に漂い出し、日没とともに戻ってくるのを眺めた。そして私は、その島まで行きたくなった。ウィリアム・シーブルックの『魔法の島』の中に書いてあるゴナーヴ島の白い王の話が、私の想像力に火をつけた。私はフォースタン・ウィルクスの王国が見たくなった。その後、一九三六年のクリスマスの二週間前に、ニューヨークのナイアックから来た友人のフランク・クランビー・ジュニアが、一緒に行って調査をしようと言い出した。彼は地元の人々とクレオール語を知っており、私は調査の方法を知っていた。それで私たちは行く準備を整えた。

フランク・クランビーは、親しい友人の間ではジュニアで通っていた。ジュニアは、どこで船を見つければいいかを知っていた。彼は、ゴナーヴ島まで、湾の中を三十キロ足らず渡るために、シャロップ（小舟）と呼ばれている小さな帆かけ船を雇った。船長は私たちに、夜の八時から九時の間に出帆できるようにしてくれと言った。その頃だと風向きがいいのだと言う。その時間しか、帆船でポルトープランスからゴナーヴへ行くことはできないのだ。スコット夫妻が、キャンプ用簡易ベッドや諸々の道具を持った私たちを車で港まで送って、見送ってくれた。船長と船方一名は、棹で船を深い所まで押し出し、私たちは、眠る女の島までの深夜の航海に船出した。

帆は、すぐには風を捕まえなかった。男たちは、漕ぎに漕いだ。頭のすぐ近くの空に、大きな星々がかかっていた。空そのものも輝いていた。ジュニアはもう船酔いにかかって、楽になろうと努力していた。男たちが歌い出し、私はジュニアに、この人たちは何をこんなに熱心に歌っているの、と尋ねた。ジュニアは、「水の神、パパ・アグウェに歌ってるんだよ。アグウェに風を送ってくれと頼んでいるんだ」と言った。風が起こり、間もなく船はビソトーヌの海軍工廠をかすめ通り、さらに進んでいった。星々は間もなく雲間に隠れ、激しい雨が降り出した。私はレインコートを着て大きな麦藁帽をかぶった。ジュニアは寝袋に潜り込んだが、いずれにせよ私たちは、いささか濡れてしまった。男たちは雨を気にも留めなかった。空が晴れた時、ポルトープランスの灯りは、もうよく見えなくなっていた。そして私たちは光る海を見た！　海は一つの巨大な宝石のように輝いていた。神が玉座の後ろに置いて美しいものをしまっている小箱の中に注ぎ込まれた何斗もの宝石のようだった。泳ぐ魚たちも金色に光った。この光を放つ液体の上を進んでいくのは格別だった。ジュニアは船に酔ってしまったが、ハイチの夜の海に慣れている他の男たちは何の関心も向けなかった。私は一人で船に乗って漂っているような気分になった。

一晩中、船長と船方は喋り、私たちがやった煙草を吸い、帆を操り、また喋り、やがて朝日が差すと、私たちはゴナーヴ島の沖合に来ていた。二、三軒の草ぶきの家が見えた。船長は、船方に、私たちの到着を知らせるように命じた。船方は法螺貝を手に取り、船首に立っていくつかのリズムと調べを組み合わせて吹き鳴らし、二人のティ・ブラン（要人ではない白人またはムラート）が来たことを知らせた。船方が、もう一度法螺貝を吹いてから座ると日が昇ってきた。午前十一時、私たちはアンサアガレに上陸した。

埠頭で、喧伝されているゴナーヴ島の蚊が私たちを迎えた。フォースタン・ウィルクスがこの島を治めていた頃に作った埠頭だ。だがマングローブの湿地から離れた高い所にある市街地は乾燥していて、蚊に悩まされることはなくなった。

その日のうちに、私たちは何人か知り合いができた。警察署長と部下の警官たちは、とても親切で愉快な人たちだった。私はハイチの人々が地元のゲームをするのを見たり、ティ・マリスとブーキにまつわる民話を聞いたりした。そして、ヴードゥーの聖なる石の話を初めて聞いた。この辺鄙な島で、私は、地上の他のどこでも経験したことのない平和を味わった。ゴナーヴ島は、平和の母だ。ポルトープランスから見えるこの島の輪郭が、それを物語っている。そして月の光は、ワインの味がする。

ハイチ軍の士官の一人が、フォースタン・ウィルクスのために聖なる石を集めていた。

彼は、私の前でジュニアにそのことを話したので、私は質問をした。ハイチの農民たちが、死滅した原住民の石器を見つけて、それらを神の宿る石だと考えている。アフリカには、シャンゴあるいはシャンゴーと呼ばれる雷の神がいる。その神は稲妻を投げ、力を秘めた石を作る。農民たちは、ハイチのこれらの石が、シャンゴ神が作ったもので、その中にさまざまなヴードゥーの神々が宿っていると考えている。ある形や色の石を見るや否や、彼らは、それは何々の神の石だと言う。そういう組み合わせが出来上がっているからだ。この石はダンバラ。あの石はアグウェ。もう一つのはオグーン、などというように。こういう石を見つけるのは、とても幸運なことだと考えられている。「お前は、ロアを見つけた」と言われる。石を見つけた人が儀式をまかなうだけのお金を用意できたら、石は、宿っている神の儀式にのっとって洗礼を施され、家の中の小さな祭壇の中に置かれた白い皿の上に乗せられ、最大限の敬意を払われる。石は、決まった時に油で洗われ、ちょっとした供え物が捧げられる。いくつかの石は、ある一族に代々伝わっている。どれだけ金を積んでも、それらの石を買うことはできない。石にロアが宿っているかどうか知るためには、石を手で包んで、息を吹きかける。石が汗をかいたら、精霊が宿っているということだ。汗をかかなければ、その石は何の役にも立たない。

私たちは、尿さえ出すほどの力を持った石の話を聞いた。その石は、パパ・ゲデと見なされていた。その神が石に服を着せるよう命じたので、石は服を着ていた。その石は多くの人々を引き寄せ、家の中があまりにも騒がしくなったので、持ち主は石を戸の外に鎖でつないだ。進駐軍のアメリカ士官のホイットニーという男が、その石を見て、しまいに自分のものにした。ホイットニーはそれを自分のデスクに置きたいと思った。それは奇妙な偶像で、ホイットニーの部署に所属していたハイチ人の護衛兵が、その石は小便をするからデスクには置くなと言ったが、ホイットニーは警告を聞かずに石をデスクに置いた。すると何度かデスクが濡れていたので、また石を外に出さなければならなくなった。ホイットニーは帰国する際、石をアメリカに持ち帰ったという話だ。

アンサアガレで、私は黒い海兵隊員に会った。ハイチ軍の軍曹が私の家の裏に住んでいて、クレオール語の端々に「ジーザス・クライスト!」とか「ゴッダム!」とか言うのが、しょっちゅう聞こえていた。親しく口をきくようになった時、私は彼に、喋っているのを聞いたと伝え、あなたが突然英語で叫ぶので驚いたと言った。

「ああ」彼は言った。「俺は、海兵隊がここにいた時、彼らと一緒に勤務に就いていたんだよ」

「そうなの」私は、ふざけて言った。「じゃあ、あなたは黒い海兵隊員なのね」

「そうとも」彼は誇らしげに答えた。「俺は、黒い海兵隊員さ。いつもそんなふうに喋ってる。俺に何か殺してほしいか。あんたのために、あの犬を殺してやろう」それは、私に馴れて、まつわりつくようになった飢えかけた犬だった。

「駄目駄目、殺さないで。かわいそうよ！」彼はピストルをホルスターに戻した。「ジーザス・クライスト！　ゴッダム！　何か殺すぞ」彼は肩で風を切って去った。あとになって聞いた話では、彼は友達や同僚みんなに、俺は、まるでアメリカの海兵隊員みたいに見えるに違いない、だってアメリカ女が、すぐにそう見えることに気がついたから、と言っていたそうだ。多分、今頃は、彼は自分をリトル大佐に見立てていることだろう。

私は、アルカーエから来たマダム・ラミシエール・ミルに会った。アルカーエは、ポルトープランスから北に行った豊かな沖積平野で、ハイチの穀倉地帯と呼ばれている。バナナ、ココナツ、野菜や果樹などを多く生産する豊かなプランテーションがたくさんあるので、その地域全体が豊かな緑に包まれている。このラミシエールから、私はヴィクサマという名前を聞いた。これはハイチでさえ、なかなか聞けない名前だ。サン・マルクの近くの山の中に住むという男についての神話的な物語は、いくらでも聞けるが、ヴィクサマという名前を知る人も、それを口にする人もほとんどいない。伝説的人物の秘密の名前以上に価値があったのは、アルカーエにホウンフォールを持っている本物のボコールを訪ねにいらっしゃいという誘いだった。そのボコールのことを彼女は自分の「親」だと言ったが、それはクレオールの言い方で、親戚のことだ。これは私が求めていたチャンスだったので、私は喜んで誘いを受けた。私たちはアンサアガレでクリスマスを過ごし、私は警察署長と山羊シチューを食べた。その次の夜、私たちの一行五名は一列になって、満月に近い月の白い光の中、石ころ道を海へと下り、ポルトープランスに向かって船出した。翌朝、日が昇った時、船縁に寝転んで、はるか下にある水を見下ろし、水中の生き物の生活を見たのは楽しかった。巨大なサメが鼻面をもたげ、のらくらと浮上してくるのが見えた。大きなエイが泳ぎ回るのも見たし、無数のブダイも見た。二度、雨が降ったが、夜九時頃、私たちはポルトープランスに上陸し、翌日、ラミシエールは、従兄弟のボコールに、いつなら私たちが行ってもいいか聞きに、アルカーエに出かけた。私は是非来てもいいと言ってほしかった。なぜなら、アルカーエは、ヴードゥーに関してハイチで一番素晴らしい場所として知られているからだ。

第十二章　アルカーエと、その意味するところ

一月初旬、私はアルカーエのデュー・ドネ・サン・レジェールのホウンフォールに行った。彼には多くの信者がおり、彼自身、大きなプランテーションを所有している。彼は、アフリカの酋長のような複合住居に住み、敷地の中には彼の家より小さい家がいくつもあって、さまざまな係累たちが住んでいる。彼を一族の長として従う人が、およそ百人いる。彼は非常に聡明で、読み書きもよくでき、自分の敷地の中に住む子供たちが一人残らず学校へ通うように取り計らっている。ホウンフォールとペリスティル〔儀式が行なわれる場所〕は、いずれも緑、白、青、オレンジの縞に塗ってある。壁は緑と赤だ。

デュー・ドネは、この上なく親切に、私をすべての儀式に参列させてくれ、説明をしてくれた。彼と彼のマンボであるマダム・イザベル・エティエンヌは、大変な苦労をして、儀式の間じゅう私に手取り足取り教えてくれ、礼拝の歌も教えてくれた。私は幸運な立場にあった。彼には信者が大勢いたので、ほとんど毎日のように儀式が執り行なわれたから

中央の聖なる柱の周りでジャン・ヴァルーを踊る人々 Rex Hardry, Jr.

だ。時には、一日に二つか三つの儀式が行なわれることもあった。いけにえを捧げる時間に先立って、礼拝所の扉の前に赤い雄鶏がくくりつけられた。私は多くのことを学び、ハイチで発展を遂げてきたヴードゥーのこみ入った儀式に目を見張った。儀式のあとには、コンゴ・ダンスのためにドラムが打ち鳴らされ、男も女も私にステップを教えてくれた。最初は、もちろん、ジャン・ヴァルーとコンゴを習い、それからマスカロンを習った。他のステップは、必要な時にそのつど教えてもらって、ついには、どのダンスにも歌にも、ついていけるようになった。

ある夜、非常に興味深く、非常に恐ろしい儀式が行なわれることになった。あるフーンガンが死んで、デュー・ドネが、ウェテ・ロア・ノン・テート・ユム・モール（死者の頭から精霊を払う儀式）を司ることになった。この儀式は、マンジェ・デ・モール（死者の食事あるいは宴）とも、クーリール・ゼング（死者の亜鉛の釣り針を動かすこと）とも呼ばれている。この儀式は、フーンガンに敬意を表するためだけに行なわれるのではない。死んだフーンシやカンゾのためにも行なわれる。

その日、用意されたのは、一つがいの白鳩、オリーブ油が少しと、小麦粉、樹脂の多い松の薪が三十本以上、一つがいの鶏、粗びきトウモロコシ粉が少し、鞍敷き毛布、それに大きな皿が一枚だった。中庭の柱の下に椅子が二脚置かれ、フーンガンの遺体がその上に置かれ、鞍敷き毛布が掛けられた。

鶏と鳩が殺され、薬味抜きで調理された。人々は、塩が何かに付いたりしないように非常に気を配った。私はジャマイカでの経験を思い出し、あちらでも、塩は死者によくないと思われていたことを思い出した。粗びきトウモロコシ粉は、ピーナツやコーヒーでも炒るように、鍋で炒られた。一、二分ごとに、助手が鍋を持ち上げて、まんべんなく炒り上がるように揺すった。炒り上がったトウモロコシ粉は、白い皿に盛られた。それから松の薪に火がつけられ、ろうそくの代わりに置かれ、あたりを照らした。

デュー・ドネ自身は、柱の下に細かい火花を起こし、その火が熱く激しく燃え上がると、トウモロコシ粉を盛った白い皿を片手に、鶏の入った白い鉢をもう片方の手に持って、火に近づきながら歌った。

「ハル・オー・ヴァ・エリク・ダン、ソボ・ディ・ヴー・キ・ナン
セボン・ディー・キ・メートル、アフリック・ギニン・トゥー・レ・モール
ヘ・アン・ヴァ・エリク・ダン」

死んだ男の体が、目を据えて起き上がり、頭を下げてから、また後ろに倒れた。それから石が一つ、デュー・ドネの足元に落ちてきた。あまりにも予想外のことだったので、どうやってしたのか分からなかった。それは、そこにあり、その存在にフーンシやカンゾや客たちは興奮に沸き立った。だが、それがそこにあるということは、その男の頭に宿って彼を操っていたロアあるいはミステールが、その男から離れたということだった。男は安らかな眠りにつくことができ、ロアは、他の誰かに使われることだろう。精霊を死者の頭から抜き出さないと、精霊は、この儀式が行なわれるまで、水の底に沈んでいなければならない。そもそもフーンガンの精霊は、水底に一年間いなければならないと言う人もいる。儀式が終わり、遺体が埋葬されると、二脚の椅子に鞍掛けを掛けて飾るが、誰も座らない。もっとも、精霊が座っていると思いたければ、そう思うことはできる。
デュー・ドネは、「ランガージュ」と呼ばれるアフリカなまりの言葉で死者の霊に語り

かけた。それはフーンガン一人一人によって違う固有の言葉で、儀式ごとに違う。なぜなら、異なるロアが異なることをフーンガンに語らせるからだ。だからそれは常に新しい。だが最初の祈りは、カトリックの祈りから取られたもので、必ず同じである。死者にミステールを手放させるために何が言われたのか、誰にも分からないが、死者は起き上がり、目を据えておじぎをし、また横たわり、石がデュー・ドネ・サン・レジェールの足元に落ちてきたのだ。デュー・ドネは、亜鉛でできた釣り針を取り出し、それを三度火に潜らせる。これは死者の釣り針だったが、もはや死者のものではない。それが持つ力は、後継者に受け継がれる。今回の場合、それは死者の息子である。

それから助手たち全員が、各自、手に松のたいまつを持って、飾られた二脚の椅子の周りを歩き回る。これは実に印象的な眺めだ。マンボ・エティエンヌが、アソンをがらがらと鳴らし、歌い始めた。参列者全員が熱っぽく上手に歌った。二つのペトロ・ドラムが、ギニアから海を越えて来たマーチのリズムを奏で、三つのラーダ・ドラムが、喜び勇んで、これに答える。

塩を使わず、オリーブ油で調理された鶏が、白い皿に乗せられ、デュー・ドネは、それをとても真面目な威厳のある態度で、死者に捧げる。それから人々は皿を手に二脚の椅子の周りを練り歩き、そのあと、皿は食べ物ごと埋められる。

恐ろしいことが起きたのは、それからだった。私の後ろの群集のどこかから、人の喉から漏れた奇妙な音がした。瞬時に、その場の勝ち誇った雰囲気は消え、恐怖が取って代わった。どうやら、一人の男が霊に取り憑かれたらしく、物や人にぶつかりながら、場の中央に躍り出ようとしていた。邪悪な霊が乗り移ったという囁きが聞こえ、見たところ、それはどうやら本当らしかった。その男の顔は、恐ろしい形相に変わっていたからだ。その恐ろしさは信じられないほどだった。だが、それだけではなかった。ある雰囲気が、その場に入り込んでいた。それは口にもできないほどの邪悪な雰囲気だった。それは普通、人間が感じる恐怖を超えた脅威で、驚くべきことは、全員が同時にそれを感じ取り、風の前の麦のように、一斉にその男からあとずさりしたことだ。

即座にデュー・ドネはアソンその他、その霊をそこから追い払うための儀式の道具を手に、その男に向き合ったが、霊はすぐには言うことを聞かなかった。デュー・ドネは、いくつもの祈りを唱え、闘いが長引くにつれ、群集の恐怖は膨らんでいった。恐怖はじっとりと立ち込め、恐怖の匂いを嗅ぐことも、それを舌先に味わうこともできるほどだった。だが、驚くべきことは、人々が逃げ去りはしなかったということだ。人々はデュー・ドネのそばににじり寄り、ついに彼は打ち勝った。男は倒れた。彼の体から力が抜け、顔かたちがほぐれて、元どおりの顔になった。人々は彼の顔と頭を赤いハンカチでふいて、ナット〔むしろ〕の上に寝かせた。男はそこでぐっすり眠り、長いこと経ってから疲れた目をして起き上がった。

人々は、死者のために地面に酒を注ぎ、儀式は終わった。

あとで説明を受けたところによると、クーリール・ゼングの儀式を執り行なうのは難しくないのだが、すっかり一人前の、経験を積んだフーンガンがやらないと危険なのだそうだ。なぜなら、邪悪な霊が現れて、それを追い払うために善いロアを呼び出す前に、ひどい害を及ぼすかもしれないからだ。あの時起こったことは、デュー・ドネ・サン・レジェールは偉大で強力なフーンガンだという人々の信念を強める結果となった。彼はまた、ボコール〔呪術師〕として務めれば、そちらの方面でも強い力を持っているということだ。

私にとって、アルカーエでの生活は、甘く香しい酒のようだった。昼間はペリスティルにキャンプ用簡易ベッドを置いて、横になってゆったり涼みながら、人々がさまざまな用件でデュー・ドネのもとにやって来るのを眺めた。いつでも病人が数人来ていた。病人たちは木々の周りに座ったり、ズボンをはかず長いシャツを着て、ナットの上に寝ていたりした。私は時々彼らのそばに行って、クレオール語の稽古を積んだ。だが、たいていは、私はマダム・エティエンヌについて回っていた。彼女がデュー・ドネに次ぐ地位の人物だったからではなく、彼女が親切な人で、とても面白くて、太っているにもかかわらず目覚ましいダンサーだったからだ。彼女は世帯の運営を任されていて、彼女に逆らおうとする者は誰もいなかった。敷地内に住む百人を越えるほどの人々の食事がすべて、一カ所で用意されていた。マダム・エティエンヌが仕事の分担を決めて、監督していた。彼女は誰に

マルカーエのマンボ・エティエンヌ

も劣らずよく働いた。

儀式を行なうという専門的な面を除けば、そこは、ハイチにいくらでもある家父長制共同体だった。男性家長が家族をあらゆる面にわたって支配し、その面倒を見るというアフリカ人の複合住居だった。それは氏族集団なのだ。デュー・ドネは、自分だけの小さな家を持っていて、面倒で精力を費やさなければならない仕事のあとは、そこに引きこもって休むことができる。彼は私をそこに呼んで、儀式のことを教えてくれた。仕事を離れると、この人には未開なところはまったくない。彼は優しいが聡明で実務的だ。私は、彼が講義したことを、すべて筆記しなければならなかった。彼は灰を取って地面にロアの印を書き、私は彼が満足するまで、何度もそれを写さなければならなかった。時々、彼は急にホウンフォールから出ていって、広大なバナナやココナツのプランテーションを見回りに行った。私は、彼は孤独を好む人で、それは、つきまとってくる群集から逃れる彼なりの方法なのではないかと思っている。彼は儀式の司祭としての仕事を父から受け継いだ。多くの人が、父はデュー・ドネ以上に偉大なフーンガンだったと言う。いずれにしろ、デュー・ドネは、世襲のフーンガンであり、ハイチでは、それこそが本物だと考えられている。ある日、私が、郵便が来ているはずだからポルトープランスへ行かなければならないと言うと、デュー・ドネは、どっちにしろ、当面何も重要なことは予定されていないから行っていいと言った。それで私は骨が砕けそうな、肝臓がひっくり返りそうな荷馬車に乗って、首都ポルトープランスのルシールの元に戻った。ルシールは、私が彼女の目の届かない所に行くと、必ず私の無事をひどく気づかってくれた。

だが、私がポルトープランスに着いて何日も経たないうちに、デュー・ドネが私を呼びに使いをよこした。それは、デュー・ドネの身内で、宮殿の護衛兵も務めている青年だった。デュー・ドネは、三日以内に、化粧水一瓶と、彼のための万年筆と、インクを一瓶持って、帰ってくるように言ってよこした。私は携帯用こんろと、キャンプ用簡易ベッドと、デュー・ドネが求めたものを持って出かけた。行って、とてもよかった。彼は、ホウンフォールを建てて、ある人をフーンガンにしようとしており、それには多くの儀式が必要だったからだ。私は、何もかも、とても嬉しかった。私のクレオール語も、その頃までには、なかなかのものになっていた。

私がアルカーエに着いた翌日、私たちは新しいホウンフォールが建てられる場所に出かけた。デュー・ドネは私に、次の朝まで待っていて、荷馬車で来てもいいと言ったが、私はみんなと一緒に歩いていくほうがいいと言った。私たちは、日没近くに陽気に出発した。大量の荷物の中には、笑いの精霊も含まれていた。私たちは、薄闇が垂れこめてくる中を歌いながら、埃っぽい道をてくてく歩いていった。私たちは冗談を言い、浮かれ騒いだ。マダム・ド・グラース・セレスタンはロバに乗り、ロバの両脇に垂れている大きなサック・パーユには旅のためのいいものが、たくさん入っていた。しばらくしてから私も少し乗り、マンボ・エティエンヌの息子が並んで歩いて、冗談を言い、歌を歌い、小さなロバを追って、歩き続けさせた。そうやって、夜遅くまで何時間も歩いた。暗い夜だったが、誰も気にしなかった。私たちは、忍びやかに進軍する幸福な軍隊のようだった。

大きなマンゴーの木のところまで行くと、男が道端に立っていた。そこからは幹線道路を外れて、曲がりくねった小径を進み、緑の中をさざめき流れる小川を渡らなければならなかった。時々、家々は木々に隠れて見えなくなった。多分三キロぐらい歩いたところで、だらだらと連なる一隊は、またも止まった。目的地に着いたのだ。そこはデュー・ドネの従姉妹のアンネ・ラ・クールの一族の集落で、デュー・ドネは彼女のためにホウンフォールを建てようとしているのだ。私たちが立ち止まったのは、そこで行なう必要のある儀式があるからだった。

たいまつを持ったカンゾが一人出てきて、トウモロコシ粉と水を運び、一人のフーンガンが地面にロアの印を描き、死者のために水を三度地面にまいた。マンボ・エティエンヌも同じことをした。彼らは、この場にふさわしい儀式を一とおり手短に行なった。カンゾがもう一人やって来て、儀式にのっとって水をまいた。それからフーンシも同じことをした。そして私たちは全員中に入った。

ペリスティルに、たくさんのヤシの葉が積んであり、華やかな色の紙もあった。女たちが、するべきことを命じられるのを待っており、マンボ・エティエンヌが、私たちみんなにヤシの葉を細かく裂かせ、出来上がった時は、ヤシの葉はクリーム色と緑のダチョウの羽のようになった。マンボ・エティエンヌとアンネ・ラ・クールは、ヤシの葉の「羽飾り」を真ん中の軸から切り離して、椅子の背に掛けた。これらは、あとでもっと小さく切ってペリスティルや神々のさまざまな器を飾るのに使われた。外の大きなニレの木が、ロコに捧げられることになっており、その木の下でまだ仕事が続いていた。夜遅く、私はそこに行ってベッドを広げて寝た。翌朝、デュー・ドネ自身が、一族の残りの者たちを従えてやって来た。彼を迎えて入口で盛大な儀式が繰り広げられた。朝食の前に、シャンネルと呼ばれるおいしい熱いお茶が出たが、これはとても気分がさっぱりする驚くべきものだった。シャンネル茶を飲むのは、誰にでも勧めたい素晴らしい習慣だ。私は、ペリスティルに張り渡して飾るために、色のついた紙を切る仕事につけられ、午前中いっぱい、それをやった。その頃になると人々が集まり始めた。ペリスティルがすっかり飾られると、私は女たちが大量の料理を作っている外の調理場に行った。私は、マダム・エティエンヌが大きな鍋を置くための石を自分で見つけてきて、一つ一つの石に石炭で十字を書いているのに気づいた。彼女は私に答えて、それは熱くなった時に割れないようにするためにしたのだと言った。

まもなく、デュー・ドネが、私にペリスティルのそばに来るように言ってよこした。彼はアソンをばらばらにしていた。新しいカンゾやフーンガン用にアソンを作り直すために、そうしなければならないのだ。デュー・ドネは、どういうふうにするのか私に見せたがっていた。私は、彼が瓢簞を囲むビーズや蛇の骨に糸を通し直すのを手伝うことを許された。そうしてできたものは、ロアの宿る石を除けばハイチでもっとも神聖なものになるのだ。重要な神はそれぞれ違った色のビーズを捧げられており、そのことはアソンや、フーンシからフーンガンまであらゆる等級の祈禱師がかけている首飾りのビーズの配列にも現れている。フーンシの首飾りは、カンゾやフーンガンの首飾りほど長くもなければ凝ったものでもない。フーンガンの首飾りは、肩のあたりに特別なかけ方で巻きつけられ、見事なものである。そのため、とても長くなければならない。

午後、儀式が始まった。ドラムとホウンフォールが神に献ぜられた。だが、もちろん一番最初の儀式は、パパ・レグバに捧げるものだった。説明しておかなければならないが、人々は常に「レクバー」「レグバ」と言ったり歌ったりするが、研究者たちは、私に、アフリカの言葉では「レクバー」または「レトバー」なのだと教えてくれた。多分、人々は間違っているのだろう。ともかく私が知っているかぎり、人々は、「パパ・レグバ、ウーヴリール・バリエール・ポル・モア・パッセ」と歌っていた。いずれにしろ、アンネ・ラ・クールのホウンフォールの中庭では、盛大な準備が行なわれていた。青と赤でシンボルを描いた青と白の旗が、焼いたトウモロコシの穂と一緒に高いポールに取りつけられて、ひるがえっていた。焼いたトウモロコシの穂は、それが大好きな神のためのものだ。儀式の家の正面に赤い雄鶏がくくりつけられているのを私は見た。ヤシの葉の房飾りで見事に飾られた大きな木も見た。裂いたヤシの葉飾りは、いたるところで見受けられた。ホウンフォールには、さまざまな神々のための祭壇があった。鉄の蛇をそばに置いた柱は、「リ・キ・レッティ・エン・シエル」(空に住む神)で地上では蛇をシンボルとするダンバラのためのものだ。二つめの部屋には、コンゴへの華やかな彩りの捧げ物がある。コンゴの神とラーダの神は、同じ部屋に祭ってはいけないが、同じ屋根の下で祭らなければならない。

さて、まもなく私たちは、儀式を始めるためにホウンフォールに呼び寄せられた。マンボ・エティエンヌは、私の赤と黄色のハンカチを頭に巻いてくれて、頭の後ろで独特のやり方でゆるく縛った。私たちは靴を脱ぎ、ホウンフォールの中に入った。デュー・ドネとアンネ・ラ・クールは、すでにそこにいた。祭壇の準備が整っていた。デュー・ドネは、祭壇の向かいの、とても低い椅子に座っていた。入れるだけの人数がそこに入ると、デュー・ドネは、儀式用のハンカチで頭を包み、単調な連禱を始めた。

デュー・ドネ　エラ・グラン＝ペール・エテルネル〔永遠の父なる神〕

一同　エラ・グラン＝ペール・エテルネル、セン・ディオール・エ
エラ・グラン＝ペール・エテルネル、セン・ディオール・ドコール・アグウェ
エラ・グラン＝ペール・エテルネル・セム・ナンミン・ボン・オー・セネン

デュー・ドネ　エラ・サン・ミシェル〔聖ミカエル〕
一同　エラ・サン・ミシェル、セン・ディオール・エ……

以下同じように続く。

この連禱は、聖ガブリエル・ラファエル、ニコラス、ヨセフ、洗礼者ヨハネ、聖ペテロ、パウロ、アンドレ、ジャック、ジャン、フェリペ、コーモとダミアン、ルカ、マルコ、ルイ、オーガスタン、ヴァンサン、トーマ、ローラン、聖マリア、聖母、聖処女マリア〔聖処女マリアと神の母を区別している〕、聖カタリナ、聖ルチア、セシール、アグネス、アガタと続いた。すべてキリスト教の聖者で、それぞれの名前に同じ応答が唱和された。それからデュー・ドネは、ヴードゥーの神の名前を唱え始め、一同は、また先ほどと同じように応答し、異教の神々の名を唱和した。

「エラ・レクバ・アティボン、セン・ディオール・エ、エラ・レクバ・アティボン、セン・ディオール・ドコール・アグウェ、エラ・レクバ・アティボン、セム・ナン・ミン・ボン・デュー・オー・セネン」

一同はデュー・ドネの先導に従って、ロコ・アティソン、エラ・エーザン・ヴェレキエト、エラ・ソボ、エラ・バデーレ、エラ・アガソー、エラ・アグウェタロヨ、エラ・ボソー、エラ・アガロン、エラ・アザカ、エラ・エルズーリー・フレイダ、エラ・オグーン・

ドラポー（旗）を持って儀式を執り行なうフーンガン

剣とドラポーの入場　　Rex Hardry, Jr.

ボダグリ、エラ・オグーン・フェレーユ、エラ・オグーン・シャンゴ、エラ・オグーン・トー・サム、エラ・オグーン・アカデ、エラ・オグーン・パラマ、エラ・オッサジェ、エラ・バロン・カルフール、エラ・バロン・ラ・クロア、エラ・バロン・シミテール、エラ・ゲデ・ニボ、エラ・パパ・シンビー、エラ・ナンションコンゴ、エラ・ナンション・セネガル、エラ・ナンション・イボ、エラ・ナンション・カパラロー、エラ・ナンションアニンヌ、エラ・パパ・ブリセ、エラ・コント・ロア・ペトロ、エラ・コント・ボッコ、エラ・コント・フーンジェニコン、エラ・コント・ラプラス、エラ・コント・ポール゠ドラポー、エラ・コント・ウーンシ・カンゾ、エラ・ウーンシ・デ゠スーニン、エラ・コント・ウーンシ・ボサール、エラ・コント・ホウンフォール、エラ・コント・オガニエールに祈りを捧げた。

さて、この儀式のために飾りつけられたホウンフォールの部屋の中には、大きなテーブルに、礼拝すべき神々すべてのための食べ物と飲み物が、レグバのための食べ物と一緒に並べられていた。レグバだけを礼拝するということはないからだ。レグバは、他の神が信者のもとに来られるように門を開くのだ。テーブルじゅうに、皿と、クウィーの瓶と、栓のついた小瓶が、ところ狭しと並んでいた。テーブルの下には、テリーヌと呼ばれる何の加工もしていない素焼きの皿や、クルシェ（小さな素焼きの水差し）や、それぞれの神に捧げる鶏や、儀式に使う香水や香料や木の葉が置いてあった。これらはすべて、オリーブ油の灯し火のそばに、まとめてあった。

　ここで、邪魔が入った。黒い服を着た三人の女が入ってきたのだ。彼女たちは、母親と二人の娘のようだった。礼拝は、ただちに中断され、マンボが、ほとんど声を立てずに彼女たちを追い出した。年上の女が文句を言おうとしたが、三人とも無理やり押し出されてしまった。私が小さな声で、今のはどういうことか尋ねると、「あの人たちは喪に服しているから、ここには入れないんだよ。これは、生きている者のための儀式だ。バロン・サムディは、ここにいてはいけないんだ」という答えが返ってきた。

　私は尋ねた。「でも、バロン・サムディが誰かに乗り移ったら？　ここには彼に身を捧げている人がいるはずよ」

「その時は、バロン・サムディを追い出す儀式をする。今日は死者のための日じゃないんだ。生きている者のための日なんだ。バロン・サムディが来たら、何もかも駄目になるよ」

　デュー・ドネは、世界の四つの方位に向かって水をまいた。カンゾたちとフーンシたちも、彼に続いた。彼ら全員が、北向きのドアに向かって、吟唱した。「アフリック・ギニン・アティボン・レグバ、私どものために門を開けてください」デュー・ドネは、トウモロコシ粉の入ったクウィーを取って、地面に印を描き、その真ん中にレグバに捧げられた飲み物をそれぞれ少しずつ注いだ。それから、焼きバナナ、ニシン、トウモロコシ数粒、スイカを少し、ケーキを少し取って、それらを全部描いた印の中に小さな山にして置いた。

この時まで、デュー・ドネは、とても低い椅子に座ったまま、これらのことを全部行なった。ここで彼は立ち上がり、二羽の「プール・ジンガ」（まだらの鶏）を両手に一羽ずつ持った。鶏を東、西、北、南に向かって順々に差し上げながら、「オー・ノム・デュ・グラン・メートル、トカン・フレイダ・ダホメイ、マラッサ、ドッソー、ドッサ、トゥット・レスプリ、アティボン、オグーン、ロコ、ネグエ、フェ、ネグエ・デフェ」と唱えた。助手たちは、ひざまずいた。デュー・ドネは、その二羽の鶏を、ひざまずいているカンゾとフーンシの頭上を通るように動かした。それから彼は、レグバを祭った祭壇に向き直り、礼をした。それからまた北向きのドアの方を向いて、二羽の鶏を片手に持ち、もう片方の手に火のついた木片を持って、レグバの印の周りに置かれた三つの火薬の山に火をつけた。その間、信者たちは吟じ続けた。「ス・レトバー、キ・アプ・ヴィニ、ス・パパ・レグバ、レッセ・バリエール・ルール」

鶏をレグバに捧げる瞬間が来た。デュー・ドネは、ひざまずき、大地に接吻した。彼はレグバの印に三回接吻した。群集は全員、彼にならった。ドラムが鳴り出した。最初は音の高いブーラティエールが鳴り、それからシルゴン、そして最後に、とどろくようなフーンターが鳴り出した。フーンターは、ダンサーたちのムードと動きを左右する。何人かのフーンシがジャン・ヴァルーのダンスを踊り出した。デュー・ドネは、片方の鶏の羽根を

盛り上がるドラム

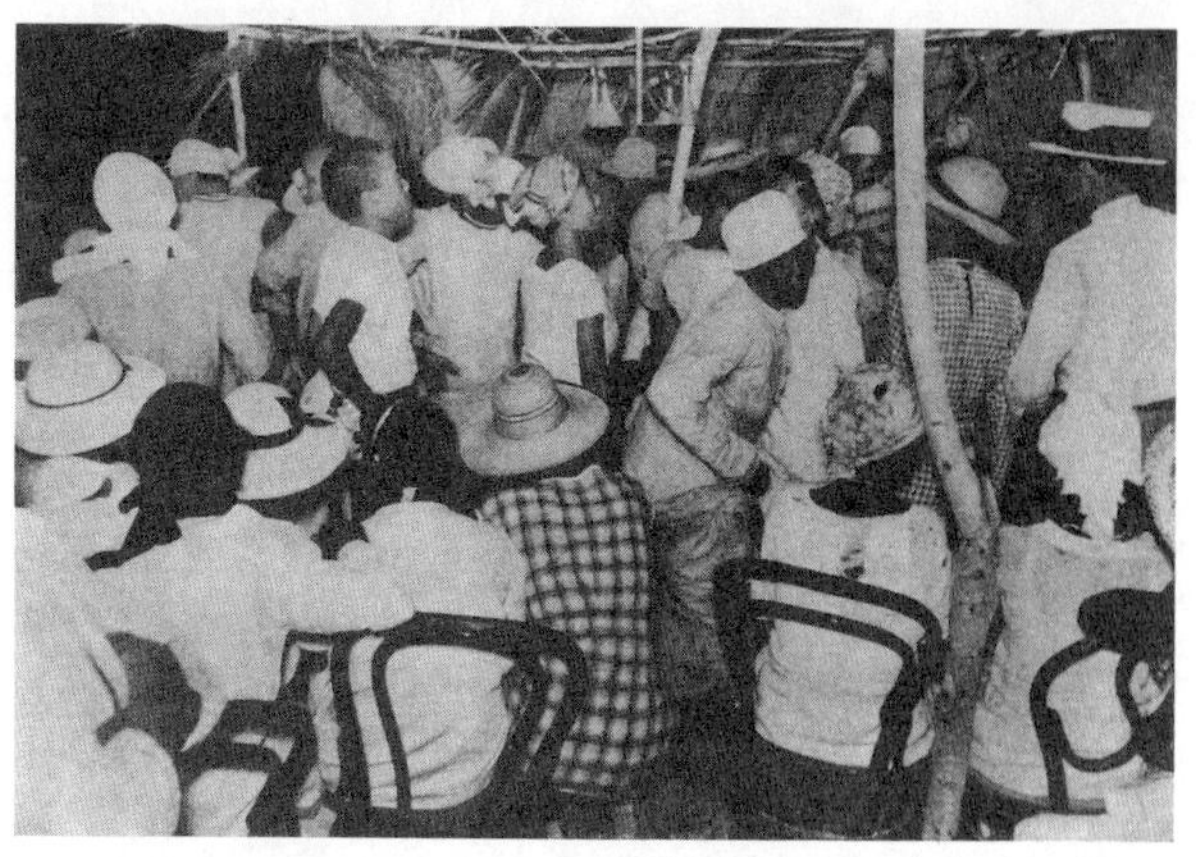

ヴードゥーの儀式――ジャン・ヴァルーのダンス　Rex Hardry, Jr.

儀式のクライマックス。剣に接吻するフーンガン　Rex Hardry, Jr.

むしり取り、それから脚をむしり取った。彼は、鶏が騒ぎ立てないように喉をつかんでいた。歌の合間に、骨の砕ける胸の悪くなるような音が聞こえた。それからデュー・ドネは、鶏の首をひねった。他の儀式では、鶏は首を切られる。死んだらしい鶏は、印の上に置かれたが、たっぷり一分ほど経ったと思われる頃、腿が折られているにもかかわらず、鶏は断末魔の苦しみで跳ね起きて、私にぶつかった。私は、心臓が縮み上がり、体が引きつった。目をそむけながら、私は、アソンががらがらと鳴らされ、次の歌が始まるのを聞いた。「ウーアンガ・テ・パパ・レグバ、レグバ・トゥートン、レグバ・アティボン――」人々は、次々と名前を並べ立て、最後に「トゥット・フーンシ・フェ・クロア〔すべてのフーンシが十字を切る〕」という文句で歌を終えた。

鳴らされるリズムに従って、神々への儀式は順々に続いた。次に礼賛される神は、エーザンで、この神は、マラッサ、ユモー、トルモーの神々とともに歩み、ドッソーと呼ばれる双子の神に続く子供である。これらは、ハイチのどこででも見かける、二つつながった小さな皿の神だ。正しい名前は、マラッサ・シニガル（黒い双子）・ダホメイという。マンボ・エティエンヌがアソンを振って歌った。

「エーザン、ヘイ！　オナペ・レッセ・クーレ
エーザン、ヘイ！　ウーアテ・コロンネ・ジ」

今や儀式は最高潮に達した。デュー・ドネは、祭壇に向かって二度おじぎをした。彼は白鳩を手に取り、四方に掲げてから殺した。これで、すべての善い天使と双子がホウンフォールに入ってくることになった。この双子のための儀式は、双子がいる家族、双子がいたことのある家族が必ず執り行なうものだ。双子には、鎮めないと害をなす特別な力があると信じられているのだ。どうやらハイチでは、あらゆる人が何らかの形で双子に関わりがあるらしく、この儀式は、広く行なわれている。食べ物はすべて白い皿に盛られ、二つに分けられている。半分はマラッサのため、もう半分は信者たちのためだ。

マンボ・マボ・エーザンは、双子のマラッサとともに歩み、パパ・ロコの妻である。パパ・ロコの正式の名前は、ロコ・アティソン・グーエ・アザンブログイデ、ロア・アテノケといい、必ずナンションⅡアーンⅡヒゾⅡヤンⅡゴーをともなっている。すべてのミステールに礼拝を捧げるグラン・フェート（大祭）の日には、ロコに捧げる儀式は、マラッサに捧げる儀式のすぐ次に行なわれる。というわけで、デュー・ドネは両手で灰色がかった雄鶏をつかんで、それを祭壇に向かって掲げると同時に、おじぎをした。それから東を向き、南を向き、西を向いた。それからラム酒とクレアランを地面に注ぎ、吟唱した。

「ロコ・アンベ！　ス・ロコ・アザンブログイディ

ロカ・アンへ！　ロコ・アティノグエ・アポイシロコ、ロコ・アティニス・ドゥ・グイディ、ロコアザンブログイディ・アティノグエ、ロコ・へ！」

デュー・ドネは、ロコを祭った祭壇の上の白い壺におじぎをした。マンボ・エティエンヌと何人かの従者に神が乗り移って、群集は、神がそんなに惜しみなく姿を現してくれたので、喜んで沸き立った。ロコが乗り移った「馬」たちは、この意気揚々とした雰囲気の中で、ロコを祭る祭壇を飾り始めた。彼らはテーブルを置き、テーブルの上にロコが宿る聖なる石と、ロコの白い壺と、数珠と、聖ヨハネの絵と、ロコの飲み物を置いた。よそから呼ばれて来ているフーンガンに神が乗り移り、「パパ・ロコ・アマール・レ・ポワン」という叫びが上がった。これは、神が要（かなめ）を押さえたという意味だ。それはつまり、神が、信者たちの求めに応じて、自らことを執り行なおうとしているということだ。たとえば、一人の男が、商売上の投機で儲けるために、デュー・ドネのところにやって来た。男は、成功を確かなものにするためには、どうしなければならないかを知るためにデュー・ドネのところにやって来た。男は、デュー・ドネに自分の「頭の主」を呼び出してくれるように頼んだ。デュー・ドネは、男のロアを呼び出した。それはパパ・ロコだった。パパ・ロコは、いくつかの品物を要求し、デュー・ドネに、どの儀式を、どのように執り行なえばいいかを示した。そして、ロアはデュー・ドネから離れ、デュー・ドネは、助けを求めている男に、神が何を要求したかを教えた。男は、デュー・ドネに、品物を買い儀式を執り行なうためのお金を渡した。もちろん、願いごとをする本人は、儀式には参列しない。だが、デュー・ドネが儀式を始めると、ロコがデュー・ドネの体に乗り移り、自分で儀式を執り行なった。つまり、ロコは「要を押さえた」。なぜロコ自身がその場に現れたか分かるかと言うと、ロコがデュー・ドネの唇を借りて、「ヴィヴァン・ヨ・パ・レンマン・ロア、ヨ・ラビ・ヴードゥー・ス・ウアンガ・ヨ・レンマン」と言ったからだ。

だが、ロコは、時々邪険な時もある。ロコは祈願を聞き入れることを拒むことがある。ロコは、その男の次の男に答えることを拒んだ。その男は、何とか答えてもらおうとしたが、デュー・ドネは、次の機会まで待てと言った。だが、健康を願った二人の女に対しては、パパ・ロコは、自分の祠である木の下で儀式を行なうようにと言った。それで私たちは、自分の椅子を持って木の下に行った。私たちは椅子を持って歌いながら木の周りを三回まわった。大きな枝々には、供え物の入った小さなかごが掛かっていた。フーンガンたちが吟唱し、私たちはそれに答えて歌った。二羽の生きた鶏が、ひざまずく二人の女の頭上や肩の上で、手から手へと回された。デュー・ドネは、トウモロコシ粉で二人の女の頭のてっぺんに十字を書いた。二人の女は立たされ、異なる方向を向かされて、木の周りで踊った。二人があまり遠くまで行ってしまうと、フーンガンが反対側を向かせた。最後に

ロアが乗り移ったフーンガン　Rex Hardry, Jr.

それぞれの女の鶏はフーンガンに手渡され、ナイフで殺された。鶏の頭が後ろにぐっと曲げられて、喉がむき出しになった。四人の女たちが歌を歌いながら木の周りを歩き、鶏を拾い上げた。抜けた羽が、ランプの光の中で、遊び好きな小さな雲か、空を行く太陽の道筋のように、ゆるく転がる円を描いた。調理された鶏が少し返されて、二人の女は、その木と、地面にあるロコの印の周りで荒々しいダンスを踊った。それから、神のために、料理が少し木のうろの中に置かれた。

ラーダのドラムの調子が変わった。私たちはオグーンの祭壇へのホウンフォールに入った。オグーンの神は多い。オグーン・バダグリ、オグーン・フェレーユ、オグーン・シャンゴあるいはオグーン・チャンゴ、オグーン・バリンジオなどだ。だが、今日の儀式は、オグーン・バダグリのためのものだった。その祭壇の前には、豊饒と多産の象徴である卵とトウモロコシ粉が供えてあった。菓子や炒ったトウモロコシやピーナツもあった。それに、もちろん、死者に供えた水があり、リキュール、コニャック、赤ワイン、ラム・クレアランと、赤い雄鶏が一羽供えられていた。私は、その雄鶏が、儀式のための沐浴の家の前に一日中片足を縛ってつながれていたのを見て知っていた。私は、その雄鶏に親しみを感じていた。と言うのも、その雄鶏がそこにつながれていた時、別の雄鶏が攻撃をしかけ、その赤い雄鶏は、片足を縛られて動きを妨げられながらも果敢に立ち向かっていたので、私は攻撃をしかけている雄鶏を追い払ってやったからだ。私は、ホウンフォールで、その

戦いの神、オグーン・フェレーユの祭壇
(古びた鉄やその他の金属が捧げられている)

赤い雄鶏の丸い茶色の目を見つめ、それから目をそらした。中央の柱の根元の地面に剣が刺してあり、その柄には、トルコ帽のように見える丸い黒いものが引っかけてあった。デュー・ドネの屋敷の者であるサブレール（太刀持ち）のジョズウィーとアンネ・ラ・クールのサブレールであるピエール・シャルルが、模擬戦をした。とても真に迫った手合わせで、盛んな喝采が湧いた。ピエール・シャルルが、ジョズウィーに打ち負かされると、一人の人物が戸口から飛び込んできた。その人物は頭のてっぺんから爪先まで、燃えるような赤ずくめだった。ローブの裾はとてもゆったりしていて、白いレースで縁取られていた。この人物は、前に駆け出して、例のトルコ帽をかぶり、剣をつかむと、猛々しくジョズウィーに挑みかかった。群集が熱狂する中、巧みな立ち回りが続いた。どちらかが、本当に相手を打ち負かしてしまうということはなかった。これは強さや勇気を証明するための試合ではなかった。戦士を助けるオグーンの力を象徴する儀式であり、堂々として血気盛んでグロテスクな見せ物だった。

赤いローブの男はオグーンだ。ある時点で、二人とも刃をおろし、オグーンは、ジョズウィーの額に儀式的な接吻をした。ドラマーたちが歌に合わせて歩き始め、デュー・ドネは、ジョズウィーから赤い雄鶏を受け取った。デュー・ドネは、雄鶏のそばで小さな火薬の山に火をつけて、雄鶏を驚かせ、雄鶏は高く跳び上がった。群集は、そのことを「フラ・プル」と呼んだ。マンボ・エティエンヌの従者たちが、ひざまずいて大地に接吻した。

神の前に立つサブレール　　Rex Hardry, Jr.

ある女のフーンシは、マダム・エティエンヌの前にひざまずいた時、やり方が正しくなかったので、お尻を蹴っとばされた。二つめの祈りが吟唱され、赤い雄鶏は舌を引き抜かれたあと、鋭いナイフで殺された。その血が少し、喉から取った羽毛の房とともに壁になすり付けられた。雄鶏の体は、祭壇の前に置かれた。ドラムのテンポが変わり、デュー・ドネはホウンフォールを離れ、中庭を横切っていき、みんな、あとに続いた。なぜなら、デュー・ドネは、その場所の祠を全部回ろうとしていたからだ。儀式のこの部分で、数人の従者に精霊が乗り移った。祠を礼拝したあと、中庭で激しいダンスがたっぷり続いた。オグーンに扮した人物がダンスの動きを支配していた。デュー・ドネは、ラーダ・ドラムの中で一番大きなフーンターを叩き、子供の欲しい女たちが、オグーンの前に平伏し、オグーンが女たちとともにセックスと出産を象徴したダンスを踊ると、女たちの顔には歓喜と、エクスタシーの表情さえも浮かんだ。オグーンは、女たちの前からだけ近づくわけではなかった。時には、女が他の誰かと向かい合って踊っている間に、後ろから近づいて、妊娠を約束する動作をした。

そのあと私たちは、最も偉大で最も純粋な神、ダンバラに礼拝した。ダンバラには、甘い飲み物と白い鶏が捧げられた。ダンバラは、家庭の平和と愛情を司る神なので、一つがいの白い鶏が捧げられるのだ。それらの鶏は、一カ月前に買って、用意しておかなければならない。つがいの白い鶏は、いけにえにされ、祭壇の前に並べられる。

ダンバラに供物を捧げるマンボ

パパ・ゲデの「馬」

最後に礼拝された神は、ブラーヴ・ゲデだった。この神は、いわば、すべての神のメッセンジャー役を務める神だ。そのあと私たちは、夜っぴて踊り続けた。私たちは、ペトロの儀式が行なわれる「約束の日」が翌日に控えていることを知っていたが、そんなことにはおかまいなしに、太陽をベッドから叩き出すまで踊った。日が昇ると、ナットと呼ばれるむしろの上には、その日の儀式が始まるまで少し眠っておこうとしている人々が、死体のようにごろごろ転がっていた。ラミシエールが私を起こして、一杯のシャンネル・ティーを手渡し、デュー・ドネが私を待っていると言った。

私は、二時間ほど、神々の性質とその由来について講義を受けた。私は、トウモロコシ粉でヴェルヴェルと呼ばれる、さまざまなロアの印を描く練習を少しした。それからデュー・ドネは、私に、パケット・ドゥ・コンゴを描くところを見せてくれた。それらは、洗礼式の時になくてはならぬ絵姿であり、日曜日に新しいドラポー（旗）と新しいサーベルが洗礼を受けることになっていた。

ペトロを祭る屋外の祭壇について述べる前に、ラーダの神とペトロの神の違いについて説明しておこう。

前に述べたように、ダンバラとその眷族は、高貴で純潔である。彼らは、人々のためになる良いことしかしないが、のんびりしていて、力も弱い。一方、ペトロの神々は、恐ろしくて邪悪だが、力は勝り、素早い。もっとも彼らは、邪悪なことも良いこともできる。

彼らは、大量の薬を与え、素早い治療をもたらす。だからペトロの神々は、何かを手に入れたいと望む非常に大勢の人々から頼りにされているが、それらの人々は同時にこの神々を恐れてもいる。ラーダの精霊は鶏や鳩しか要求せず、あなたのために何かしたからといって、将来見返りを求めることなどないが、ペトロの神々は、豚や山羊や羊や牛や犬を要求し、しかも時には、墓から死体を取っていくことがあるという。ペトロの神々に何かしてもらうためには、彼らに礼拝することを約束さえすればよい。礼拝の約束を果たす時期は、三十年も先のことにしてもいいが、その約束の期限が切れたら絶対に約束を果たさないと、ペトロの精霊が復讐を始める。彼らは、自分たちの貸しを実際に返してもらいに来るらしい。まず最初に一家の飼っている家畜が死に始め、家畜が全部死んでしまうと、子供たちが病気になって死に、それでも礼拝が行なわれないと、ついには家長が死ぬ。ペトロの神々と約束をしたら、その約束は絶対に守らなければいけない。

ペトロの神々とコンゴの神々は、時に同一視されるのだが、これらの神々に対する礼拝には、ワンガと呼ばれる呪文を使う。ペトロ・キタ・セックの神々は、人間の命を奪う力を持っている。ペトロ・キタ・セックに属する神々は数が多く、ラーダの神々と同じ名前を持っているが、二つめの名前でラーダの神々と区別される。ペトロやコンゴの神々の名前には「ジェ・ルージュ」が付く。たとえば、ダンバラ・ジェ・ルージュというように。ジェ・ルージュというのは、「赤い目」という意味だ。エルズーリー・ジェ・ルージュ、

コンゴ・サヴァンヌへの供物

オグーン・ジェ・ルージュ、ダンバラ・ラ・フランボーなどの神々がいる。コンゴ・サヴァンヌ、すなわち、平野や森のコンゴも、これらの神々の仲間に含まれる。コンゴ・サヴァンヌには、コンゴ・マザンビ、コンゴ・ザンドール、マリネット・ピエ・セシェ（乾いた足のマリネット）、エルズーリー・マピアング、バッカ・ループ・ジェロウ、プティ・ジャン・ペトロなどがいる。これらの神々は邪悪なものと見なされているが、人より運に恵まれるためには、これらの神々に供え物をしなければならない。ルイ・ロメーンが言うには、「これらの神々はみな、大病を治し、大きな仕事をしてくれる。ラーダの神々の手に負えない大病を患った時には、ペトロが治療を引き受けて治してくれる。仕事を見つけたり、商売を始めたりする時にも幸運をもたらしてくれる。彼らは、大きな助力を与えてくれたり、あなたを守る力を持つ何かを与えてくれて、あなたの身に何も起こらないようにしたり、誰かがあなたを病気にさせたりしないようにする。そして、悪鬼や悪魔が、夜の間に、あなたに手を出すことができないようにしてくれる」

というように、これらの邪悪な神々は非常に役に立つので、フーンガンは、この神々を自分の支配下に置いておかなければならない。非常に多くの家族が、ペトロに礼拝の約束をして、健康や富や出世を祈っている。

ペトロの神々は、火をよく使う。ペトロの儀式が行なわれる時には、必ずホウンフォールの近くに大きな火がたかれ、炎の中央に鉄の棒が突き立ててある。

毎年、クリスマスに、その年ペトロの神々に何かしてもらった人々は、沐浴をする定めとなっている。そして、ペトロの神々は、人々に「お守り」を与える。これらの神々は、時には、信者にマシェティで治療を行なうこともある。信者の体の一部を切り取り、切り取ったあとに何かを詰めて傷口をふさぐ。二分後には、信者は痛みを少しも感じなくなり、傷のことはすっかり忘れてしまう。誰が見ても、傷痕も分からない。

ペトロの儀式は、ダンバラの祭壇や祠のあるホウンフォールでは行なわれない。ペトロへの礼拝が行なわれている間は、ホウンフォールの扉さえも閉じておかなければならない。また、これら二種類の礼拝を同じ日のうちに行なってはならない。

ペトロの約束の儀式あるいはペトロへの礼拝は、屋外で行なわれる。

二枚の幕かカーテンの片方の端を合わせて、大きな輪のようなもので留めて、木の大枝に掛ける。二枚のカーテンを祭壇の両側面として、奥の壁を立てる。カーテンの反対側の端は、テーブルをおおってから、下に垂らす。メトレス・エルズーリー、聖ヨセフ、ロコを表す絵が、赤いリボン結びで飾られた祭壇の一番下の部分に掛けられている。テーブルの上には、白い皿が、ナイフ、フォーク、スプーンと一緒に置いてある。祈りを捧げる人の懐が許すかぎりたくさんの種類の香料が、花束とともにテーブルに置かれている。このカーテンの祭壇から少し離れたところに、トネル（あずまや）がある。このあずまやは、ヤシの葉の屋根の下は四方とも壁がなく、ペトロ・ドラムが二つ置いてある。トネルは、

司祭が吟唱し儀式を始める Rex Hardry, Jr.

祭壇から十メートル離れていなければならない。この距離は決まっている。

ペトロ・キタ・ムドングに捧げられる動物は、豚、雄雌の山羊と犬である。

午後の間、祭壇とトネルが建てられ、祭壇から遠くない場所に三つの穴が掘られるのを私たちは見た。夜までには、すべての準備が整った。フーンガンは、庭に行って、すべての準備が整っているか確かめた。準備は整っていた。火、祭壇、トネル、いけにえの動物、ペトロと約束を交わしたい家族、それにカンゾ、そしてフーンシも。これらすべてがそろっているのを見ると、フーンガンは動物を穴に連れていかせて、礼拝を始めた。

まず、聖ヨセフへの連禱があり、それから主の祈りが続いた。これらを唱え終わると、フーンガンは、形式にのっとって、いけにえの動物は儀式のために買ったものかどうか尋ねた。カンゾの一人が、それらは買われたものであり、人からもらったものではないと答える。フーンガンは、次に、動物たちに沐浴をさせたか尋ねる。沐浴させたという答えが返ってくる。フーンガンは、次に、動物たちに香料を塗ったか尋ねる。そこにいる動物は全部香料を塗ってあるという答えが返ってくる。これらの準備がなされていることが分かったところで、フーンガンは、動物に服を着せなければならないと言う。すると、一種のケープと言うか、チュニックのようなものが、それぞれの動物の背中に掛けられ、首のところと、しっぽのところで、リボンを結んで留められる。動物たちの頭は白い布でくるまれる。

司祭役のフーンガンは、ヴードゥーの祈りのあとで合図の言葉を言い、動物の行列が始まる。行列は祭壇、トネル、三つの穴、儀式のために使われている家の周りを回る。三つの穴は、十二本の白いろうそくで照らされている。この穴の前で、デュー・ドネはサーベルを抜いて、豚の睾丸を切り落とした。彼はそれをまず群集に見せるために掲げ、それから、この神聖な品を乗せるために用意された白い皿に置いた。フーンガンは、もう一度、うなっている動物のほうを向くと、サーベルをその喉に突き刺し、あふれ出る血の一部を白いスープ皿で受けた。それから彼は自ら、傷口から血を少し飲んだ。それから、約束を交わす家族が前に連れてこられて、血の入った皿の中に、お金、それも金貨を入れた。金額は五ドルより少なくてはいけない、と誰かが私に教えてくれた。

家族は、皿から血を少し飲み、血の中に指を浸して、熱い豚の血で、額とうなじに十字を書いた。彼らは、一方の端の穴にワインが入った壺を入れ、反対側の端の穴に蒸留酒が入った壺を入れた。真ん中の穴には、血と豚の睾丸が入れられた。この時、信者の一人がひざまずき、大地に三回接吻して、この家族の神々への願いごとを告げる。

豚は、必ず儀式の最初の日にいけにえにされる。次の日は、キタの日で、儀式は本質的には同じだが、雄雌の山羊がいけにえにされる。雄の山羊が、花で飾った小さなケープを着せられてトネルの下に連れてこられる。山羊は、ひどく抵抗する。私たちは、吟唱し、歌い、山羊を機嫌よく中央の柱まで連れて行こうと努力するが、山羊は尻ごみし、一歩ごとに押さなければ進んでいかない。赤い服を着たオグーンが山羊にまたがり、群集は叫び声を上げて山羊を引っ張るが、山羊は、このことに関わりたくないという気持ちを募らせていく。群集は大喜びで歌ったり、叫んだりしていたが、そうした騒ぎの中にも、壮烈な死の舞台に向かって、叩かれ、引きずられていく山羊の哀れな怯えた鳴き声が聞こえていた。

その次の日は、ペトロ・キタのために、吟唱したり踊ったりして過ごし、雄牛がいけにえにされた。ひだのついたケープを背中にくくり付けられた雄牛は、あたりを引き回され、人々はみな、その後ろを走りながら吟唱した。

「ワー、ワー、ワー、ワー、ワー・オー・ベイ
ワー、ワー、ワー、ワー、ワー・オー・ベイ
ワー、ワー、ワー、ワー、ワー・オー・ベイ
パ・トーンベ」

雄牛と一緒に行進している間に、私はハイチで聞いた中で一番美しい歌を聞いた。それは優美なメロディで、私は覚えておこうと決心した。歌詞は、書き留めるまで覚えていることができたが、本当に残念なことに、うちに帰るまで覚えておいてハリー・T・バーリーに伝えようと思っていたメロディのほうは、天使が悪魔の口から逃れるように私の記憶からこぼれ落ちてしまった。山羊と同じように、いやいや進んでいく雄牛を追いながら人々が吟じていた言葉は、こんなふうなものだった。

バー・デイ、バー・デイ、オー・マン・ジャー・イー！
バー・デイ、バー・デイ、オー・マン・ジャー・イー！
バー・デイ、バー・デイ、オー・マン・ジャー・イー！
オー・バー・デイ、オー・ウェイ、オー・マン・ジャー・イー

この儀式に通じた人々が一番楽しんでいたものは、ペトロの飲み物だったように思う。それは、傷口から受けた豚の鮮血と、白ワインと、赤ワインと、一つまみの小麦粉と、シナモンと、ナツメグを混ぜ合わせたものだ。これらすべてをボウルに入れて、よく泡立てる。参列者たちにとっては、何よりも口に合うもので、どんどん飲み干された。実際、それはとてもおいしいらしく、ほんの一口でも余計に飲もうと、みんな虎視眈々としていた。

その次の朝、私は親しい友達のルイ・ロメーンから、カンゾの儀式に立ち会うために、ポルトープランスへ来るようにという連絡をもらった。それで私は、最初に捕まえたトラックに乗ったので、アルカーエのペトロの儀式の最後は見なかった。だが、犬をいけにえにするペトロ・ムドングの儀式は見た。

その儀式は、犬がそれほどすぐに殺されないという点を除けば、他のものと同じである。司祭が、犬の片耳の一部を切り取る。それから助手が犬の歯を抜き、最後に犬は生き埋めにされる。その神は、自分の食事をそういうふうに捧げるように指示したのだ。

私は、ルイ・ロメーンと彼の妻の世話になった。彼の妻自身もマンボだった。夫妻は、私にとても親切で思いやりがあった。ルイは、多くの人々が一ページを費やして伝える以上のことを、一つの文で人に理解させる才能がある。彼が私に語ったことは、一言残らず本当だということが分かった。彼は、一度たりとも私に間違ったことを教えようとしなか

マンボのマダム・ロメーン

った。彼は、私がいろいろな場所へ行き、ものごとを見るように取り計らってくれた。彼は、私自身がカンゾになるための準備をさせた。カンゾになることは、西部地域ではイニシエーションの第二段階に当る。司祭になるための第二のステップなのだ。

その手順は、通常、次のとおりだ。

精霊が、ある人の頭の中に入る。その人は、その精霊に取り憑かれ、時には、その精霊に悩まされる。というのも、起こっては都合の悪いような時や場所で、憑依が起こるからだ。助言に従ってフーンガンのもとに行くと、どの精霊が取り憑いているかが分かり、その精霊の「馬」となっているその人は、自分の頭を支配しているロアのために食事を作るように助言される。金の都合がつき次第、彼または彼女は、「頭を洗ってもらうこと」と呼ばれている洗礼の儀式を受ける。この儀式によって位を受けようとする人は、儀式の三日前にフーンガンのもとに出向く。フーンガンは彼を迎え、この人に取り憑いている精霊のために献酒する。酒の種類は、神によって違う。神がダンバラなら甘い酒、オグーンかロコかレグバならラム酒だ。儀式を受けることになっている人は、手首のところまで袖のある長い白いシャツを着る。頭を大きな白いハンカチでくるまれて、ナットの寝床に寝かされて、七十二時間そこに寝ていなければならない。最後の日、すなわち位階を授けられる日に、その人は頭を洗われ、食べ物と飲み物を与えられる。普通、その人はロアに取り憑かれた状態で起き上がり、そのロアがフーンガンの代わりに儀式を執り行なう。すると、その人はフーンシ・ボッサルとなる。それは聖職者としての第一歩だ。すべてのフーンシがフーンガンになるという意味ではない。全然違う。ごく一部が第二段階へと進む。それがカンゾだ。

カンゾとは、「亜鉛の釣り針を燃やした」フーンシである。第二段階に到達したフーンシの体は、火で焼けなくなる。第一段階を目指した人と同じように、カンゾになりたいフーンシは、儀式を終えるべき日の七日前に、フーンガンのホウンフォールに出向く。その時、長い白の寝巻きを持参する。だが、奇数の人数の候補者が同時に位階を受けることはできない。人数は偶数でなければならず、そうでない場合は、一人が待っていなければならない。なぜなら、フーンシは二人一組で寝かされるからだ。こうしてともに眠った二人の男は、義兄弟と呼ばれる。女どうしの場合は義理の姉妹となる。彼らは、新鮮な果物やミルクといったもの以外は、何も食べ物を与えられない。マンボかフーンガンが、時々横になって指示を与え、カンゾになろうとしている人たちは、リラックスして、精霊に自分を支配させるように注意される。

七日目、位階が与えられる日が来ると、大きな焚火がたかれて、その上に水を入れた大きなやかんがかけられ、湯が沸かされる。フーンガンが、やかんの中に小さな石か硬貨を投げ入れる。フーンガンは、儀式を受けようとしている人の神々に挨拶したあと、アソンを鳴らし、聖なる言葉を厳粛に述べる。「大いなる主、神の中の神が、我らの前を通る。すべての聖者、死者、双子、アフリカの神々がなすことは、彼らの手で元に戻すことができる」信者たち、フーンシ、古参のカンゾが、ドラムとともに、新たにカンゾになる人に挨拶する。

フーンガンは、供え物の酒を少し、炎の中に注ぐ。少量の火薬を小さなやかんのそばに置く。彼は、手に持ったたいまつを近づけて、火薬を爆発させる。彼はまた、カンゾ候補者のそれぞれの手の上で、少量の火薬を爆発させる。それから、彼は自ら、驚愕する群集の前で、両手を煮えたぎるやかんの中に入れて、火傷もせずに、入れてあった石か硬貨を取り出す。

それから亜鉛の釣り針を燃やす儀式が始まる。小さな素焼きの鍋が四つ、それぞれ三本の鉄杭の上にかけられる。松の薪が置かれ、鍋の下に炎が燃え続けるようにする。二羽の小さな鶏が裂き殺されて、血に浸した肉が少し鍋の中に入れられる。ドラムが鳴らされ、それぞれの候補者に一人ずつカンゾがついて、彼らを一列に並べる。カンゾと候補者の上に大きなシーツか布が掛けられる。彼らは踊りながら、火にかけられている鍋の周りを一つずつ回る。ゆだった鶏がお湯の中から取り出され、トウモロコシ粉が入れられる。世話役の一人が、ゆだったトウモロコシ粉を鍋から取り出し、手で丸めて、素早く候補者の一人に手渡す。その人はそれをまた別の人に手渡す。彼らは、トウモロコシ粉の熱い粥で火傷をしないように、白い皿に入ったオリーブ油を手に塗るように指示される。彼らは、鍋から鍋へと進んでいく。候補者たちの左足と左手が火の中に突っ込まれるが、火傷はしない。食べ物と手を炎にさらすのは、火によって傷を受けないということを本人に分からせるためだ。この間じゅう、ドラムが激しく打ち鳴らされ、儀式に参列している群集やフーンシは、カンゾとカンゾ候補者の後ろで、輪になって踊っている。火の試練が終わると、トウモロコシ粉の団子、ナイフ、フォーク、白い皿、白いキャラコの切れはし、「ピエ・ジン」と呼ばれる鉄の棒が、全部一緒にキャラコと何枚かの葉で縛られ、大きな穴に埋められる。松の木切れと、すべての食べ物と、グラスと、ウーンジンのうちの一つ、お金が少し、ラム酒とクレアランなどが全部埋められる。フーンガンは、フーンシに穴を埋めるよう命じる。彼らは土を投げ入れ、左足で踏み固める。翌日、フーンガンは、新しい白い衣装を着ている新人カンゾに、グラン・クーリエ（ネックレス）とアソンを与える。彼らはもう診察をしてもいいし、フーンガンのすぐ下で仕えることもできる。これは、誰にとっても非常に楽しい時だ。ホウンフォールの中庭は、儀式の最後の仕上げのために新しい白い服を着た群集たちで、輝くばかりとなる。

次のステップは司祭となることだが、それは、ごく少数の人のためのものだ。一番スムーズに司祭になる方法は、親からその地位を受け継ぐことである。だが、多くは、神々から「求められて」司祭になる。ただその商売を始める人たちもいる。

ハイチで最も有名なフーンガンは、以下の人たちだ。

コート・ド・フェールのドゥー・シー・マー。コート・ド・フェールは、海から馬の背に乗って登っていく山岳地帯の中にあり、一番近い大きな街はポルトープランスだ。ドゥー・シー・マーは、上流階級のフーンガンだ。彼は悠々自適の生活を送っており、どんなに急を要する場合でも、日曜日には仕事のことで人に会わないということだ。

レオガーヌのティ・クゼーン（小さな従兄弟）。ハイチ全土で一番裕福なフーンガンだと言われている。彼は仕事にビジネスの方法論を取り入れ、確かな成功を収めている。彼は、広範囲の地域と多くの人々に君臨している。彼はフーンガンであるより、ボコール〔呪術師〕であると言う人もいる。

アルカーエのデュー・ドネ・サン・レジェール。彼は、金持ちではないが貧乏でもない。彼が面倒を見ている子供たちは、みんな学校に行かされている。

アルカーエよりやや北のディディ。

アルカーエは、ヴードゥーに関して、ハイチ全土で一番有名で、一番恐れられている場所だ。そこは、ゾンビの営みの中心地と考えられている。だが、ケンスコフや、その他多くの地名も人々の口にのぼる。

アボボ！

第十三章　ゾンビ

ゾンビのありのままの真実、他ならぬ真実とは何か？　私は知らない。だが、私は確かに、病院の庭で、かつてフェリシア・フェリックス＝メントールだった人の残骸というか、ぬけ殻のような姿を見た。

ここ、エンパイア・ステート・ビルの影の中では、死と墓地で終わりだ。それは、あまりにもはっきりした終わりだから、私たちは、それを無とか永遠を表すものとして使う。私たちの世界には、生者と死者がいる。だが、ハイチには、生者と死者がいて、それからゾンビがいるのだ。

ゾンビについては、こんなふうに言われている。ゾンビは、魂のない肉体だ。生きている死者だ。彼らは、いったん死に、そのあと再び生に呼び戻される。

ハイチに長く滞在すれば、必ず何らかの形でゾンビの話を聞かされる。この存在の恐ろしさと、その存在の意味するすべてが、大地をはう冷たい空気の流れのように、この国全体に染み渡っている。この恐怖は本当に根深い。それは、むしろ恐怖の集合体である。というのも、農夫の間では、ゾンビの仕業に対する恐怖が大っぴらに語られているからだ。

市場に座って、市場の女と一緒に一日過ごせば、どんなにしょっちゅう売り子たちが、ゾンビが見えない手で彼女のお金とか商品をくすねたと叫ぶかが分かる。あるいは、ゾンビが、彼女や家族の誰かが、ちょっとした悪事を働くように仕向けたという非難を聞く。夜やって来て悪事をなす強いゾンビが噂にのぼる。また、小さな女の子のゾンビが、彼女の主人に送り出されて、暗い夜明けに、ローストしたコーヒー豆が入った小さな袋を売る。日が昇る前に、通りの暗い場所から、「ロースト・コーヒー」と叫ぶ声が聞こえる。売り子に呼びかけて、品物を持って明るいところに出て来いと言った人だけが、彼女たちの姿を見ることができる。呼ばれると、小さな死者は、人に見える姿をとって歩き出すのだ。

上流階級のハイチ人も恐怖を抱いているが、彼らは、貧しい人々ほど率直にその恐怖を語らない。だが、彼らにとってもゾンビは身の毛のよだつような現実味を帯びている。そのことの惨たらしさを思ってみるがいい。ある程度洗練された文化に囲まれて一生を過ごし、最後の息を引き取るまで家族や友人に愛された人にとって、よみがえった自分の死体が、愛と富が死者に与えることのできる最善の場所である地下納骨堂から引きずり出されるかもしれないと考えるのは、楽しいことではない。そしてバナナ畑で休みなく働かされるのだ。獣のように働き、獣のように裸で、休息と食事のための許された数時間の間、汚い巣穴のような場所で、獣のようにうずくまっているのだ。教養と知性のある人間から、何も考えず何も知らない獣になってしまうのだ。そして、その境遇から逃れる道はない。家族も友人も、そんなことになっているとは知らないから、助けようがない。彼らは、自分たちが愛した人は、墓の中で平和に眠っていると思っている。彼らは、かつては大事に思っていた人のゾンビが捕らわれているプランテーションを何度も車で通りかかるかもしれず、ゾンビの魂のない目に彼らが映るかもしれないが、ゾンビは何も思わず、彼らが誰であるかも分からない。時々、ゾンビが見つかって、それが誰か分かると、怒った群集が集まり、その犯罪に責任があるとされた人々に暴力を振るわんばかりになるのも不思議ではない。

だが、この明らかな恐怖にもかかわらず、また、こうしたことが起こらないように死体を守るための準備がなされていることを私は知ったのだが、そうした準備にもかかわらず、数多くの上流階級のハイチ人が、私に、ゾンビの話は全部神話だと言った。彼らは、一般大衆が迷信深いことを指摘し、ゾンビの話は、ヨーロッパ人が信じている狼男と同じように根も葉もない話だと言った。

だが、私は運よく、過去にあった有名な話をいくつか知ることができ、本物のゾンビを見て、触るという稀なチャンスに恵まれた。私はゾンビの喉から途切れ途切れに出る音を聞き、それから、いまだかつて誰もしたことがないことだが、ゾンビの写真を撮った。これらのことをすべて、病院の庭の強い日光の下で体験したのでなかったら、私は興味を抱きながらも疑いを持ったまま、ハイチから帰ってきたかもしれない。だが、私は、フェリシア・フェリックス＝メントールのゾンビを見たし、この実例は、最高の権威者も本物だと保証している。だから、私は、ハイチにゾンビがいることを知っている。人々は、死から呼び戻されているのだ。

では、この死んだ人々は、なぜ墓に留まっていることを許されなかったのか？　この質問には、それぞれの場合に応じて、いくつかの答えがある。

Aは、誰かが、彼の体を荷役用の家畜として必要としたから、目覚めさせられた。普通の状態では、絶対に肉体労働者として雇われるような人ではなかったので、彼はゾンビにされた。なぜなら誰かが、彼が労働力として奉仕することを求めたからだ。Bも、労働するために呼び出されたが、彼の場合は、復讐のために獣のレベルに落とされたのだ。Cは、「バ・ムーン」の儀式の誓約を果たすためにゾンビになった。つまり、彼の体は、精霊から利益を受けた借りを返すための犠牲として与えられたのだ。

私が、犠牲者はどのように選ばれるのかと尋ねると、多くの人が、あまり年を取っていない死体なら、どれでもいいのだと答えた。ボコールが墓地を見ていて、適当な死体を取って来るのだと言う。そうではない、と言う人もいる。ボコールとその仲間は、誰をよみがえらせるか、その人が死ぬ前から分かっているのだそうだ。彼らがそのことを知ってい

ゾンビと化したフェリシア・フェリックス＝メントール

るのは、彼ら自身が「死」をもたらすからだ。

プランテーションの所有者が、ボコールのところへ、労働者を何人か「買いに」来たのかもしれないし、あるいは、敵が究極の復讐を求めたのかもしれない。彼は、ボコールに仕事をしてもらう約束をする。しかるべき儀式のあと、ボコールは、最も力強く恐ろしい姿になって馬に乗るのだが、その時、顔を馬の尾のほうに向けてまたがり、暗くなってから犠牲者の家まで乗っていく。そこで彼はドアの割れ目に唇を当て、犠牲者の魂を吸い取ってから、全速力で馬を駆って帰る。まもなく犠牲者は病に倒れる。たいてい、最初は頭痛がして、それから数時間後には死ぬ。ボコールは、家族の一員ではないから、当然、葬儀には招かれない。だが、彼は墓地にいる。彼は遠くから、こっそり一部始終を見ている。彼は墓地の中にいるが、葬儀の一同のそばには来ない。葬儀のほうに真っすぐ顔さえ向けない。だが、目の隅で何もかも見て取る。そして夜中に犠牲者を連れに戻ってくる。

ボコールが夜中に、死者の魂と一緒に墓地にいるということについては、みんなの意見が一致している。だが、魂をそれぞれラベルを張った瓶の中に入れて持っているという人もいれば、そうではない、と言う人もいる。彼らは、ボコールは素手で魂を持っているのだと言う。意見が一致しないのは、その点だけだ。ボコールの仲間が墓を暴き、ボコールは墓の中に入って、犠牲者の名前を呼ぶ。犠牲者は答えないわけにはいかない。なぜなら、ボコールが彼の魂を持っているからだ。死者は頭を上げて答え、そうした瞬間に、ボコールは、魂を一瞬死者の鼻の下にかすめさせ、死者の手首を鎖でつなぐ。それからボコールは死者の頭を叩いて、さらに目覚めさせる。それから彼は死者を導き出し、墓は何事もなかったかのように閉じられる。

犠牲者は、ボコールの仲間たちに囲まれ、ホウンフォール（ヴードゥーの寺院とその境内）を目指して行進が始まる。犠牲者は、群集の真ん中に入れられて急き立てられる。こうして犠牲者は、詮索しようとする人々の目からうまく隠され、また、彼は半覚醒状態にあるので、自分で自分の行く方向を定めることができない。だが、犠牲者はホウンフォールに真っすぐ連れていかれるわけではない。まず自分が住んでいた家の前を通らされる。これは必ずしなければならないことだ。絶対に。もし犠牲者が、自分のかつての住まいの前を通らないと、彼はあとで自分の家を見つけて、帰ってくる。だが、家の前を通り過ぎてしまえば、その家のことは永遠に彼の意識の中から消えてしまう。まるで、それが一度も存在しなかったかのように。それから彼は、ホウンフォールに連れていかれ、秘伝中の秘伝の液体を飲まされる。すると、その犠牲者はゾンビとなる。彼は自分の周囲のことや状況を意識することなく、前世の記憶も持たずに、疲れることを知らずに激しく働く。塩を与えられないかぎり、彼は二度と口をきかない。「ある例では、ある人が間違ってゾンビに塩をやってしまい、ゾンビは人間に戻って、自分をロアに与えた男の名前を紙に書くことができたのです」ジャン・ニコルズが私にそう言い、さらに、もちろん犠牲者の家族は、真っすぐボコールのところへ行って、彼らの息子をボコールに「与えた」男をボコールに「与えた」と付け加えた。

さて、この「バ・ムーン（人身御供）」の儀式は、ハイチでよく話題にのぼる。自分自身を悪魔に売り渡すという古いヨーロッパの言い伝えのハイチ版だ。ヨーロッパでは、人は、ある一定の期間の終わりに、自分で自分自身を悪魔に手渡す。ハイチでは、人は、他人を与え、他に受け入れてもらえるいけにえが見つけられない時だけ、自分自身を与える。だが、いけにえは見知らぬ人ではいけない。本物の犠牲を払わなければならないのだ。自分の家族の一員とか、最も親しい友人とかを差し出さなければならない。毎年、新たないけにえを差し出さなければならず、その支払いを避ける手立てはない。家族全員を与えてしまった男の話が、いくつもある。姪も甥も息子も娘も死んでしまったあと、妻まで差し出してしまった。そしてついに彼自身が行かなくてはならなくなる。「人身御供」によって富や権力を得た男の末路を語る真に迫った物語が、いくつもある。

ある男の妻が、夫が家族と離れたところに座って泣いているのを見つけた。妻が、どうしたのか問い質すと、夫は、自分にお呼びがかかったことを告げ、何もかもきちんと始末をつけてあるから、お前は何も心配しなくていいよ、と言った。彼が泣いていたのは、妻を非常に愛しているので、妻と離れるのが辛かったからだった。妻は夫に、病気でもないのに、死ぬ話をするなんて馬鹿げている、と言った。すると夫は妻の膝に頭を乗せて、妻にどんどんいい暮らしをさせるために、人より優位に立とうとして「礼拝」したことを話した。もう彼が差し出せる人間は妻しか残っていないが、妻をいけにえとして捧げるくらいなら、自分は喜んで死ぬ、と夫は言った。誓いを果たさなければならない日が近づいて来ると、一時間ごとに心臓が重くなる、と夫は言った。契約の日から二晩目の夜が来ると、獣たちが小さな箱の中で暴れているのが聞こえた。三晩目の夜、それは、ついこの間のことだったが、巨大な恐ろしい獣が部屋の中に入ってきた。彼が、その同じ日に犠牲者を決めてボコールのところへ行くことができたら、少なくともあと一年は過ごすことができただろう。だが彼には、妻のほかに差し出す者はなく、彼は妻なしで生きていこうとは思わなかった。彼は愛情をこめて妻に別れを告げると、自分の部屋に閉じこもって泣き続けた。二日後、彼は死んだ。

別の男は、ある夜遅く呼び出しを受けた。ボスー・トリコルンという、三本の角を持つ恐ろしい神が彼の部屋に現れて、お前は死ななければならない、と告げた。ボスー・トリコルンは、墓地の神であるバロン・シミテールからの呼び出し状を携えていた。男は、恐怖に駆られてベッドから飛び出し、恐怖の叫びを上げて、家族の目を覚まさせた。家族は、男が窓から飛び出そうとするのを止めなければならなかった。その間も、男は、成功を手にするために自分がしたことをわめき立てた。彼が犠牲として差し出した人々の名前を並べ立てた。家族は非常にうろたえて、彼を窓から引き離し、近所の人に叫び声が聞こえない部屋に男を閉じ込めようとした。それがうまくいかなかったので、家族は彼を病院の個室に入れたが、男はそこで二日間告白を続けてから死んだ。そういう話が、いくつもいくつも語り継がれている。

ある非常に勇敢な男の話もある。男はいけにえとして差し出す人が尽きてしまい、また自分が欲しかったものは全部もらったと感じたので、約束の二日前に、精霊に自分の命を差し出した。だが精霊は、男の勇気にとても感心して、受け取ることになっていた年月をそっくり男に返してくれた。

男たちは、そんな恐ろしい力で報いたり罰したりする精霊と、どうしてそんな取引をするのだろう?

男に野心があり、それを実現する方法が見つからないと、男は絶望する。無一物の男が出世したいと思うと、彼はフーンガンのもとに行って、こう言う。「俺は何も持っていませんが、金を手に入れるためなら、何でもする覚悟です」

フーンガンは答える。「捜し求めない者は、何も見つけない」

「俺は捜し求めたいから、あなたのもとに来たんです」

「よし、それなら」フーンガンは言う。「儀式を執り行なえば、ロアが、お前に話をなさるだろう」

フーンガンと男は、ホウンフォールに入る。フーンガンは小さな祭壇のそばに行き、灰

バロン・シミテールの祭壇

と火薬でシンボルを描いて（これによって、ペトロへの祈願であることが分かる）、酒を注ぎ、アソンを鳴らしながら歌い始め、それから成功を求める男に尋ねる。

「お前のために、どのロアを呼んでほしいか？」

　男は選ぶ。するとフーンガンは、求められたロアを一生懸命呼び始める。フーンガンは「ランガージュ」を使って祈るので、彼が何を言っているのかは誰にも分からない。「ランガージュ」というのは、フーンガンが特別の時に使うアフリカの呪文の言葉である。その言葉はフーンガンそれぞれに特有のもので、人から教えてもらうことはできない。ロアから司祭に与えられるものなのだ。フーンガンは多くの神を呼ぶ。すると、テーブルの下で、ずっと昔死んだフーンガンたちの魂が入っている大きな壺が、うめき声を上げ始める。壺の中の魂は、長い間水の底に沈んでいた。フーンガンが死んだ時、ロアがフーンガンの頭から取り払われなかったので、フーンガンの魂はこの世を去ることができず、水の底に沈んで、疲れて取り出してくれと言いたくなるまで、そこに留まっている。フーンガンはみんな、ホウンフォールに、こういう魂の壺をもう一つ持っている。たくさん持っているフーンガンもいる。フーンガンは呼び続け、壺のうめき声はどんどん大きくなる。ついに壺がはっきりと口をきく。「どうして私を起こすのだ？」フーンガンは、ロアに返事をするように男に合図する。そこで男は、自分の頼みを述べる。

「パパ、ロア、すべてをご存じのあなた、水の主であるあなた、私はお願いがあって、あなたを起こしました」

声　お前の欲しいものは分かっている。だが、お前のほうでも、私に仕える気があるのか？

男　はい、お望みをおっしゃってください。

声　お前の欲しいものは何でもやろう。だが、お前も私の望むことをすべてしなければならない。自分の血で自分の名前を書き、その紙を壺の中に入れろ。

　フーンガンは、吟唱を続けながら、男の指を鋭く刺すので、男は悲鳴を上げる。血が流れ、祈願する男は、ペンを血に浸して自分の名前を書き、その紙を壺に入れる。フーンガンは、ラム酒のボトルを開け、壺の中に酒を少し注ぐ。ごぼごぼと酒を飲む音が聞こえる。

声　では、お前の役に立ってやろう。今度は、お前がしなければならないことを伝えよう。お前は自分が愛している誰かを私に捧げなければならない。今日、お前は家に帰って、明日まで家にいろ。八日目に、私に捧げる者の持ち物を何か持って、ここに戻って来い。金貨も少し持ってこい。

　声は止む。フーンガンは、壺からの声が言ったことを全部繰り返した後、まもなく儀式を終えて、男を帰す。男は去り、指定された日に戻ってくる。フーンガンは再び神を呼び出す。

声　準備ができたか？

男　はい。
声　私が言ったことを全部やったか？
男　はい。
声　（フーンガンに）出ていけ。（男に）金貨をくれ。
（男は金貨を渡す）
声　これで、お前は私のものとなり、私はお前を思いどおりにできる。お前を墓に入れたいと思ったら、墓に入れることができる。
男　はい、私はあなたの思いのままだということを知っています。私は成功を収めたいので、あなたのお世話になることにします。
声　お前を成功させてやろう。テーブルの下を見ろ。小さな箱があるだろう。その箱の中には、小さな獣たちが入っている。その小さな箱を取り、ポケットにしまえ。八日ごとに、その箱の中に聖餅を五枚入れろ。聖餅をやるのを絶対に忘れるな。さあ、家に帰って、その小さな箱を大きな箱の中にしまえ。自分の息子のように扱うのだぞ。それは、お前の息子だ。毎晩、真夜中に箱を開けて、獣たちを外に出せ。四時になったら獣は帰ってきて、入れてくれと叫ぶから、ドアを開けてやり、また箱を閉めてやるのだ。獣たちに聖餅をやるたびに、そのすぐあと、お前は多額の金を手に入れるだろう。毎年、今日のこの日に、お前は、私に捧げたい人間を決めて、私のところへ来い。獣の箱も持ってこなくてはいけない。もし来ないと、その日から三日目に、箱の中の獣が巨大な獣になって、私に代わって、誓いを守れなかったお前に罰を与える。もし、お前が、供物を差し出さなければならない日に、ひどい病気になったら、お前の一番の親友に、お前の代わりに供物の箱を持っていってくれと言え。それに、お前のためにしてやったことの報酬として私に差し出す人間の名前も伝えさせなければならない。そして、その友達は、お前の代わりに、私と新たな契約を交わさなければならない。

声と男の間の取り引きがすべて終わる。フーンガンが部屋に戻ってきて、すぐに約束したことを始めるようにと念を押して、男を帰す。フーンガンは一人で、犠牲となるべき人物の魂を呼び出す儀式を行なう。誰もその儀式を見ることは許されない。ホウンフォールでの儀式が終わると、フーンガンは馬に乗って道を急ぐ。馬に後ろ向きに乗ったフーンガンは、犠牲者の家のドアの割れ目に唇を当てて、その人の魂を抜いてしまう。それから、葬儀が執り行なわれ、そのあとで、真夜中の目覚めがある。そしてホウンフォールへの行進があり、液体の一滴で、その人はゾンビとなり、生きている死者となる。

ヴードゥーの本物の司祭、フーンガンは、こうした儀式と何の関係もないと主張する人たちもいる。ボコールや悪魔の司祭——悪魔崇拝のカルト——が、こうしたことを行なうのだと。だが、誰がフーンガンで、誰がボコールかを見分けるのは必ずしも容易なことではない。同じ人が、時によって、別の役割を果たすことがよくある。通常の信者たちが知らない秘密の儀式を執り行なうフーンガンもいることは間違いない。誰が純粋にフーンガンで、誰が純粋にボコールであるかを知るためには、何年にもわたって、ハイチのフーンガンとボコールを一人一人、厳密に調査しなければならないだろう。相当な数の人々が、どちらも兼ねているに違いない。レオガーヌでよく知られているフーンガンは、その仕事で多くの富を得たが、フーンガンよりはボコールであると言われることが多い。他にも似たような人たちの名前を挙げることができる。私がハイチに着いて間もなく、私と親しくなった若い女の人が言った。「あのね、一人であちこち出かけて、ああいうフーンガンと知り合いになっちゃ駄目よ。何か良くないことに巻き込まれるかもしれないから。誰かに案内してもらわなきゃ駄目よ」私は、その時、彼女の言葉を笑い飛ばしたが、数カ月後、彼女が何を言おうとしていたのか分かり始めた。

人身御供の儀式とゾンビ作りに関わる事柄については、どこに行っても法律的に有効な証拠のある答えは得られない。さまざまな名前が取り沙汰されている。最もよく名前を挙げられるのは、トル・フォルバンの男だ。この伝説的な人物は、サン・マルク付近の山の中の穴に住んでいる。彼は、コーヒーが山積みになっている洞窟や砂糖のプランテーションに魔法をかけている。この洞窟、あるいは一つながりの洞窟群の入口は、巨大な岩でふさがれているが、トル・フォルバンの主は目の動きで持ち上げることができる。ある時、アメリカの海兵隊が、この巨岩をダイナマイトで爆破したが、翌朝には、岩はまた元どおりになっていたという話だ。トル・フォルバンの主が歩くと、大地全体が震える。主とその妻にまつわる、たくさんの話がある。妻は夫以上に偉大なボコールだという評判だ。彼女は、夫と一緒にトル・フォルバンに住んではいない。プティ・グアーヴ付近のタピオンという山の上に、自分のホウンフォールを持っているという話だ。彼女は、非常に偉大なフーンガンなので、水を司る神、アグウェタロヨが敬意を表し、彼女は地面を歩くのと同じように楽々と水の上を歩くことができる。だが、彼女は気が向けば船に乗る。ある時、彼女は、夫のヴィクサマを訪ねるためにサン・マルク付近の湾に行こうと帆船に乗った。彼女は、どこにでもいる農婦の姿をしていたので、船長は彼女に特別注意を払わなかった。やがて、船はトル・フォルバンの下の湾に着いた。すると彼女は、本来の姿に戻り、航海に大変満足したと言った。彼女は、船長がとても親切で礼儀正しくしてくれたと感じたので、夫に海に降りてきて船長と会うように、呼びに行った。彼女が何者かを悟った船長は怖くなり、彼女が山までの長い旅から戻ってくる前に出帆してしまおうと準備した。だが彼女は、すごい速さで穴まで登り、ヴィクサマと一緒に戻ってきた。すると、船長と乗組員は、ひどく怯えて船を岸から離そうとしているところだった。逆風が吹いて、彼らは船を沖に出すことができなかった。マダム・ヴィクサマは、怯えている彼らを笑って、手に持っていた二つぶのトウモロコシを甲板に投げた。すると、それらは、たちどころに金貨に変わった。船長はいっそう怖くなり、急いで金貨を海に捨てた。彼らは、夜っぴて南に航海を続け、ヴィクサマとその妻との縁をすべて断ち切ったと思い、おおいに、ほっとした。だが、翌朝、最初の光がさすと、船長は、昨日拒んだ二枚の金貨と同じ金貨が四枚あるのに気づいた。そして彼は、ヴィクサマの妻が、前夜、また船に乗って、良い航海を恵んでくれたことを知った。四枚の金貨は、それぞれ二十ドルの価値があった。

この、近寄りがたい山の中の穴に住む男の離れ業については、果てしないほど多くの話がある。だが、実際のところ、これまでに誰かが彼の姿を見たという証拠はないのだ。彼は、ハワイの火山の中に住む女神とか、ヴェスヴィアス山に住むヴァルカン〔またはウルカヌス。火と鍛冶の神〕のようなものだ。伝説と信じやすい人心を利用して、金儲けのために山の中で商売を始めた連中がいるのは事実だ。トル・フォルバンの男の名前を知る人は少なく、知っている人も、めったに口にしない。そっと囁かれるこの名前がヴィクサマだが、それ自体、見えない精霊という意味だ。蜂の巣のかかった長いひげを垂らして座っている男。魂の買い取り手の中で最も偉大だと言われているのは、この男だ。彼との仲介役を務めるのが、マルディ・プログレだと言われている。だが、私たちは、アルカーエ付近や、その他の場所で行なわれる儀式について、あまりに多くのことを聞いているので、トル・フォルバンが総本山だと信じることはできない。山の頂上よりもずっと近づきやすい場所に答えがある。そして、目に見えないヴィクサマより、もっとずっと実体のある存在がいる。

もし死体に香油や香料を詰めて防腐処理をする慣習があれば、人々の心からゾンビという存在の可能性を追い払うことができただろう。だが、そういう慣習がないので、多くの家族は、死体が目を覚まさないように予防策を講じる。

埋葬後、三十六時間、墓地に見張りを立てる家族もある。それ以上時間が経つと、死体がよみがえることはないからだ。死を確かなものにするために、死体を切り開く家族もある。多くの農夫たちは、死体の右手にナイフを持たせ、最初の一日二日の間に誰かが目を覚まさせようとしたら、ナイフで一撃を加えられるような形に腕を固定させる。だが、最も一般的な防御策は、死体に毒を盛ることだ。多くの医者たちは、心臓に毒を注入するための特別長い皮下注射器を持っている。時には心臓以外の部分にも毒を注入することがある。

ポルトープランスからの報告例は、この注射の必要性を証明するものだ。ハイチでは、誰かが両親より先に死ぬと、死者がほんの子供である時以外は、母親は死体について墓地まで行かない。普通考えられるような喪服も着ない。「グリ・ブラン（灰白）」と呼ばれる目の粗い生地の服を着る。だが、埋葬の翌日には、墓地に行って一人でお別れをする。

これから話す例の場合は、何もかもが普通と違っているように思われた。少女が突然病気になって死んだ。それに、死体が、いつまでも温かかった。そこで家族は、少女の死は自然なものではなく、彼女の死体は埋葬の後、また何かに使われることになっているのだと確信した。彼らは、死体を埋葬する前に、密かに毒を盛るよう勧められた。毒が注入され、葬儀は普通の手順で行なわれた。

翌日、マリアがイエスの墓に行ったように、母親は、慣例に従って死んだ子供に最後の別れを告げる儀式に出かけた。そしてマリアと同じように、墓石がどけられているのを見つけた。墓は暴かれ、死体は棺から出されていた。毒を注入したことが見た目にも明らかなので、死体は持ち去られなかった。だが、墓を暴いた者たちは、わざわざ墓を元どおりにしたりはしなかったのだ。

ゾンビに関して名前や日付を挙げた証言が、ハイチ全土から出ている。犠牲者の家族に迷惑がかからないように、実名を使わずに、いくつかの例を述べよう。

一八九八年、カップ・エイシェンで、ある女に、高い教育を受けているが、やや心が狭く、甘やかされて思い上がった息子がいた。ある少女のことで何かトラブルがあった。息子は責任を取ることを拒み、母親も、少女の家族が接触してきた時、何らかの償いをすることを拒んだ。二週間後、息子は、いささか突然に死んで、埋葬された。数週間後の日曜日、母親は、教会に行ったあと、街をぶらついた。悲しみに沈んで、何の目当てもなく歩いているうちに、ボール・メール（海岸）に出ていた。何人かの労働者が、牛の引く荷車にコーヒーの袋を積み込んでいるのが目に入り、班長に急き立てられてどんどん仕事のスピードを上げながら働いている無口な労働者たちの中に、息子を見つけて驚いた。息子は彼女を見ても、誰だか分かった様子はなかった。彼女は息子に駆け寄って、彼の名前を叫んだ。彼は彼女を見たが、誰と分かった様子もなく、声も立てなかった。班長は、彼女を青年から引き離し、押しのけた。彼女は助けを求めに行ったが、時間がかかってしまい、戻った時には息子を見つけることができなかった。班長は、そのあたりに、そういう人相の青年がいたことはないと言った。彼女は、死ぬまで海岸通りとコーヒー倉庫のあたりに通い続けたが、二度と息子に会うことはできなかった。

白人のプロテスタントの伝道師が私に話してくれたのだが、彼の宗派に改宗した一人の青年がいた。その青年は、非常に知的で、優れた音楽家でもあった。青年はダンスに出かけ、床に倒れて死んだ。伝道師は葬儀を行ない、青年が墓に収められ、墓が埋められるのを見た。数週間後、別のプロテスタント宗派の別の白人伝道師が、彼のところに来て言った。「刑務所を訪ねる機会があったんだが、そこで誰に会ったと思うかね？　C・Rだよ」

「でも、そんなはずはない。C・Rは死んだよ。埋葬されるのをこの目で見た」

「じゃあ、刑務所へ行って自分で確かめてみるといい。彼は、そこにいるよ。私が彼を見たことを誰も知らないからね。面会に行った囚人と話をしたあと、独房の並んでいるところを通ったら、その中の一つに、彼が野獣のようにうずくまっているのが見えたんだ。急いで君に知らせに来たんだよ」

C・Rの牧師だった伝道師は、急いで刑務所に行き、理由を作って独房棟を訪ねた。彼はそこで、聞かされたとおり、彼の信者だった男を見つけた。これはポルトープランスであったことだ。

それから、Ｐの例がある。彼も若い男だった。Ｐは死んで埋葬された。葬儀の日が過ぎ、母親があまりショックを受けているので、数人の友人が、彼女と娘とともに、その家で夜を過ごした。死んだ青年の妹は、他の人たちにもまして眠れなかったようだ。その夜遅く、彼女は、押し殺した吟唱と、ざわざわした物音が、通りから家のほうに近づいてくるのを聞いて、窓から外を見た。その瞬間、兄が叫ぶ声が聞こえた。「ママ！　ママ！　俺を助けて！」妹は悲鳴を上げて、家じゅうの人々を起こした。他の人たちも窓から外を見て、行列を見、青年の叫び声を聞いた。だが、墓を暴く者たちが恐ろしくて、誰一人、母親と妹さえも、出ていって助けようとはしなかった。行列は見えなくなった。朝になると、妹は発狂していた。

だが、ハイチ全土で最も有名なゾンビの例は、マリー・Ｍの例だ。一九〇九年十月のこと、名家の若く美しい娘マリー・Ｍが死んで埋葬された。何も変わったことはなく、人々は青春の花盛りに死んだ美しい娘のことを忘れていった。五年が過ぎた。

ある日、マリーが通っていたのと同じ学校の少女たちが、学校で指導しているシスターたちの一人と一緒に散歩に出かけた。ある家の前を通った時、一人の少女が悲鳴を上げ、マリー・Ｍを見たと言った。シスターは見間違いだと言い聞かせようとした。だが、他の少女たちもマリーを見たと言った。このニュースは、野火のようにポルトープランス中に広がった。人々は、その家を取り囲んだが、家の持ち主は、ちゃんとした法的手続きを取らなければ誰も家の中には入れないと言った。死んだはずの娘の父親は、令状を取って家の中を調べるべきだと勧められた。父親は、最初これを拒んだ。だが、ついに世論の圧力で、そうせざるを得なくなった。その頃にはもう、家の持ち主は密かに立ち去っていた。家の中には誰もおらず、何もなかった。父親は、すぐに行動を起こさなかったために、事件に共謀していたという非難を浴びた。マリーの叔父を非難する人もいたし、名付け親を非難する人もいた。三人とも事件に関わっているという人もいた。人々は、彼女の墓を開いて捜査すべきだと騒ぎ立てた。ついに墓が調べられた。棺の中に骸骨があったが、その骸骨は棺に対して長すぎた。それに、その遺骸は、少女が埋められた時に着ていた服も着ていなかった。その服は、奇怪なことに棺には大きくなり過ぎた骸骨の横に、きちんと畳んで置いてあった。

マリーが、目撃されたその家にいたのは、彼女を支配していたフーンガンが死んだからだったと言われている。フーンガンの妻は、夫が集めていたゾンビたちを全部厄介払いしたいと思った。彼女は、ある聖職者のところへ相談に行き、聖職者は彼女に、その人々を解放しなければいけないと言った。できるだけの償いをしなければいけない、と。そこでフーンガンの未亡人は、マリー・Mを他のゾンビたちと一緒に、この聖職者に引き渡し、彼らが次にどういう手段を講じようかと考えていた時に、マリーは学校の友達に見られたのだ。後に、彼女は尼僧衣を着せられて密かにフランスに連れていかれ、ある修道院にいるところを兄に見つけられた。これはハイチで最も悪名高い事例で、人々は、ゾンビの話になると、いまだに必ずこの事件に触れる。

一九三六年十一月八日の会話の中で、衛生局長のリュルクス・レオンが私に、ゾンビが路上で発見されて、今、ゴナイヴの病院にいると言った。私は、彼に、その件について調査する許可をもらった。彼は、病院の職員宛の手紙を私に持たせてくれた。次の日曜日、私はゴナイヴに行き、そこで一日過ごした。病院の院長はとても親切で、手伝えることは何でも手伝ってくれた。私たちは、病院の庭で、そのゾンビを見つけた。病院の職員たちが彼女の前に夕食を置いたところだったが、彼女は食べずにいた。彼女は、防御するような態勢で、フェンスの前をうろうろした。私たちが近づいていくのを感じた瞬間、彼女は灌木の枝を折り取り、それを使って地面を掃いたり、フェンスや彼女の食事が乗っているテーブルの上の塵を払ったりし始めた。彼女は頭にかぶった布をもっとしっかりかき寄せ、虐待や暴力を受けることを予期して怯えているらしい兆候を示すばかりだった。二人の医師が親切な声音で話しかけて、彼女を安心させようとした。彼女は何も聞こえていないようだった。ただひたすら隠れようとするばかりだった。医者が一瞬彼女の頭から布を取ったが、彼女はすぐさま布を両方の腕と手で押さえ、怖くてしかたがないものを遮断しようとした。

レオン博士から写真を撮る許可を得ていることを話すと、医者は私が写真を撮るのを手伝ってくれた。最初、私は、一人で放っておかれると彼女が必ず取る姿勢の写真を撮った。それは、頭と顔を布でおおって、壁にしがみついている姿である。それから別の姿勢の写真も撮った。最後に医者が無理やり布を取って、彼女を押さえ、私が彼女の顔の写真を撮れるようにした。それは恐ろしい眺めだった。表情のない顔に死んだ目。目の周りじゅうが、酸で焼かれたように白くなっている。それは、写真でも分かるほど、はっきりしていた。彼女に言ってやれることは何もなく、彼女を見る以外には彼女から得られるものも何もなかった。そして、その生きる屍の姿は、とても長く見ていられるものではなかった。

私たちは、病院の中の、もう少し明るい雰囲気の場所に行って、座って話をした。私たちは、どうしてゾンビができるのかについて、長い間、推論を述べ合った。結論としては、死者を目覚めさせるということではなく、何人かの人々に知られている薬を使って、死んだように見える状態を作り出すのだということになった。おそらくアフリカからもたらされ、代々伝えられた秘伝なのだろう。その人々は、その薬の効果と解毒剤を知っている。その薬が、脳の中の言語と意志の力を支配する部分を破壊することは明らかだ。犠牲者は動くことも何かすることもできるが、ものを考えることはできない。二人の医者は、是非その秘伝を知りたいものだと言ったが、それは不可能だということも悟っていた。それらの秘密の組織は、本当に秘密なのだ。そこに属する者たちは、その秘密を誰かに話す前に死んでしまうだろう。彼らは、いくつかの例を挙げた。私は、やってみたいと言った。レグロ医師が、あなたは、おそらく何か恐ろしいことに巻き込まれることになって、生きては帰れず、調査に乗り出した日を呪うことになるだろうと言った。それから、私たちは、目下調査中の事例に立ち戻り、レグロ医師とベルフォン医師が、私に彼女の話をしてくれた。

彼女の名前はフェリシア・フェリックス＝メントールという。彼女はエネリーの生まれで、夫とともに小さな食料品店を営んでいた。息子が一人いた。一九〇七年、彼女は突然病気になり、死んで埋葬された。それについては証明書もある。歳月が過ぎた。夫は再婚し、羽振りがよくなった。幼い息子は一人前になった。人々は、とうの昔に死んだ妻であり母であった女のことを忘れてしまった。

一九三六年十月、ある人が、路上で裸の女を見つけて、ハイチ警察に通報した。それから、その同じ女がある農場に現れて言った。「ここは私の父の農場よ。私は昔、ここに住んでいたのよ」小作人たちは、彼女を追い払おうとした。ついに、農場の主人が呼ばれた。主人がやって来て、その女を見ると、それは二十九年前に死んで埋葬された自分の姉だと分かった。彼女は非常に衰弱していたので、警察が呼ばれ、彼女は病院に送られた。身元の確認のために夫が呼ばれたが、彼は来ることを拒否した。彼は今や下級官吏になっていたので、この件に非常に困惑し、関わり合いになりたがらなかった。だが、その頃、ヴァンサン大統領とレオン博士が、その近所にいたので、夫は来ないわけにはいかなくなった。夫はしぶしぶやって来て、この女が自分の前の妻であることを確認した。

どうして、二十九年前に死んだはずのこの女が、裸で路上をさまよっていたのだろうか？　誰が真相を知っているのか、誰にも分からないだろう。どこかのボコールだけが秘密を知っている。そのボコールも死んでしまったか、まだ生きているか、分からない。時々伝道師が、こういうボコールを改宗させることがあり、すると、そのボコールは、所有物をすべて教会に譲り渡し、虜にしているゾンビがいれば、彼らを解放する。もちろん、公に解放されるわけではない。そんなことをしたら、大衆の復讐が、彼に降りかかってくるだろう。何も語ることのできないゾンビたち——ほとんどの場合、言語能力は永遠に失われる——が、さまよっているところを見つけられる。時には、ボコールが死に、未亡人が、さまざまな理由から、ゾンビの面倒を見ることを拒む。その場合も、彼らは解放される。どちらにしても、よくあることではない。

だが、ゾンビたちは、野良仕事以外のさまざまな用途のために求められる。彼らは、こそ泥に使われるという話だ。市場の女たちは、しょっちゅう、小さなゾンビたちが小銭や商品を盗んでいったと叫ぶ。ゾンビたちの見えない手は、ゾンビの所有者たちにおおいに利益をもたらすと信じられている。だが、私は、ゾンビがもっと別な仕事をするという話も聞いた。それは次のような話だ。

ポルトープランスのある中年婦人には、五人の娘と、同居している姪があった。突然、彼女は、次から次へと娘たちを嫁に出し始めた。器量のいい娘たちではあったが、もっと器量がよくても、両親に望ましい夫を見つけてもらえない娘がたくさんいた。人々は、この奇跡を不思議に思った。一体どうやったのかと直接尋ねられると、その婦人は、いつもこう答えた。「娘というものは傷みやすい商品ですから、早く売ってしまいませんとね」それでは何の答えにもならなかったし、人々は、相変わらず怪しみ続けた。

そして、ある朝、娘たちを次々と嫁に出している婦人をよく知っているある女が、無精な人々のためのミサに出席した。このミサは、午前四時に行なわれ、無精な人々のためのミサと呼ばれているのは、出席するために身なりを整えなくてもいいからだ。いずれにしろ、このミサは、主に召使たちのためのものなのだ。だから、ミサには行きたいが、面倒な準備はしたくない人は、起きてミサに行き、うちに帰ってまた寝る。

時計が止まっていたので、この女は時間の見当をつけて、実際は二時に起きたのだが、もう三時だと思い、ミサのために急いで聖アンヌ教会に出かけた。ミサが始まる頃だと思って急いで高い階段を上がったが、入口のホール以外には、誰もいなかった。ホールには、初めての聖餐式のためのドレスを着た小さな女の子が二人いて、床にひざまずいて、手に持ったろうそくに火をつけていた。何もかもが、とても場違いで妙な感じだったので、女はしばらく、ただじっと見つめていた。それから彼女は気を取り直して尋ねた。「あなたたちみたいな小さな女の子が、こんな時間に、ここで何をしているの？　それに、どうして初めて聖餐式に出るためのドレスを着ているの？」

答えはなかったので、彼女はもう一度尋ねた。「だいたい、あなたたち、誰？　うちに帰らなくちゃ駄目よ。ここで、こんなことをしてちゃいけないわ」

すると、白いドレスを着た小さな女の子の一人が、どんよりした眼を彼女に向けて言った。「私たちはマダム・M・Pのご命令で、ここにいるんです。お嬢さんがみんな結婚なさるまで、ここを離れてはいけないことになっているんです」

これを聞いた女は、悲鳴を上げて逃げ出した。

その年のうちに、その家の娘たちはみんな結婚した。だが、すでに四人が離婚している。なぜなら、「人身御供」で手に入れたものは、決して永遠に留まることはないと言われているからだ。

アボボ！

第十四章　セクト・ルージュ

ハイチに長く滞在して、地元の人々に本当に溶け込めば、秘密結社について耳にする時が来る。もちろん、誰もわざわざ、こうした恐ろしい集会について講義をしてくれるわけではない。大っぴらな方法で知るわけではないのだ。最初は何の関連もないと思われる事柄を、ここで少し、あそこで少し見聞きする。長い時間をかけて、さまざまな出来事を経て、ようやくすべてが結びつき、意味を持ってくる。それを自分のものにするために、私は逆の道をたどった。私は原因から結果へと進んだのではない。私は、結果を見て好奇心を抱き、原因を捜しに行ったのだ。

たとえば、私は何度も、理性では抑えられない恐怖に出会った。繰り返し起こる出来事が、危険性、と言うか、危険だと思われる事柄とはまったく釣り合いの取れない恐怖の存在を私に気づかせた。私が見聞きした事柄は、外見以上のものであるはずだと気づくまでは、異常なことのように思えた。これらの出来事が最初に起こったのは、私がハイチに行ってから一カ月も経たない頃だった。

私はポルトープランスの郊外に小さな家を借りた。マダム・ジュール・フェーンが私のために見つけてくれた優秀なメイドが付いてくれた。ある夜、遠くでドラムの轟きが聞こえた。それは、村の背景幕のようにそそり立っている山の中から聞こえてきた。私はすぐにその音に気づいた。それがドラムの音だったからばかりではない。ハイチでは、ドラムの音を聞かずに過ごすことはできない。「ル・マタン」の出版者であるムッシュー・クレイマーン・マグリオールと他の友人たちが、土曜日の夜のボンボッシェに連れていってくれて、ラーダ・ドラムを聞かせてくれた。だが、この夜私が聞いたドラムには、ラーダ・ドラムの深みのある音楽性はなかった。鋭く高いサウンドで、反復性が高かった。私は、この新たな、ダンスか何か知らないが、それを見に行くことにした。

私は着替えを始め、メイドのルシールを起こした。そして彼女に、自分がしようと思っていることを話し、彼女も服を着るようにと言った。彼女は起きて、すぐに服を着たが、行くのを拒んだ。彼女はドアから出ることを拒んだ。それればかりではなかった。ルシールは、戸口に立ちはだかって、私をドアから出そうとしなかった。「絶対行ってはいけません、マドモアゼル。ドラムを捜してはいけません。どっちみち近くじゃありません。遠くなんです。でも、とても悪いものなんです」

どうしても彼女を一緒に行かせることができなかったので、私は家にいるしかなかった。

この出来事は、考えれば考えるほど奇妙なことに思えた。ルシールは人を満足させることが大好きだったから、私がしてほしいということをしたがらないのは、彼女らしくなかった。私は彼女のことが大好きになっていて、彼女を頼りにしていた。後に、私は彼女をこの世の数少ない友達の名簿に加え、すっかり信頼するようになった。ルシールは、すばらしい心根を持っており、進んで人を助け、さまざまな状況で人に同情し、とても誠実だ。アメリカ合衆国の国庫でさえ、彼女に預けておけば、まったく安全だろう。その上、彼女は非常に親切だ。数日間、そのドラムの出来事を考えたあげく、私はルシールに、彼女が言ったことはどういう意味だったのか尋ねた。どうして私は楽師のところに行ってはいけなかったのか？　私が地元の人々の集まりに出かけていることを彼女は知っていた。どうして、これは駄目なのか？　彼女は、何となく当たり障りのない返事をした。それ以来、何度も尋ねてみたのだが、今日に至るまで、彼女は、「見ると危険なものもあるんです、マドモアゼル。あなたが調べたらいいものは、たくさんあります。ドラムが聞こえるたびに走っていくのは、おやめくださるとありがたいです」という以上に、はっきりしたことを言ったことがない。これが最初の出来事だった。

二つ目の出来事は、そのあと間もなく起きたのだが、もっとはっきりしたものだった。二カ月後、私は借りていた家の大家にたかられるのにうんざりして、パコに引っ越した。そこでは、ジョセフが雑役夫として名乗り出た。私が彼を雇うことに決めた二日後、彼は、妻と幼い子供を自分の部屋に迎え入れた。その部屋は一種の地下室のような部屋だった。一、二週間は、何もかも順調だった。ある夜、私がいつものようにベッドに座って書き物をしていると、何かが燃えている臭いがした。ひどい臭いだった。ゴムと一緒に、同じように嫌な臭いのものがいくつか、くすぶっているようだった。ベッドの上で我慢できるだけ我慢してから、ベッドから出てルシールを呼んだ。彼女は隣の部屋で眠っていた。私たちは臭いの元を捜し始めた。ジョセフの部屋の真上にある客間に入ると、臭いは耐え難いほどになった。それで私は、この臭いを出しているのはジョセフだという結論を下した。

私はジョセフを呼んで、一体何をしているのか教えろと命じた。ジョセフは、悪いものを追い出すために、あるものを燃やしているのだと言った。悪いものとは何か、私は知りたかった。私は、このことにとても腹を立てていた。彼は、どうか怒らないでください、と言った。人食いコショーン・グリ（灰色の豚）が、彼の赤ん坊を狙っているので、「それを追い払うために、ちょっとした儀式をしていた」のだと言う。私は彼に、上がってきて説明してくれと言った。だが彼は拒んだ。太陽の光がさすまで、部屋のドアを開けるつもりはないと言う。その家の構造上、彼は庭に出て、家の周りを回って、高い階段を昇らないと家に入って来られなかった。彼は、そうすることを拒んだ。彼は、どうか怒らないでくれと私に頼んだが、日が昇るまで部屋から出ていくことはできないと言った。

翌朝、朝食に降りていって庭を見下ろした時、ジョセフの妻が庭に座って陽光を浴びながら静かに赤ん坊に乳をやっているのを見ると、ゆうべのジョセフの説明があまりにも馬鹿馬鹿しいものに思え、私はひどく腹が立って、ジョセフを手厳しく叱ってやろうと心に誓った。ジョセフは私がテーブルについているのを見るや否や、自分のほうからやって来た。彼は、白いローブとフードを身につけた人影、いや、そのうちの何人かは赤いガウンとフードを着ていたが、それらの人影がゆうべ生け垣の中に潜んでいるのを見たのだと言う。彼は、コショーン・グリが、自分の家にとても幼い赤ん坊がいることを知って、赤ん坊を取って食べようとしているのだと思ったのだと言う。

「いいえ、ジョセフ」私は反論した。「あなたは、根も葉もない嘘を言って、私の邪魔をした言い訳をしようとしているのよ。第一、私は灰色の豚なんか見たこともないし、そんなものがいるなんて信じない。第二に、豚は、どんな種類のローブも着ないし、赤ん坊を食べようともしないわ。あり得ないことよ」

「でも、そうなんですよ、マドモワゼル。奴らは、夜になると出てくる、とても悪いものなんです。ゆうべ、あれを見て、とても恐ろしくなったんです。赤ん坊をあなたと一緒に家の中に置いてください。そしたら、誰もあの子をさらえません」

「駄目よ、ジョセフ。あなたの赤ちゃんは、小さすぎるわ。しょっちゅう泣くから、私の邪魔になるわ。私は本を書いているんだから、静かでないと困るの」

「でも、あの子は、とっても小さいんですよ、マドモアゼル。そんなに泣けません。どうか、夜、家の中で寝かせてやってください、マドモアゼル。家の中に赤ん坊を入れるのが嫌でしたら、どうか七グールド下さい。そしたら、私は女房と赤ん坊を船に乗せて、プティ・グアーヴへ連れていきます。うちの家族が女房と赤ん坊の面倒を見てくれるでしょう。私は戻ってきて、あなたのために一生懸命働きます。だって、赤ん坊が死ぬのを心配しなくてよくなりますから。奴らは、まず赤ん坊を死なせて、それから墓から盗んでいくんです」

この話し合いは、ここで終わった。というのも、その時、上流階級のハイチ人が朝の訪問にやって来たからだ。ハイチの農夫は、自分より上の階級のハイチ人の前では非常に恐れ入った態度を取る。ジョセフも、素早く口を閉ざして、裏庭の掃除に戻った。紳士と私は、ポルトープランスと海を見晴らす眺めの素晴らしい正面のポーチに行って腰を下ろした。私は笑いながら、ジョセフの空想じみた説明を彼に話した。彼は少し笑ってから、喉が渇いたと言った。彼は私に水を取りに行かせず、ルシールを呼んで持ってこさせることもしなかった。彼は、台所へ行ってルシールに水をもらってくると言って聞かなかった。彼が家の奥に行ったあと、私はキッチンに行って彼にラム酒をすすめようと思った。客間の奥まで行った時、彼がルシールに水をもらいに行ったのではなかったことが分かった。彼は裏のポーチで、庭にいるジョセフに話しかけていた。彼はクレオール語で、ジョセフのことをさんざんに馬鹿な悪党呼ばわりしていた。長広舌の締めくくりに、彼は、こう言った。ジョセフは、愚かにも外国人にそんな話をした。彼女は国に帰ってハイチのことを悪く言うかもしれない。だから、ハイチ警察がジョセフをココ・マカクでたっぷりぶつようにしてやる。私に聞かれたと知ったら、友達が恥ずかしい思いをすることが分かっていたので、私はできるだけ静かに正面のポーチに戻って、彼が戻ってくるのを待ち、それからラム酒を飲まないか聞くことにした。

彼は、私が座っているところに戻ってきてから、ラム酒のすすめに応じ、それから、上級階級のハイチ人が持つ、あふれんばかりの魅力を振りまきながら、ハイチの農夫たちは詩的な人々なのだと説明した。彼らは比喩が好きなのだ。彼らは、その話し方に慣れていない人たちには誤解されやすい、さまざまな比喩を使う。たとえば、農夫たちが「人を食べる」というのは、本当は殺すという意味なのだ。ハイチ人が、「お前のことを塩もかけずに食ってやるぞ」と言って脅すのを聞いたことがないか？　もちろん、それは、アメリカ合衆国で、白人も黒人もよく使う誇張した脅し文句と同じものだ。「お前を食ってやる！　お前を生きたまま食ってやる！　お前を嚙み砕いてやる！」

私は、その表現を市場で何度か聞いたことがあると認めた。そして、アメリカの黒人も、しょっちゅう比喩を使うと付け加えた。ああ、それならよかった、と彼は答えた。それなら分かってくれるでしょう。農民たちの言葉を文字どおりに受け取らないでください。彼は一度も直接ジョセフのことに触れなかったし、私も触れなかった。彼はラム酒をすすり、私はココナツ・ウォーターを飲み、目の前に広がる壮大なパノラマを眺め、楽しい朝を過ごした。だが、私は好奇心でむずむずし、ジョセフを呼んで質問したかった。だが、そうしなかった。もう正直に答えてくれないことが分かっていたからだ。彼はグロ・ネグレに脅されて目に見えて萎縮していた。ジョセフが説明しかけたことが何だったのか知るためなら、私は、たいていのものは与えてしまっただろう。

その少しあと、私は非常に聡明な若いハイチ人の女性に、ヴードゥーの儀式を調べるために、もうすぐ山岳部に行くつもりだと話した。私たちは、とても親しくなっていた。お互いに自分の国のことについて、相手に何一つ嘘をつかないところまで行っていた。私は、ギャングの存在や、政治組織の腐敗や、人種偏見やリンチについて率直に認めた。彼女も、政治の不正、階級格差、公立学校や交通手段の不足について、同じように率直に無念な思いを述べた。私たちは、どちらも、ヴードゥーについて弁解をしなかった。二人とも、ヴードゥーが存在することを認めていたが、二人とも、ヴードゥーは他の宗教同様、堕落してもいないし、頑迷でもないと考えていた。

だから私は、ヴードゥーについてできるだけ知るために、アルカーエに行ってボコールの屋敷に住むつもりだと彼女に言った時、彼女が大多数のハイチのエリートたちのような態度を取るとは思っていなかった。彼らは、ハイチのヴードゥーについて何か言われると必ず神経質になる。ある意味では、それは当然のことだ。なぜなら、ハイチのヴードゥーについて書いた人々は、メルヴィル・ハースコヴィッツ博士という唯一の例外は別として、ヴードゥーについて何一つ知りはしないからだ。私が出かける話をすると、彼女はしばらく押し黙って座っていた。それから、調査に行く先の男をよく知っているのかと私に尋ねた。私は、いいえ、あんまりよくは知らないけれど、いろいろな情報源から、とても力があるという話を聞いているわ、と言った。彼女は、そんなことを言うのはとても嫌そうだったが、何も知らない相手に自分の身を預けるものではない、と言った。それに、助言もなしに誰が信用できるか知ることは不可能だ。光るものが全部金ではない。司祭といっても、いろいろいる。中には二種類の仕事をする人たちもいる。知ってよいこともあれば、よくないこともある。友達に助言をもらってからでなければ、どんな相手とも接触してはいけないし、どこにも出かけてはいけない。彼女は、真面目に一つ一つ私に注意を与えたが、私が何を恐れるべきなのかについては、あいまいなことしか言わなかった。だが、彼女は、自分が私の友達だということをはっきり示してくれた。というのも、彼女は私を優れたマンボ（女司祭）に紹介してくれ、そのマンボは私に対して終始誠実な態度を取ったからだ。

ゴナイヴで、私が病院にいたゾンビを訪問して写真を撮った日、非常に優秀な医師が、私に同じことを言った。私たちはコーヒーを飲みながら、この死に似た状態を作り出すのに薬品が使われている可能性について論じ合った。彼は、この問題について、そういう推論を下していた。彼は、その秘密を知るためなら、たいていのことはすると言った。彼は、アフリカからもたらされた原始的な儀式の中に、多くの科学的な真実が隠されていると信じていた。だが、植物や処方に関する知識は秘伝なのだ。それらは普通、ある一族の中でのみ伝えられ、どんなことをしても、その秘伝の守り手たちに秘密を漏らさせることはできないだろう。彼は病院での地位のおかげで、原始的な化学の驚くべき事柄のいくつかに出会ったが、これらの秘密を守る人々の口を割らせることは、どうしてもできなかった。ある男は刑務所に入れられ、話さないと長い懲役刑を科すと脅された。その囚人は、刑務所の当局者たちが彼を解放せざるを得なくなるように、生きている人間が耐えられるはずのないほどの熱を出した。だが当局者は、彼を解放することを拒否した。すると、男は、他の囚人に、服の中に隠しておいた粉にした葉を入れた小さな袋を取りに行かせた。彼は医者や憲兵には、それを取りに行かせなかった。それを手に入れると、男は、それを一つまみ水に混ぜ、数分間置いておいてから、その混合液を飲んだ。三時間経つと、男の体温はすっかり平熱に戻っていた。まもなく当局者たちは、一言の情報も聞き出すことができないまま、男を解放した。彼は、当局者たちが尋ねていることは、ギニアからもたらされた一族の秘密だと答えただけだった。それを漏らすことはできません。それでおしまいだった。彼は来た時と同じ状態で、刑務所からも病院からも去った。

　これを聞いて、私はゾンビの秘密をつかもうと決心した。その医者は、もしあなたがその秘密を知ることができたら、ハイチのみならず、医学全般に大きな貢献をすることになるでしょう、と言った。だが、それを知るための代償は大きいかもしれない。私は、その計画に情熱を抱いているし、どんなに困難でも進んでやってみるつもりだと言った。医者は長い間ためらった末に言った。「もしかしたら、あなたが進んで払うつもりがある以上の代償を払うことになるかもしれない。もしかしたら、あなたが耐えられる以上のものが要求されるかもしれない。もしかすると無理やり——。あなたは人間が殺されるのを見るのを耐えられますか？　もしかしたら、そんなことは何も起こらないかもしれない。でも、外部の人間は誰一人、何を要求されるか知らないんです。もしかしたら、人間的な気持ちや上品さがあると、あまり奥まで入り込めないのかもしれない。ハイチのインテリの多くが好奇心を抱いていますが、そんなものに手を出すと、永遠に消えることになるかもしれないことを知っています。でも、危険な目に合うかもしれない可能性を別にしても、彼らには、ためらう気持ちがあるんです」

　こういうことが起こり続けた。たとえば、アリュースとルシールが、ハイチの使用人たちの尽きせぬ喧嘩の種のように思える仕事の管轄について口論になった時、アリュースがルシールに俺を侮辱する時は気をつけたほうがいいぞと言った。言い過ぎる前に、誰を相手にしているか承知しておけ。これを聞くと、ルシールは、まるで彼が彼女の心臓を銃で狙ったかのように怯えた。彼女は私のところに来て、辞めたいと言った。私は彼女を説得して思い留まらせ、アリュースに少し小言を言った。だが、次の日、黒い頭を赤いハンカチでおおった老人が庭に入ってくると、ルシールはその場を逃げ出し、最寄りの警察署に保護を求めた。それから私は、ゴナーヴ島で、モルンとアンサアガレの間のある村の結社で行なわれた事柄を耳にした。ハイチ警察が、それをやめさせようとしているのだという話だった。それから、風や潮と闘いながらアンサアガレとポルトープランス間の十八マイルを行き来する小さな帆船の上で、もっと訳の分からない話を聞いた。はっきりした名前を言わず、手短なほのめかしだけで何かが語られた。すると、みんな急に不安げに押し黙った。だが、この間じゅう、誰一人として秘密結社の存在を直接口にしなかったし、ましてやそういう結社の名前そのものを口にするものなどいなかった。ただ、誰もそのことについて話したくない何かに対する恐怖の感情だけが伝わってきた。

その後、ある昼下がり、観光客専門のバーで、ハイチ人でありながらハイチ人でない一人の男の言葉で、突然、これらの出来事がすべて結び付き、意味を持った。それで私はその男としょっちゅう会うことにした。彼は多くのことを語ってくれて、自分ではそうと知らずに、私を探るべきもののある方向に向けてくれた。私が特に親しくなった一人のンガン(フーンガン)は、実に率直に私の質問に答えてくれて、ベレア地区のとある家に私を連れていってくれた。何世代にもわたって多くの足が踏んだために、床の玉石が大理石のように磨き上げられ、それを見ただけで畏敬の念が起きた。そこで私は初めてある文書に出会い、それを調べた。紙は歳月で黄ばんでおり、「モ・ドゥ・パサージュ」（合言葉）が書いてあった。私は、コショーン・グリというのが、ある結社の名前であるということを知った。

家に帰る道すがら、私はヴードゥーの礼拝で見慣れている祭壇もホウンフォールもなかったことを話題にした。二、三の品物があるにはあったが、当然あるはずの通常の道具立てがそこにはなかった。テーブルに十本ほどの瓶と、クルンシュと呼ばれる陶器の水差しがいくつかあった。重い鎖につながれた巨大な黒い石が祭られていた。鎖は、両端を壁の石材に埋め込まれている鉄の棒に固定されていた。使いこんだ金だらいが石の前に置かれていた。石は、古代のさらし刑の台のように古めかしく、いわくありげに見えた。私たちが入っていくと、ボコールは誇らしげに石に触れて言った。「これはペトロのためのものだ。何でもする力がある――いいことも、悪いことも」私たちのどちらも、その言葉に反論しなかった。だが、この家を出た時、私は、あのボコールは絶対私たちに嘘をついたのだと言った。フーンガンは、自分の生徒たる私を誇りに思ってくれた。私が違いに気がついたからだ。フーンガンは、あれは本当はヴードゥーの家ではないのだと言った。コショーン・グリは秘密結社で、法律で禁じられており、メンバー以外のあらゆる人々から忌み嫌われているのだと。だから彼らはヴードゥーの名を借りて集会を開き、逮捕や廃絶を避けているのだと。

後に私が、ポルトープランスの有名な医師にこの話をしたところ、彼は、この問題をもっと知的な観点から論じてくれた。

「我々の歴史は不幸なものでした。我々はまずハイチに連れてこられ、奴隷にされました。我々はフランス人の残虐に耐え、彼らが支配者の座を追われたあとも、フランス統治のいくつかの特色は残り、我々に不幸な影響を及ぼしました。そのため、たえず革命とか、その他、発展の役に立たないハイチ特有の出来事によって国は乱れ、経済的にも文化的にも我々の多くが望む発展を遂げることができなかったのです。そういうわけで、十分な警察力がないため、いくつかの悪い勢力を制圧することができないんです」

「でも」と私は口をはさんだ。「アメリカ合衆国の富と警察力をしても、やっぱりギャングやクー・クラックス・クランはあるんですよ。ヨーロッパの古い国々にも犯罪問題はあります」

「ご理解いただいて感謝します。ハイチには、ハイチの全国民が忌み嫌う結社があるんです。それはコショーン・グリ、セクト・ルージュ、ヴァンブランダングなどの名前で知られていますが、どれも一つの同じものを意味しています。それはヴードゥー崇拝には含まれず、それとは何の関係もありません。彼らは徒党を組んで人肉を食べます。ひょっとすると、彼らは植民地時代にこの島に連れてこられたモンドングやその他の食人種の子孫なのでしょう。それらの恐るべき人々は、フランス統治時代には、他でもない奴隷制の束縛によって抑えこまれていました。でも、ハイチ独立後の動乱の中で、彼らは秘密集会を始め、一般の人々が気づく前にすっかり組織を組み立てていました。この結社は、ファーブル・ジェフラール大統領の時代（一八五八年〜一八六七年）に大々的に広がったと一般に信じられています。ことによると、もっとずっと昔から始まっていたのかもしれませんが、よくわかりません。でも、彼らはその邪悪な習慣によって、ジェフラール時代が終わる前に、すっかり憎まれ、恐れられるようになっていました。なぜハイチがこのような憎むべき人間たちをすっかり追放することができないのかを理解することは、難しくありません。一つには、彼らの活動の秘密が固く守られていること、もう一つは、彼らが呼び起こす恐怖のせいです。アメリカのギャングと同じですよ。彼らは一般大衆を脅迫するので、人々は結社の略奪行為の実際の証拠を警察に与えられる時でさえ、結社に不利な証言をするために裁判所に出廷することを恐れるのです。

墓地は、彼らが最も恐ろしい面を見せる場所です。誰かが、病みついて間もなく死んだり、急に具合が悪くなって死んだりしたあとのことです。埋葬が済んだ夜、ヴァンブランダングが墓地に行き、墓の周りの鎖が断ち切られ、墓は暴かれます。棺が引き出されて開かれ、死体が盗み出されます。そして、あなたがご自分でおっしゃるとおりハイチ人の友であるなら、あなたは世界に真実を告げなければなりません。多くの白人作家が、短期間ハイチで過ごし、これらのことを耳にして、コンゴ・ダンス以外にはヴードゥーのことを何も知らずに、これら二つは同じものだという結論を下すのです。それによって、世界の人々に間違った印象を与え、ハイチは中傷の的になるのです」

メルヴィル・ハースコヴィッツ博士は、ミラブレで、この結社が「ビサージュ」とか「コショーン・サン・プワル（毛のない豚）」という名前で話題にのぼるのを聞いた（『ハイチのある谷で』二四三ページ）。博士は、エルシー・クルーズ・パーソンズ博士から聞いた話として、ジャクメル付近の農夫たちがパーソンズ博士に、「オー・ケイじゃ、本当に人が人を食べますよ。俺、知ってます」と言ったと書いている。パーソンズ博士の情報提供者はさらに、豚の脚と称して売られていたものに人間の爪がついていたと言った（同書、二四六、二四七ページ）。

「でも、どうして私が、自分で確かに知りもしないことを世間に公言できるでしょう？」と私は尋ねた。私は多くの儀式に参列したが、仮にも人間をいけにえに捧げるような儀式は一度も見たことがなかった。だが、私はハイチのヴードゥーの儀式のすべてを知っているわけではないことは自分でも知っていた。人間がいけにえとされる可能性はまったくないとわかるまでは、何も言うことはできないと思った。後に、私は彼が言ったことが正しかったことを知った。

その後、私は別の秘密結社のことを知った。それは教養のある上流階級のハイチ人で構成されており、彼らはハイチのセクト・ルージュを破壊することを誓っていた。彼らは、現在、計画の最初の一歩を踏み出している。それは、セクト・ルージュの信者からヴードゥーという隠れ蓑を剝ぎ取り、政府が彼らの正体をつかんで撲滅できるようにすることだ。ハイチには当然、いかなる殺人も禁じる法律がある。それに加えて、邪悪な性質が認められる魔術を取りしまることのできる刑法の条項がある。ハイチ政府は、セクト・ルージュについて知っており、苦い思いをしているが、判決を下すには法的効力を持つ証拠がなければならない。ハイチ警察の高官が私に語ったところによると、彼はポルトープランス付近の名の知れたメンバー全員を監視下に置いているそうだ。「でも、人をその信条によって逮捕することはできません」と彼は言った。「容疑者が、その信条を行動に移したという証拠がなければなりません。証拠が手に入れば、ああ、その時は、ちょっとした見物になりますよ」私は、「世界に轟き渡る裁判となった」ジャンヌ・ネリー事件の女魔法使いの裁判と判決を思い起こさせられた。その判決の結果、セクト・ルージュの信者たちは、それ以来当然のこととなった厳格な秘密主義を守って潜んでいる。今や彼らは、ペトロやエルズーリーやロコや、その他のヴードゥーのロアたちの名前をみずからに冠している。

私自身、ある夜、プレンキドサックで、そのような偽りの礼拝を見た。ハイチのその地方のヴードゥーを知り尽くしている男と一緒に、コンゴ・ダンスから戻る道すがら、家が何軒か固まって立っているところに近づいていくと、儀式が行なわれている最中だった。私は、寄って見ていこうと頼み、私たちはそうした。私は非常に不愉快な驚きを味わった。

というのは、彼らが犬をいけにえにしたからだ。私は、これはヴードゥーの新しい一派に違いないと判断し、質問してみた。彼らは、これはモンドングへの礼拝だと言った。モンドングは必ず大きな犬の姿で現れ、その姿を見る者は恐れずにはいられないのだと。私と友は、すぐにその場を離れた。遠くまで来た時、友が私に言った。「彼らがやっていたのは、ヴードゥーの礼拝なんかじゃないよ。モンドングはヴードゥーのロアじゃない。彼らはいつも犬で満足しているわけじゃないかもしれない」彼は、その事柄のすべてに非常に激しい不快感を示し、私は、自分の嫌悪感を隠さずに済んだので嬉しかった。私は、その時まだサン・メリーの著作を読んでいなかったし、ハイチ全土で話題にのぼるモンドングという名前を聞いたこともなかった。

「この最後に述べたもの（モンドング）ほどおぞましいものは古今を通じて何もない。その邪悪な行為は呪わしさの極に達している。彼らは仲間を食べるのだ。サン・ドミニック（ハイチ）に、これらの人肉屋（これらの肉屋の店では人肉が子牛肉として売られている）が連れてこられ、彼らは、ここ（ハイチ）でもアフリカと同じように、他の黒人たちに恐怖を巻き起こしている。——私は、これらの人々が、憎むべき嗜好を実行し続けていると信じている。顕著な例として、一七八六年、ジェレミー付近のプランテーションにある病院に監禁された黒人の女がいる。プランテーションの所有者は、黒人の赤ん坊の多くが誕生後八日以内に死んでいることに気づき、助産婦を密かに見張っていたところ、驚いたことに、彼女が埋葬されたばかりの赤ん坊の一人を食べているのを見つけた。助産婦は、この目的のために赤ん坊を死なせたことを告白した」（L・E・モロー・ド・サン・メリー『第一巻』三十九ページ）

かつてハイチ西部で最も有名な集会所は、ミラゴアーヌの湖にかかっている橋だった。夜更けの旅人には恐ろしい眺めだった！　ロウソクや派手な衣装を着た人影でおおわれた橋。それらの人々がまたそれぞれ何本ものロウソクを持ち、橋の中央には彼らが崇める小さな棺。小さなドラムの突き刺さるような鋭い音、激しく踊る人々の群れ。

集会は、次のように行なわれた。

印を付けた二つの石が打ち合わされ、囁きが口づてに密かに素早く信者たち全員に伝わっていく。ポルトープランスから数マイル離れた町で、大集会が開かれることになったのだ。道路状況を考えると、この距離は自動車でも、いささか疲れる距離だ。だが、セクト・ルージュのメンバーに関する驚くべき点は、その優れた機動性だ。彼らは、信じられないような速さで遠くまで移動する。

集会は、何軒かの小さなカーユ（草葺き家）で囲まれた庭のような場所で開かれる。その庭には、巨大なパンヤの木があり、家々の背後にはサトウキビ畑が見渡すかぎり続いている。

その夜は非常に暗く、星がまたたいていた。コンデンス・ミルクの缶で作った手作りの粗末なランプがたった一つ、闇に立ち向かっていた。メンバーたちは、あらゆる方角から影のように入ってきた。幹線道路から分かれている細い小径から一人来た。トウモロコシ畑から二人入ってきたが、トウモロコシの葉をとても巧みにさばいたので、何の物音もしなかった。彼らはそんなふうに次々とやって来て、それぞれが儀式用の衣装を麦わらの袋に入れて持っていた。声を抑えた会話が聞こえたが、囁く者はいなかった。まだ表立って何かをする時ではなかったのだ。どんどん人が集まり続け、しまいに百人くらいになった。庭を見回してみると、彼らはごく普通の外見をした人々だった。どの人も皆、祈りの集会か田舎のダンスのために集まった人のように見えた。

最後に幹部たちが現れ、全員ローブを身にまとえという指示が回った。素早く指示が実行され、さえない群集は、赤と白の衣装を着た輝かしい集団に変わった。頭には何もかぶっていなかった。何人かがさまざまな動物の動きを真似て跳びはねて踊り始めた。歌とダンスが広まっていき、頭にもかぶりものがかぶせられた。すると信者たちは全員、しっぽや角を持った、雌牛や豚や犬や山羊のデーモンに変身した。中には雄鶏になった者さえいた。どのデーモンも、その動物の一番恐ろしい面を体現していた。薄暗い庭に黙って立っている彼らの姿は、どんなに勇敢な者の心にも恐怖を呼び起こすのに十分なものだった。だが彼らはまたダンスと歌を始めた。高い音を出す小さなドラムが鳴り響き、非常に恐ろしい姿をした「皇帝」が、集団の中央の位置で歌い始め、大統領、大臣、女王、料理人、役人、召使、ブールスーズなど、あらゆる位階のメンバーが加わり、音と動きは煮え立つ地獄のようになった。何度も繰り返し、そのたびに新たに、彼らはドラムに合わせて歌った。

カルフール・タンジャンダング、ミ・オ、ミ・バセ
カルフール・タンジャンダング、ミ・オ、ミ・バセ
ウーン・プラリ・タンジャンダング、ミ・オ、ミ・バ、タンジャンダング
ウーン・プラリ・タンジャンダング、ミ・オ、ミ・バ、タンジャンダング

集団全員、出発の準備が整った。各々のメンバーがロウソクを灯し、ドラムに合わせて吟じながら、半ば踊り、半ば駆け足するようなリズミカルな動きで、一キロも離れていない十字路に向かって進み始めた。セクト・ルージュは、ある十字路を支配するロアに敬意を払うために、その十字路に向かっていた。今夜彼らが望んでいるものは、そのロアの支配下にあるのだ。彼らはメートル・カルフール（十字路の主）に食べ物と飲み物とお金を供えるために、そこに行こうとしていた。そのあとで、そのロアに願い事をするつもりだった。

恐ろしい行列は跳ね回りながら幹線道路を進むうちに、何軒かの家の前に止まって激し

く踊った。ドアが開いて、新たな人影が飛び出した。彼らも他の人々と同じように赤いローブを着ていた。彼らは、頭のてっぺんと手の甲と足の甲に火のついたロウソクを乗せていた。彼らはダンスに加わり、集団とともに進んでいった。彼らは名誉会員なのだった。彼らは、さらなる位階が授けられるまではダンスだけに参加するのだ。名誉会員は、セクト・ルージュに共感を抱いているが、何らかの理由でまだ完全に入信していない人々だ。集団は、行列の真ん中に小さな棺を担いで進んでいく。棺はロウソクで明るく照らされている。この棺は、この儀式のすべての目的である魂なのだ。

十字路で、メートル・カルフールに食べ物と飲み物とお金が供えられる。だが、「コブ」と呼ばれているハイチの一セント銅貨しか使わない。棺は十字路の中央に置かれ、儀式が行なわれる。メートル・カルフールがたっぷり食べ、渇きも癒されると、人々は力を貸してくれるように頼む。道行く犠牲者を見つける力と、それらの犠牲者に追い着き、打ち負かす力を授けてくれと祈る。最後に、「十字路の主」は、一人の女信者の頭に乗り移って承知した印を示す。彼女は神に取り憑かれる。結社の集団全員が成功に歓声をあげ、礼拝を終えて、あまり遠くないところにある墓地へと進んでいく。

彼らが墓地に行くのは、バロン・メートル・シミテールに敬意を払い、メートル・カルフールが授けてくれたのと同じ力をもう一度求めるためだ。つまり、自分たちの企みが成功すること、運よく犠牲者を見つけられること、その犠牲者を捕まえて食べる力を得ることを願うのだ。
彼らはまた歌うが、前の歌とは違っている。今度は歌いながら、くるくる回って進んでいく。

「ソルティー・ナン・シミテール、トゥット・コール・モエン・サンティ・マランゲ
ソルティー・ナン・シミテール、トゥット・コール・モエン・サンティ・マランゲ
ソルティー・ナン・シミテール、トゥット・コール・モエン・サンティ・マランゲ
ソルティー・ナン・シミテール、トゥット・コール・モエン・サンティ・マランゲ」

そうやって歌い、踊りながら、彼らは墓地の門に着く。集団は門のところで立ち止まり、女王が門を通って、明らかに前もって選んであったらしい墓に行き、その周りで踊り始める。墓の周りを五回回るが、墓の頭のほうに来るたびに立ち止まって歌う。五回回ったあと、彼女はクレアランの瓶を持って、クレアランで墓石の上に大きな十字架を描き、十字架の頭の部分にロウソクを一本置き、足の部分には香辛料を加えた血の入ったクウィー（縦に半分に切った瓢簞で作った鉢）を置く。その十字架はバロン・シミテールの象徴である。バロン・シミテールは、バロン・サムディともバロン・クロアとも呼ばれる。女王はもう少し踊って、次の歌詞で始まる歌を歌う。

「コテ・トゥット・ムーン」（みんな、どこにいるのか）

すると全員が一列に並んで墓地に入ってくる。それぞれが、片方の手を前を歩く人の腰に置き、もう片方の手には火を灯したロウソクを持っている。一番若い信者が選ばれて、墓の上に横たわり、すべてのロウソクが彼の周りに置かれる。半分に割った瓢簞で作った鉢、クウィーが彼のへその上に乗せられる。墓の周りにいる全員が手を合わせて歌い、墓の周りを回り、もう一度自分のロウソクの前まで来たら止まる。祈りの言葉を唱え、バロン・サムディが願いを聞き届けてくれたと感じたら、女王が宣言する。「神が力を与え給う！」他の者たちは頭を垂れ、両目を押さえる。女王がいつ墓地を去ったか、どちらの方向に去ったかを見ないようにするのだ。やがて、一番若い信者が起き上がって去るが、彼が去るところも誰も見ない。それから、残りの全員が四方八方にできるだけ早く走り去る。バロン・シミテールに犠牲者として選ばれるのが怖いからだ。だが、棺の護衛隊は、まもなくまた、墓地からそう遠くないところで合流する。最後の二人の男が、研ぎすましたマシェティを振り回しながら後ろ向きに門から出てくる。死神の攻撃をしんがりで防ぐためだ。

さて、一隊は、菅の生い茂った湖のそばの幹線道路と交差する川にかかっているある橋まで進むことになった。そこは、昔から好んで使われる集会場所らしい。橋ではさらに多くのロウソクが灯され、欄干の端のほうにいたるまで、くまなく明るく照らし出される。小さな棺は、橋の中央に置かれる。それは恐ろしい眺めだ。橋は、ちらちらと揺れる何百ものロウソクに照らし出され、異様な動物の群れに占められ、中央には彼らの奇妙な嗜好と情熱の象徴である小さな棺が置かれている。

敵からの攻撃を防ぐために橋の両端の道沿いに、強い番兵が配置されている。前に何度か面倒が起こったことがあった。その付近には、バロン・サムディのしもべであるブラーヴ・ゲデがたくさんおり、彼らは、その橋を自分たちの礼拝のための特別の場所と考えているので、セクト・ルージュの祝祭の最中に急襲をかけてきたことが何度かあり、重傷を負った者たちがいた。だから、この夜、セクト・ルージュを追い出そうとする人々がいたら立ち向かうために、マシェティで武装した番兵たちが送り出されていた。

さて、結社のメンバーたちは、犠牲者を求めて、走ったり踊ったりしながら道を駆けていく。彼らはあらゆる力を授けられ、他のこともすべて手筈が整っている。地位の高い幹部たちは、橋の上で比較的のんびりしている。彼らは、そこを通ろうとする不幸な人間がいたら、誰であろうと捕まえる。その夜その橋に近寄った旅人は、「合言葉」を知らないと災いが待っていた。

ブールスーズと呼ばれる前衛隊員は、他の誰よりも速く走り、ずっと遠くまで犠牲者を捜しにいく。すべての成功は、この前衛部隊の勇気と判断と有能さにかかっている。彼らは見事に訓練された秘密斥候部隊だ。彼らは縄を手に持って、豹の群れのように素早く闇の中に消えていく。その縄は、以前の襲撃の犠牲者となった人間の腸をよく干したものだ。軽くて、しかもチェロの弦のような強い張力がある。一人の犠牲者の腸が、次の犠牲者を死へと引きずり込む。特別な場合を除いて、特定の人間が狙われるということはない。前衛隊員は、縄をすぐに使えるように持ち、獲物に忍び寄る。これらの前衛部隊が短い時間のうちに駆け回る領域の広さは、信じられないほどだ。犠牲者の目星を付けると、その人間を取り囲んで、まず静かにさせるために素早く喉に縄を巻き付ける。それから縛り上げて、集団のもとに連れていく。

誰かが馬の背に乗って西の方から近づいてくるという知らせがくるまでは、集団は橋の上で比較的のんびり待っていた。馬上の人は、抵抗するチャンスも与えられずに、いつ馬から引きずり降ろされてもおかしくなかったが、橋を渡らないわけにはいかないのが分かっていたから、番兵も他の召使たちも彼を通したのだ。明るく照らされた橋に着く直前、彼は馬を降り、長い間ためらい、明らかに来た道を戻ろうかと考えている様子だった。だがとうとう、立派な身なりをしたその青年は、非常に遠慮がちな態度で橋に歩み寄り、誰だと問い質された。恐怖のあまり汗を垂らしながら、彼は思わず十字を切ってから答えた。

「シ・リリ・テ・ウーンバ、ミン・ディア、ミ・オ」その身なりのいいハンサムな青年が、この風変わりな文句を知っているとは素晴らしいことだった。皇帝も青年に好意的な印象を持った。皇帝は、青年を通してやれと命じた時、まるで父親のような態度を取った。

まもなくブールスーズの特命分隊が、狩りで捕まえた獲物を連れて戻り、犠牲者を皇帝、女王、大統領、大臣その他の役人たちの前に引き出した。やがてブールスーズ全員が戻って来たが、それまでには何時間もかかった。全員が戻ると、集団は最初の集会場所に戻った。それから、三人の犠牲者を牛肉に変える儀式が行なわれた。つまり、一人は「雌牛」に、あとの二人は「豚」に「変身」させられた。そして、そういう条件のもとで彼らは殺され、分配された。名誉会員を除く全員が自分の分け前をもらった。名誉会員は味を見ることを許されず、給仕をした。

もう明け方が近かった。動物たちやデーモンたちは、再び人間に「変身」し、少しも人の注意を引かずにどこへでも歩いていけるようになった。前夜の出来事のあとでは、日が昇れば最後の審判の日が来ると思うかもしれない。だが、庭に何の変哲もない一日が訪れただけのことだった。

セクト・ルージュ、コショーン・グリ、ヴァンブランダングの正体はまったくの秘密なので、ハイチ警察は対応に苦慮している。アメリカのギャングや犯罪者と同じように、彼らの行ないは、よく知られている。だが、法廷で立証するのが難しい。そして、アメリカの犯罪者と同じように、セクト・ルージュは、メンバーが秘密を喋らないように気をつけている。それは厳重に秘密にされ、そのまま保たれている。メンバーの命そのものが、それにかかっているのだ。喋った信者には迅速な罰が下される。あるメンバーが秘密を喋っているという疑いをかけられると、彼（または彼女）は極秘のうちに徹底的に調べ上げられる。本人には疑われていると気づかせない。だが、無実か有罪か分かるまで、跡をつけて見張る。もし有罪だと分かったら、死刑執行人を送って始末させる。どんな手段を使っても、彼を船に乗せて岸を離れ、助けも及ばず邪魔も入らない沖まで連れ出す。どうしてこういう目に合うのか教えたあと、どうしても必要な場合は、一人が彼の両手をつかんで後ろに回し、もう一人が彼の頭を自分の脇の下に抑え込む。耳の後ろを石で殴るので、彼は気絶し、同時に擦り傷ができる。速効性の猛毒がその傷に擦り込まれる。この毒には解毒剤はなく、犠牲者もそのことを知っている。どんなに泳ぎがうまくても、船端から投げ込まれた時には、それが何の役にも立たないということが分かっている。岸に着けるほど長く生きてはいないだろう。彼の体が水に落ちた時、この一件は落着する。

アボボ！

第十五章　パルレー・シュヴァル・ウ（わが馬よ、語れ）

神々は常に、その神々を作った人々と同じような振る舞いをする。騒々しい神ゲデの中に、ハイチの農夫の手が見える。なぜならその神は、農夫たちがしたり言ったりしたがるようなことをしたり言ったりするからだ。市場の女たちや、家の召使の中に神が見える。その召使たちは、時々この神に「乗り移られた」状態で雇い主の前に現れ、神がその機を利用して主人にいろいろ耳の痛いことを言うのだ。作男の中にも神を見ることができるし、共用の井戸や泉の周りに群がる女たちの中にも確かに見ることができる。彼女らは、噂話に花を咲かせ、自分の雇い主やそれに類する人々の欠点を並べ立てる。ハイチで何よりもはっきりしていることは、この神がハイチの一般大衆を神格化したものだということだ。ムラートたちは、この神に食べ物も供えないし、何の関心も払わない。このロアは黒人のもの、それも教育のない黒人のものである。この神は陽気な神であり、道化じみた要素に満ちている。この神は、ハイチの他の何よりも、上流階級に対する一般大衆の社会批判に近いものである。ゲデには、もう一つ特異性がある。この神は、完全にハイチのものである。ヨーロッパから来たものでもアフリカから来たものでもない。地元の必要に応じて生じたか、あるいは呼び出されたもので、今では黒人の間にしっかりと根を下ろしている。

この一般大衆の神には、ホウンフォールはない。ホウンフォールの庭の中にある墓の十字架の頭のところに、この神は祭られている。それがない場合は、フーンガンが、この神のために十字架を立てさえすればいい。

この神の衣装は、彼を信じる人々に引けを取らない。彼は、みずから黒いオーバー、破れた黒い山高帽子、擦り切れた黒いズボンを身にまとうことを好む。葉巻を吸うのが大好きだ。彼は跳ね回り、下品な身振りをし、馬が跳ねるような歩き方をして、酒を飲み、喋る。

この神の飲み物は特別のものだ。この神は、たっぷり唐辛子を効かせたクレアランが好きで、時にはそれにナツメグの粉を振ることもある。本当は、この強い生のままのラム酒に必ず砕いたナツメグを入れるべきなのだが、ナツメグが手に入らない時は、ゲデはこの酒に唐辛子を入れたもので満足する。彼は何も入れないクレアランも飲む。クレアランというのは、ハイチの生のままのホワイト・ラムのことだ。彼は、十字架の足元に置かれた皿から炒ったピーナツやトウモロコシを食べる。他の神にお供えをする時のような白い布は使わない。

ゲデのために決まった礼拝や儀式はない。ゲデに捧げられた十字架の周りに、白いロウソクを二十本置く者もいる。古いコートや古いズボンをお供えする信者たちもいる。だが、炒ったピーナッツとトウモロコシを供えることは決まりとなっている。ゲデを生み出した人々は、嘲笑する神を必要としていた。彼らは、自分を押しつぶす社会を茶化して笑うことのできる神を必要としたので、ゲデは、信者と同じように炒ったピーナッツやトウモロコシを食べる。ゲデは、古いコートとズボンと破れ帽子で満足する。そういう服装で、そういうものを食べ、ゲデは、自分を軽蔑する上流階級の人々に皮肉っぽく嚙みつき、嘲笑を投げつけるのだ。

だが、ゲデは簡単な要求しかしないにもかかわらず、強力なロアである。彼は、死者の領域にいるすべての者を受け持ち、そこで起こるすべてのことを司る。彼は墓を掘り、墓を開き、そう望めば魂を取り出して、自分に仕えさせる。

ゲデは、決して目に見えない。人が馬に乗るように、誰かに「乗り移り」、その人間を通じて喋ったり行動したりする。乗り移られた人は、自分の意志では何もしない。その人は神が去るまで、神の馬なのだ。乗っている神の鞭や指図に従って、「馬」は、普段なら絶対に言わないことをいろいろ言ったり、したりする。

「パルレー・シュヴァル・ウ（わが馬よ、語れ）」と、神は彼の「馬」の口を借りて語り始め、次から次へと喋る。時には、ゲデが目の前にいる横柄な人物について、ひどく辛辣にけなすこともある。偉い役人が、農夫たちの前で馬鹿にされる。ゲデに言い返そうとしても無駄だ。そんなことをしたら、神が怒って、その偉い人物を非難し、粗野な言葉でその人物の名誉に関わる過去の出来事を喋ったり、近々起きるそういう出来事を予言したりするかもしれないからだ。農夫たちは、おおいに興味を持って耳をそば立て、ゲデの馬の口から出る言葉の一言一言を絶対的な真実と信じる。ゲデが身分の高い人々の高慢な鼻を折るのを楽しんでいるように思える時もある。ゲデが、通りかかった車に乗っていた身なりのいいカップルを罵ったこともあった。彼らは名差しで悪口を言われて、その中身は、控え目に言っても実に手ひどいものだった。

それらの出来事から、貴重な批評家の何人かは精霊に「乗り移られ」ているが、何人かは取り憑かれた振りをして、世の中に対する漠然とした憤慨や特定の人物や事柄に対する憤慨を吐き出しているのだと思わざるを得ない。「パルレー・シュヴァル・ウ」という文句は、ハイチでは毎日、毎時間使われ、明らかに自己表現の目くらましとして使われている。墓地では、しばしば多くの酔っぱらいが「乗り移られた」と主張する。本当に「乗り移られ」ているか、偽者かを見分ける方法は、その人にゲデの飲み物を少し飲めと言い、その飲み物の中に顔をすっかり浸せと言うことだ。偽者は、生のラム酒と唐辛子が目に入るのを恐れて尻込みするが、本当に乗り移られている人は、そのとおりにする。彼らは言われなくてもそうするし、少しも何ともないようだ。だから、ゲデの「馬」たちの大部分は、言いたいことはあるが、ブラーヴ・ゲデという隠れ蓑がなければ、それを言う勇気のない人々だと結論せざるを得ない。

ポルトープランス付近、サン・ジョセフの裏で、私は、こうした偽の憑依を目にした。一人の若い娘が近づいてきた。彼は彼女をエルズーリーと呼び、「エルズーリー、菓子をもらって俺と寝たことを忘れたのか？」と叫んだ。娘はひどく悔しがり、悲しそうな顔をした。男たちの一人が乗り出してきて、鶏を追うように「しっしっ！」と叫んだ。すると憑依を装っていた男は、すぐさま駆け出した。一、二歩行ってから立ち止まり、周りを見回して尋ねた。「誰がやったんだ？」みんな笑った。私は、どうして男が怯えた様子になったのか尋ねた。人々は説明してくれた。ああいう人間はたいてい鶏泥棒で、警察に怯えながら暮らしている。人々は、あの娘に対する淫らな非難が、拒絶された腹いせによるものだと知っていた。そして、彼らはそれをやめさせる方法を知っていたので、そうした。「馬」は、しおたれた鶏のように去っていった。

ゲデの憑依の悲劇的な例が、ポンビュデで起きた。レズビアンであることが知られていた女に、ある午後、神が「乗り移った」。精霊は彼女の口を借りて言った。「わが馬よ、語れ。私はこの女に何度も、女たちと寝るのをやめろと言った。それは不道徳なことで、私はそれに反対だ。わが馬よ、語れ。この女は、二度とそういうことをしないと私に二度約束したのに、自分の目的にかなう女を見つけるたびに、私との約束を破った。だが、彼女はもう女とは寝ない。彼女はもうゲデに嘘はつかない。わが馬よ、語れ。この女に言え。私が今日彼女を殺すと。彼女は二度と嘘をつくことはない」女は、馬のように跳ねながら大きなマンゴーの木まで駆けていき、ずっとてっぺんのほうの枝まで登ると、飛び降りて首の骨を折った。

だが、農夫たちは、「馬」が見えると言う過去や未来のことは、まったく正しいと信じている。偉大なお告げだと言われるものが無数にある。だが、これらの主張はたいてい、アメリカの占い師の信奉者が言うことと似たようなものだ。

ゲデの精霊はミラゴアーヌで生まれ、その創始者の特別な集会場所は、ミラゴアーヌの湖にかかる橋だ。そこはハイチの南部と西部の接点である。この宗派を作った人々は、かつてすべての奴隷たちが船から降ろされた場所の近くにあるポルトープランスの港湾地区に大勢いたボッサルたちである。これらの人々が大挙して、港に接する地域で社会的にも経済的にも非常に低いレベルの生活を営むようになった。なんらかの理由で彼らは町の人々から蔑まれるようになり、その蔑視が原因で彼らの大部分がミラゴアーヌ付近に移り住み、そこで、この宗派が起こった。この宗派は、バロン・シミテール信仰とあまりにも似ているので、関連がないとは言えない。その神の役割に、一ひねり加えたものであることは明らかだ。ゲデの精霊は、バロン・シミテールに社会的意識を持たせ、低俗な道化の要素を少し加えたものだ。

この宗派が、北部やアルティボニトには存在しないというのは興味深い。この神は、南部と西部のものであり、南部や西部でゲデに食べ物をお供えしない人々は、ゲデを怒らせたり気を悪くさせるようなことをしないように気をつける。この精霊を怒らせると危険なのだ。この精霊の「馬」が、手厳しい暴露をする時、人は「ゲデ・パ・ドラー」(ゲデはシーツじゃない)と言う。それは、ゲデは何一つ包み隠さないという意味だ。暴き、すっぱ抜くことが、この神の使命のようである。いずれにしろゲデは風変わりな神で、彼の暴露の内容は、しばしば驚くほど正確で、非常に残酷なものである。パパ・ゲデは、バロン・シミテール、バロン・サムディ、バロン・クロアとほとんど同じものだ。これらは、三つの呼び名を持つ同じ神で、いずれも死神を意味する。もしかすると、貧者の神が死者の神と似ているのは当然のことかもしれない。なぜなら、貧困には死の匂いが漂うからである。

一人の男が、他のみんなに逆らって、バロン・シミテールとバロン・サムディは別々の神だと言い張った。そうかもしれないが、私は、二つが同じ神だと考える他の人々を責めない。一般に信じられているのは、それらが別々の神だとしても、どちらの神も墓地に住んでいるということだ。その男は医者で、自分はそのことに関する権威だと言い、バロン・シミテールはニレの木に住まいを持ち、常に森に住み、森の中ならどこでも礼拝を捧げていいのだと言った。バロン・サムディは、墓地か、あるいは自分で選んだどこかに住んでいる。バロン・シミテールは、偉大な神らしく威厳をもって語るが、バロン・サムディは常に「サ・ウ・ヴレー？」（何が欲しいんだ？）と言って自分の存在を知らせる。どちらの神もゲデと同じように、墓を開き、死者を自分の命令に従わせることができる。バロン・シミテールは、墓地の絶対的支配者であり、バロン・サムディもまたそうである。その権威者なる人物は、これらの神はどちらも医者で、どの根や薬草を使うべきか教え、どのように使わなければいけないかについて特別な指示を与えるのだと言った。ある時には、ある葉を処方し、それを粉にしろと言う。また別の時には、その同じ葉をお茶として使うかもしれない。また別の時には、同じ葉を湿布薬として使うかもしれない。だが、偉大なフーンガンであるルイ・ロメーンは、この神は医者ではないと言う。パパ・ロコが、薬と知識の神なのだと。

バロン・サムディやバロン・シミテールに語りかける時は、雌牛の足を持っていなければならないと言う人もいる。なぜそうする必要があるかと言うと、この神に願いごとをする時は、自分の手を神の手に乗せなければならないからだ。神は去る時、自分が握っているものを持っていってしまう。だから、あなたは雌牛の前脚を持って、それを自分の手の代わりに差し出すのだ。神は雌牛の足を握るから、神が去る時が来たら、あなたは持っている反対側を放せば万事うまく行く。用心しないと自分の手や脚をなくしてしまうことになる。バロン・サムディは、パパ・ゲデと同じように自分の「馬」にみすぼらしくて異様な服装をさせて楽しむ。女に男のような格好をさせ、男に女のような格好をさせる。男はしばしば女の服を着て、スカートの下に瓢箪を押し込んで妊婦の真似をする。女は男のコートを着て、脚の間に男性性器まがいにステッキをはさんで跳ね回る。バロン・サムディは、ゲデと同じように非常にふざけた神である。好みも単純だ。この神はホウンフォールも祭壇も求めないので、フーンガンがこの神を呼び出して助力を求めたい時は、庭に入って、バロン・サムディが宿っている木に行き、クレアランかラム酒を少しまき、三本または十三本のロウソクに火をつける。

人々がサムディを愛しているのは、サムディが病気を治す薬草や根を知っており、彼がお喋りな神で、薬のことの他に、いろいろ細々したことを教えてくれるからだ。サムディは死者を使いに出すこともある。時には死者の魂が墓地を離れるのを許さないこともある。それは、サムディが自分で選んだ人間や、自らをサムディの保護のもとに置いた人間に、死者の魂が悪さをするのを許さないためだ。バロン・サムディには、特別な供え物はない。フーンガンがホウンフォールの外の、森の中とか野原でサムディを呼び出したいと思ったら、空に向かって銃を撃てば、サムディが現れ、こう尋ねる。「サ・ウ・ヴレー?」だが、ハイチのある地域では、バロン・サムディに黒山羊や黒い鶏を捧げる。捧げ物を皿に乗せてサムディの木の下に置く。皿の横には、トウモロコシ一本とクレアラン一瓶とコラを三瓶置く。

バロン・シミテールも、ハイチ全土で非常に人気がある。この神も医者であり、自分の保護のもとにある病人のために、さまざまな薬湯風呂を処方する。彼はとても力があるが、気まぐれで、とても変わっている。

バロン・シミテールを呼び出したいフーンガンは、この神に捧げられたニレの木のところに行き、筒型のラーダ・ドラムを三回叩き、あらゆるヴードゥーの儀式に共通な祈りを唱える。それからダンバラに、バロン・シミテールと交信する認可あるいは許可を求める。フーンガンは、バロン・シミテールに、「ス・ウ・ミン、バロン・モア・ヴレー。シュレティエン・ブゾワン・コンコンズー」(私が呼んでいるのは、あなたです。生ける人々が、あなたを求めているのです)と言う。それから、バロン・シミテールに向かって歌を歌う。バロンは、フーンガンあるいはカンゾに乗り移る。時には死者に乗り移ることもある。死者を墓から連れ出したい時、お願いする相手はバロン・シミテールだ。この手続きを踏まなければ、死者の霊を呼び出しても墓地から連れ出すことはできない。

バロン・シミテールには、黒山羊と黒い鶏を用意して木の根元に捧げる。この神を呼び出す時には、この木の根元にラム酒かクレアランを注ぐ。

十一月の一日と二日は、これらの精霊に感謝を捧げる重要な日だ。フーンガンとマンボは一日の夜に墓地に行き、翌日の万霊節のための招霊の祈りを捧げ始める。墓地は、この大切なお祝いのために灯されたロウソクでこうこうと照らし出される。サン・ドミニックにやって来たアフリカ人にとって、自分たちの死者への崇拝が、ヨーロッパの万霊節として認められたことは喜ばしいことだったに違いない。だが、バロン・サムディやバロン・

シミテールへの礼拝は、ハロウィーンを拡大しただけのものではない。キリスト教は、この信仰に年に一度の祝祭日を与えただけに過ぎない。この祭りの他の部分は、アフリカから来てハイチの地に順応したものである。この死者信仰にはあまりにも多くの分派があるので、多くのヴードゥーの信仰や礼拝と何らかの点で重なる部分がある。

テット・ローの儀式

ハイチでは、精霊は、水源、滝、岩屋など、流れの出発点に住む。そういう場所には、主人である神や女神がいることがある。時には両方ともいることもある。それらの秘境や岩屋の主としてよく知られている神は、パパ・バデール、シンビー・アパカ、パパ・ソボ、パパ・ピエール、それに白人女のマドモアゼル・シャルロットだ。

どの水源や滝や岩屋にも精霊が住んでいるが、ハイチのいくつかの場所は、国じゅうの誰もがそこに住んでいることを知っている精霊によって支配されている。たとえば、レオガーヌの岩屋には、マダム・アナカオナが住んでいる。パパ・ソボは、テュルジアンとシンビー・アパカ・エンドユー・オーの岩屋を支配している。

テット・ロー（水の頭、水源）の儀式は、神々や精霊への信仰を誘う。この儀式は、満月が白く輝く夜に行なわれる。——そして、ハイチでは、月の光が、温帯に住む人間には想像もできないほど白い。儀式は、夜の九時から十時の間に始まる。その時間までは始まらない。その頃になると、信者たちや招待客が水源に到着し始める。そこには大きな白いテーブル・クロスがある。二枚あることもある。全員に十分行き渡る分の皿や銀器が用意されている。

フーンガンが、水源の主たる精霊を呼び出して、儀式を始める。いつもと同じように、まず位の高い精霊に挨拶をする。彼は、万物の主を呼び、それから、イエス、マリア、ヨセフ、洗礼者ヨハネを呼び出す。彼はアヴェ・マリアを唱え、信仰箇条を唱え、主の祈りを唱える。信者たちも祈りを唱える。それからフーンガンは、場合によって、その水源、滝、あるいは岩屋に小麦粉をまいたり、三個から十三個の卵を水源や滝の中で割ったりする。彼は東西南北を向き、栓をしたままの上等なワインの瓶を何本か手に持って、威厳のある態度で精霊に捧げる。これらの瓶の栓を抜き、それぞれの瓶から水源の周囲の地面にワインを少しずつ注ぐ。ワインは一種類ずつ順番に注がれる。こうして献酒をすると、フーンガンは水源に近寄ってラーダ・ドラムを三回叩く。彼はペトロ・ドラムも三回叩く。その音は、月光に照らされた水と緑におおわれた峨々たる岩々に響き渡る。その音は人の歌声のようで、リズミカルな音が、丘を越えて消えていった前の音楽を追いかけていく。銃が撃ち放たれ、フーンガンの助手たちは全員水源に向かって頭を垂れ、フーンガンが礼拝の歌を吟唱する間、そのまま頭を垂れている。

「フェートル、メートル、ラフリック・ギニン・セ・プロテクシオン
ヌザプ・メード、ス・ドゥロ・キ・ポティ・モルテル、プロテクシオン
メートル・ドゥロ・プールトゥット・プティット・リ」
（主よ、アフリカのギニアの主よ、我らを守りたまえ。死すべき定めの者を癒す水よ、我ら子供たちすべてを守りたまえ）

この祈りに群集が唱和する。それからフーンガンがフーンシとカンゾに、その場所を守っている精霊のための皿の準備をするように命ずる。彼らはすぐさま水源のそばにテーブル・クロスを広げ、全員のための皿を置くが、特別の皿を一つ、神や女神のために取っておくように気をつける。この皿は、誰も食べ物に手を触れないうちに、フーンガン本人が水源に運び、中身ごと水源に投げ込む。その皿には、祝宴のメインコースで出されるすべての食べ物が少しずつと、デザートに出されるすべてのケーキの一切れずつを盛っておかなければならない。これが済んで初めて、信者たちと客たちは、テーブルに近づいて食べることを許される。そして食べ物も飲み物も山ほどある！　七面鳥のロースト、ロースト・チキン、ロースト・ビーフ、山羊肉のローストに白米がある。さまざまな種類のパンを乗せた大きな皿や、数種類のケーキを乗せた大皿が何枚もある。飲み物は、シャンペン、赤ワイン、白ワイン、ビール、クレアラン、タフィア、その他さまざまなリキュールだ。

必ずと言っていいほど、精霊がフーンガンに乗り移って、飲み食いに加わる。そこには音楽と幸福がある。祝宴は普通、明け方の三時か四時まで続く。

上流階級の人々がこの儀式を行なう時は、儀式は美しくて印象的なものとなる。エルズーリーに捧げる儀式と同じように、儀式を行なう人々があまりにも貧しくて適切な準備が行なえないと、儀式は美しさと目的を失ってしまう。豊かな人々の多くは、ヴードゥーの神々のためにお供えをするということを大っぴらに言いたくないので、友人たちに、「何某の川の水源にとても近いところの岸で、食事会をします」とだけ言う。または、外部の人をあまりたくさん呼ばない場合は、一家の召使たちが礼拝を取り仕切ることが多い。この場合には、ただ水源に皿に盛った食べ物を供え、酒を注ぐだけだ。この儀式は道具立ても精神もとても美しいもので、参加しなければ、その良さは十分に理解できない。

ハイチ全土で最も有名な滝は、ソー・ドーと呼ばれる三つ滝で、ヴィル・ボネールからほんの少し登った所にある。毎年、国じゅうから人々が、「水の跳躍」という意味の名を持つ、この美しい滝に巡礼に訪れる。三年前までは、滝は二つに分かれていたが、一九三三年のハイチの洪水以来、見る者を圧倒する高みから美しい三つの滝がほとばしっている。

私の義理の姉妹で、ブルックリンのレナード・ウィリアムズ博士の妻であるエマ・ウィリアムズがハイチに私を訪ねて来た七月、人々がこぞってハイチの聖なる奇跡の地に登っていく日がやって来た。エルマン・パプが私たちを車に乗せていってくれると言うので、私たちは喜んで、その申し出を受けた。食べ物や飲み物をたくさん積み込んだエルマンのセダンの中は、にぎやかなパーティとなった。私たちは、岩だらけの道路をガタガタ進み、若々しくきびきびと歩いていく人々を追い越していった。年配の人たちは、ぶらぶら歩き、脇に寄って私たちを通してくれた。女や男が雌ロバや馬に乗って進んでいた。彼らは、通れる道ならどこでも通って進んでいった。それはハイチで毎年恒例の「大登山」なのだった。車で川を渡らなくてはならなくなって、私たちは停車した。それから男たちは川で泳ぎ始め、女たちは川辺にテーブルを広げた。食事をすると、景色の美しさに精神が少し高揚し、ヴィル・ボネールに向かって再び車を進めた。

ヴィル・ボネールに着いたのは暗くなってからだった。キャンディやコラや、人々がお祭りに出かけると買うようなものを売っている屋台がたくさんあった。さまざまな種類の音楽が聞こえた。エルマンは、そこでやっていたたくさんのサイコロ・ゲームの一つに加わった。それは、私にはとても奇妙なものに思えた。私が知っていたのは手の中に二つのサイコロを入れて遊ぶものだが、彼らはコップの中に三つのサイコロを入れて遊んでいたからだ。私たちはみんな疲れていたが、大勢の人の群れと、たいまつと、ロウソクに照らされた場所の雰囲気のせいで、次から次へと見物を続けた。巡回遊園地のような雰囲気だったが、それほど刹那的な感じではなかった。そこには、いつでも、どこでもハイチの農夫たちのそばに行くと感じられる柔和さ、優しさがあった。地面はマンゴーの種で舗装されたようになっていて、誰もが寝る場所を捜していた。町にある数少ない家は、もうふさがっていた。前の日から来ていた人たちが大勢いたからだ。ロウソク売りの女たちが、おおいに儲けていた。彼女らの多くは、人ごみをかき分けながら、奇跡の乙女と他の二人に捧げる新しい祈禱文を売っていた。三人の奇跡の女たちに捧げるための印刷された祈禱文は、一部はスペイン語で、一部はフランス語で印刷され、ハイチ人もドミニカ人も使える。私たちは、祈禱文もロウソクも買った。

ようやくエルマンが寝る場所を見つけてくれた。それは小さな草ぶき家のポーチの下だった。車をそこに移動させて、折りたたみ式の簡易ベッドを取り出した。エルマンは私たちのそばに、ナットを敷いて寝た。エルマンの運転を手伝いがてら旅を楽しみに来たもう一人の青年は、やがてどこへともなく出かけていき、私たちはようやく気を静めて眠った。目が覚めると、数人の農夫が、乗馬ズボンとブーツ姿のまま寝ている私たちの周りに立って、黙りこくったまま、じっと見下ろしていた。私たちが目を覚ますや否や、彼らは、私たちが顔を洗う水を見つけたり身だしなみを整えたりするのを喜んで手伝ってくれた。私たちは、奇跡の乙女が降りたったヤシの木の所まで登っていった。昼の光の中、群集が教会の敷地の中に流れ込み、またゆっくりと出てきていた。

私たちは、ハイチでは朝みんなが飲む小さなカップのコーヒーを飲んだ。でもまず、一緒に来た六人全員がそろわなければならなかった。女性二人はすぐに見つかったが、もう一人の青年は相変わらず姿が見えず、エルマンがティ・ジャンに出会った時、ティ・ジャンがエルマンに、青年は一緒に寝る女友達を見つけて、遅く寝たのだと教えてくれた。エルマンは、私たちみんなをその家に連れていき、私たちみんなを代表して覗き見をしたが、私たちは見るのを断って、青年が自分で出てくるまで待った。

コーヒーを飲んでから、私たちはロウソクや護符の売り子たちの間をかき分けて進んだ。この護符は小さなハート型をしたもので、木綿にプリントして、首に掛ける紐が付けてある。滝のそばの聖なる木に掛けてお供えするために、色つきの紐を売っている人もいる。私たちは買い物をしながら、未完成の教会が立っている敷地に入っていった。それは、かつて聖なるヤシの木が立っていた場所だ。道の両側に黒ずんだ岩があり、どちらの岩の周りにも恍惚とした群集が群がって、奉納されたロウソクから岩に滴り落ちたロウで体を清めていた。人々は顔や腕や裸の胸を清めていた。具合の悪い脚を清めている人たちもいた。何の恥じらいもなく尻や腿を清めている女たちもいた。そして何千もの人々が次々にそこへやって来て、教会に登っていっては帰ってくるのだった。ミサは朝の早い時間に上げられ、私たちが教会の敷地に入った時には、人々が教会からあふれ出てきた。ティ・クゼーンとも呼ばれるレオガーヌの偉大なフーンガンが、雪のように白いリンネルずくめの姿で大またに通り過ぎた。有名なアルカーエの偉大なデュー・ドネ・サン・レジェールは、教会に向かって歩いていった。その場の光景は、大きな炎が燃えているかのようで、どこを取っても一時もじっとしているということがなく、さまざまな異なる動きが全体を形作っているのだった。そして炎と同じように色が変化し、人々の内にある熱を感じることができた。

このハイチの偉大な聖地は、一八八四年に出現したと言われている。その年、美しく輝く乙女が、そこに生えていたヤシの木の葉むらに降りたち、絢爛たる翼をはためかせて人々を祝福した。その地方の人々はみんな彼女を見た。その教区のカトリック司祭は、人々が彼女を崇拝しているのを見て、この不思議な存在を追い払いにやって来た。彼女は長い間そこに留まっていたので、その地方の人々はみんな彼女を司祭のことは少しも気にかけなかった。彼女は、最後に美しい歌を歌って、自分から去っていった。人々はヤシの木にやって来て、奇跡のように癒されたり、さまざまな救いを得た。人々はこの木を崇めるようになった。その噂はハイチ中に広まり、どんどん人々がやって来るようになった。カトリック教会には誰も来なかった。例の司祭は非常に腹を立て、ヤシの木を切り倒すよう命じた。だが誰も木を切ろうとしなかった。とうとう司祭は人々が木を崇めていることに腹を立てたあまり、マシェティをつかんで木に駆け寄り、自分で切り倒そうとした。だが、刃を振り降ろした途端、マシェテイが跳ね返って、司祭の頭に当たり、彼はひどいけがをしてポルトープランスの病院に運ばれたが、まもなくそのけががもとで死んだ。後にヤシの木はカトリックの人々によって切り倒され、木の代わりに教会が建てられたが、その場所には何度か教会が建てられては燃えてしまったと言われている。一度は雷が落ちて焼けた。これがヴィル・ボネールの乙女の物語である。

ソー・ドーの滝も、ヤシの木と同じくらい多くの人を引き寄せている。人々は、ヴィル・ボネールから馬に乗って滝に行く。彩色した木綿の紐を聖なる木に掛けてお供えした人々が、今度は服を脱いで、しぶきを浴びている岩に登り、聖なる水で体を濡らす。多くの人々にすぐさま精霊が乗り移る。アグウェタロヨの精霊が人々の頭に入り込み、人々は酔っぱらったように千鳥足になる。知らない言葉で話し出す人もいる。当時、私がヴードゥーの秘伝を教わることができるように準備を進めていたブロッスのフーンガン、ルイ・ロメーンが私に、水に入らないでくれと言った。彼の言ったことに他の人たちも同意した。アグウェタロヨあるいはメートル・ロー（水の主）が、私の頭に入り込むかもしれず、私は洗礼を受けていないので、アグウェは私の頭に何年も留まり続け、私を悩ますかもしれないというのだった。

アグウェタロヨは、自分が選んだ人間をさらって水の下の国に連れていく、とハイチでは広く信じられている。ある女は、自分は七年間そこに住んでいたと私に語った。自分はそこにいたと言う人々が何千といる。どうやってそこに行ったのか、どうやって帰ってきたのか全然覚えていないと彼らは言う。人々は、水の下に国があると堅く信じている。それは水の下にあるのではないと言う人たちもいる。だが、そこに行くには水の中を通らなければならない。ある男が私に語ってくれたところによると、ハイチには、滝で穿たれた

ソー・ドー　滝に登るため服を脱ぐ

ソー・ドー　聖なる流れに触れたあと

大きな洞窟があり、道を知っていれば滝の下を通って洞窟に入れるのだそうだ。彼が言うには、洞窟には煙突のような縦穴があって、そこから外に出られる。水の下に何年もいたという人々は、そこに連れていかれたのだと彼は言う。彼は私にその場所を見せてくれると約束したが、一度も連れていってくれなかった。いつか、うんと暇になったら、私はアグウェタロヨの王国を訪ね、そこを自分の目で見るという目的を果たすためにハイチに行くつもりだ。

その日は、せっかくの楽しみに水をさすような出来事があった。ハイチ人である地元の司祭が影響力を振るって滝に憲兵を配置させた。そのため、憑依はあまり起こらなかった。だが、みんなさんざん司祭を罵倒した。身分の高きも低きも、そこにいた人は皆、ソー・ドーの滝に警官がいることを冒瀆と感じたが、熱狂的な気持ちが完全に抑え込まれたわけではなく、何百もの人々が永遠に立ち続ける水煙の中に入っていき、聖なる岩々に登って、ありとあらゆる崇拝の姿勢を取ったさまは、ドレ〔十九世紀のフランスの挿し絵画家〕の絵のようだった。それは、とても美しく、その場の雰囲気にふさわしかった。それらの人々が自分の感情にふさわしい言葉を持っていようといまいと、彼らが年に一度、欲得ずくの世間を忘れて、水が形作る美を崇めて恍惚の境地に達するのを見るのは感動的な眺めだった。もしかしたら、あの司祭が滝で行なわれる年に一度のお祭りを邪魔しようとするのには、何かちゃんとした理由があったのかもしれない。私が聞いたのは、カトリック教会は、その祭りを認めていないので、できればやめさせなければならない、ということだけだった。

教会の中で「我らが主の苦しみについて考える」よう促す言葉に耳を傾けているほうが、人々を高揚させただろうとは思えない。それは、いわれなく自分を罰するありきたりの行為だ。人々にとっては、清潔な裸足で岩に登り、永遠の美を探求するうちに、神と向かい合うほうがずっといい。

マンジェ・ヤム（ヤムイモ祭り）

私が幸いにも立ち会うことのできた、もう一つの素朴で楽しい儀式は、ヤムイモ祭りだ。この祭りはハイチ全土で行なわれ、ヴードゥーのどの宗派でも義務づけられている。ラーダ、コンゴ、ペトロ、イボ、コンゴ・ペトロなど、どの宗派でも、一年に一度、必ずヤムを礼賛しなければならないことになっている。これは、幸い、費用のかかる祭りではないので、誰もが楽しみにして待つ。この祭りは、動物をいけにえに捧げる大祭の前日に行なわれる。

人々は、十月の最後の日の、この祭りのためのヤムイモを買わなければならない。ヤムと一緒に食べる塩漬けの魚も一切れ買わなければならない。オリーブ・オイルと白いロウソクもたくさん買わなければならない。オリーブ・オイルは、ヤムイモと魚を調理するのに使う。ロウソクは、儀式の時に灯すためのものだ。

ヤムイモ祭りは、毎年行なわなければならない。ヴードゥー教の信者たる者は、マンジェ・ヤムを執り行なわなければならない。滞在中にその祭りがあったので、私は嬉しかった。

そのお祝いは、次のように行なわれる。人々は中庭を囲む柱の下に集まる。フーンガンが、形式にのっとって長々と、まずキリスト教の聖人たちの名前を山ほど並べ、それからさらに重要なヴードゥーのロアたちの名前を山ほど並べて精霊を呼び出し、信者たちは、それらの名前を一つ一つ復唱する。それぞれのロアに挨拶し、そのロアの好みの飲み物を中央にある死者のための柱の周りの地面に注ぐ。それからフーンシが集まり、フーンガンがホウンフォールの中にあるロアの祠のすべてに歩み寄り、どのロアにも同じように敬意をこめて挨拶する。フーンシが、人々の持ち寄ったヤムを全部集めて料理の準備をする。礼拝は祈りに移り、集まった全員が、主の祈り、信仰箇条、告白の祈りを唱える。それから、さまざまなロアに捧げる歌を歌い始める。人々は、パパ・レグバ、パパ・ロコ、パパ・シンビー、いくつかのコンゴ、メートル・グラン・ボア、パパ・バデーレ、マンション・イボなどに歌いかけるが、私が一番美しいと思ったのは、グラン・エルズーリーに捧げる歌だった。

この間ずっと、ヤムイモと魚の調理が進んでいた。何人かの信者たちが、バナナの葉をたくさん切りに行かされた。それらの葉でベッドのようなものを作り、その周りをぐるりとロウソクで囲んだ。それから全員が、このバナナの葉の布団の上に座って、ヤムイモが出されるのを待った。ロウソクが灯され、明かりに囲まれて、みずみずしくひんやりとした葉の上に座るのは、とても気持ちがよかった。

ヤムイモが出来上がったという知らせが来ると、フーンガンは、バナナの葉の布団の上に小麦粉をまいた。それから、フーンガンはホウンフォールに入っていき、料理が彼のもとに運ばれ、フーンガンは、ロアたちに料理を少し捧げた。それから、みんなに料理が出され、私たちは、歌を歌ったりして残りの夜を楽しく過ごした。歌ったり踊ったりしているうちに、何人かに精霊が乗り移った。三、四種類のロアが、別々の人に取り憑いて同時に現れた。たくさんの予言がなされ、その場に居合わせた人々の何人かは、お告げに深く心を打たれていた。グランド・リビドと思われる精霊が信者に取り憑き、その信者が特別に招いた客を追い払わせた。そのロアが言うには、その客は真のヴードゥー崇拝とは無関係な人で、悪魔を崇拝しているとのことだった。そのお告げに、客はひどく困惑し、それを否定しようとした。だが、ロアに乗り移られた信者は、客が悪魔崇拝の儀式を行なった日付や場所や、その時の出来事を述べ始めたので、客は困り切って慌ててその場を逃げ出した。まもなくロアは友人を追い出した信者の中から出て行き、彼は我に返るや否や、友人がどこに行ったか尋ね、起こったことにすっかり打ちのめされた。彼は、歌い踊っている私たちのもとを離れ、友達を捜しに行った。

第十六章　墓場の土、その他の毒

人々は、人を傷つけたり殺したりするために墓地から土を取ってくる。そして、この習慣の背後にある原理は、見た目以上に洞察に富んだものだ。敵や、依頼人の敵を滅ぼすために古い墓から一握りの土を掘り出しながら、自分が何をしているか本当に分かっている人は、まず一パーセントに満たないだろう。彼らの多くにとっては、それは、幽霊という概念や、幽霊が有害な力を持っているという思い込みと心の中で結びついた迷信である。だが、古い墓の奥深くから掘り出した土は、西洋世界で黒人が存在する所では、どこでも信望が厚い。アメリカ合衆国では、それはグーファー・ダストと呼ばれ、教養のある人々はおおいに笑い物にしている。年老いたまじない師が、人に害を及ぼしたり殺したりするために、真夜中に墓地へ行って腕の丈の深さのところの土を墓から掘り出すことを思うと、馬鹿らしい気がするかもしれない。だが、この年寄りのフードゥーまじない師に向かって大笑いするのは、ちょっと待ってほしい。同じ問題について、科学者の言葉に耳を傾けてみよう。

サー・スペンサー・ウェルズ（『死者の処理』）曰く、「シェインは、三十年を経た墓の周囲の土から、しょうこう熱の菌を発見した」

リオデジャネイロのドミンゴ・フォリエロ博士曰く、「それぞれの死体が、何百万もの病原体の温床であるとするなら、それぞれの死体の周りに新たな病巣を形成している墓地とはどういうものかを想像してほしい！　死後二十年以上も経った死体に、シェインは、黄熱病、しょうこう熱、チフスその他の伝染病の菌を発見した」

パスツール曰く、「病原菌を含有する土が及ぼす可能性のある影響と、墓地の土がおそらく持つであろう危険性について考えると、慄然たる思いが心に広がる！」

というわけで、それは無知な人々のたわいない迷信ではなく、アフリカの呪術師たちが墓地の土の致命的な特性を発見したということらしい。何らかの方法で、彼らは、すっかり朽ち果てるのに十分な時間の経った死体の周りの土には、致命的な力が染み込んでいることを発見したのだ。その発見は、その考えが文明化された地域で地歩を得るずっと前になされた。それは、西アフリカの祖先崇拝から、何らかの偶然で生じたものかもしれない。単なる当てずっぽうだが、そう考えると、巧妙に死をもたらす方法に対する強い関心の説明がつく。ここから、ハイチのみならず西洋世界で黒人がいるところにはどこでもある、毒とか毒殺という問題が浮かび上がってくる。

アフリカから断片的に入ってきた、この毒殺信仰集団に対して、ある地域では、当然、極端な警戒心が定着している。当然、実際の事件を大幅に上回る数の非難がなされている。だが、どれが実際の事件なのか、誰に分かるだろう？　最も優秀な犯罪捜査機関と薬学知識のある国においてさえ、警察の捜査の目を逃れる毒殺は山ほどある。同じ方法であまりにも多くの人を殺したために、ようやく発覚した毒殺の例は、これまでにたくさんある。アメリカ合衆国では、大勢の黒人の子供たちが、家以外の場所では何も食べたり飲んだりしてはいけないと教えられる。頼みもしないのに出された食べ物は、非常にあやしいものと見なされる。ジャマイカやイギリス領西インド諸島では、人々はビッシー（コラの実）を解毒剤として持ち歩いている。ハイチでも、人々は過敏なまでに用心し警戒している。ある教養ある男性は私に、同じ店に続けて行く時は、絶対に同じ飲み物を注文しないと言った。前もって注文を予測して、毒を入れた瓶を用意できないようにするためだ。

非常に興味深いのは、毒の使い方がヨーロッパのパターンよりむしろアフリカのパターンを踏襲していることだ。毒が薬局で買われることは、めったにない。ほとんどの場合、植物毒が用いられ、ヨーロッパ人がしばしば使う鉱物毒よりも検出が難しい。そして、稀にヨーロッパの毒が使われる場合も、同じ使い方はしない。ありとあらゆる実験を行なって、新世界で有毒植物を発見したのみならず、その最も効果的な使い方を見つけたのは誰か？　これが、環境によって歪められたアフリカ文化の名残の一例であることは明らかだ。

たとえば、動物の毛の毒について見てみよう。カッスーラ（カジョー・ルイス）は、一八五九年にアフリカから連れてこられて奴隷となり、一九三四年にアラバマ州モービールで死去した人だが、彼が私に語ったところによると、アフリカの故郷の王様は善良な人で、よこしまなことが嫌いだった。王は、豹の頭を所有することを誰にも許さなかった。私は、豹の頭を持つことが、どうして悪いことなのかと尋ねた。カジョーは、人々はそれで薬を作って他の人を殺すのだと言った。どうやってやるのかは言えなかった。なぜならカジョーは、さらわれた時ほんの子供だったので、そのやり方をまだ習っていなかったのだと説明してくれた。でも、豹の頭を持っていることは、非常に悪いことだった。豹を殺した人が頭を王様のところに持ってこない時は、その男がよこしまなことをしようとしている悪い男だということがみんなに分かるので、何かしないうちに死刑にしてしまう。私は、リベリアの最高裁判所長官に会った時、豹の毛皮がほしいと頼んだ。彼は一枚送ってあげましょうと言ってくれたが、頭の付いたのは絶対に駄目ですと言った。なぜなら原住民の酋長たちが、自分のテリトリーの中で殺されたすべての豹の頭を必ず自分のものにするからだそうだ。ニューヨークに住んでいるアフリカ人ダンサーのデュークは、頭が大事なのは、ひげがあるからだと言った。デュークはゴールド・コースト出身のファンティ族だが、彼も、豹の頭を所有することは重大な犯罪だと言った。そして、豹の頭が王様のもとに持ってこられると、狩人を帰してしまう前に豹のひげを数え、ひげが一本でもなくなっていたら狩人は死刑にされる。もし狩人がひげを一本しまっておいたのだとしたら、彼はそのひげで誰かを殺すつもりだということなので、その意図があるだけで殺人者ということになり、即座に処刑されるというわけだ。ひげは絶対に致命的な毒だとデュークは言った。素早く暴力的に死をもたらすのではないが、非常に確実なものだそうだ。どういうふうに使うのか、なぜそれが毒なのかについては、彼は説明することができなかった。あるいは言おうとしなかった。

さて、ジャマイカにもハイチにも豹はいない。だが、毒について質問したら、どちらの国でも、刻んだ馬のしっぽの毛のことを教えられた。短く刻んで、粥状のものに混ぜ、殺したい人に食べさせると、胃と腸がひどくただれて確実に死ぬ。短い毛が針のように胃腸の組織を刺すので、最初は腸がちくちく痛み、それから穴が開く。明らかに、アフリカの豹のひげによる殺人法の応用である。ジャマイカにも、このバリエーションがある。彼らは、馬の毛をすき、すき櫛を犠牲者の料理に浸して洗う。犠牲者は馬の毛ばかりでなく、皮膚や毛に付いていた細菌も食べる。激しい嘔吐と死が待っている。

カッスーラは、ナイジェリアにあった国から来たタッコイ族で、ダホメイの首都アボメイから「三度眠る」距離に住んでいた。彼とリベリアの最高裁判所長官とデュークは、別々の地域の同じ慣習を伝えている。そして、これらの地域はどれも、アメリカ大陸で働くために連れてこられた奴隷の大多数の出身地である地方の中にある。豹のひげが手に入らないので、それを使って殺す習慣を持っていた人々は代用品を捜し、馬のしっぽの剛毛を見つけたのだ。

デュークは、ロック・パイソン〔ボア科の大蛇〕の脚の痕跡器官と、ワニの胆嚢から取れる毒についても話してくれた。私は、ジャマイカでもワニの胆嚢の毒性について聞いた。干して毒性を高めたアフリカのトカゲと、ジャマイカ、ハイチ、フロリダの毒性を高めたトカゲ。そして、アフリカで使い方、服用量、毒性について分かっていた無数の植物毒は、西洋世界で代用品を見つけなければならなかった。そして非常に多くの代用品が発見され、途方もない数の実験が行なわれたという事実からも、探求者の毒への愛好心が分かるというものだ。

他にどれだけの種類の植物が毒として使われているか知る方法はないが、以下のものは、西インド諸島の複数の場所で何度も確認されたものだ！

1 ナイト・シェイド（ナス科の植物）（ジャマイカ）。解毒剤――ビッシー（コラの実）

2 レッド・ヘッド（ジャマイカ）。解毒剤――ビッシー（コラの実）

3 ビター・カッサヴァ（ジャマイカ）。解毒剤――粘土と水を混ぜて飲む。

4 ダム・ケイン（サトイモ科の植物）（ジャマイカ）。解毒剤――不詳。（この植物の汁は、まず喉を痛めつけ、声帯を収縮させるので、犠牲者は口がきけなくなる。口から涎がだらだら垂れ、顎を濡らす。この毒を含んだ涎の触れたところの皮膚には発疹ができる）

5　ローズ・アップル（根は黒く猛毒）。解毒剤——不詳。
6　アメリカ・ハナミズキの根（ハイチ、ジャマイカ、バハマ）。解毒剤——不詳。
7　ブラック・セイジ（ハイチ、ジャマイカ、バハマ）。解毒剤——不詳。
8　竹の粉末（ハイチ、ジャマイカ、バハマ）。解毒剤——不詳。

動物に由来する毒

1　馬の毛
2　干したギャロワス（毒トカゲ）
3　干したマボリエ（ハイチ・トカゲ）
4　クモ、芋虫、昆虫
5　馬の毛をすいたあと、すき櫛に付いた屑

鉱物に由来する毒

1　すりつぶしたガラス瓶

2　甘汞（塩化第一水銀）（外用薬として用いられる。水と混ぜて、犠牲者の下着を一、二時間浸し、すすがずに乾かす。それを着た人が汗をかくと毒が皮膚から染み込み、悪性の腫れ物ができる）

3　ヒ素（ハイチでは原始的な毒は用いられていないと主張するリュルクス・レオン博士は、ハイチで使われる毒のほとんどはヒ素であると推測している。博士によれば、奴隷制の最後の頃、多量のヒ素が奴隷たちによってプランテーションの所有者から盗み出され、後に分配された。それは一七九三年頃のことで、その当時のものが現在まで残っているということは、まずあり得ない。ともかく、その他の毒が使われているという証拠は、枚挙に暇がない。だが一九三四年に、ステニオ・ヴァンサン大統領をヒ素で暗殺しようとした試みがあった。その陰謀を企んだ者たちによって、三十グレーンのヒ素がサント・ドミンゴから持ち込まれたことが確認されている。そのヒ素は、手がかりを残さないようにハイチの外で購入されたにもかかわらず、その購入者が突き止められた。それは、ある議員の名前で注文されていたが、その議員はその件について何も知らなかった。大統領の命を狙ったこの陰謀に関連して、ハイチの政界の大物の名前が取り沙汰された。だが、事件はルーズヴェルト大統領のハイチ訪問の直前に起こったので、急いで揉み消された。購入された三十グレーンのヒ素のうち、十八グレーンの行方がいまだに不明である。シャン・ド・マルスで食料品店を営む家族の一人が、行方不明の十八グレーンのヒ素を持っているとか、ありかを知っているとかいう噂が立って、その店がつぶれた。その店では、家族以外の人間は誰も商売に携わっていなかった。言うまでもないことだが、この十八グレーンのヒ素のことを特に気にしている人は少ない。ハイチには、すでに多くのヒ素が出回っていることを知っているからだ。ハイチには、カコたちが戦いの前にマシェティの刃に塗る毒もある）

カリブ海地域における毒や毒殺に関する問題は、非常に重要なので、まったく無視することはできない。だが、この問題について研究し尽くすには、何年にもわたる調査が必要だろう。そこには非常に広範な背景があり、計り知れない不吉な未来がある。毒を盛ることと、それに伴う誘惑には、さまざまな理由がある。長年にわたる毒への愛着もある。秘密が守られるということや、国中に毒があって手に入りやすいということもある。毒殺に加えて、ハイチでは、死者をゾンビに変えてしまう者たちやソシエテ・ジェ・ルージュ（赤い目の集団、セクト・ルージュの別名）の手から死者を守るために、死体に毒を盛る必要もある。

第十七章　ドクター・リザー

時が経っても場所が隔たっても小さくならないものこそ、本当に大きなものだ。ポン・ビューデのドクター・リザーに関する私の思い出は、そんなふうに鮮やかなものだ。私は約束を破ってこの文章を書いており、多分、雄鶏が時を作るのもそのせいなのだろうが、どんな雄鶏も必要とあらば三度は時を作ることができるものなのだ。私はドクター・リザーについて少し書くつもりだ。ハイチに関する文章の中でドクター・リザーについて触れなくては、一味足りないものになるだろう。

本人に会う前に、ドクター・リザーについては、いろいろ聞いていた。この白人のフーンガン（ヴードゥーの司祭）については、さまざまなことが語られている。ポルトープランスに住んでいる外国人はみんな彼を知っており、彼のことが好きだ。多くのハイチ人が、彼はヴードゥーの秘義に深く通じていると認めており、彼にまつわる驚くべき伝説ができつつある。ドクター・リザーは、ドクター・アルテュール・オリーが率いると見なされているソシエテ・ドゥ・クレーヴ（スネーク・ソサエティ）に属していると言う人たちもいる。その集団の目的は、ハイチのセクト・ルージュと悪魔崇拝を撲滅することだと言われている。ある青年が、確かなことだと言って教えてくれたのだが、その集団のメンバーは全員、前腕に蛇の刺青をしているそうだ。彼はドクター・リザーの腕の刺青を見たことがある。その蛇は生きていた。青年は、ドクター・リザーが、その蛇に餌として卵を与えるのを見た。ドクター・リザーに会った時、私はその蛇を見せてくれと頼んだ。それは、彼が海軍にいた頃、腕に刺青した龍だということが分かった。だが、多くのハイチ人にとっては、それは神聖な蛇であり、卵を食べ、魔法のような奇跡を起こすのである。

そういうわけで、私はほどなくポン・ビューデに出かけていき、この何かと噂の多い人物に会った。だが、誰でもポルトープランスに上陸するや否や、ドクター・リザーに会うのだ。彼はラ・ファリエール砦と同じように、ハイチの観光名物なのだ。この白人のアメリカ人は、ハイチの現存のいかなる人物よりも有名人なのだ。

ドクター・リザーは、ポン・ビューデの国立精神病院の責任者なので、網戸の付いた大きなポーチのある住み心地のいい家を持っている。そして、この網戸のあるポーチには、スプリングをチェーンで吊し、気持ちのいいマットレスを乗せたベッドが三つある。この風変わりな仕掛けは、昼間は良いブランコになり、夜は良いベッドになる。彼は愛想よく客をもてなし、地元のおいしい食事を出してくれるし、ポーチでは背の高いグラスに入れた冷たいフルーツ・ドリンクを出してくれる。会話の達人で、驚くほど話題が豊富だ。哲学、秘教、官能、旅行、医学、心理学、化学、地理、宗教、フォークロア、その他さまざまな話題がある。私はドクターが、午後じゅう語り続けるのを聞いたことがある。

それで私は、他に用がない時は彼のポーチで過ごすことにした。私たちはトランプをしたり、代わる代わる話を聞かせたり、敷地の中にふらふら入り込んできた無害な精神異常者が、時々網戸の付いたポーチに近寄ってきて、煙草をねだったり、彼らの病んだ心の中では重要だと思えることを言ったりするのに耳を傾けた。スイング・ベッドに仰向けになって時を過ごすのは快適だった。召使の少年テレマルクが、一時間ごとに必ずレモネードかオレンジ・ジュースを持って現れた。精神病患者たちは、しょっちゅう何かびっくりするようなことを叫んだが、そうするとドクター・リザーがうまくなだめた。彼は暦の上ではハイチに来て十一年だったが、彼の魂は、他の人々と一緒にアフリカから来たのだ。

ハイチの人々が、身分の高きも低きも、遠くも近きも、いかに彼を愛し信頼しているかを見た私は、ある日、ハイチの白人の王様になるという問題を彼に突きつけてみた。「ドクター・リザー」、私は、一つのスイング・ベッドからもう一つのスイング・ベッドに向かって呼びかけた。

「私はドクターじゃないよ。私は一等衛生兵曹だったアメリカ海軍の退役軍人さ。私がポルドペーの保健局に勤務していた頃、みんな私のことをドクターと呼ぶようになって、今でもそう呼び続けているんだ」

「それは私の間違いとして、私が言いかけたことに話を戻すと、ドクター、ハイチの人はみんな、あなたのことが大好きなようです。私がこれまでに読んだどの冒険物語でも、原住民は、自分たちの中に白人がいると、必ずその白人を神様だと思うか、少なくともその白人を王様にします。あなたはハイチに十一年いるとおっしゃいましたね。あなたはハイチにいる白人の中でハイチ人と一番親しく、しかも王たる栄誉は受けていませんね。それをどう思いますか?」

「あのねえ、ゾラ、誠実に接すれば、ハイチ人は白人といい友達になるけど、白人を王様には、まずしないね。王様にまではしないよ」

「白人でも?」

「白人でもさ。それに、王様になったハイチ人だって、あまりうまくやれなかった。知ってるだろう?」

それを聞いて、私は真っすぐ起き上がった。彼は遠慮なく、あけすけに喋っていた。

「でも、ゴナーヴ島では、海兵隊の軍曹が王様になってますよ」

「いや、なってないよ」

「でも、フォースタン・ウィルクス王が――」

「ウィルクスと、あの白人の王の件について言えることは、あいつにはいい協力者がいるってことだ。もう一杯オレンジ・ジュースを飲もう」

「彼は王様なんかじゃないってことですか?」

「そのとおり」

「あなたがそう言ったと人に言ってもいいですか?」

「いいとも。さあ、オレンジ・ジュースはどう?」

「いただきます、ドクター。今度は、あなた自身のことをお話ししていいですか?」

「いいよ」

「じゃあどうして、ハイチ人やハイチの農夫たちは、あなたのことが特別好きなんですか?」

「彼らは限りなく親切で優しくて、私が彼らの愛情を得ようとしてしたことは全部、彼らが絶え間なく示してくれる思いやりへのお返しなんだ」

ひょろりと背の高い精神病患者が、ポーチのあたりをうろついて、フォンテーヌの寓話を暗唱し続けていた。彼は私たちをじっと見つめたまま、間断なく単調に言葉を吐き出していた。口はよく動いているのに、顔の上半分がじっと動かないので、奇妙な感じがした。彼の顔の上半分は、下半分がしていることを知らないのは確かだった。元はポルトープランスで商人をしていたシリア人が、ポーチから顔を背けて立ったまま、ドクター・リザーの健康を祈っていた。

「ドクター・リザー！　ドクター・リザー！」彼は呼び続けた。「いいものを召し上がってください。アメリカ合衆国の一番いいものを召し上がってください」

「どうもありがとう」ドクター・リザーは、言われるたびに答えた。

「ドクター・リザー、私は、車ですごいスピードを出してポルトープランスに行ったんです――時速六十メートルぐらいです――豚のそばを三回通りました。そこにいた男に言ってやりました。『豚を道路に放置するたびに、アメリカ政府に五ドル税金を払わなければいけない』って」

「よし、よし」ドクター・リザーは、興味を持っている振りをして答えた。「今度は、私のために鶏を見にいってくれるかな」

男はドクター・リザーのために行くという考えに大喜びで、急いで去った。ポーチでの会話が再開された。

私はポルトープランスに帰ると言ったが、ドクター・リザーは聞こうとしなかった。客が来ることになっていた。アメリカ副領事ジョセフ・ホワイト、その新妻、西インド石油会社のＭ・Ｃ・ラヴ、ニューヨーク州ナイアックのフランク・クランビー、スコット夫妻、ハイチ政府に派遣されている財政担当官ジョン・ラシターだった。彼らがみんなその夜、パンアメリカン航空の新任の役員たちと一緒に来ることになっていた。

ドクター・リザーは彼らにヴードゥー・ダンスを見せることになっており、私に残ってくれと頼んだ。私は、来ることになっているみんなととても親しかったので、ドクター・リザーの申し出が嬉しかった。ハイチで最高のドラマー、シセロンが、その夜、激しいラーダ・ドラム、フーンターを聞かせてくれた。アフリカへ行けない人はみんな、ハイチのポン・ビューデに、シセロンの演奏を聞きにいくべきだ。見た目はどうということもない。シセロンは中年を越した小柄な黒人で、ちょっとみすぼらしい。彼の魔法は、その手にある。彼をティンパニの天才たちの仲間に加えている輝かしい才能は、いつもドラムの張りつめた皮に当たるために変形している指にある。ああ、本当に、ポン・ビューデのシセロンのドラムを是非聞いてほしい！

その夜の出来事は、何もかも輝かしく強烈だった。白人の客たちは、自分ではどう思っていたにしろ、壁際の観客のようなものだった。中央では活発な動きがあった。ドクター・リザーのハイチ人の友人がたくさんやって来た。何人かは上流階級の教養のある人々で、悠然と魅力的に紹介を受けた。ダンスに加わることになっている農夫たちも来た。みんなドクター・リザーに会えたことをとても喜び、その気持ちを惜しみなく表現した。暗褐色の肌の鷲のような顔をした男が言った。「またお会いできて、大変嬉しいです。先生にお会いできなければ、私は背中にこぶをしょっていたことでしょう！」もちろん、こういうことはすべてクレオール語で語られた。

夕べの催しが進行していった。シセロンとドラマーたちは、多くの客に敬意を表して一人一人に向けて特別の演奏をし、客はドラマーに敬意を表して飲み物や現金を振る舞った。ドラム、歌、ダンサーとダンス――夕べの気分が盛り上がった。私はジャン・ヴァルーを教えてもらった。あっという間に真夜中を過ぎた。とうとうみんな帰っていき、私はドクター・リザーの寝室のベッドに寝かしつけられ、ドクターと、その家に住んでいる人たちは、ポーチのスイング・ベッドで寝た。

雄鶏が時を作り、世の中が起き出す小さな物音がし、明け方のそよ風が吹き、あらゆるものが新しい一日を受け入れることを知らせ、私を起こした。その新しい日は、ねばっこい白い霧の中から徐々に形を取り、もうそこに、神が作り給うた一番新しい日として姿を現し、朝がいつもするように人々を変貌させる仕事に取りかかった。私は、すぐに帰ろうと起き上がった。

だが、私は予定どおりには帰らなかった。若い女が、ドクター・リザーに言づてを持ってきた。それは南のオー・ケイからの伝言だった。それは市場の女たちの口を経て、とうとうポルトープランスの若い女のところまで届いたのだった。それは南で儀式に出席するようにという招待だった。どんな儀式が行なわれるのか？　その儀式では、火を使わずに料理が作られることになっている。本物の料理が？　そう、大鍋で作る本物の料理だ。儀式に参加する人々全員に行き渡る分の料理だ。それが火を使わずに調理される。そんなことが可能なのか？　若い女は、カップとソーサー、洗濯用の青み剤を少し、冷たい水をコップに一杯、それに新鮮な卵をくれと言った。彼女は自分で卵を取ってくるのは嫌だと言った。前もって用意していたと思われたくないから、と。ドクター・リザーが、出ていって自分で卵を一つ取ってきて、女に渡した。彼女はそれをすぐにカップの中に入れた。冷たい水を卵の上に少し注ぎ、ソーサーでカップに蓋をして、青み剤でソーサーの上に十字を書いた。それから彼女は頭を垂れ、数分間ぶつぶつとお祈りを唱えた。私たちは誰も、彼女のお祈りの言葉を一言たりとも聞き分けることができなかった。お祈りが済むと、彼女はソーサーを取り、遠慮がちに微笑みながらドクター・リザーに卵を差し出し、卵を割るように言った。ドクターは、一番いいグレーのスーツを着ているので、卵で汚したくないから嫌だと言った。彼女は何度も何度も、卵がスーツにかかることはないと請け合った。とうとうドクターがとても慎重に卵を割ると、卵がゆだっていることが分かった。それだけでも十分驚きだった。だが、本当にびっくりしたのは、卵の中心が他のどこよりも固くゆだっていたことだ。若い女はドクターに卵を食べてくれと言った。ドクターは食べたがらなかったので、女はドクターをなだめすかさなければならなかったが、とうとう彼女に説き伏せられてドクターは卵を食べた。すると女はドクターに、あなたはもう決して毒で死ぬことはないと請け合った。毒の入った食べ物を食べたり、毒を塗ったものに触ったりする前に、必ず警告を受けるだろうと言うのだ。さて、ドクターは、儀式への招待をお受けになりますか？　喜んでお受けする、とドクターは言った。私も一緒に来てくれと言われたので、そうすることになった。数日後、私たちは南のオー・ケイに向かって、でこぼこ道を揺られていった。私たちが着いた時は夜だった。番人が幹線道路の脇に立っていて、私たちをホウンフォールに案内してくれた。重要な客を迎えるためのちょっとした儀式と、入場の儀式のあと、私たちは寝る場所を割り当てられて、大きなミンボンの木の下のナットの上で眠った。

彼らの儀式は大きなホウンフォールの中庭で行なわれ、信者全員が食料を持ってやって来た。エンドウ豆、人参、キャベツ、サヤインゲン、玉ネギ、トウモロコシ粉、米、ナスなどの大きな山があった。

翌朝、女たちは起きて、ハイチでは誰もが朝食の前に飲む小さなカップのコーヒーの用意をした。それから朝食になった。そのあと、女たちは儀式のために食材の下ごしらえを始め、男たちはサイコロ遊びを楽しんだ。アメリカ合衆国でやるように二つのサイコロを使うのではなく、三つのサイコロを使うものだった。

さまざまなことが儀式にのっとって行なわれ、やがて火を使わない「料理」が始まった。私は見たことを全部あとでドクター・リザーに話し、ドクターも私の見たとおりだと確認してくれたが、私に見えたのは、人々が丸くなって、混ぜ合わせた食べ物が入っている鉄鍋の周りを取り囲んでいるということだけだった。マンボが、お決まりのアソンを鳴らしながら歌い出し、ドラムが響き始めた。一番小さなラーダ・ドラム、ブーラティエの最初の音が鳴ると、男たちは帽子を取り、女たちは儀式の時に必ず頭に巻く色とりどりのハンカチをはずして、鍋の周りを回りながら踊り出した。彼らは、踊りながら歌い、見えない炎を扇ぐかのように帽子やハンカチを鍋に向かって振った。これが延々と続いた。フーンガンとマンボが儀式を締めくくると、木のスプーンで料理をすくって、みんなに配った。みんな手で食べた。というのは、この儀式では鍋以外の金属は決して料理に触れてはいけないからで、ナイフもフォークもスプーンも使ってはいけないという決まりを絶対に守らなければならないからだった。

料理はどうやってできたのか？　私には分からない。ドクター・リザーと私は、賄賂やその他できることは何でもして秘密を突き止めようとしたが、それはその小さな集団だけの秘密で、どんな手を使っても何の役も立たなかった。ドクター・リザーは、冷たい水で卵をゆでた娘をとてもよく知っていた。実際、二人は非常に親しい友達だった。ドクターはしまいに彼女に集中攻撃をかけたが、彼女は、それはアフリカからもたらされた一族の秘密で、漏らしてはならないのだと言うばかりだった。ドクターは彼女にうるさく尋ね続け、彼女も、ドクターがある儀式の洗礼を受けるまでは教えられないと言うところまでは折れた。ドクターは労力と費用をかけて、その洗礼を受けた。それが済むと、彼女はまた、それは先祖伝来の秘密で、漏らしたら死ななければならないという元の立場に戻った。というわけで、私たちが火を使わない料理の儀式について知ることができたのは、そこまでだった。それは年に一度行なわれる行事なので、私は、いつかまた調べてみたいと思う。

私は、そのあとも何度もドクター・リザーを訪ね、スイング・ベッドに横たわり、話に耳を傾け、食事をした。でも、一度もしなかったことが一つある。私は、ハイチに捜しに行った情報をドクターに求めることは決してしなかった。その理由は、一つには、何かを調べにハイチに行く人は、みんな一目散にドクター・リザーのもとに行き、二、三週間のうちにできるだけ多くのことを彼から聞き出すと、国に帰って、見てきたようなことを書くからだ。言っておくが、ドクター・リザーは自分が話したいと思う以上のことは言わないから、彼らが得る情報は限られたものにならざるを得ない。なぜなら、まず第一に、ドクター・リザー自身の持つ情報が、ハイチの非常に複雑で多彩な言い伝えの持つ性質上、限られたものにならざるを得ないし、第二に、ドクターが、自分のところに押しかけてきて情報を摘み取っていこうとする怠惰な人間に対しては、話す内容を選ぶからだ。彼には彼の未来の計画があるから、たいして重要でないことしか人には話さない。こうして人々は彼のところに出かけていって、ハイチでの時間を無駄に過ごす。でも、私がドクター・リザーから又聞きの情報を得ようとしなかった最も重要な理由は、自分はたっぷり修練を積んでいるから、自分で現地に出かけていって情報を得ることができると思ったからだ。だから、ドクター・リザーとの付き合いは、五十パーセントが社交、五十パーセントがドクター本人を知るためだった。教養もあり、さまざまな土地を旅したこの人、ハイチで、アフリカの儀式の中に、自分の魂と平和をこれほど完全に見出すことのできるこの元海軍軍人のことを私はできるかぎり知りたいと思った。私は、彼がアフリカのロア（精霊）に乗り移られた状態になっているのを見たことがある。精霊が彼の頭の中に入って、本人の意識を追い出してしまった状態である。私は彼がハイチの農夫と同じように、精霊に取り憑かれて酔っぱらったようにふらふら歩いているのを見て、自然科学に通じた博学の人と、ものごとを信じやすい感情的な男を頭の中で一つに結びつけようと苦労した。彼は、アリストテレスについての議論を途中でやめて、子供のような熱心さで、ロアが宿る石を私に見せてくれたりするのだった。それで私は、他のことをしなくていい時間は、できるだけ彼のスイング・ベッドに横になって過ごした。それに彼は、とても洗練された親切な人だ。そして彼の家のそばでは、本当にいろんなことが起きた。

彼は、精神病院に入っている不幸な人々に対して、本当に親切で優しい。彼の仕事を引き継ぎたいと願った人は何人もいるが、今のところ、保健衛生局長は、この仕事には彼が最も適任だと考えている。もちろん、犯罪を犯したり暴力を振るう精神異常者は監禁されているが、無害な患者は、ある程度の自由が許されている。そして彼らはドクター・リザーのポーチのそばをうろついては、それはそれはいろんなことを言う。ドクターは、決して彼らを追い払わないし、邪険な口調でものを言うこともない。

ある日の午後、ポーチで、私はふと、ドクター・リザーはアメリカ合衆国のどの地方の出身なのだろうと思った。言葉のなまりで場所を当てようとしたが、よく分からなかった。

そこで私は尋ねた。「ご出身はどこですか、ドクター・リザー?」

「私はラップランドの出身だよ、ゾラ」

「あら、ドクター・リザー。アメリカのご出身だと思ってましたけど」

「そうだよ。でも、それでもラップランドの出身なんだ」

私が知らない間に、ラップランドはアメリカの植民地になったんだろうか、と私は思った。ドクターは戸惑う私を見て、くすくす笑った。

「そう、私はラップランドの出身だよ――ミズーリ州がアーカンソー州におおいかぶさるように出っ張ってるところさ」

それを聞いて私はもちろん笑い、ドクターは、民衆の英雄物語を語るヒルビリー〔南部の山地の住人〕の口調で続けた。「ああ、俺は、雄牛を橋から突き落とした山羊のえさをくちゃくちゃ噛んだ男さ!」

その時、例のシリア人がポーチに駆けつけて呼んだ。「ドクター・リザー! ドクター・リザー! モンテカルロの兵隊たちが死海をつぶして、カジノを建てました!」

「情報をありがとう」ドクター・リザーは答えた。

起きている間じゅうフォンテーヌの寓話を暗唱している患者も、ポーチにやって来た。

私は、ドクター・リザーがオーザーク地方の民話を持ち出したのに大笑いしたので、私たちの陽気さが、患者たちを引き寄せたのだろう。別の患者もやって来て、ブラザー・ブーキとティ・マリスにまつわるハイチの民話を喋り始めた。

ドクター・リザーは続けた。「でっかい散弾銃を食べられるようになるまでは、六連発銃を食べて育った。メキシコ湾をあったためて風呂にする。野生のロバに乗って、岩から岩へと飛び回る。五百ポンドの弾を歯に受けて、ミシシッピ川を端から端まで泳ぐ！　それを信じない、やわな糞ったれ野郎は、首っ玉ひっつかまえて、死ぬほど揺さぶってやる」

「ドクター・リザー！　ドクター・リザー！」シリア人が自分に注意を向けさせた。「パレスチナで競馬があります。馬はユダヤ語とアラビア語と英語で契約していて、ユダヤの馬は二着でなければなりません。政治ですよ」

フォンテーヌの寓話を暗唱している男は、ポーチに生気のない目を据えたまま、ティ・マリスとブーキの物語を喋っている男と競争でもしているように、べらべら喋り続けた。だがフォンテーヌの男のほうが声が弱かった。それで、次のような話がとてもはっきりと聞こえた。

「もちろん、ブーキはティ・マリスのしたことにとても腹を立てたので、ティ・マリスは怖くなり、すごい早さで逃げ、柵のところまで来た。柵には穴があったが、そんなに大きな穴ではなかった。だが、ティ・マリスは何とか潜り抜けようとした——」

「ドクター・リザー！　ドクター・リザー！　くたびれた人相の人と話をしてはいけませ

ん！　私は免許証なしで五年間車を運転しており、アメリカ合衆国政府は非常に満足しています」

「うるさいかね？」ドクター・リザーは私に尋ねた。「私は全然気にならないんだが」

「ちっとも」私は答えた。「とても面白いです。好きにさせておきましょう」

「それならいい。どっちにしろ、もうじき彼らの寝る時間だ」

シリア人は網戸のすぐそばまで来ていた。「あなたが大統領に手紙を書けば、ここにいる友達はみんな、あなたを忘れません」彼は私たちに助言した。「ドクター・リザー、愛とは何ですか？」

「私には全然分からないよ」リザーは答えた。「何なんだね？」

「愛は心です。では心とは何ですか？　それは肉体のコミュニケーションです」

日は沈もうとしており、私は世界の父が地平線に沈んでいくのを見上げた。近くにダイオウヤシが他の緑の木々から抜きん出てそびえて立っており、若い葉の堅い軸が、命に燃えて、さらに伸びようとしていた。

「ドクター・リザー、私は愛とは何か知っています」シリア人は続けた。「私はキューバに行ったことがあって、キューバに、ある家があったんです。呼び鈴が『チン！』と鳴って、中に入っていくと、みんなが私をこんなふうに揺さぶって、朝になって出てくる時には、生きるってことの意味が分かりました」

シリア人は突然向きを変え、低木の茂みのほうに歩いていくと、ハイビスカスの花を摘み始めた。ドクター・リザーは、フォンテーヌの寓話を唱え続けている男を行かせて、シリア人がハイビスカスの花を全部摘み取ってしまう前にやめさせた。すると、もう一人の男が相変わらずマリスとブーキの話をしているのが聞こえてきた。「――マリスは、柵の穴に引っ掛かって、前にも後ろにも動けなくなった。お尻が大きすぎて通り抜けられなかったのだ。それでブーキはマリスを見つけたが、マリスだと気づかなかった。ブーキは柵にはまった大きなお尻を見つけたが、マリスに追い着こうと気が急いていたので、お尻をぴしゃっと叩いて言った。『お尻、マリスを見たか?』お尻は言った。『押してくれたら、教えるよ』それでブーキは、えいっとばかりにお尻を押したので、ティ・マリスは穴から押し出され、走って逃げた。マリスが行ってしまってようやく、ブーキはそれがマリスだったことに気づいた。そして――」

夕食ができたという合図を受けて、男は唐突に行ってしまった。まもなく、男たちが一列になって寝室のある建物に連れていかれるのが見えた。女が数人、太い金網の柵で囲まれた女性患者用の区画に立っていた。男たちの列が女たちが立っている場所の横を通ると、一人の女が柵に歩み寄り、突然スカートを持ち上げて、自分の体を見せた。即座に一人の男が列から離れ、彼女のほうに駆け寄った。何の計画があったわけでもない単純で本能的な動きだった。まもなく列の先頭を歩いていた看護人が、騒ぎに気づき、あたりを見回した。彼は駆けつけると、二人の男の助けを借りて、男を引き離した。女は、よろよろと丸椅子に戻り、一種の放心状態になって、頭を垂れて座り込んだ。男は無理やり自分の部屋に連れていかれたが、夜っぴて罵ったりわめいたりしているのが聞こえた。

一方、私たちは、外で夜の帳が水平線をすっかり覆いつくすのを待った。するとテレマルクが夕食の支度ができたことを告げ、私たちは中に入って、脂身のないおいしい豚肉の燻製を食べた。テレマルクは、その料理法を心得ている。ジャンジャン・アンド・ライスも食べた。これは、ハイチで最もおいしい地元料理だ。ジャンジャンというのは、小さな野生の茸で、マダム・ジュール・フェーンは、ジャンジャン・アンド・ライスを作るのがハイチの誰よりも上手だ。

ドクター・リザーは、しばらく潮の満ち干と海流の動きについて話していた。それから、どういうわけか、生まれる前の赤ん坊の性別の決定について話し始めた。ドクターは、鎖にかけた金の指輪を使えば、胎児の性別を決めることができると言い切った。そこから彼はどんどんオカルトの話に入り込み、ハイチのオカルトについて話した。ドクターは、ヴードゥーの神々に対する自分の信念を裏付けるものとして、奇跡のような治療や未来の出来事に対する警告や予言の例をいくつか挙げた。その中のいくつかは驚くべきものだった。ドクターは、プレプティの幻視について語った。彼はプレプティに紹介してやると言ったが、私は結局会うことができなかった。プレプティは、カコの反乱の指導者の一人であるシャルルマーニュ・ペラルトの秘書だった。プレプティは、教養のある洗練された男で、シャルルマーニュの下で働きたいなどという望みはまったく持っていなかったが、ペラルトに誘拐され、拷問されて、無理やり三年間彼の秘書を務めた。そして、反乱の間、あらゆる戦闘に、ついて行かされた。海兵隊との戦闘から逃れたプレプティは、崖から岩の割れ目に落ち、そこから出ることができなくなった。斜面があまりにも急すぎて登れなかった。彼は何とか出ようとしたが、やがて、どうしてもそこから逃れることはできないと悟った。そこで彼は叫んだが、その声を聞く者は誰もいなかった。おなかがすき、喉が渇き、二日が過ぎると、彼はもう自分は死ぬとあきらめた。だが夜になり、極限状態で岩にもたれかかっていると、赤いローブを着て長い白いひげをたくわえたオグーンの幻が見えた。オグーンは、プレプティに、お前はここで死にはしないと言った。お前は発見され、助け出される。それから愛の女神、エルズーリーの幻が現れ、プレプティを慰め、やはり、あなたは助かります、と言った。プレプティは、数日間、その場所にいた。発見された時、喉がからからに渇き、飢え切っていたが、生きる力に満ちており、野ざらしで飢えていた状態から完全に立ち直った。彼は他の幻も見た。神が、針と糸を持った二人の天使をつかわし、その天使たちが人形を作り、その人形の動きで、未来に何が起きるかを彼に示した。そして、まったくそのとおりのことが起こった。

ドクター・リザーは、神が乗り移ったと言われる心理状態になっている間に、自分が体験したことを話し始めた。次々とさまざまな出来事が語られた。新しい人格が現れ、私たちと一緒に夕食を食べた人物を消し去ってしまった。青灰色の目が輝き、しかも同時に、その目は頭の奥に引っ込んでしまったように見え、頭の中の秘密の場所にしまってある何かを凝視しているようだった。しばらくすると、彼は話し始めた。彼はブラーヴ・ゲデの驚くべきお告げについて語った。話しているうちに、彼は私たちが知っている世界からどんどん離れて、神話の世界の霧の中へと入っていった。私たちの目の前で、彼は白色人種の体から出て変貌し始めた。ハイチの魂がどんなものからできているにしろ、彼はそれになった。ダホメイの蛇の神が彼の頭の周りを飛び回っているのが見えるようだった。彼の声音の中にアフリカがあった。彼は感動に震え、輝いた。英語を喋っていたが、別の大陸から語りかけていた。彼は、自分の神の前で、周囲で揺れているシャンゴの炎の前で、踊っていた。その時、私は、モーゼが燃え上がる藪を見た時、どんな気持ちがしたか分かった。モーゼは、炎を見たこともあったし、藪を見たこともあったが、ひとりでに燃え上がる藪を見たことはなかったのだ。そして私も、炎の中に住み、平然と全身を燃やしている人を見たことがなかった。いつかまた、彼の広々としたポーチに出かけていき、オレンジエードを飲み、アリストテレスについての彼の説に耳を傾けることもあるかもしれない。だが、そうしているさなかにも、炎の中にいる彼を思い出すことだろう。

アボボ‼

第十八章　神とホロホロ鳥

アングロサクソン民族が神聖視するいくつかの概念に合わない数々の愚行にもかかわらず、ハイチの人々は、愛される才能があり余るほどある。彼らは、親切心にあふれ、にっこりと魅力的に笑う。彼らは、ドクター・リザーが話してくれた神のホロホロ鳥のようだ。それはドクターが誰かから聞いたハイチの民話である。

ある年、神は米を植えた。それは豊かな神の身分にふさわしい稲田だった。米が実り始めたので、神は収穫の日を楽しみに待つようになった。

ある日、神のもとに知らせが届いた。「神様、ホロホロ鳥が、あなたの米を食べてしまいます。何か手を打たないと、刈り取る米がなくなりますよ」

そこで神は、天使ミカエルを呼んで言った。「さあ、ミカエル、この銃を持って私の田んぼに行き、ホロホロ鳥を殺せ。米が全部食べられてしまう。私は鳥のために米を植えたんじゃない。十分な数の鳥を撃って、残った鳥が怖がって逃げていくようにしろ。いい収穫が上がると思ったのに」

天使ミカエルは銃を取り、言われたとおりホロホロ鳥を撃ちに神の稲田に降りていった。ミカエルが稲田の近くに来ると、ホロホロ鳥は神の銃を持ったミカエルが来るのを見て、大きなミンボンの木に逃げていき、歌ったり、リズムに合わせて翼を打ち合わせたりし始めた。ミカエルは木のそばに来ると、木に群がって歌ったりリズムを取ったりしているたくさんのホロホロ鳥を散弾銃で狙った。だが、歌とリズムがあまりにも面白かったので、ミカエルは引き金を引くのを忘れた。銃を構えたまま、ミカエルは、羽ばたきに合わせてリズムを取り始めた。それから踊り始め、しまいに銃を置いて、疲れ切るまで踊った。それから銃を手に取り、その場を去って、神に言った。「神様、私にはあのホロホロ鳥が撃てませんでした。あの鳥たちは、とても幸せそうで、とても美しく歌ったり踊ったりしてくれたので、殺せませんでした」ミカエルは、神の言いつけを果たせなかったので、恥ずかしそうな顔で銃を置くと去っていった。

神はガブリエルを呼んで言った。「ガブリエル、私は、あのホロホロ鳥に米を全部食わせてしまうつもりはない。この銃を持って降りていき、あの鳥を撃つか、私の田んぼから追い払え。ミカエルを行かせたのに、あいつは何もしなかった。さあ、急いで行け。今年は少しは米が欲しいんだ」

そこでガブリエルは銃を取り、ホロホロ鳥を撃ちに神の稲田に降りていったが、鳥たちはガブリエルが来るのを見ると、ミンボンの木に逃げていき、羽を打ち合わせて歌い始めたので、ガブリエルは踊り始め、一日中、神の稲田のことをすっかり忘れていた。日が沈むのを見ると、ガブリエルは何のためにここに寄越されたのかを思い出し、すっかり恥じ入って神に顔向けができなかった。そこで彼はペテロに会いに行き、銃を手渡して言った。「神様の銃を私の代わりに持っていってください。私は恥ずかしくて帰れません」

ペテロは銃を持っていき、神にガブリエルが言ったことを伝えた。そこで神はペテロにこう言って送り出した。「あのホロホロ鳥を殺して来い！　私はホロホロ鳥のために稲を植えたんじゃないし、あいつらに収穫をすっかり駄目にされるつもりもない。残らずやっつけろ」ペテロは銃を持って急いで神の意思を果たしに降りていった。だが、彼もまた歌と踊りに魅了され、銃を手に戻った時には、恥ずかしさのあまり口もきけなかった。

そこで神は銃を取り、自分で稲田に降りていった。ホロホロ鳥は神が来るのを見ると、米を置いて、また、木に飛んで逃げた。それが神ご自身だと分かると、鳥たちは新しい歌を歌い、テンポを二倍にし、さらに二倍にした。神は銃を構えたが、自分でも気がつく前に踊り出していた。そしてその歌のせいで、米が残ろうが残るまいが、どうでもよくなった。そこで神は言った。「私には、このホロホロ鳥が殺せない——殺すには、あんまり幸せそうで楽しそうだ。でも、田んぼは守りたいから、どうすればいいか分かった。私が作った世界は、今のところ悲しい世界で、誰も幸せではないし、何事も正しく運ばない。このホロホロ鳥を私の世界につかわして、音楽と笑いを持っていかせよう。そうすれば世界は悩みを忘れることができる」

神はそうおっしゃった。神は雷の神、シャンゴを呼び、シャンゴが一条の稲光を作り、ホロホロ鳥は、その光を滑り降りて、ギニアに降り立った。音楽とダンスがギニアで始まったのは、そういうわけだ。神が最初にそれらをギニアに送ったのだ。

【ヴードゥーの神々に捧げる歌】

女神エルズーリー

Ersulie nain nain oh! Ersulie nain nain oh!
Ersulie ya gaga gaaza, La roseé fait bro-
dè tou temps soleil par lévé La ro seé fait bro-
dè tou temps soleil par lévé Ersulie nain nain oh!
Ersu lie nain nain oh! Ersulie ya gaza.

フェレーユ

Féraille oh! nan main qui moun ma quité baquiya
laquain moin ré tem songéogoun Fé raille ma conso
lé ma prendconrail oh! relé nan qui
temps ron sima lade oh cor wa non yé nan qui
temps nan qui temps oh! Cor wa nonyé ma con so
lé ma prend con rail oh! so bé guim as sura.

ラーダ

Coté ma prend Coté ma prend Médi
oh! Aanago Coté ma prend Coté ma
prend Médi oh! Ana go Cotéma go.

ラーダ

Bonjour papa Legba bonjour timoun moin yo Bon-
jour papa Legba bonjour ti moun moin yoma pé man dé
ou con man non yéma pé man dé on con man non
yé bonjour pa pa Legba bonjour ti moun moin yo Bon.

ジャン・ヴァルー

Adia ban moin zui potó tou félé
Adia ban moin zui poté tou félé Adia ban moin
zui zui ya ma qué félé Adia ban moin zui zui
ya ma qué félé Adia ban moin zui poté tout félé.

ジャン・ヴァルー

Adi bon ça ma dit si ma dènié oh! ga-
dé mi sè ya cé pon do moins adi bon ça ma
dit sit ma dénié oh! gade mi sè ya cé pon do moins.

サン・ジャック

St. Jacques pas là St. Jacques pas là St. Jacques pas là
cé moin qui là St. Jacques pas là oh! chien ya modé moin.

ペトロ

Nous vley wè Dan Pétro Nous vley wé oh!
Nous vley wè si ya qui té caille la tom bé
Nous vley wè Dan Petro Nous vley wè oh! Nous vley wè
oh! Si ya quité caille là tom bé elan oh!

ペトロ

Salut moin oh! Sa lut moin oh! Salut moins
Nous sé vi lan rent nan caille là oh! Salut moins.
oh a dië salut moins oh Salut moins oh Salut moins
nous sè vi lan rent nan caille la oh! Salut moins Salut.

イボ

Ibo Lélé Ibo Lélé Iyanman
ça ou gain yen çonça I bo Lélé cé con
ça moin danté Ibo Iyanman oh! Anan Iyanman
Con çam danté I bo Iyanman oh! An an Iyan man.

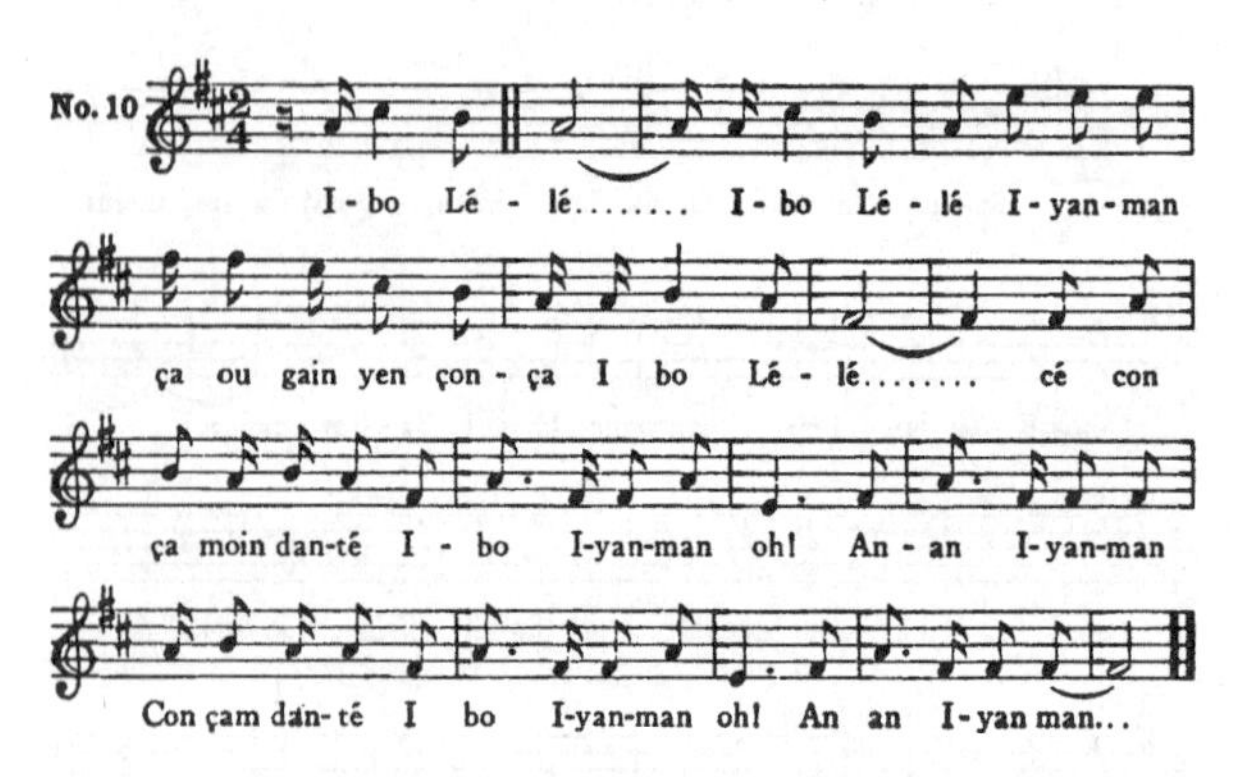

イボ

Ibo moin youn oh! Ibo moin youn oh! I—
bo moin youn oh! m'pa gan guin man man gindémoin Grand
Ibo moin youn oh! m'pa gan guin man man gindé moins.

ダンバラ

Fiolé por Dambalá Dambala wè do Fio-
lé oh! Dambala Wè do Fiolĕ por Dambala
Dambala Wédo Fiolé por Dam ba la.

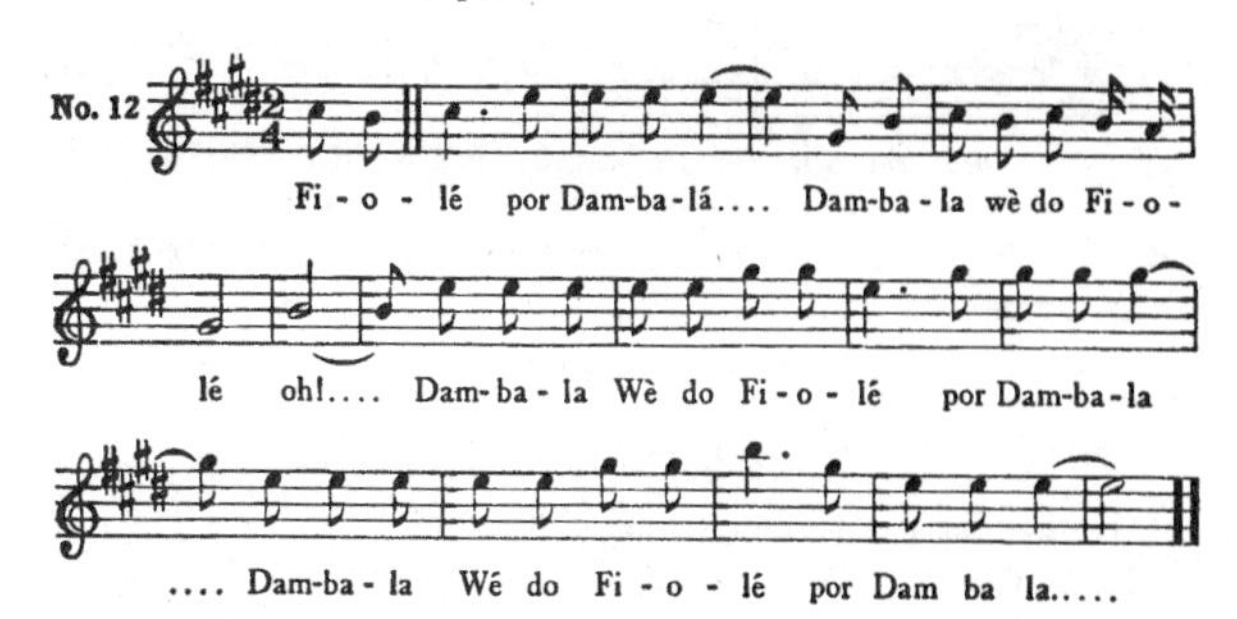

オグーン

Ogoun tra vail oh! Ogoun por mangé Ogoun tra-
vail oh! Ogoun por mangé Ogoun tra vail tout nan nuit por O-
goun por mangé yiĕre soi Ogoun dor mi sans sou per.

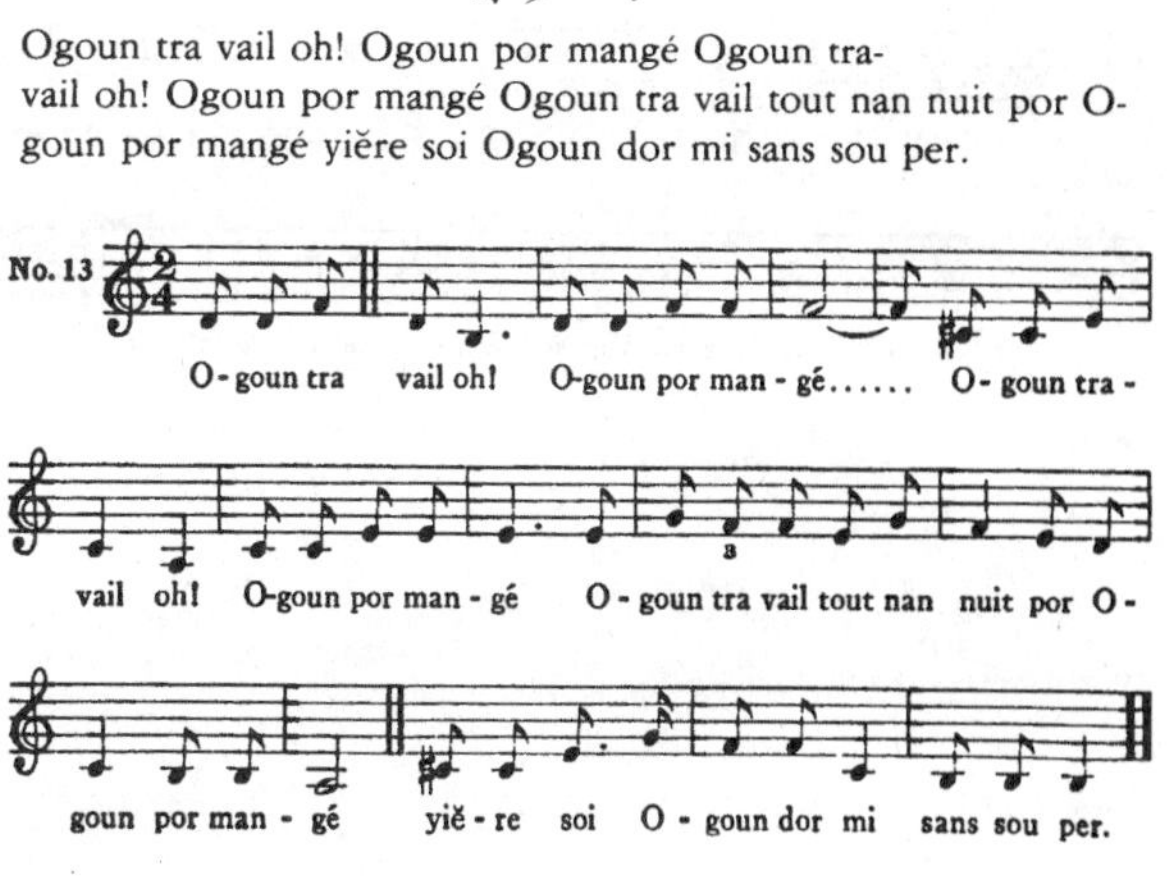

サロンゴ

Zin zin zin zin zin zin Ba yan min oh! Saya Pim ba
zin zin zin zin zin zin Ba yan min oh! Saya Pimba

サロンゴ

Tousa Tousa rè lè Tou Salonggo Tou
sa Tou sa rè lè Tou Sa longgo Tousa Tou sa rè lè Tou Sa longgo.

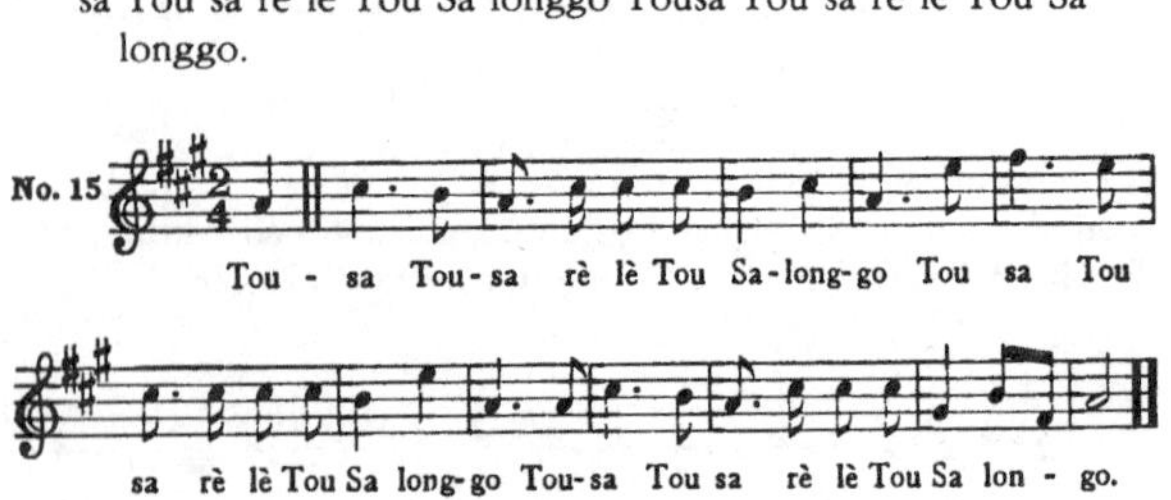

ロコ

Loco Mabia Ebon Azacan Loco Ma-
bia Ello oh! Loco Mabia Ello Azagan
Loco Mabia Ello oh! Jean valou Moin Jean valou
Moin Loco Loco Mabia Ello Loco Ma Lo.

マンボ・イサン

Mambo Isan ma pralé Oh! Ma pralé quéléfré
m'pralé chaché fammil moin yo Mam bo Isan ma pralé
Oh! Ma pra lé quáléfré m'pra lé chaché fammil moin
yo Mam bo Isan oh! cé ron qui maré moin Mambo I san
oh! céron qui ma ré moin cé ron qua laqué'm oh!

ダンバラ

Filé na filé fem Dambala Wèdo
Filé na filé Dambala Wèdo cá conclèv oh! lèv oh!

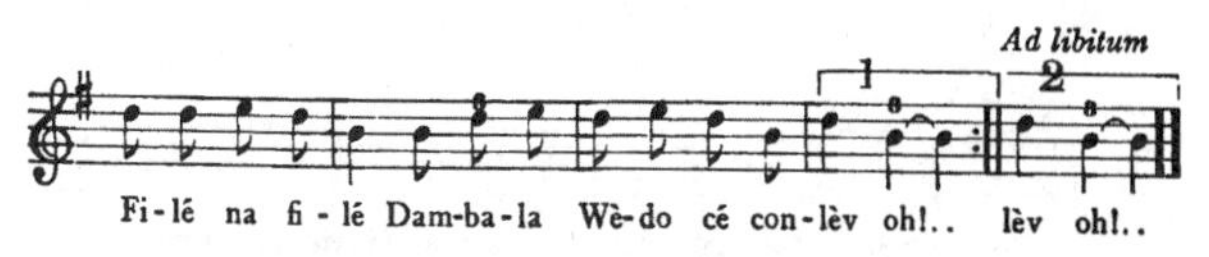

アグウェタロヨ

Aroquè si ou gain yen chanson nivo pon ou chan-
té wa chan té l'nan hounfort oud ronan hounfort ou Pi-
ga on mon tre criole than son ni vo Pi Vo on criole
va ga té mo yen ou Agoë ta royo neg bas sin bleu neg dlo salé neg
coqui doré Si ou gain yen chanson ni vo pon ou chan-
té Wa chan télnan houn for ou Pi ga ou mon tré creole chan son nivo.

ソボ

Gué Manyan man yanga dé hounfort wa
ga dé houn for wa Sobo gué ma yan
be! Gué Man hé O gui Manyan Man yanga dé houn
for wa Sobo Ga dé houn for wa So bo Gué Man yan bé!

オグーン

Alou man dia hé! Ogoun oh! ohsans yo oh!
aho! Alou man O sange ba conle qui man de dra-
po o Sane ba conlé qui man dé dra po lila O goun bare I baba.

【雑　歌】

セクト・ルージュ

Carrefour, tingindingue, mi haut, mi bas-é
Carrefour, tingindingue, mi haut, mi bas-é
Oun pralé, tingindingue, mi haut, mi bas, tingindingue
Oun pralé, tingindingue, mi haut, mi bas, tingindingue
Oun pralé, tingindingue, mi haut, mi bas,
tingindingue.

セクト・ルージュ

Sortie nan cimiterre, toute corps moin sentie malingue
Sortie nan cimiterre, toute corps moin sentie malingue
Sortie nan cimiterre, toute corps moin sentie malingue
Sortie nan cimiterre, toute corps moin sentie malingue.

ラーダの儀式の始めの歌

Héla grand pere étérnel sin joé Heé-
la grand pere étérnel sin jozé do co agué Hé-
la grand pere étérnel sin'nam min bon Dič o
Saint yen.

ロアを呼ぶ歌

「ラ・ミステリューズ」（メレンゲ）

A. L. Duroseau

「エトンマン」（メレンゲ）

A. Herandez

「ボンヌ・ユメール」(メレンゲ)

ミス・ゾラ・ニール・ハーストンに

Arthur L. Duroseau

「オルガ」（メレンゲ）

Arthur Lyncíe Duroseau

Arthur Lyncie Duroseau
No. 5
キャラコの歌

「ラ・ドゥセール」（メレンゲ）

ペトロ

1st drum
or
Tambour maman
2nd drum
or
Rallé
etc.
イボ
1st drum
2nd drum
etc.
ラーダ
1st drum
stick
l. h.
2nd drum
3rd drum
etc.
ジャン・ヴァルー
1st drum
2nd drum
3rd drum
etc.

あとがき

●ゾラ・ニール・ハーストン、「黒人の語り口」

ヘンリー・ルイス・ゲイツ・ジュニア

I

ハリー・ミドルトン・ハイアット師は、監督教会派の牧師を務めつつ、四十年にわたるリサーチの豊かな結実として、五巻に及ぶ名著『フードゥー、祈禱、魔術、呪い』を残している。そのハイアット師が、一九七七年のインタビューの際に、自分が敬服した、もう一人の変わった研究者は、どうなったか私に尋ねた。「一九三〇年代に、リサーチ中に出会ったんです。確か――」と言ってから、師は少し考え、「ゾラという名前の人でした」。それは素朴な質問であり、ゾラ・ニール・ハーストンについてのしばしば相反する混乱した多くの噂からすれば、妥当な質問だった。そうした噂話によって、ハーストンが、文化人類学における名著『騾馬とひと』や『ヴードゥーの神々』や文学作品の中に残そうと、あんなにも努力した黒人の神話と同じように、ハーストン自身についてのレジェンドも、非常に興味をそそる濃厚なものになっている。

バーナード大学在学中に、フランツ・ボアズのもとで研究したゾラ・ニール・ハーストンは、七冊の本を出版した。小説が四冊、フォークロアの本が二冊、文化人類学の本が一冊。その他に、ハーレム・ルネサンスの中期から朝鮮戦争の終わりまでの間に、五十編以上の短い作品を書いている。その期間、ハーストンは、アメリカ合衆国を代表する黒人女性作家だった。その後、彼女が世間から忘れ去られてしまったのは、作家としての技量やビジョンが足りなかったからではなく、かたくななまでに無党派的な政治上の立場のせいだった。一九五〇年代前半以来、六〇年代に黒人のイメージや神話作りを騒々しく熱心に行なって、埋もれていた黒人作家をあれほど多く救い出したブラック・アート運動からさえも、ほとんど無視されたハーストンは、多かれ少なかれ調和しつつも問題もはらんでいる正反対のものの統合を体現していた。この複雑さは、「急進的」か「保守的」か、「ブラック」か「ニグロ」か、「革命的」か「アンクル・トム」かというような安易なカテゴリーに収まることを拒絶するものである。そのようなカテゴリーは、文芸批評には、ほとんど役に立たない。そしてまた、ハーストンの小説の中にも表れているこの同じ複雑さのために、アリス・ウォーカーが、一九七五年に雑誌「ミズ」に重要なエッセイ(「ゾラ・ニール・ハーストンを探して」)を発表するまで、ハーストンの黒人文学の歴史における地位は、せいぜいでも漠然とした、あいまいなものだった。

アフリカ系アメリカ人作家が再発見されると、通常、より大きい政治的な要素が着目されてきた。作家の作品は、そうした政治的要素の単なる反映と考えられる。ゾラ・ニール・ハーストンの再発見が深い満足を与えてくれるのは、黒人の女性たちが文学における母系の祖先を確立したことから、そもそもその再発見が始まったという点だ。アリス・ウォーカーは、その感動的なエッセイで、フロリダ州フォート・ピアスの黒人専用墓地「天国の安らぎの庭」で、ハーストンの墓標のない墓を見つけようとした時のことを語っている。ハーストンは、黒人女性作家が自分たちの系譜を探求することのメタファーとなった。アリス・ウォーカー、ゲイル・ジョーンズ、グロリア・ネイラー、トニ・ケイド・バンバラの作風は、それぞれ明らかに異なった点で、ハーストンと非常な類似性がある。彼女たちのハーストンに対する注目は、黒人文学の新たな洗練の表れである。彼女たちがハーストンを読むのは、ハーストンと自分たちの関係に内在する精神的な同族意識からだけではなく、ハーストンが、黒人のしゃべり方や儀式をさまざまな微妙な方法で、他の黒人文学には全く欠如している黒人女性の意識の高まりを示すために使っているからだ。黒人の言葉を使うことは、一作を除いてハーストンの小説全部の根本的な枠組みとなっており、一九三七年に出版された名作『彼らの目は神を見ていた』では、特に効果をあげている。この小説は、大恐慌時代に非常に人気があったラングストン・ヒューズやリチャード・ライトのプロレタリア文学より、ヘンリー・ジェイムズの『ある婦人の肖像』や、ジーン・トゥーマーの『砂糖きび』に近い。

『彼らの目は神を見ていた』は、ジェイニー・クロフォードが自立した想像力を確立するまでを描いた抒情的な小説で、ジェイニーの最初の二人の夫の物理的にどんどん大きな空間を占めようとする欲求（と上昇志向の派手な服装）と、妻の自我の目覚めに対する抑圧を関連付けている。三人目にして最後の恋人で、フロリダの沼地で浮かれ遊びまわる単純労働者のティーケイクに出会って初めて、ジェイニーは花開く。彼女の祖母の小さな丸太小屋のそばに立つ大きな梨の木のように。

彼女は、花粉をつけた蜂が、花の神聖な場所に沈み込むのを見た。無数の萼の姉妹たちが、愛の抱擁を迎えるために弓なりにそり、恍惚とした震えが木の根から一番小さな小枝にまで、花という花に走り、喜びに沸き立った。じゃあ、これは結婚なんだ！

ジェイニーの旅路を客観から主観へと運ぶために、この小説の語りは、三人称から、一人称と三人称の融合（「自由非直接話法」と呼ばれる）に移り、ジェイニーの自我の目覚めを表現している。『彼らの目は神を見ていた』は、大胆なフェミニズム小説であり、アフリカ系アメリカ人の伝統に中において、あからさまにそう表明した最初の小説である。だが、声を見つけるという課題への取り組みにおいて、被害と救済の道具としての、そして自我と成就の道具としての言葉を使うことで、この小説は、ハーストンの全作品を生き生きとしたものにしているテーマの多くを暗示している。

Ⅱ

アメリカ文学における最も感動的な一節の一つは、ゾラ・ニール・ハーストンが、母の臨終に立ち会った時の話だ。この一節は、『ハーストン自伝　路上の砂塵』（一九四二年）の「さすらい」と題した章にある。

　私が人を押し分けて入っていくと、人々はベッドを持ち上げて向きを変え、ママの顔が東を向くようにしていた。ベッドの向きが変えられる時、私は、ママが私を見ていると思った。ママは口を軽く開けていたが、息をするのに力を使い果たして、口をきくことはできなかった。でも、ママは私を見ている。私はそう思った。自分の代わりにしゃべれと伝えているのだと。ママは、私が代わりに声を上げることを当てにしていた。

この一節を『路上の砂塵』のほんの三年後に出版されたリチャード・ライトの『ブラックボーイ』の同じような場面と比較すると、ハーストンと彼女の同時代人を隔てていた表現上の距離が分かってくるだろう。ライトは、ハーストンと同時代の主要な黒人男性作家であり、ライバルでもあった。「ある夜、母が私を枕元に呼んで、もう痛みに耐えられない、死にたいと言った。私は母の手を取り、静かにしてくれと頼んだ。その夜、私は母に答えるのをやめた。私の感情は凍って固まった。」ハーストンが、母親との最後の時を母の代わりに声を上げるということによって表現しているのに対して、同じような体験をライトは、「その後二度と消えることのない憂鬱」と特徴付け、「私の中で一つのシンボルとなり、次第に…貧困、無知、無力さへと凝結していった」と述べている。黒人文学の歴史の中で、ゾラ・ニール・ハーストンとリチャード・ライトほど共通点の少ない作家は、ほとんどいない。そしてライトが一九四〇年代を通じて主要な作家として君臨したのに対し、ハーストンの名声は、一九四三年に『路上の砂塵』の成功を祝って「サタデー・レビュー」の表紙を飾った時に、頂点に達した。七年後、彼女はフロリダ州リヴォ・アルトでメイドとして働いていた。その十年後、彼女はフロリダ州フォート・ピアスの郡立福祉施設で亡くなった。

グッゲンハイム奨学金を二回受け、四作の小説、十作以上の短編、二つのミュージカル、二冊の黒人神話についての書籍、十編以上のエッセイの作者であり、自伝で賞を受賞した作家が、丸三十年も読者の前から事実上「消える」ということが、どうしてあり得たのか？　この難問には、容易な答えはない。学者諸氏が協力して解き明かそうと試みたにもかかわらず、である。だが、今日ハーストンの作品が呼び起こしている情愛と熱意のある多彩な反応が、彼女の同時代の影響力のある黒人男性たちの何人からは得られなかったことは、はっきりしている。その理由は複雑で、主に私たちが彼らの「人種的イデオロギー」と考えるものから生じている。

ハーストンが受け継いだと一般に認められているものの一部――そして、おそらくハーレム・ルネサンス、一九三〇年代の社会的リアリズム、ブラック・アート運動の文化的ナショナリズムにおける世俗小説を結びつけるものだと一般に認められている主な概念は、人種差別が黒人を取るに足らないものに貶め、遍在する人種抑圧に反応するだけの存在にしてしまい、黒人の文化は異文化の中で「剝奪」され、黒人の精神は概して「病的」であるという考えだった。作家で社会批評家でもあるアルバート・マレーは、こうした考え方を「社会的SFモンスター」と呼んでいる。社会主義者、分離主義者、市民権運動家たちは、いずれもこのモンスターの餌食となってきた。

ハーストンは、この考え方は品位を貶めるものであり、それが普及することは罠だと考え、それを嘲った。彼女は、そういう考えは、「汚い取引で彼らに押し付けられてきた性格をそのまま持っている、めそめそした黒人一派」によって支持されていると言った。ヒューズやライトとは違って、ハーストンは、この「歪められた間違ったイメージ」を故意に無視することを選んだ。彼女は、『山上の人、モーゼ』の中で、自由とは「内面的なものだ。…人は自分で自分自身を解放しなければならない」と書いている。そして、彼女は、自分の最初の小説は、「黒人の人生は、白人の行動に対する単なる防御反応に過ぎない」

という白人の「傲慢」な推測に対する声明だと宣言した。ハーストンの戦略は、気に入られるために計算されたものではなかった。

我々がハーストンの神話的リアリズムと考えるもの、抒情的な黒人の語り口のみずみずしく濃密なリアリズムは、社会的あるいは批評的なリアリズムの支持者には政治的な後退と思われるかもしれない。もしもライト、エリソン、ブラウンとハーストンが黒人を代表する理想的な文体について闘いを繰り広げたら、明らかにハーストンの負けだった。

だが、より大きな意味での戦いでは、違う。

ハーストンと彼女が黒人小説のために選んだスタイルが、三十年近くも沈黙を守らされたあと、私たちが目にしてきたものは、抑圧されたものが復帰する素晴らしい実例だった。ゾラ・ニール・ハーストンは、黒人の伝統の中では前例のない形で「再発見」された。何人かの黒人女性作家たち、その中の数人は今日のアメリカで最も優れた作家だが、彼女たちが、物語をつむぐ戦略の源として、ハーストンの作品にはっきりと目を向け、文章を構成するにあたって、反復し、模倣し、見直すべきものと見なしたのだ。ライトの批評に対して、ハーストンは、自分はようやく「社会学の論文」ではなく、黒人小説を書きたいと思ったのだと主張した。その衝動は、トニ・モリスンの『ソロモンの歌』や『ビラヴド』の中にも木霊のように響いており、「人種としての健全さ——黒人は完全で複雑で、劣化していない人間であるという感覚、黒人の文章や文学にあまりにも欠けている感覚」の最良のシンボルとしてのハーストンについてのウォーカーの描写にも感じられる。黒人の父系の歴史を激しく否定する男性作家の伝統において、このことは大きな進展であり、伝統についての我々の概念を洗練する先駆けである。ゾラと彼女の娘たちは、伝統の中の伝統、すなわち黒人女性の声なのだ。

ハーストンの作品が、一般にも学術的にも再び読まれるようになったことは、黒人、アメリカ人、フェミニズムの伝統において、彼女が認知されたということを意味する。評論の世界では、あらゆるタイプの学者たちが、ハーストンの中に、さまざまなテーマを見出している。彼女の最初の小説が出版された一九三四年から一九七五年までの間よりも多くの読者が、一九七五年以降、ハーストンの作品を読んでいる。

Ⅲ

ハーストンを読み返すと、豊かに練り上げられたイメージに包まれた身近な体験の濃厚さに、いつも驚かされる。黒人の言葉の比喩力の大きさ、『騾馬とひと』の登場人物が言うところの「隠れた意味、聖書みたいな…言葉の中の意味」に対する関心が、ハーストンの文化人類学研究と彼女の文学作品を結び付けている。ハーストンがバーナード大学在学中にフランツ・ボアズの生徒として詳細に集めたフォークロアが、彼女の小説の中でメタファー、寓意、言語の運用となり、黒人文化によく見られるメタファーへの回帰となっている。ハーストンは常に、社会学者であるよりは小説家だったので、彼女の学術的文章でさえ、それらを完全な素晴らしい命として息づかせる質の高い想像力が軸となっている。だが、黒人の語り口を使うことが最高の効果を上げているのは、小説の中だ。たとえば、彼女の最初の小説である『ヨナとうごまの木』で、規範から逸脱した伝道師のジョンは、ロバート・ヘメンウェイによって、次のように描写されている。「ジョンは、言葉で世界を優雅にする詩人だが、自分自身の体面を優雅に保つための言葉を見つけることができない。」この言葉に対する関心と「彼をあなどる人たちの群れに、野性的な輝きを放つ言葉や歌をもたらした」「生まれながらの」詩人に対する関心は、ハーストンの二つの分野を結び付けるだけでなく、「言語が浮遊する瞬間」を目覚ましいものにするのである。ハーストンの文章の強みは、常にその言葉にあり、文脈の中にはない。クライマックスでジョンがする説教もまさにそうで、黒人特有のイメージとメタファーの離れ業である。イメージとメタファーが、ジョンの世界を定義する。彼は自分自身を説明できないために、最後には破滅する。ハーストンの伝記作者ロバート・ヘメンウェイが結論づけたとおり、「そのような道の行き着く果ては、言語論であり、行動論である」

「文化人類学の望遠鏡」を使った彼女の作品は、道徳的解釈をするのではなく、寿ぐのだ。語るよりは見せる。「読んでいる間に、物語とフードゥーの儀式が融合し、行動とアートがともに自明のこととなる。」作家として、ハーストンは、「フォークロアの誕生…自然の法との不思議に満ちた初めての接触にあずかる産婆」として機能する。彼女が非常に正確に描写する神話は、実のところ、「知覚される現実のもう一つの形態」であり、ただ奇妙なものを見下したように描いたものではない。たとえばハーストンは、昔ながらの黒人の優雅な侮辱の儀式、「ダズンズ」に、独創的な言葉の遊びを通して呼び起こされた、家族の神聖さの言葉による防衛という一面を見る。ライトに攻撃され、彼の文学上の後継者たちに事実上無視されたが、ハーストンの言葉や執筆に対する考え方は、その後のアフリカ系アメリカ文学の中で最も成功した多くの作品を強く支えている。

Ⅳ

評価の分かれる『ハーストン自伝　路上の砂塵』を検証すれば、ハーストンの複雑で相反するレガシーをより良く理解することができる。これは、ハーストン自身が書いた彼女の人生の物語だ。実際ハーストンは、自分について相当な部分をこしらえあげている。まるで舞踏会のために仮装する人のように、そしてまた彼女の作品の登場人物のように。そのように彼女は自分を書き、自分の作品の中に、個人的な、あるいは世間向けの仮装で、「人種」の中の「自分」を書き変えようとした。それは主に、イデオロギー的な理由によるものだった。彼女が明かすことを選んだものは、彼女の想像の人生であり、彼女を取り巻く環境を作り上げ、解釈しようとするものだった。彼女が沈黙したり削除したりしたものも、同様に、読者が彼女の人生を「人種問題」の一部と考え、劣った全体に対する例外という狭い分類に押し込めようとしそうな要素だった。

ハーストンが『路上の砂塵』で成した功績は、二つある。まず彼女は、彼女が言うところの「黒人問題」の物語ではなく、作家の人生を書いた。この本の中の多くの出来事は、本と言語、西洋文学の巨匠たちと黒人共同体のごく普通の成員たちによって話され、書かれた言語と言語的儀式にハーストンが気づき、それに熟達していくという見地から書かれている。それら二つの、いわば「言葉の共同体」は、小説だけではなく自伝においても、ハーストンの大きなインスピレーションの源なのだ。

自分の言葉の源を描写することが、ハーストンにとって最大の関心事のようで、彼女は、「教養ある」語り手としての声と、自由で間接的な談話に見出される非常に特徴的な黒人の声の間を絶えず行ったり来たりする。ハーストンは、種類の異なる二つの声の間を、苦もなく滑らかに往来する。『彼らの目は神を見ていた』で、ジェイニーの自我の目覚めを書いた時と同じように。この分裂した二つの声、調和しない二つの声を使っていることこそ、ハーストンの優れた功績だと私には思える。男性が支配する社会の中での女性としての体験と、非黒人世界の中での黒人としての体験という二つの体験と言語的に相似している。アフリカ系アメリカ人についてＷ・Ｅ・Ｂ・デュボイスが言った「二重の意識」というメタファーの女性作家バージョンだ。

彼女の言葉は、この本の全体を通じて絡み合っている二つの声によって変化を続け、落ち着こうとしない力を保っている。

貧乏は、どこか死に似た匂いがする。死んだ夢が、乾いた季節の木の葉のように、心からこぼれ落ち、足元で腐っている。衝動は、あまりにも長い間、地下の穴倉の臭い空気の中に押し込められて、息絶えている。魂は、吐き気を催すような空気の中で暮らしている。人々は生ける奴隷船になってしまうこともある。

他の場所で、彼女は、「比喩と毒舌に育まれた」文化の中で使われる黒人の「慣用句」を分析している。「黒人は悪口の言い方を知っている」と彼女は結論づけ、いくつか列挙している。たとえば、「鰐の口、ずんぐり足首、でか腹、シャベル足」「しけた豆みたいな目、割れた食器でいっぱいの洗い桶みたいな口!」などだ。

母親の死についての一節のすぐあとで、彼女は、こう書いている。

創造主は、天地創造の際に、死神もお創りになった。大きな柔らかい足と四角い爪先を与えた。あらゆるものの顔を映し出すが、それ自体は変わることもなく、何かに映ることもない顔を持たせた。体は、果てしない飢えから創った。死が自分の要求を満たせるように、手に武器を与えた。世界の始まりの日の朝のことだ。

これらの文章の中の言葉は、単なる「飾り」ではなく、ハーストンが黒人の慣用句の要であると述べたように、文体と意味が完全に調和している。彼女は、最も意味のある文体で語っている。彼女は、「気取って」いるわけでもなければ、人を見下した白人読者に媚びているのでもない。彼女は、自分でも言っているとおり、非常に個人的なものであると同時に特定の文化に根差した言葉で、感情に「名前をつけ」ている。

『路上の砂塵』が文学として成功している二つ目の理由は、一つ目の理由から発生している。ハーストンの二つの声の間の解決されない緊張感は、彼女がモダニズムを完全に理解していたことを表わしている。彼女は、現代的なものと黒人アメリカ人、その双方の心理的な分裂を寿ぐために、自分の二つの声を使っている。バーバラ・ジョンソンが書いているように、ハーストンの文体は、分裂した文体であり、心理的あるいは文化的な統合の捏造ではない。ゾラ・ニール・ハーストン、私たちが、この本の中に突き止めたいと願う「本物の」ゾラ・ニール・ハーストンは、それら二つ声を分かつ沈黙の中にいる。彼女は両方であり、どちらでもない。バイリンガルであり、無言である。この戦略は、現代の多くの評論家や作家が彼女に引きつけられることを説明するのに役立つ。彼らは、ハーストンの作品に何度も何度も立ち返り、そのたびに彼女の芸術的手腕に驚くのだ。

だが、ハーストンが書くことのできた人生は、彼女が生きることのできた人生ではなかった。実際、ハーストンの人生は、一般的な社会学的な解釈よりもずっとはっきりと、愛や暴力よりも経済的な制限が、私たちの選択を決定することを示している。簡単に言えば、ハーストンは、快適に暮らしている時は、うまく書き、そうでない時は、よく書けなかった。経済的な問題――本の売り上げ、めったに支給されず、あまりにもわずかな交付金や助成金、無知な編集者や、面倒な後援者――が、ある種の依存を生み出し、それが、彼女のスタイルを決定づけないまでも、影響を与えた。そういう関係を彼女は「白人の出版社が活字にしないこと」に、いささか皮肉を込めて考察している。ハーストンの芸術と人生の関係を単純化しすぎてはいけないし、戦後の彼女の政治的見解の複雑さを整理してまとめることもできない。彼女の政治思想は、黒人についての病的なイメージに対する嫌悪に根差しており、著しく保守的で共和党寄りだった。

また、ハーストンの悲惨な最後の十年を感傷的に考えすぎてもいけない。その時期、自作の短編『法廷の良心』がサタデー・イヴニング・ポストに掲載された、まさにその日、彼女はメイドとして働いていた。お金がないことが多く、一九五七年には、失業給付金、代用教員の給料、生活保護で生き延びた。ヘメンウェイは、「最後の日々、ゾラは困難な生活を送った――孤独で、誇り高く、病気で、完成させることのできなかった本のことばかり考えていた」と淡々と結んでいる。

ハーストンの埋もれた人生を発掘することは、新たな世代が彼女の著作を再び読む助けになる。だが、結局のところ、私たちは、ハーストンのレガシーを彼女の芸術の中に見出さなければならない。そこに彼女は「いくらかの読み書き能力を掘り起こし、いくらかの文字を蓄えた」。ハーストンの重要性は、彼女が実に巧みに構成した文学作品や民間伝承にある。ハーストンが自分で書いたように、「恍惚として目玉を上に向け、あらゆる動作を猿真似しても、彼らの町の片隅に自分たち自身のものを何か持ち込まなければ、私たちは、彼らに首から鉄の枷を外してもらったところに逆戻りだ」。ある友人は弔辞に、「彼女は、何も持たずに来ることはなかった」と述べたが、それと同じように、ハーストンは黒人文学に何も残さなかったということはなかった。彼女が以前は世に知られず、今日も無視されているのが驚くべきことだとすれば、彼女がモーゼについて書いたように、おそらく今こそ彼女は、別の域へと「渡った」のだろう。

●パーティの花形

ヴァレリー・ボイド

ゾラ・ニール・ハーストンは、登場の仕方を心得ていた。一九二五年五月一日、雑誌「オポチュニティ」主催の文学賞記念ディナーで、ハーレムの素人っぽい新人が四つの賞を受賞したので、人々は驚いて眉を上げ、頭をめぐらした。彼女の短編『スパンク』がフィクション部門の二位、戯曲『カラー・ストラック』がドラマ部門の二位、それに二つの審査員特別賞を受賞したのだ。

その夜ハーストンに勝って最優秀賞を取った作家たちの名前は、まもなく忘れられた。だが二位の作家の名前は、一晩中、人々の舌先にのぼり、その後何日も何年も話題にのぼった。

誰も自分を忘れないように、ハーストンは、受賞記念ディナーに続くパーティに、とても印象的なやり方で登場した。彼女は、堂々とした足取りで部屋に入ってきた。その部屋は、黒人白人両方の作家や芸術の支援者たちで混み合っていた。彼女は、色鮮やかな長いスカーフを芝居がかった身振りで首のまわりに投げかけながら、受賞した自作戯曲のタイトルを大声で呼ばわったのだ。「カラァー・ストラァーック！」彼女の勝ち誇った登場は、一瞬、パーティを文字どおり静止させた。彼女の意図は、まさにそこにあった。そのようにして、ハーストンは、鮮やかな力強い存在の到来を知らせたのだった。

誰に聞いても、ゾラ・ニール・ハーストンは、知らない人ばかりの部屋に入っていって、ものの数分、いくつかの話をしたあと、その場の人たちを完全に魅了し、彼女に対して、できる限りの援助をしようという気持ちにさせることが多かった。

そのような援助を果敢に受け入れ、自分の才能と闘志を使って、ハーストンは二十世紀前半の最も成功した、最も重要な黒人女性作家となった。三十年以上にわたる作家人生の間に、彼女は、四作の小説、二冊のフォークロアの本、一冊の文化人類学の本、無数の短編小説、いくつかのエッセイ、記事、そして戯曲を世に出した。

一八九一年一月七日、アラバマ州ノタサルガに生まれたハーストンは、まだよちよち歩きの頃に、家族とともにフロリダ州イートンヴィルに移り住んだ。彼女の書いたものの中には、幼少期のアラバマの記憶はまったくない。ハーストンにとっては、イートンヴィルが常に故郷だった。

一八八七年にオーランドのそばに建設された田舎町イートンヴィルは、アメリカ国内で初めて黒人によって作られた町だった。ハーストンが書いているとおり、「五つの湖、三つのクローケー・コート、三百人の茶色い肌の人々、三百人の泳ぎの上手な人々、たくさんのグアバ、二つの学校のある町で、刑務所は一つもなかった」。

イートンヴィルで、ゾラは、劣等感を叩き込まれることは一度もなく、黒人が達成した業績をそこら中に目の当たりにすることができた。市役所を見れば、自分の父親ジョン・ハーストンを含めた黒人の男性がいて、イートンヴィルを治めるための法律を作っていた。町に二つある教会の日曜学校を見れば、自分の母親ルーシー・ポッツ・ハーストンを含めた黒人の女性がいて、キリスト教の教育を施していた。村の店のポーチを見れば、黒人の男女が、生き生きした面白い物語を語るように、世間話をしていた。

このように肯定的な文化の中で、二万平米の敷地に立つ寝室が八つある家で育ったゾラは、比較的幸せな子供時代を過ごした。もっとも、伝道師の父とは、しょっちゅうぶつかっていた。父が、ゾラの気ままな精神を時々押さえ込もうとしたからだという。一方、母は、幼いゾラと七人の兄弟姉妹たちを「太陽に向かって跳べ」と励ました。ハーストンによれば、「太陽に着地することはできないにしても、少なくとも地面からは離れるだろう」。

しかし、ハーストンの牧歌的な子供時代は、突然終わりを告げた。一九〇四年に母親が亡くなったのだ。ゾラは、たった十三歳だった。「あの頃、私のさすらいが始まった」とハーストンは後に書いている。「距離的には大したことはなかったが、時間の中で。そして、時間の中よりさらに、心の中で」。

ルーシー・ハーストンの死後、ゾラの父はすぐ再婚した。相手は若い女性で、怒りっぽいゾラは、彼女と殴り合いのけんかをして、もう少しで相手を殺しかけた。父は、子供たちのための時間もお金もほとんどなくなったらしい。「慰めも愛も、ほとんど得られず」、ゾラは、その後何年も単純労働を渡り歩き、学校教育を終えようと苦労し、最後にギルバート・アンド・サリヴァンのオペレッタを上演する旅の一座の主演歌手の付き人になった。一九一七年に、彼女はボルティモアでその仕事を辞めた。二十六歳になっていたが、まだ高校を卒業していなかった。無料で公立学校に通う資格を得るために、十代だと言わなければならなかった。彼女は自分の人生から十年を削除した。一九〇一年生まれということにしたのだ。一度消されると、その歳月は二度と元に戻されることはなかった。それ以後、ハーストンは、少なくとも実年齢より十歳若いことにし続けた。

どうやら彼女は、それで通る外見をしていたらしい。写真を見ると、彼女は魅力的な骨太の女性で、茶目っ気がありながら突き刺すような目で、頬骨が高く、表情豊かな、ふっくらした美しい口元をしている。

ゾラはまた、ものすごく知的で、伝染性のあるユーモアの感覚と、ある友達の言葉を借りれば「人の心に歩み入る」ことのできる「才能」があった。ゾラは、こうした才能、またその他多くの才能を使って、一九二〇年代のハーレム・ルネサンスに乗り込んでいき、詩人のラングストン・ヒューズや、人気歌手で女優のエセル・ウォーターズのような有名人たちと友達になった。

ハーストンは滅多に酒を飲まなかったが、同時代の作家スターリング・ブラウンは、「ゾラがいれば、そこはパーティだった」と回想している。別の友人は、ハーストンのアパートのことを回想している。そこには、彼女が友人たちからもらい受けた家具が置かれていたが、芸術家たちのための活気のある「オープン・ハウス」だったという。だが、こういう社交生活は、ハーストンの仕事の邪魔にはならなかった。彼女は、リビングでパーティが続いている間、寝室で執筆することもあった。

一九二八年にバーナード大学を卒業したハーストンは、一九三五年までには、いくつかの短編と記事が世に出ていたし、小説『ヨナとうごまの木』や好評を博した南部黒人のフォークロア集『騾馬とひと』も出版されていた。だが、一九三〇年代後半と四〇年代前半が、彼女の絶頂期だった。一九三七年に傑作『彼らの目は神を見ていた』、一九三八年にハイチのヴードゥー礼拝とカリブ海文化についての研究書『ヴードゥーの神々』、そして一九三九年にもう一つの傑作小説『山上の人、モーゼ』を出版した。一九四二年に『ハーストン自伝　路上の砂塵』が出版されると、彼女は、長らく手に入らなかった当然受けるべき賞賛を、ついに受けるに至った。その年、彼女の経歴は、「アメリカ人名録」、「最新人物伝」、「二〇世紀の作家」などに載せられた。その後も、一九四八年に小説『スワニーの天使』が出版された。

だが、ハーストンは、受けるにふさわしい経済的な報酬を受けたことは一度もなかった。

（彼女が受けた印税の最高額は、九百四十三ドル七十五セントだった。）だから、一九六〇年一月二十八日に、ハーストンが脳卒中の発作のあと六十九歳で亡くなった時、フロリダ州フォート・ピアスの彼女の隣人たちは、二月七日の葬儀のために募金をしなければならなかった。だが、墓石を買える額が集まらなかったので、ハーストンは、一九七三年まで墓標のない墓に埋葬されていた。

一九七三年の夏、アリス・ウォーカーという名の若い作家が、フォート・ピアスまで旅して、自分の作品に多大な影響を与えた作家の墓に墓碑を建てようとした。ウォーカーは、北十七丁目のどん詰まりに、黒人専用の墓地「天国の安らぎの庭」を見つけた。墓地は、放置され、黄色い花をつけた雑草が生い茂っていた。

さかのぼって一九四五年、ハーストンは、無一文で死ぬ可能性を予見しており、自分にとっても、他の大勢の人たちにとってもためになる解決法を提案している。ハーストンは、「アメリカの黒人作家の長老」と呼んでいたW・E・B・デュボイスに手紙を書き、フロリダの四十万平米の土地に「傑出した黒人のための共同墓地」を建設することを提案した。「高名な黒人が、亡くなった時の経済状況にかかわらず、一人として、ひっそりと忘れ去られることがないようにしましょう」と彼女は主張した。「彼らの墓が世に知られ、敬意を払われるようにすることは、私たちの責任です。」デュボイスは、実現のために多くの困難があると述べ、彼女の主張を受け入れず、そっけない返事を書いた。

ハーストンの言葉に促されたかのように、アリス・ウォーカーは、ハーストンの遺骨が横たわる蛇だらけの共同墓地に、勇気を出して入っていった。腰までの高さに生い茂る雑草をかき分けて進むと、まもなく他のところより沈んでいる長方形の区画に突き当たり、そこがハーストンの墓地だと決めた。建てたかった「エボニー・ミスト」という石の背の高い堂々たる墓碑を買うだけの資金がなかったので、ウォーカーは、簡素な灰色の墓石を選んだ。ジーン・トゥーマーの詩を借りて、ウォーカーは、ふさわしい墓碑銘で墓石を飾った。「ゾラ・ニール・ハーストン　南部の天才」。

ヴァレリー・ボイドは作家であり、『虹に包まれて　ゾラ・ニール・ハーストンの生涯』により文学賞を受賞した。「アトランタ・ジャーナル　コンスティテューション」アート部門の元編集者。ジョージア大学のジャーナリズム及びマスコミ学科教授。

ゾラ・ニール・ハーストンの生涯

一八九一年一月七日……………フロリダ州イートンヴィルにて、大工でバプティスト教会の伝道師であるジョン・ハーストンと元教師ルーシー・ポッツ・ハーストンの八人の子供のうちの第五子として生まれる。

一九一七年九月～一八年六月…ボルティモアのモーガン・アカデミーに通い、高校卒業資格を得る。

一九一八年夏……………………ナイトクラブのウェイトレス、黒人の所有する白人専用理髪店のマニキュア師として働く。

一九一八年～一九年……………ワシントンDCのハワード予備校に通う。

一九一九年～二四年……………ハワード大学に通い、一九二〇年、短大卒業資格を得る。

一九二一年………………………学内の文芸同人誌『スタイラス』に、最初の短編、「ジョン・レディング、海へ行く」を発表。

一九二四年十二月………………『オポチュニティ』に短編「光を浴びて」を発表。

一九二五年………………………『オポチュニティ』の文学コンテストに、短編「スパンク」と戯曲「カラー・ストラック」で応募。ともに二位に入賞する。六月号に「スパンク」が掲載される。

一九二五年～二七年……………バーナード大学に通い、フランツ・ボアズのもとで人類学を学ぶ。

一九二六年………………………ボアズのためにハーレムでフィールド・ワークを始める。

一九二六年一月……………『オポチュニティ』に「ジョン・レディング、海へ行く」が掲載される。

一九二六年夏……………ラングストン・ヒューズ、ウォレス・サーマンとともに『ファイヤー!』を創刊する。出版されたのは、一九二六年十一月号だけだった。この号には、ハーストンの「汗」が掲載されている。

一九二六年八月……………『オポチュニティ』に「マッツィ」を発表。

一九二六年九月……………『フォーラム』に「オポッサムか豚か」を発表。

一九二六年九月〜十一月……『メッセンジャー』に「イートンヴィル・アンソロジー」を発表。

一九二七年……………チャールズ・S・ジョンソンの『エボニー・アンド・トパーズ』に、戯曲「ファースト・ワン」を発表

一九二七年二月……………民間伝承を集めにフロリダに行く。

一九二七年五月十九日……ハーバート・シーンと結婚。

一九二七年九月……………後援者を求めて、初めてミセス・ルーファス・オズグッド・メイソンを訪ねる。

一九二七年十月……………フロリダ州セント・オーガスティンの黒人居住区の物語を『黒人歴史ジャーナル』に発表。同じ号に「最後のアフリカ奴隷船に乗せられたカジョーの物語」も発表。

一九二七年十二月……………メイソンと契約を結び、再び南部に民間伝承を集めに行く。

一九二八年……………ウォレス・サーマンのハーレム・ルネサンスに関する小説『春の子

供たち』の中で、「スウィーティー・メイ・カー」として風刺される。バーナード大学から文学士号を受ける。

一九二八年一月……………シーンとの関係が終わる。

一九二八年五月……………『ワールド・トゥモロー』に「黒い肌の私ってどんな感じ」を発表。

一九三〇年～三二年……………後に『騾馬とひと』となるフィールド・ノートをまとめる。

一九三〇年五月～六月……………ラングトン・ヒューズとともに戯曲「騾馬の骨」を書く。

一九三一年……………『アメリカ民俗学ジャーナル』に「アメリカのフードゥー」を発表。

一九三一年二月……………「騾馬の骨」の著作権が原因で、ラングストン・ヒューズと決裂。

一九三一年七月……………シーンと離婚。

一九三一年九月……………「ファスト・アンド・フューリアス」という題のレビュー・ショーのために執筆。

一九三二年一月……………「素晴らしき日」という題のレビュー・ショーを書き、上演する。ブロードウェイのジョン・ゴールデン・シアターで一月十日に初演。フロリダ州、ウィンターー・パークのロリンズ大学の創作文学部とともに、黒人音楽のコンサートをプロデュースする。

一九三三年……………「燃えさかる戦車」を執筆。

一九三三年一月……………ロリンズ大学で「太陽から太陽へ」（「素晴らしき日」の改訂版）を上演。

一九三三年八月……………『ストーリー』に「金めっきの七十五セント」を発表。

一九三四年……………ナンシー・キュナード編のアンソロジー『ニグロ』に、六つのエッセイを発表。

一九三四年一月……………ベシューン・クックマン大学におもむき、「純粋な黒人の表現に基づく」演劇学科を作ろうとする。

一九三四年五月……………『ヨナのとうごまの木』を発表。元の題は「ビッグ・ニガー」。書籍通信販売組織「ブック・オブ・ザ・マンス・クラブ」の「今月の書籍」に選ばれる。

一九三四年九月……………『チャレンジ』に「火と雲」を発表。

一九三四年十一月……………シカゴで「歌うスチール」(「素晴らしき日」の改訂版)が上演される。

一九三五年一月……………ローゼンウォルド基金から奨学金を得て、コロンビア大学で博士号取得を目指すが、不成功に終わる。授業には滅多に出なかった。

一九三五年八月……………アメリカ公共企業促進局、全国演劇プロジェクトに〝演劇コーチ〟として参加。

一九三五年十月……………『騾馬とひと』出版。

一九三六年三月……………西インド諸島の宗教儀式の研究で、グッゲンハイム奨学金を受ける。

一九三六年四月~九月……………ジャマイカ滞在。

一九三六年九月~三七年三月……ハイチ滞在。『彼らの目は神を見ていた』を七週間で執筆。

一九三七年五月……………再びグッゲンハイム奨学金を得て、ハイチに戻る。

一九三七年九月……アメリカに戻る。九月十八日『彼らの目は神を見ていた』出版。

一九三八年二月～三月……『ヴードゥーの神々』を執筆。同年、出版。

一九三八年四月……フロリダの「全国作家プロジェクト」に参加し、「フロリダの黒人」に取りかかる。

一九三九年……『コーディアリー・ユアーズ』に「さあ、鼻を取れ」を発表。

一九三九年六月……州立モーガン大学から名誉文学博士号を受ける。

一九三九年六月二十七日……フロリダでアルバート・プライス三世と結婚。

一九三九年夏……ダーラムのノース・キャロライナ黒人大学に演劇教師の職を得る。ノース・キャロライナ大学で、演劇学科教授ポール・グリーンと出会う。

一九三九年十一月……『山上の人、モーゼ』出版。

一九四〇年二月……プライスと短期間和解するが、結局離婚を申し入れる。

一九四〇年夏……サウス・キャロライナに民間伝承収集の旅に出る。

一九四一年春～七月……『路上の砂塵』を執筆。

一九四一年七月……『サザン・リタラリー・メッセンジャー』に「ビール・ストリートのコック・ロビン」を発表。

一九四一年十月～四二年一月……パラマウント映画のストーリー・コンサルタントとして働く。

一九四二年七月……『アメリカン・マーキュリー』に「ハーレムのスラング」を発表。

一九四二年九月五日……『サタデー・イブニング・ポスト』にローレンス・サイラスの人物

評を書く。

一九四二年十一月……『路上の砂塵』出版。

一九四三年二月……『路上の砂塵』がアニスフィールド＝ウルフ人種関連文学賞を受賞。『サタデー・レビュー』の表紙となる。

一九四三年三月……ハワード大学の卒業生功労賞を受賞。

一九四三年五月……『アメリカン・マーキュリー』に「ペット・ニグロ症候群」を発表。

一九四三年十一月……プライスとの離婚が受理される。

一九四四年六月……『ニグロ・ダイジェスト』に「私の最悪な黒人差別体験」を発表。

一九四五年……「ミセス・ドクター」を執筆するが、リピンコット社に出版を拒絶される。

一九四五年三月……『アメリカン・マーキュリー』に「昨今黒人大学事情」を発表。

一九四五年十二月……『ニグロ・ダイジェスト』に「この民主主義に夢中」を発表。

一九四七年……『アメリカ民俗学ジャーナル』にロバート・タラントの『ニューオリンズのヴードゥー』の書評を書く。

一九四七年五月……中央アメリカの黒人社会の調査のため、イギリス領ホンジュラスにおもむく。「スワニーの天使」を執筆。一九四八年三月までホンジュラスに滞在。

一九四八年九月……十歳の少年に性的いたずらをしたという誤った告発を受け、逮捕される。一九四九年に、この件は棄却される。

一九四八年十月……『スワニーの天使』出版。

一九五〇年三月……フロリダ州リヴォ・アイランドでメイドとして働くかたわら、『サタデー・イブニング・ポスト』に「法廷の良心」を発表。

一九五〇年四月……『サタデー・イブニング・ポスト』に「白人の出版社が活字にしないこと」を発表。

一九五〇年十一月……『アメリカン・リージョン』に「私は黒人票が売られるのを見た」を発表。

一九五〇年冬〜五一年……フロリダ州ベル・グレイドに移る。

一九五一年六月……『アメリカン・リージョン』に「なぜ黒人が共産主義を買わないか」を発表。

一九五一年十二月八日……『サタデー・イブニング・ポスト』に「黒人投票者、タフトを見積る」を発表。

一九五二年……『ピッツバーグ・クーリエ』にルビー・マッカラム事件を取材するために雇われる。

一九五六年五月……ベシューン・クックマン大学から「教育と人間関係」に関する賞を受ける。

一九五六年六月……フロリダ州パトリック空軍基地の図書館司書として働く。一九五七年解雇。

一九五七年～五九年……『フォート・ピアス・クロニクル』に「フードゥーと黒魔術」に関するコラムを書く。

一九五八年……フォート・ピアスのリンカーン・パーク・アカデミーの代用教員として働く。

一九五九年はじめ……脳卒中を患う。

一九五九年十月……セント・ルーシー郡立福祉ホームに強制入所させられる。

一九六〇年一月二十八日 セント・ルーシー郡立福祉ホームで、「高血圧性心臓疾患」で死去。フォート・ピアスの「天国の安らぎの庭」墓地の墓標のない墓に埋葬される。

一九七三年八月……アリス・ウォーカーがハーストンの墓を見つけ出し、墓標を立てる。

一九七五年三月……ウォーカーが『ミズ』に「ゾラ・ニール・ハーストンを探して」を発表し、ハーストンの再評価が始まる。

ゾラ・ニール・ハーストン著作一覧

Jonah's Gourd Vine. Philadelphia: J. B. Lippincott, 1934.〔『ヨナのとうごまの木』徳末愛子訳、リーベル出版、一九九六年〕

Mules and Men. Philadelphia: J. B. Lippincott, 1935.〔『騾馬とひと』中村輝子訳、平凡社、一九九七年〕

Their Eyes Were Watching God. Philadelphia: J. B. Lippincott, 1937.〔『彼らの目は神を見ていた』松本昇訳、新宿書房、一九九五年〕

Tell My Horse. Philadelphia: J. B. Lippincott, 1938.〔本書〕

Moses, Man of the Mountain. Philadelphia: J. B. Lippincott, 1939.

Dust Tracks on a Road. Philadelphia: J. B. Lippincott, 1942.〔『ハーストン自伝　路上の砂塵』常田景子訳、新宿書房、一九九六年〕

Seraph on the Suwanee. New York: Charles Scribner's Sons, 1948.

I Love Myself When I Am Laughing . . . & Then Again When I Am Looking Mean and Impressive: A Zora Neale Hurston Reader. Edited by Alice Walker. Old Westbury, N. Y.: The Feminist Press, 1979.

The Sanctified Church. Edited by Toni Cade Bambara. Berkeley: Turtle Island, 1981.

Spunk: The Selected Short Stories of Zora Neale Hurston. Berkeley: Turtle Island, 1985.

ほかに、ハーストンの評伝としては、ロバート・ヘメンウェイ『ゾラ・ニール・ハーストン伝』（中村輝子訳、平凡社、一九九七年）等がある。

訳者あとがき

「ヴードゥーとは何ですか？」
「ヴードゥーとは命です。単なる宗教ではありません。ヴードゥーとは人間です。命そのものなのです」

本書を訳し終えたあと、ニューヨークに行く機会があった。セントラル・パーク・ウエスト七十九丁目にある自然史博物館の前を通ったら、なんとＶＯＤＯＵという垂れ幕が下がっていて、特別展示室でヴードゥーの特集をやっていた。一九九八年十月十日から一九九九年一月三日まで、約三カ月間の開催ということだった。喜び勇んで入っていった会場には、ハイチのヴードゥー司祭が飾りつけたという祭壇をはじめ、さまざまな祭具が並び、現地で収録した解説付きのビデオが流され、写真や地図のほか、ハイチの歴史やヴードゥーの神々などを描いた現代絵画も展示されていた。展示総数五百点以上ということだった。会期中には、ハイチの音楽とダンスのパフォーマンスも何度かあったようだ。会場には、自然史博物館で必ず見かける学童集団の他に、熱心にメモを取るヴードゥー・マニアらしき人々の姿もあった。会場のあちらこちらに七、八名の黒人の係員がいて、子供たちの集団に解説をしたり、一般客の質問に答えたりしていた。冒頭の問答は、係員の一人に私が投げかけた質問とその答えである。

私がゾラ・ニール・ハーストンについて知ったのは、彼女の自伝『路上の砂塵』（新宿書房）を訳した時だった。ハーストンは、フロリダの黒人だけの町に生まれ、一家離散後、苦学して文化人類学者となり、ハーレム・ルネサンスの時代に作家としても活躍したが、晩年は不遇に終わり、忘れ去られていた。近年、『カラー・パープル』などで知られる黒人女性作家アリス・ウォーカーらが改めて評価し、再び脚光を浴びた。本書は、アフリカ系アメリカ人の文化と存在のルーツを追求したハーストンが、アメリカ南部のフォークロアの調査からさらに進んで、ジャマイカ、ハイチにおけるヴードゥーの実態を調査した時の体験をまとめたもので、初版は一九三八年に出版されている。したがって、政治状況、社会状況は、彼女がジャマイカ、ハイチに滞在した一九三六年、一九三七年当時のことである。だが、ヴードゥーの儀式や、現地の人々についての描写は、いまなお少しも新鮮さを失っていない。

本書の題名は、従来『わが馬に告げよ』と訳されており、ハーストン関係の書物や、一九八五年に出版されたウェイド・デイヴィスのヴードゥー研究書『蛇と虹』（草思社）などにも登場する。これは本文中にあるように、精霊に取り憑かれた人が精霊のお告げを語る時に、その前口上のように言う決まり文句で、意味的には「わが馬よ、語れ」というほうが妥当であると思われる。精霊が自分の「馬」となった人の口を借りて、人々にお告げをするという図式だ。フーンガン、ホウンフォールなどのクレオール語の発音については、調べきれずに悩んでいたのだが、基本的に、ニューヨーク自然史博物館のヴードゥー特集で説明していた係員たちと、会場で流れていたビデオの解説者の発音をカタカナで書いたので、ほとんどのものが原語に近いものになっていると思う。

本書の各章は、原書と同じ順番になっているが、これは必ずしもハーストンが書いた順番ではないようだ。記述が前後している箇所が時々あるし、注釈も必ずしも初出の箇所についていない。訳注は、それを補う目的で、初出の箇所につけるようにしたつもりだが、至らぬところはお許し願いたい。よく出てくるクレオール語の用語については目次裏にまとめてある。

ニューヨーク滞在中に、もう一つ嬉しかったのは、オフ・ブロードウェイでハーストンの生涯を描いた芝居『ゾラ・ニール・ハーストン』が上演されていたことだ。残念ながら時間がなくて見ることはできなかったので、どんな芝居だったのか分からないが、新聞の情報欄にゾラ・ニール・ハーストンの名前を見た時には、ハーストンのにっこり笑う顔が目に浮かんだ。

本書の編集にあたられた新宿書房の松岡毅さんと、ご協力をいただいた方々に、心からお礼を申し上げる。

常田景子

文庫版訳者あとがき

私がゾラ・ニール・ハーストンを知ったのは、新宿書房より一九九六年に出版された『ハーストン自伝　路上の砂塵』を依頼された時だった。この自伝でハーストンにすっかり魅了されてしまい、『ヴードゥーの神々』（一九九九年、新宿書房）の翻訳も引き受けてしまったのだが、カリブ海に行ったこともなければ、かの地の文化についてもほとんど何も知らなかったのだから、今思えば、お椀の舟に箸の櫂で大海原に漕ぎ出したようなものだった。今回、『ヴードゥーの神々』が筑摩書房より再版となったのは、ひとえに原作の面白さと価値によるものだと思う。

原書は、ハーストンが一九三〇年代後半にジャマイカ、ハイチでフィールドワークを行なった成果をまとめて、一九三八年に出版されたものだ。だが、それから現在に至る歳月をともすれば忘れてしまうのは、ハーストンの生き生きとした描写と、何よりも、対象に向かうスタンスが、今日の私たちに響いてくるものだからではないだろうか。ハーストンの本国アメリカでも、アリス・ウォーカーが雑誌「ミズ」に記事を書いた一九七〇年代の再発見を経て、近年またハーストンの作品が再版されて書評が出たりしている。今回の本書の文庫化を機に、ハーストンの著作がますます日本で紹介され、読まれていくようになることを願っている。

初版の翻訳を企画し出版された新宿書房に心より感謝するとともに、今回再版に当たってお世話になった筑摩書房の天野裕子さんにお礼申し上げます。

常田景子

文庫版解説　いくつものルネサンス

今福龍太

ゾラ。

あなたは文章のなかでよく、自分のことをおおらかに対象化して「ゾラ」と呼んだ。「I（アイ）」という一人称の主語が陥りがちな固定的な自己意識から抜け出すために。アカデミックな世界が信奉する客観主義と、日々の感情が依って立つ陰翳ある主観性との形式的な区別や対立の迷路からきっぱりと身を引き離すために。自己と他者の境界を曖昧化するために。だからあの、「わたし」を突き放す諧謔的で皮肉っぽくもある、でもとても誠実な「ゾラ」があなたの文章に登場すると嬉しくなる。小さく喝采すら叫びたくなる。これほどに優雅に、そして機知を込めて、自己の相対化・多重化を文章のなかで成し遂げられる人が、これまでいただろうか、と。

そんなあなたの流儀に倣いつつ、私もいま、あなたとあなたの遺した仕事への深い傾倒の思いを伝えるために、手紙という形を借りた一人称と二人称とのはざまで書くことにする。あなたを語る声に、生硬な正しさよりは、揺らぎある親しさを加えたい。あなたの本、この清新なジャマイカ・ハイチ紀行であり類例のないヴードゥー世界の探究書でもある『わが馬よ、語れ』*Tell My Horse*（本書の原題）の解説的な文章としては、いささか型破りのものになることは知りつつ……。いや、「型破り」unconventionalとは、まさに制度的な習慣に敢えて批判的な無頓着を装うことで、思考と記述の真の自由を手に入れたあなたの流儀そのものだった。

ゾラ。生前のあなたらしい佇まい、その立ち姿を想像するとき、すぐに一枚の写真を思い浮かべる。一九二〇年代、ニューヨークのハーレム・ルネサンスの昂揚に集う黒人作家たちのパトロンとなった写真家カール・ヴァン・ヴェクテンが撮ったさり気ないあなたのスナップ。毛皮の大きな襟のついた分厚いコートに身を包み、羽根をあしらったお洒落な帽子を少し傾げてかぶった、やわらかな微笑みを宿した肖像写真だ。誰もが思うだろう。この写真こそ、あなたのよく知られた一節「私は笑っているときの自分が好き……」をすぐに彷彿とさせる象徴的なイメージだ、と。けれど、あなたはこの言葉のあとすぐにこう書き足していたのだった。「そして、やっぱり意地悪で堂々として見えるときの自分も（好き）……」と。そう、ゾラはやはりゾラだ。あなたの深く重層的で豊かに屈折した「自己」なるものが、きっとこの写真の背後にも隠れているにちがいない。いつまでも見飽きない、人格というものの深い地層が透けて見える写真だ。

泥臭い南部フロリダの黒人だけの（すなわち「白人」を意識することのない）小さな町で

育ち、貧しい民衆の喜怒哀楽の日々をたっぷりと呼吸しながら、ナイトクラブや理容店で働いたのち、しずかな野心とともに都会に出たあなた。東部の大学で人類学を学びながら、黒人の豊穣な口承伝統や都会のスラングを映し出す、誠実で力づよく諷刺的な短編小説で、詩人ラングストン・ヒューズらとともに一気にハーレム・ルネサンスの寵児となった。あなたの小説からは、それまでの書き言葉がまったく知らなかった、黒人たちの生の声が響いていた。きっとそのころ、この写真のような洒落た格好で、あなたはハーレムに胎動しはじめたあらたな黒人世界の息吹のなかを生き生きと闊歩したのだろうか。あなたの鮮烈なエッセイ「〈有色のわたし〉とはどんな感じか」(一九二八)にこんな一節があった。

ときどき、わたしは人種をもたない人となる。わたしはただのわたしになる。それは、帽子をちょっと曲げてかぶり、ハーレムの七番街を散歩しているようなときだ。四二丁目の図書館の前のライオン像のようにきどって街をぶらぶら徘徊しているときだ。(……)宇宙的なゾラがそこに現われる。わたしはどんな人種にもどんな時代にも帰属しない。わたしはビーズの首飾りをつけた、永遠の女性であるというだけ。

(Zora Neale Hurston, "How It Feels to be Colored Me," 1928. 私訳)

「コスミック・ゾラ」(宇宙的なゾラ)。あなたをはじめて読んだ頃、この一語に大いなる霊感を受けた。「わたし」「黒人」「女性」といった、存在を囲い込む不自由な社会的帰属やラベルをひとおもいに放擲したとき、人はコスミックな存在となりうる。そもそも人間が帰属する場所があるとすれば、それはこの、美と崇高さと神秘とをまるごと抱く「宇宙」にほかならない。人間の根源はこの宇宙に結ばれている。人間のあらゆる表現も、感情も、智慧も、この宇宙の反映なのだ。そうだとすれば、黒人を含めたアメリカの人間すべてが落ち込んでいる政治的・社会的・経済的隘路から脱するには、民衆の生の根源にあってすべてを包み込んでいる、この「宇宙」を最終的には相手にしなければならない。あなたは一九四二年に刊行された自伝で決然とこう書いていた。

（左翼の指導者たちがいうように）社会を転覆する必要があるなら、宇宙全体を引っくり返せばいい。その華々しさに、小賢しい企みには乗らない多くの人々が加わることだろう。

（『路上の砂塵』常田景子訳、新宿書房、一九九六）

政治的に社会を転覆するというのであれば、「なぜその転覆をコスミックなものにしないのか？」why not make it cosmic? とあなたは挑発的に書いた。おそらくは自信に満ちた大らかな肯定の笑いとともに。あなたが「コスミック」と書くたびに、私は気づく。アメリカという、奴隷制を引きずった地球上の一地点に縛られた現実政治の泥沼を受けとめながらも、それに抗議したり非難したりすることで狡猾な相手の土俵に引きずり込まれることなく、それを超えて、すべてにたいして「宇宙的に」向き合おうとすること。その宇宙には、権力の狡知など通用しない。そしてあなたが言った「小賢しい企み」とは、権力の策略のことだけでなく、それに対して対抗的な策を練ることで闘おうとしていた当時の黒人知識人たちのことを揶揄してもいる。その意味で、これはなんとも過激な、爆弾のような宣言だったのだ。

ハーレム・ルネサンスの運動、そしてその後の黒人の人権闘争のなかでのあなたは、その意味で、とても周縁的な存在となった。激しい人種差別下での「抵抗文学」「抗議文学」としてもっとも象徴的な、作家リチャード・ライトによる『アメリカの息子』（一九四〇）。この小説に登場する黒人たちは、おしなべて犠牲者であり社会的抑圧の集合体として描かれていた。それは、アメリカに、「黒人」をめぐる社会的・経済的・心理学的「問題」が存在することを徹底的に暴いたことで注目されたが、同時にその立場は、作家たち、発言者たちを「問題」の当事者としてからめ捕ることにもなった。運動の有効性も限界も、まさにそこにあった。

けれどゾラ、あなたは始めから違っていた。あなたは黒人の生を、人種主義（レイシズム）や不正や黒人差別政策（ジム・クロウ）という文脈からではなく、黒人の民衆が笑い、愉しみ、愛し、悲しみ、骨の折れる毎日の苦役とまっすぐ向き合う姿として描こうとした。あたかもそこには白人など存在もせず、「問題」があるという被害者的な前提も度外視して、黒人が人としていとなむ日々の感情生活の豊かさ、いとおしさこそが真に守られるべき世界であると宣言した。

闘争的な作家であるライトは、あなたの物語の快活で楽天的に見える登場人物を、白人が黒人に扮して歌い踊るミンストレル・ショーの思わせぶりな模倣であると切り捨てた。だがある意味で、これはあなたの表現と文体の本質を衝くものだった。白人による黒人ステレオタイプを偽装的に演じることで、あなたは白人の無意識が依って立つ捏造された「黒人（ニグロ）」像の虚構性を、逆に白人たちに突きつけようとしたにちがいないからだ。あなたのそんな挑発性は「〈ペット〉としてのニグロという制度」や「白人の出版社が活字にしないものとは」といったエッセイにおいて徹底的に、また遊戯的（パロディック）に表明されていた。

ゾラ。一九七〇年代以後、公民権運動やマイノリティ運動による疾風怒濤のあとの知的な行き詰まりのなかで、真摯なアメリカ人たちがあなたの著作を「再発見」し、その文体や語り口に衝撃を受けながらあなたにたいして使った言葉のいくつかをここでそっと教えよう。かなり過激な言葉が並んでいる。“gusty”（突風が吹くように激しい）、“devilish”（悪魔のように悪戯好きな）、“belligerent”（喧嘩っ早い）、“contradictory”（矛盾した）、“funny”（ふざけた）、そして“knockout”（すごくいかす）……。あなたはきっと高笑いしながら、これらのやや誇張された形容詞を機知とともに受け容れるだろう。そう、それがゾラだわ、と。機知ある反語のなかから滲み出す真実。これこそ、文字ではなく声の世界だけに生きてきた南部の貧しい黒人たちが、法螺話（トールテイル）や即興語り（トースト）をつうじて洗練させてきた技法だった。だがまさにそうした型破りなスタイルを、公式の世界に向けて文字を媒介に突きつけようとしたからこそ、ハーレム・ルネサンスの寵児となったあなたは政治化された公民権運動の嵐のなかで徐々に周縁化され、忘れられていったのだった。その忘却は、けれどもあなたの可能性の種子にほかならなかった。

　第二の、より個人的な「ルネサンス」（復活）は、すでによく語られているように、一九七〇年代の半ばにやってきた。忘れ去られたままの晩年をフロリダの福祉ホームで過ごし、そこで六九年の命を終えて名もない墓に埋められてから一五年。あなたの名と仕事を忘却の淵から救い出し、その隠された起爆力を再生させたのは、あなたの精神を引き継ぐ真正な娘ともいうべき一人の黒人女性作家、アリス・ウォーカーだった。雑誌『ミズ』に掲載されたウォーカーの、あなたの故郷と無縁墓の探訪記「ゾラを探して」（一九七五）は、私にとってもあなたを「発見」する契機となった心揺さぶられるエッセイだった。草深い藪のなかに文字通り埋もれていた「ゾラ」を、そしてあなたの創造した「ジェイニー・クロフォード」（『彼らの目は神を見ていた』の主人公）という自立した勇敢な女性を、新時代の自分たちの共有財産として救い出そうとする勇気ある行為だった。

　これを引き金にしてあなたの絶版だった著作がつぎつぎと復刊されると、最初の大きなリバイバルが起こった。それは、ハーストン・ルネサンスと呼んでもよかった。あなたの著作の復刊とともに、八〇年代に入るとあなたをまったく新しい文脈において論じ、オマージュを捧げる論考や著作がつぎつぎと現われたのだ。脱構築派の文学研究者バーバラ・ジョンソンの論考「『彼らの目は神を見ていた』における隠喩、換喩、声」や「差異の境界——ゾラ・ニール・ハーストンにおける語りかけの構造」はもっとも早い応答のひとつだった。アフロアメリカン文学研究の創始者でもある碩学ヒューストン・ベイカーJr.による画期的な著作『ブルース、イデオロギー、アフロアメリカン文学』（一九八四）の第一章も、あなたの著作の独創的な解読に捧げられていた。作家トニ・モリスンもいちはやく「記憶の場所」というエッセイであなたの「内的記憶」の優雅な取り扱いについて賛辞を送った。公民権時代を過激に生きた詩人・活動家のマヤ・アンジェロウもおおらかな支持を表明した。ヴェトナム系の映像作家・批評家のトリン・T・ミンハは主著『女性、ネイティヴ、他者』（一九八九）であなたへの重要な言及を行い、その後に出版した『月が赤く満ちる時』においてあなたのエッセイ「〈ペット〉としてのニグロという制度」を深い霊感源として、非西欧的「他者」の内面までをも飼いならしてゆく白人人類学の狡猾なイデオロギーを批判した。黒人知識人のパイオニアの一人ヘンリー・ルイス・ゲイツJr.は、黒人による口承伝統の技法を文学理論に展開する野心的な著作『シグニファイング・モンキー』（一九八八）のなかに「ゾラ・ニール・ハーストンと語るテクスト」と「ゾラ、わたしを黒に染めて」という二つの刺激的なテクストを収録し、あなたのルネサンスを力強く後押しした。

こうしてみると、アメリカの女性知識人からの熱い支持がとりわけ際立っていたことがわかる。しかも、ウォーカー、モリスン、アンジェロウらは黒人女性、ジョンソンは白人女性、そしてトリンはアジア系女性であり、さらにベイカー、ゲイツは黒人男性と、あなたに触発された人々の多彩なバックグラウンドも注目に値する。そしてこれらの最初期の真摯な応答が、ほとんどすべて一九八〇年の半ばから終わりにかけて一気に集中したこと。私自身もまたこの時期アメリカに住んでいて、あなたの著作をめぐるルネサンスの渦中におり、『彼らの目は神を見ていた』や『山の人モーゼ』の鮮烈な登場人物や文体に魅せられ、あなたの存在を思考の大きな跳躍台にして『クレオール主義』（一九九一）を書いた。その本の最終章は、あなたとトリン・T・ミンハを並べてポストコロニアル・フェミニズムの「別の」可能性を論じたものだったが、この私の文章を、ミンハ自身がとても気に入ってくれた。ゾラと自分を並べるやり方は「もっともふさわしい」やり方だ、と彼女が柔らかい肯定の意思とともに語ってくれた言葉を、私は忘れることができない。私自身の視点の有効性にたいし彼女が賛意を示してくれたこと以上に、彼女があなたをとても大切に感じていることが確信できたからである。並べて論じられることで、その論じられる一方の人をこれほどまでに幸福な気分にさせるあなたという存在の稀有の力に、私は深く心打たれていたのだった。

＊

一九三〇年代、あなたの人類学修行時代の話にもどろう。アメリカ人類学の父フランツ・ボアズの初めての黒人学生として、勝手知ったる南部黒人のフォークロアの世界にたちもどり、フロリダの口承文化やルイジアナのフードゥーと呼ばれる憑霊宗教の核心を創造的に活写した『騾馬と人』（一九三五）の出版で話題となったゾラ。しかしアカデミックな世界において、結局はアメリカ黒人民俗研究の情報提供者（インフォーマント）的な役割しか期待されていない自分を知って、あなたは叛乱に打って出た。「人類学研究」として申請したハイチ調査の奨学金をボアズの反対もあって拒否されると、あなたは翌年おなじ調査を「文学研究」のジャンルに変えて申請して奨学金を得、大学というアカデミックな公式世界にむけての挑発を開始したのだ。あなたのハイチ行きには、そのような、実証主義と客観性を装う「学問」なるものの内破をたくらむ認識論的冒険という動機が潜んでいたのだった。

アメリカによる二〇年におよぶ軍事的占領時代が終わった直後、一九三〇年代半ばのハイチは、学問世界においてとりわけ新奇なテーマを狙った人類学者たちのフィールドワークの、いわば草刈り場と化していた。ハイチは黒人文化研究のあらたな標的となっていたのである。ハイチからアメリカ海兵隊が撤退すると、それまで「野蛮」であるとして政治的弾圧の対象となっていたアフリカ系の伝統、特に音楽やダンス、憑依やトランスを根幹とする宗教儀礼などの黒人文化遺産を再興しようとする民衆的欲求が高まった。ハイチの憑霊宗教であるヴードゥーにとっても、それは明らかなルネサンス（再生）の契機であった。そして、アメリカの大学に所属する人類学者たちにとって、ハイチ研究はおのれの業績に未知の世界からの資産を呼び込むまたとない好機だった。

こうして一九三〇年代のアメリカ人類学は、現地調査にもとづくハイチ研究の黄金時代を迎えることになった。指導的人類学者の一人メルヴィル・ハースコヴィッツは、アメリカ兵が立ち去ったハイチ農村地帯にただちに入り『あるハイチの谷における生活』（一九三七）を著した。その助手であったジョージ・イートン・シンプソンは重要な論文「北ハイチにおけるヴードゥー礼拝」（一九四〇）を書き、ハイチ研究の専門的権威を主張した。ミシガン大学の人類学者・民俗学者ハロルド・コーランダーも『歌うハイチ』（一九三九）や『太鼓と鍬――ハイチ人の生活と伝承』（一九六〇）にまとめられる研究をつぎつぎ発表した。だが、これら白人研究者たちのハイチでの実際の動きは、学問的成果の厳格さの見かけに比して、多分に稚拙で無遠慮なものだった。あるヴードゥー儀礼に参加したあなたが入信者たちとともに踊っていると、シンプソンとコーランダーが連れ立っておなじ場に調査にやってきた。彼らはなんと、宿泊しているホテルのベルボーイの案内でそこに来たのだった。彼らは踊り手たちの邪魔をするようにいきなり儀礼について調べはじめた。腹を立てたあなたは、彼らとひとことも言葉を交わすことなく、まるで一人のヴードゥー信者であるかのように激しく踊りつづけた。

こうした事実は一つの挿話として片づけられない重要な意味を持っているように私には思える。「人類学」なるものの、調査対象とのあいだの倫理的関係性、観察や記述の主体性や権威や表象をめぐる政治学の問題が、そこには潜んでいるからだ。こうした主題はようやく一九八〇年代になって人類学内部でも問題化されるようになった。あなたの存在の先駆性が、ここでも際立つ。

けれど一九三〇年代後半のハイチ・ルネサンス期には、大学人による研究に付随して展開した別の動きもあった。ハースコヴィッツの影響下にあってアフリカ系舞踊の民族誌的研究を志したアフリカ系アメリカ人女性のキャサリン・ダナムは、あなたから半年ほど遅れてハイチ調査に赴き、ヴードゥーの身体儀礼的側面をダンスの視点から分析する論文を仕上げた。踊りの神聖さに心打たれ、イニシエーション儀礼を経てヴードゥーの司祭（マンボ）にさえなってしまったダナムの関心は、のちにアカデミックな人類学的探究から創造的な舞踊の実践へと移行した。ハイチ調査の成果として『憑依する島』（一九六九）を出版し、自らの舞踊団を率いて黒人舞踊のスタイルを取り入れた斬新なモダンダンスの主導者となった彼女は、多くの後進たちに影響を与えることになった。そして一九四〇年の初め頃にダナムの秘書となった舞踊家・映像作家マヤ・デーレンは、一九四七年以降数度にわたるハイチへの旅をつうじて、ヴードゥーにおけるダンスとトランスをめぐる参入的な調査研究および映像撮影を行った。彼女のハイチでの成果は、出来事を読者に向けて客観的に「記述する（ディスクライブ）」（＝外に書く）のではない、自己の身体意識をヴードゥーの現場に向けて「刻印する（インスクライブ）」（＝内に書く）ような実験的民族誌『神聖騎士』（一九五三）とその映像版となって結実した。あなたのハイチ探求のなかにあった一つの可能性の種子が、ダナムやデーレンにおいて独自の結実をもたらしたのだ。

　さらにもう一人、あなたも現地でさまざまな面で支援した若き民族音楽学者アラン・ローマックスの一九三六年から翌年にかけてのハイチでの膨大なフィールド録音についてもつけ加えておくべきだろう。ヴードゥーのさまざまなロア（神）をめぐる儀礼音楽や朗唱、労働歌や民衆歌謡を綿密に収集したローマックスのハイチ録音の音源は、アメリカ議会図書館に長く保管されたままだったが、一〇年ほど前、彼の一五〇〇回の録音セッション、五〇時間を超える膨大な音声資料が整理分類され、一〇枚のCDと詳細な解説本、およびローマックス自身による当時のフィールド日誌が『ハイチのアラン・ローマックス』（二〇〇九）という記念碑的なCDボックスにまとめられて出版された。この、三〇年代当時のハイチ儀礼音楽・民衆音楽の全体像を伝える瞠目すべきコレクションは、今後のハイチ民俗音楽研究のあらたなルネサンスを呼び込む可能性をもった出来事だ。あなたが調査していたのと同時期の、あなたも加わったヴードゥー儀礼も含む音響的なリアリティを、いまこうして私たちが追体験できることは、なにより刺激的なことである。声やドラムの背後から、あなたの身体までが躍り出してくるような幻を私はここに見る。

*

同時代のさまざまな動きを簡潔にたどり直したいま、あらためてこう言えるだろう。ゾラ、あなたの、本書に結実した、ハイチ民俗文化再生（ルネサンス）の機会をとらえた、自らの身体と声によるヴードゥーの再現（リプリゼンテーション）＝上演の方法は、この時代のいかなる研究者たちとも決定的に違っていた、と。あなたの仕事は、人類学と文学的創造、客体と主体、男と女、文字と声、現実と彼岸、可視と不可視、人間と神、といった常識的・規定的二分法そのものに根源的な問い直しを迫り、分断されていた両者を深い宇宙論的な地平において結び合わせようとしていたように思えるからだ。そしてそのためにはまず、ハイチにいる「アメリカ黒人女性」としての自分自身の存在を、絶えず非－中心化し、脱－文脈化し、その主体性に揺らぎを呼び込み、自己の輪郭が溶解するまさに臨界において、出来事の普遍的な意味をとらえようとする独創的な方法論が不可欠だった。

たとえば、男－女という軸を諧謔も込めながら幾重にもずらし、包容力あるヴィジョンへと思考を導いてゆくあなたの魅力的な記述。本書の第五章「カリブの女たち」の冒頭、アメリカ合衆国においては、女も生れながらにしてそれ相応の権利と自由を認められているとみな考えており、それはそれで正しいものの見方である、と、いっけん客観的な視点から書いたあと、あなたはこう続ける。「だがミス・アメリカさんよ、女性のワールドチャンピオンであるあんたが、カリブのコバルト・ブルーの海までぶらぶら出かけていったら、いったいなにが起こるかよく見てごらん」(この部分、私訳)と。あんたはただ浅黒い肌の男たちに言い寄られ、口説かれ、それが不調に終わればもう見向きもされないのだ、と。ゾラ、現実のあなたはそうした事実を身をもって体験し、おそらく言い寄る男たちを遊戯的なやり方で上手にあしらったのち、こうした現実をどう受けとめるのか、と二人称で自らに(そして読者に)呼び掛けるように語りはじめる。その語り口は、男女平等主義という名の正義の立場に立った、性差別をめぐる義憤から発せられたものではない。道徳的に優位に立つ(と幻想する)「アメリカ知識人」として自己を特権化するのではなく、あなたはむしろカリブの女たちの痛みをのみこみ、彼女たちの分身のようにふるまおうとする。カリブ海の民衆文化の表層を覆い尽くす圧倒的な男性優位主義(メイルショーヴィニズム)、性差別(セクシズム)、そして階級と性差別の癒着の構造は、このような脱-中心化された主体意識、すなわち「わたし」「ゾラ」「あんた」のあいだの絶えざる往還のなかで主題化されていく。あなたの同時代のブルースの女神ベッシー・スミスの「洪水ブルース」の、家を流された黒人女の悲嘆の果ての希望を歌う声、あるいは働くカリブ女たちの生き生きとした逞しい井戸端会議の交響する声を聴くようだ、といってしまっては誤解を招くだろうか。

　そのうえで、あなたは世俗社会において女であることの抑圧を吹き飛ばす、宇宙原理における「女性性」の豊穣なる深みへと、ヴードゥーの体験＝実践をつうじて降りてゆこうとした。「はじめに神と神の女がともに寝所に行き、創造にとりかかった。それがすべての始まりであり、ヴードゥーはそれとおなじくらい古い」。本書のヴードゥーについてのパートの冒頭でまずあなたはこう書き、つづけてヴードゥーの聖性の根源にある女性原理をこんな挿話のなかに示そうとする。

「真理とは何か？」ドクター・オリーは私に尋ね、私が答えられないのを知っていて、彼はヴードゥーの儀式を通して自分で答えてくれた。その儀式では、豪華に着飾ったマンボと呼ばれる女司祭に、儀礼にのっとって、その質問が投げかけられる。マンボは、うすぎぬをはね上げて、自分の性器を見せる。この儀式は、それこそが無限にして究極の真理であるということを意味している。生命の神秘的な源を超える神秘はない。

（本書、一七六―一七七頁）

女王蜂の婚礼の飛翔。真理と向き合うために男たちはマンボの創造の器官に接吻する……。壮絶な、至高の真理の顕れの瞬間だ。ここにあるのは、社会化され対象化された「女性」ではない、日常世界と神話とが地続きになった意識の地平において浮上する自然＝生命のスピリチュアルな淵源としての女性性。ヴードゥーという、この圧倒的にウォマニスト的（アリス・ウォーカー／ライリ・マパリアン）な力の儀礼こそ、あなたが、アメリカ南部の黒人たちの「呪術（カンジャー）」体験とともになによりも大切にした、人間の魂の源泉にある愛であり、悦びであった。それは「神格の女性的な面」を主張する、あなたのヴードゥー論と儀礼体験の、誰ともちがった独創性を示していた。

　その主張のもっともみごとな現われが、女神「エルズーリー」をめぐるあなたの語りである。エルズーリーは混血で美しい愛の女神であり、ヴードゥーに参加するすべての男たちに我が身を与える女神である。それは華々しく、上品で、情け深く、帰依する男たちを幸福にし、しきたりを破る者に対しては残酷で容赦ない。それはまさに「神格」というものの女性的な側面の化身であり、女性的なものすべてであり、限界づけられた意識を突破するために飛び込む創造の泉である。

　そんなあなたの発見精神を潜在的に引き継いで、あなたの一〇年後、ヴードゥー儀礼に沈潜していった舞踊家・映像作家マヤ・デーレンの次のような文章は、あなたの声の柔らかい木霊をしたがえているように私には思われる。

> ヴードゥーは女に、エルズーリーの姿をとおして、人間を他のすべての生命体から区別することのできる独占的な能力を与えた。その能力とは、現実の向こうにあるものを想像する力であり、これで充分と思われるものの彼方にさらなる何かを欲する力であり、

必要性を超えて何かを創造する力である。エルズーリーを介して、ヴードゥーは夢の神性としての女性を称賛する。ある意味で、エルズーリーは、それによって人が神聖という考えを抱き、神を創造するときの基本原理そのものなのである。

(Maya Deren, *Divine Horsemen: The Living Gods of Haiti.* New York: Thames & Hudson, 1953. 私訳)

体験者のこうした証言を受けとめれば、もうエルズーリーが人々の霊感をうながすたんなる一女神（ミューズ）でないことは明白だ。それはヴードゥー信者たちを大いなる包容力と厳格な掟によって包みこむ動的な力であり、女性的力の宇宙的根源、生命の源であり、神性の源でもある。そんな普遍的な女性性はそれまで想像しえなかったものであり、きっとあなたの従来の理解の枠組みを超えるものだっただろう。だからこその、歓喜とともにある啓示的発見。それでも私はさらに想像するのだ。きっとあなたはどこかで、おそらくは南部黒人女性としての自己の内面の仄暗い闇のなかに、たしかにこの力をすでに感知していたのではなかったか、と。ハイチで、未知と（隠された）既知とが、奇蹟のように出遭ったのではなかったか、と。

だからこそ、本書では、ハイチのエスノグラフィーであると思われているものが客観的な記述からどんどん逸れていき、あなた自身の声がヴードゥーの叫びと豊かに混淆してゆく。「わが馬よ、語れ」*Tell My Hourse* という本書の原題は、たんにヴードゥー儀礼の憑依の瞬間に発せられる呪言というだけでなく、あなたのこの本の記述そのものが、そのように高められた無数の聖なる声、内なる声によって語られていることを宣言していたにちがいないのだ。

あなたは、ハイチでもっとも美しい歌として、女神エルズーリーへの礼賛の歌を紹介している。「エルズーリー・ネンネン・オー!」(おお母なる神エルズーリー)ではじまる、民衆にもっとも愛されている歌。この歌を、あなたはあなたの耳で聴いたままに、ハイチ・クレオール語で引く。意味を解さない読者にとっては謎のような引用だが、私はここであなたの不親切を咎めるのではなく、むしろヴードゥーの信徒たちとともにあなたが思いのかぎり歌っているのだ、と受けとめる。霊的な真実との共振のための歌。「エルズーリー・ネンネン・オー!」。語の意味ではなく、クレオール化されて混濁したこの音=声の奔流のなかにこそ、もっとも深遠な宇宙原理があらわれだす、と信じているかのように。

ゾラ。さらにあなたは、本書のハイチでの物語的記述のそれぞれの章の最後を、ほとんどいつも「アボボ!」という感嘆詞でしめくくっていた。「アボボ!」ないし「アイボボ!」はハイチ・クレオール語で感謝と愛情を示す間投詞で、クリスチャンの「アーメン」ないし「ハレルヤ」に相当する。ヴードゥーの信者たちは、この感謝の感嘆詞をどんな語りの際も忘れずに最後に口にする。神への呼びかけであり、精霊を呼び出す合言葉であり、自らの内面にもたらされる恩寵への謙虚な感謝のことばでもある。だからあなたもそれを模倣し、繰り返す。この「アボボ!」によって、あなたの文章自体がヴードゥーのリズミカルな声へと変容し、本書全体が、あなたのクレオール語による口承的な語りへと変わる。覚醒した現代の神話語り。

私が強く心惹かれるのは、まさにそこである。他者の声に自らの声を重ね合わせること。時と場所を超える声と声の重層性、その豊かな反響。クレオール文化そのものにすでに孕まれた幾重もの他者や異物を、乱反射する声の交響のなかに聴き取る鋭敏な耳。その音をさらに創造的に模倣する開かれた声。

多くの歴史的禁忌を背負いながら書くことを決意した先駆者は、「語ること」の主体性の傍らに、いつも「聞かれること」の謙虚さを置いていた。声と耳の相互補完性、その両者の合体を求めていた。沈黙を強いられた声の継承者、読み書きを禁じられた黒人奴隷の末裔は、語ることができなかったことで、聞かれることもなかった。その構図は、政治参加を禁じられた女性や、打ちひしがれた貧困のなかで沈む黒人民衆のものでもあり、彼ら、彼女らは、まさに「個」としての孤立によって声を封鎖されていたのだった。そんななか、出版文化の極端な白人性・男性性の示す差別構造に敢然と反旗を翻さないかぎり本を出すこともできなかった「有色(カラード)」の女性作家たちに向けて、あなたの激励の声が響いた。聞かれることを求めて、歴史の、神話の声たちとともに語り出す勇気を鼓舞するあなたの声が。

独りではないことを主張する、豊かに混濁した声が。

個人主義的な語りの封鎖を解き、民衆の声の集合的な響き、重層的な厚みをもった多声的な語りへと「書く」行為を拓いてゆくこと。特定の誰かが書いているという政治的に厳格なポジショナリティさえ宙吊りにした、曖昧化する多声的な記述の戦略が、そのとき大いなる突破口となる。この遊戯的・道化的でもある戦略は、あなたから、アメリカではじめての黒人のノーベル賞作家となったトニ・モリスンにまで引き継がれていった。ハイチ滞在のあいだに一気に書き上げたあなたの長篇小説『彼らの目は神を見ていた』は、ウェスト・フロリダの故郷の黒人たちの土地ことば、愛すべきアフリカン・アメリカン・ヴァナキュラー・イングリッシュを縦横に書き言葉に採用して書かれた驚くべき多声小説だったが、これこそが、モリスンの小説『青い眼が欲しい』から『マーシイ』へといたる声の交響楽をうながした出発点だった。

ハイチでのあなたのクレオールの声の重ね合わせの実践は、アメリカ南部に響く声の綾織りを描いたあなたの長篇小説の試みと、同時並行して行われた冒険だったことになる。

＊

ヴァナキュラーな声の無数の変異を宿すことで、現実そのものを重層化させていくこと。アメリカなるものが、別のアメリカ（そこにはハイチすら含まれる。近年の国勢調査（センサス）ではアメリカ在住のハイチ系人口は一〇〇万人を優に超えており、これは本国の人口のほぼ一割にあたる）をいくつも従えた多元的な「アメリカ」という真実の集合体であることを示すこと。

ゾラ、あなたの現代性はここにある。あなたの声はいまもなお、あなたのスピリットを受け継いだたくさんの娘たち、孫たちのなかから響いてくる。あなたの第三の、いやもはや数える必要すらない、あらたなルネサンス。最後にその再生の頼もしい例を引こう。

二〇〇五年八月、猛烈なハリケーン・カトリーナがアメリカ南部のクレオール都市ニューオリンズを襲ったとき、貧しい市民たちは家を失って路頭に迷った。瓦礫に埋め尽くされ、国家に見棄てられた着の身着のままの黒人たちがひしめく下町の様子を映し出すTV中継の映像に合わせて、白人キャスターはこう叫んだ。「これはアメリカではない、まるでハイチかどこかの国を見るようだ」と。悲惨な出来事が、富める国家の内部で起こってはいけないかのように。ニューオリンズの黒人たちは、アメリカに生きながら「ハイチかどこか」へ島流しされた。その前年、ハイチが暴風雨ジーンに襲われて数十万人が家を失ったとき、命からがらアメリカにたどり着いた難民たちを、ブッシュ政権はまだ水も引いていない故郷の町へとただちに強制送還していた。「偉大なアメリカ」をひたすら守ろうとする力のかげで、押しつぶされ、なきものにされてゆく「別のアメリカ」という真実。

このカトリーナ襲来を機に露呈された、相も変わらぬアメリカ国家の排他性に向けて、ハイチに生まれ一二歳でニューヨークに移住して英語で書く優れた女性作家となったエドウィージ・ダンティカは、ゾラ、あなたの『彼らの目は神を見ていた』におけるハリケーン襲来のエピソードの一節を引いたあと、エッセイで力強くこう書いていた。

［ハイチに住む親戚をもった私たちのような移民にとっては］なぜいわゆる先進国が、そんなに必死に私たちと距離を置きたがるのか、不思議でならない。想像を絶する大災害が、私たちがいかに似た境遇にあるかを示しているときには、なおさらだ。（……）世界でもっとも豊かな国の貧民たちは、貧しくあってはいけない。存在すらしてはいけない。（……）ハリケーン・カトリーナによって明るみに出された多くの事実のなかの一つは、この国のなかにたしかにある別の国の存在を、私たちは二度と否定できない、ということだ。この別のアメリカを、移民たち、世界の他の地域の民衆たちはずっと親しく愛しいものとして知っている……。

(Edwidge Danticat, *Create Dangerously*, Princeton University Press, 2010、私訳。邦訳は、エドウィージ・ダンティカ『地震以前の私たち、地震以後の私たち』佐川愛子訳、作品社、二〇一三)

これは、アメリカにおいて虐げられている人々の声を背負い、一人の若い移民作家として勇気を持って書こうとするダンティカの力強い批評集『危険を冒して創作する』(二〇一〇）に収められた文章だ。もう、別のアメリカ、いやそれこそがアメリカであるこの重層的なリアリティを、誰も否定できないし、消し去ることもできない。ダンティカは、あなたに連なるようにして、「危険を冒す」ことを厭わず、その現実を語ろうとした。そしてそれは必ずしも悲惨な、貧しいアメリカのことではない。そのような否定的なカテゴリーに追放された人々の、生き生きと混濁した、陰翳をたたえた声と身体と歌とダンス。笑い、ユーモア、優雅さ。それを、日常的にして宇宙的でもある神秘の泉からたえず汲み出そうと奮闘する人々。

そのとき、私たちの前に「宇宙的ゾラ」、あの人種をもたない人が現われる。造られた「黒人」というカテゴリーが独り歩きする世界を相手に、「世界が私の蠣殻であるのなら、私はそれを料理するためのオイスター・ナイフを研ぎ澄ませる」と書いたあなたが。そして、「黒人」という概念の虚構性に誰よりも厳格なことばのナイフで切り込んだ、もう一人の真実の探究者の面影が、ふと忘却の霧の向こうから浮上してくる。二〇二〇年五月、ミネアポリスでの惨事によって再燃したBLM運動の激烈な嵐とともに、いまあらたなルネサンス（復活）の気配にある、一人の孤高の作家の細身のシルエット。公民権運動の激動期を、もっとも純粋であったからこその負い目とともに生き抜くことになった戦闘的かつ内省的な黒人作家ジェイムズ・ボールドウィンである。彼のこんな発言は、いまの私に、あなたを介して思考を深めてゆくための鍵の一つがどこにあるかを、深く示唆してくれるように思われる。

私はニガーではない。私は人間だ。だがお前たちが私をニガーだというのなら、それはお前たちがそれを必要としている、ということだ。（……）それがお前たち白人の発明品であるのなら、なぜそんなことになったか、お前たちこそが考えなければならない。この国の未来は、そこにかかっている。なぜニガーが発明されたのかという問いを、自ら問うことができるかどうかに。

（一九六三年のインタヴュー。James Baldwin & Raoul Peck, *I Am Not Your Negro*, Penguin Books, 2017）

違いを造り出そうとする数々の狡猾な企み。だがそんな差別化のフィクションによって分断される現実を超えたところに、違いが並び立つ別の現実、私たちが生きるべき包容力ある宇宙が広がっているはずだ。ゾラ、あなたも、そしてあなたの息子ボールドウィンも、そしてあなたの孫娘ダンティカも、きっとおなじようにこう考えた。「違いにあふれたこの世界を知的に、倫理的に生きるとはどういうことか」と。このときの「違い」は、世界に「みちあふれている」というべきだろう。豊かにみちあふれた違い。なみなみと注がれた水があふれる、そのキラキラとした勢い、その快活な運動、その異なった声と身体の充満と放逸……。

違いの克服、違いの調停に腐心し、多様性(ダイバーシティ)というほとんど標語になりかけた概念によって、みちあふれるべき違いをあっさりと包摂しようとしている現代の私たち。そんな私たちの未来という土壌に、ゾラ、あなたののこした未知の宝石のような文章は、別の道を示唆することで大いなる希望と勇気の種子を蒔いてくれる。あのコスミックな種子を。

（いまふく・りゅうた　文化人類学者）

本書は、一九九九年五月十日、新宿書房より刊行された。文庫化に際して、訳文を見直し、かつ、原書所収のヘンリー・ルイス・ゲイツとヴァレリー・ボイドによるあとがきを新たに訳出して追加した。

ちくま学芸文庫

ヴードゥーの神々（かみがみ）　ジャマイカ、ハイチ紀行（きこう）

二〇二一年七月十日　第一刷発行

著　者　ゾラ・ニール・ハーストン
訳　者　常田景子（つねだ・けいこ）
発行者　喜入冬子
発行所　株式会社　筑摩書房
　東京都台東区蔵前二―五―三　〒一一一―八七五五
　電話番号　〇三―五六八七―二六〇一（代表）
装幀者　安野光雅
印刷所　星野精版印刷株式会社
製本所　株式会社積信堂

ISBN978-4-480-51058-7 C0114